歴史の総合者として

著＝大西巨人 Kyojin Onishi

編＝山口直孝＋橋本あゆみ＋石橋正孝

幻戯書房

大西巨人 未刊行批評集成

[アンケート]

III 『神聖喜劇』完成以降（一九八〇―二〇一六）

歴史の総合者として——大西巨人未刊行批評集成　目次

I 九州在住時代（一九四六―一九五二）

II 関東移住以降（一九五二―一九七九）

［凡例］――

一、本書に収録した批評・アンケート・小説の本文は、初出に拠った。仮名づかいはそのままとし、漢字は新字体に改めた。

一、「辨護」「聯隊」など一部の語については、作者の用例に従い、元の字体を残した。「萬葉集」「保田與重郎」「文藝春秋」など一部の固有名詞についても、同様である。

一、明らかな間違いは正したが、表記の揺れを統一することはせず、初出のままとした。

一、難訓の熟語、人名については、最低限度のルビを施した。

装幀　小沼宏之
編集　中村健太郎

I——九州在住時代（一九四六―一九五一）

これから読まれる第Ⅰ部に収録された諸文章は、一九四六年から五一年に至る六年の間に書かれたものである。一九四五年八月の敗戦後、それまでおよそ四年の歳月を過ごした対馬要塞重砲兵聯隊より、同年十月二日に福岡県福岡市友泉亭の親元に復員帰郷した大西は、召集前の勤め先であった大阪毎日新聞西部支社に復帰、十二月半ば以降は、月刊総合雑誌『文化展望』の発行・編集に携わるようになる。『文化展望』の版元であった三帆書房には、大西と中学・高校の同窓・同級生であった宮崎宣久の実家に当たる三帆醤油から資金が出ており、この宮崎が高田康治と計画していた雑誌創刊の話に大西が乗ったのである。

大西は、『文化展望』の発刊を翌月に控えた翌四六年三月に毎日新聞を依願退社し、編集業務に専念するかたわら、同誌にコラムや文芸時評を矢継ぎ早に執筆する。戦中、雑誌『日本短歌』『日本歌人』に短歌を投稿していたとはいえ、これが実質的に大西の言論活動の始まりであった。四六年四月から四八年六月までに十三冊が刊行された『文化展望』は、全国で発売されており、おそらくは大西の意欲的な編集方針も与って、それなりの注目を集めていたとおぼしい。事実、大西の文章はほどなくして、文芸評論家の平野謙をはじめとする雑誌『近代文学』の同人たちの目に止まり、大西は彼らの勧誘に応じて一九四七年四月の第二次同人に加わった。この時点で大西は小説第一作となる『精神の氷点』を執筆している最中だった。いいかえれば、大西はまず批評家として文壇に認知されたことになる。

わずか六年間とはいえ、その間にいったん発表されながら今日まで埋もれていた文章群は、質量ともに極めて充実している。この世を去る一年前、子息である作家の大西赤人を聞き手にした巨人が、『文化展望』に参加した動機として、「俺としては、気持ちは何であれ、短歌の事を書くことが目的やったから」(「夏冬の草」『日本人論争』)と自ら証言しているように、歌壇の戦争責任を追求することが、批評家大西を衝き動かした初発の志であったようだ。だが、敗戦直後の文壇の状況は、すでに軍隊で小説の構想を萌芽的に抱きつつあった(そして、短歌とは「訣別」の意思を固めていた)大西にとって、到底看過できるものではなかった。第二次世界大戦において自他に及ぼした途方もない惨禍を踏まえて、日本が再出発するに当たり、真の意味で民主革命を実現するためには、表面的な制度の改革に留まることなく、「意識および無意識の打破」(「あけぼのの道を開け」『大西巨人文選1』)を伴わない限り、結局は支配権力に骨抜きにされ、「絵に描いた餅」に終わってしまうにもかかわらず、多くの作家が「民主主義」という合言葉を連呼したり、戦中の苦境を「今だからこそ」訴えるといった安易な「過去への反逆」に終始したりしていた軽薄さを目の当たりにして、大西は、『文芸展望』連載の時評という形で介入を試みたのであった(その多くは『文選1』に収録されているが、そこから漏れていた分として今回本書に収録された「貧困の創作欄」「過去への反逆」のこと・その他」にもその一端は窺える)。

一人称に「僕」を用いたこれら初期の批評文は、後年に比べれば比較的平易なその言葉遣いが与える一見して柔らかな印象とは対照的に、『文化展望』の場合は紙幅に制限があったせいもあろう、凝縮された表現で本質をえぐる鋭さが際立っている。とりわけ注目されるのは、いまだ小説執筆に着手していなかった大西が、「創造の場における作家」という立場ならざる立場にすでに身を置いて発言しており、そのことがそうした頂門の一針を可能にし、その後の大西の文芸批評に見られる基本的発想——私小説批判であれ、「俗情との結託」であれ、ハンセン病問題であれ、「観念的発想の陥穽」であれ——のすべてがそこに発している事実である。「創造の場における作家」とは、同題のエッセイ（『文選1』所収）によれば、「現実・人生・社会にいったん訣別せる精神」であって、一種の虚無というべきその「精神の氷点」において、作家の意識および無意識を捕えている悪しき制度的発想が断ち切られなければならないと同時に、自らを「大きい歴史の縮図」と位置づけた上で、人類の過去から受け継いだ正負両面の遺産を「総合」する義務を作家は負うのだという。

『近代文学』の「わが文学的抱負」に、『精神の氷点』を擱筆した直後の大西が寄せたマニフェスト「歴史の縮図――総合者として」で述べられているこうした文学観は、前川佐美雄や斎藤史ら日本浪曼派の歌人を評価する理由を、「人間というものは、善にも強いが悪にも強いというようなことがなければ、ない人は……押し詰めたところ駄目だと、いう考えが俺にある」（「秋冬の実」『日本人論争』）と説明した最晩年の大西の言葉と自ずから照らし合わされる。作家自身の抱える「悪」とは、裏を返せば、たとえそれが克服の対象としてであれ、大きければ大きいほど、「社会と人間との不完全性と進歩可能性」を体現し、したがって、可能性に満ちた「芸術創造の基盤」（「「芸術護持者」としての芸術冒瀆者」）となる。「悪」を意識的・無意識的に温存しようとする傾向において戦中・戦後を一貫している点で石川達三に加えてきた厳しい批判を締めくくる際、「自身内部の病根を大きい努力と苦痛とを以てえぐり出し、再生への道を切り開くいとぐちを与へようとする願ひ」（同上）を表明する大西の言葉は、その批判の基準があらかじめ批判者自身に適用されていればこその真率さによって、読む者の心を強く打たずにはいない（肝心の石川本人にどの程度響いたかは疑問であるが）。

そして、大西によって、無意識のレヴェルにおける日本文学の「悪」として当初から見定められていたもの――それが、先に触れた「短歌的なもの」であり、「私小説的発想」であった。後者が『文選1』に収録され、批評家大西の代表作の一つとなる一連の志賀直哉批判(「作中人物にたいする名誉毀損罪は成立しない」「文芸における「私怨」」)や『文選2』に収められた佐藤春夫批判(「公人にして仮構者の自覚」)等に結実していくとすれば、前者は、『日本歌人』の後継誌『オレンヂ』に発表された「伝統短歌への訣別」一編に留まり、それだけに貴重といえる。

だが、この第I部のみならず、本書全体を通して最大の注目作は、なんといっても、執筆当時はあまりの長大さゆえに掲載誌が見つからず、未発表に終わった「寓話風=牧歌的な様式の秘密」であろう。折しも進行中であった日本共産党の五〇年分裂の騒動に乗じて時流におもねる反共プロパガンダへの批判としては、リベラルな立場で知られた理論物理学者渡辺慧(一九一〇―一九九三)とともにふたたび石川達三を俎上に載せた「永久平和革命論と『風にそよぐ葦』」(この批評方法は、野間宏と今日出海を同時に批判する二年後の「俗情との結託」を思わせる)が五〇年三月に書かれていたが、ルーマニアの作家ゲオルギウの小説『二十五時』が同年七月に刊行されて話題を呼ぶに及んで(本書は、最終的に二十万部を売るベストセラーとなった)、同様の趣旨から、作品の構造と細部に即したより徹底的かつ具体的な批判の必要性を大西が感じたのだと推測できる。まだ邦訳が出ていなかったスタインベックの中編『トーティーヤ・フラット』との比較に基づいて考察される反リアリズムの方法の可能性と限界、『二十五時』において悪用されるメタフィクション的仕掛けの問題は、大西の実作との関わりという面からも、今後議論が深められるべきだろう。

最後に、この評論で言及されるいくつかの固有名について補足しておくと、クラフチェンコとは、ワシントンのソ連商工会議所に勤務していた人物で、一九四三年に亡命し、四六年に『私は自由を選んだ』を刊行、スターリン体制下のソ連における強制収容所の存在を暴露してスキャンダルを引き起こした。フランス共産党は、クラフチェンコ中傷キャンペーン(偽造資料に基づく悪質なものであったことが後年判明)を展開、これに対してクラフチェンコは名誉毀損で訴えを起こしている。サルトルの無神論的実存主義を批判したトロワフォンテーヌ(一九一六―二〇〇七)とは、イエズス会の神学者で、ガブリエル・マルセル(一八八九―一九七三)に代表されるキリスト教的実存主義の擁護者。マルセルは、出版社プロンの文芸部長として、自らが監修する叢書「十字砲火」に『二十五時』のフランス語訳(河盛好蔵による日本語訳は、この版による)を収録、同書に序文を寄せた劇作家・思想家である。トロワフォンテーヌのサルトル批判を『二十五時』批判にそのまま転用した大西の意図は明らかだろう。

［石橋正孝］

貧困の創作欄

各誌創作欄の読後感は貧寒と云ふ外ない。十年前の旧態依然といふよりも、むしろ低下した旧態の再現を感じた。統制、圧迫に籍口して過去幾年かの無為と低調とを弁護するのみを以て能事終れりとなさず、無為が「神聖な沈黙」であり、低調が「ひそやかな反抗」であつたことを証するのは作家の責務であらう。今月の諸作品のどれがその責務を自覚し、遂行せんとしたのであるか。

『世界』（創刊号）

◉志賀直哉『灰色の月』

恐らく志賀直哉の名がなかつたら「創作」で通用するものではあるまい。勿論これは所詮「もし…ならば」に過ぎず『灰色の月』は志賀でなければ書けない文章であらう。殊に初めの歩廊に立つて灰色の月を眺める所から、車内の少年工の身体の動揺を不気味に思ふあたりは、流石に簡潔極まる名文である。周知の如く志賀の作品は、昭和年間に幾度も、日記のやうなもの随筆のやうなもの（それも極めて短い）が「創作」と銘打つて発表されてゐる。それを事新しくここに言ふのは、雑誌社、編輯者対作家の紙背の事情を問はず、私の尊敬する潔癖なこの作者のかういふ「不潔癖」と編輯者の態度とに深い疑問を持つからである。創作『灰色の月』と表紙に色ずりされた抽出見出に心をどらせつつ、頁をめくつた読者の感じる異様な困惑をどうしよう。「随筆」「小品」といふ語を知らないのであるか。

◉里見弴『短い糸』

愚作。「過去を索る」とか「未来に眼を向けようか」とか言ひつつ、意味ありげに何か書いてゐるが、ふざけてはいけない。

『世界』の創作欄は羊頭狗肉感が濃い。

『人間』（創刊号）

◉正宗白鳥『「新」に惹かれて』

このユニイクな老大家のユニイクな話術（?）は興深いものがある。例によつて例の如き作品であるに拘らず、十分に読ませる。ごたごたと書いてゐるやうであつて、しかも美事に捌いてあるのだ。「古めかしい事である。古めかしい人の世である」といふ何の奇もない結語が、読者に重い感動を以てのしかかつてくる。この重量感はなんであらうか。

◉川端康成『女の手』

この作者のものとしては特に言ふ程のものではない。但し最後の告別式場で先生の未亡人の背を支へた仙子（妻）の手を回想する場面は、川端独特の抒情を湛へた美しさがなくはない。

◉**林芙美子『吹雪』**

「戦争に飽き飽きし」た村人の話から始まつたので、なんだかいやな気が初めはしてゐたが、物語が進むにつれて林芙美子の素直な美しさが割合に出てきてとにかく読ませた。しかし、かねを中にした二人の男——戦死した筈の萬平と恋人の勝さん——との心理の処理はあまりに手軽い。この作者にモラルの追求を求めるのは無理であらうが心情の美しさとしては描きされず結局イージー・ゴーイングのそしりをまぬかれない。ちなみに「善良なかうした人達の、かうしたあやまちが〔中略〕筆者は考へる。世の中には悪いことばかりして自分の不正直さに恥ぢない人達もゐるのだもの」といふ括弧の中の言葉を作者は書く必要はない。『清貧の書』前後のこの作者は決してかういふ言葉を、こんな風には書かなかつた。失はれゆくものの美しさを惜しむ思ひで筆者は近年の林芙美子を眺めてゐることが多い。「女のあさはかさ」といふ語が連想されるのである。この作者の才能の限界は非常にはつきりしてゐるのだが、それが時折こんな風に馬脚を表すのであらうか。

◉**島木健作『赤蛙』**

遺稿。激流を泳ぎ渡らうとする赤蛙の執念(?)とそれに関する作者の感想とを描いて、やや病的な感覚が見られるが、秀作といつてよい。病的な感覚といふのは書かれてあることが病的といふのではない。むしろ非常に健康である。祈冥福。

◉**里見弴『姥捨』**

凡作。いやな時代や情ない母国を悪くいふ前に、主人公は自分の蓄妾を反省した方がよい。(里見弴氏は私の尊敬する作家の一人であり、氏の昭和年間の諸作の多くは氏の自負に恥ぢない作品であつたし、殊に『金』の如きは昭和文学中屈指の名作と信じてゐる。その作家の年頭の二作を共にかく悪評せねばならぬとは、さびしいことと思ふ。）

『新生』（二月号）

◉上林暁『晩春日記』

素直な抒情的な作。特に評言もない。

『中央公論』（復刊第一号）

◉永井荷風『浮沈』

未完ではあるが荷風の名に恥ぢぬ作品である。『つゆのあとさき』『ひかげの花』に続く昭和十年代の女人風俗図絵。今年初頭作品中の白眉であると信じるが、細評は完結を待ちたい。

中等入試の不正を暴く

先日知人の長男がＨ中学に合格したので祝意を表するとお礼と同時にいや随分苦労しましたよといふ言葉であつた、私にはピンときた、この知人が意味する不正常な苦痛と物質のそれ――この預金封鎖の世に千の単位の新円を使つて――とは私たちに暗い影を投じた。

入試合格のための贈賄収賄が当然のこととして行はれ、劣等生でも金と物資とをふんだんにばら撒いたものは進学し、経済的余裕に乏しいか、或は贈賄行為を潔しとせず〝裏面工作〟をしなかつた優等生は不合格に終るといふのが一般に常識として通用してゐるのだ、さういふ事実を父兄に公言して贈賄を促した学校長や教員を私は指摘することもできる。

前述の知人の長男は優等生ではあつたが、今春高女を首席で卒業した長女がこれも国民学校で一番であつたにかゝはらず〝運動〟を怠つてＨ高女に入れなかつた苦い経験と親戚知友や国民校教員等の忠言から不本意ながら買収を行つてゐる。

以上の事実が子供たちに与へる影響は如何であらうか、真に慄然たる想ひなのだ、教育の重大さはいふまでもない、将来の国運を誤ることなきやう教育者と父兄の猛省を促すとともに文政当局の果断な改革を望むこと切なるものがある。

「過去への反逆」のこと・その他

◉**佐藤春夫『疎開先生大いに笑ふこと』**　『赤と黒』の作者アンリ・ベールはスタンダールといふ周く知られた筆名の他に、百七十余のペンネームを使つてゐたさうだが、之も多くの筆名を持つ松林松吉といふ文士の物語である。近年この作者のお得意らしい文体で渋滞なく書かれてゐて、才気簡抜と称されるゆゑんもよく分るが、筆者はこの文体のどこか「腎虚」の若者を思はせるやうな感じを好まない。文体は引いては精神の問題であるから、佐藤の作家精神にも「腎虚」を感じる。もつとも『殉情詩集』の詩人も老いた。――松林松吉に托して語られたと思はれる節の多い、作者の戦時中の感懐は、この頃流行の過去の一時代に於ける作家の苦衷である。文学とは所詮反逆精神に他ならぬと筆者は信じてゐる。反逆すべき何物もない世の中が出現したら、文学など不用と信じてゐる。しかし過ぎ去つた昔に反逆したとて何にならう。筆者の乏しい文学史の知識でも、洋の東西を問はず、偉大な先人達は現世への反逆に生死してゐる。しかし一時代前、一時代前と時代遅れに反逆して作家活動を続けることが出来るのは、賢明なことに違ひない。日本文壇にはこの種の賢明な文学者が多い。ただ、芸術家の悲惨も栄光も彼らのものではないだけだ。この作品にしても、**平林たい子の『終戦日誌』**(中央公論二月号)にしても、昨年八月十五日当時の作家の感慨とはこのやうなものだつたのか、とそのお手軽さ、苦労の無さに憫笑と嫌悪とを禁じ得ない。――以上『展望』三月号

◉豊島与志雄『塩花』 これは分らなかつた。最後の場面で題名の意味――主人公は或る女を訪問し恋愛を打明けようとして失敗する。彼が辞去して門を出る時振り返ると、女が玄関に波の花をふつてゐるのだ――が分り、あつけにとられた。結局、何の為にこんなものを書かねばならぬか分らない。

◉川端康成『再会』 川端の作品はどのやうに華やかな場面を描き、どんなに馥郁たる花の香に包まれたやうな人々を書かうとも、底流するものは孤独な漂泊者の嘆きであつた。徒労に似たいのちの悲しみの歌であつた。芸術の美とはそのやうなものを云ふのである。しかし『再会』にはそれが稀薄である。従つて佳品ではない。余談であるが、孤高の精神からでなくては、優れた作品を期待することは出来ぬ。孤高と筆者がここで云ふのは、少しもポーズ的意味を含まず、芸術家の胸中を朝夕吹き透る落莫の風を言ふのである。

――以上『世界』二月号

◉石坂洋次郎『ひもじい風景』 作家の胸中を吹く落莫の風と全く無縁な作品の好例が即ちこの小説である。これが日本一流の総合雑誌の創作欄に載らねばならぬのが日本文学の現状かと考へると、言ふべき言葉もない。但し『ひもじい風景』といふ題名は適切である。これはこの作者をも含めて「過去への反逆」に腐心する一群の文学者、思想家達の様相を表現して象徴の域に達した秀抜な題名であらう。

――以上『改造』二月号

◉里見弴『姥捨』 前号を承けた完結篇。この作品が諸所で好評らしいのは意外にも思へるが、もつともと思ひ当る点もある。上手、うまさ、芸のたしかさなどが好評の理由なのだらう。しかし『姥捨』はその実うまくもなく上手でもない。いやらしいのみである。そして、時々顔を出すもつともらしい鬱憤、――例の「過去への反逆」――これがなかつたら、まだよいのだが……

◉中里恒子『まりあんぬ物語』 混血児まりあんぬは描けてゐないけれども外人墓地を背景とした、さびしい静かな人生風景はとにかく描けてゐる。淡々しい感じながら、いのちのかなしさを噛んでゐる作者の心が見えて、まづ佳作に近いものといへよう。

――以上『人間』二月号

◉久保田万太郎『あきくさばなし』◉佐多稲子『版画』（人間三月号）**◉高見順『草のいのちを』◉徳田一穂『風塵』**（新人創刊号）以上略

◉芹沢光治良『わが家』 この作家は常に大切な主題をいち早く捕へて書く。通俗に、器用に書く。それだけである。――といふ気のすることが多い。これがその一例である。

――『新人』創刊号

◉太宰治『十五年間』 敗戦以来目にふれた作品の中で、殆ど唯一の「過去への反逆」の無い作品。保身の術を蔑視することの不賢明さと崇さと示《ママ》してゐる好例。ただ、この作者は自分の身につけたポーズに甘えることを警戒すべきであらう。

――『文化展望』創刊号

「芸術護持者」としての芸術冒瀆者

1

歳月は多くのことを語る。多くの現象に変化をもたらす。変化が進歩であることこそ理想なのだが、必ずしもさうでなく、退歩でもあり得るのは、人間現実の悲劇のやうに僕には思える。或ひは喜劇と云ふべきかもしれぬ。そしてそれら現象の変化が本質に於けるいかなる変化をも殆ど含まないこと、停滞にすぎぬことが多いのは、更に痛ましい喜劇とも呼ぶべきであらうか。——一昨年の夏までは孤島の守備地で二十代後半の心身を空しい時間の流れと消滅の危機とにゆだねながら、もはや越える日はあるまいと思はれた蒼波の果てを見はるかしてゐたのだが、水平線を向う側から時折渡つてくる内地の新聞に『日常の戦ひ』といふ小説が連載されてゐたのは正確にはいつの頃であつたらう。その石川達三の新聞小説を断片的に読むたびに「国防色」の軍服に包まれた身内にわき起つた憎悪の情を僕は今も忘れることができぬ。それは何よりも人間と文学（芸術）とに対する侮辱と冒瀆とに満ち満ちたものだつた。「つまりどちらがより多く美であるか——シェークスピアか靴か、ラファエルか石油か?」といふスチェパン・ヅルホーヅンスキイの愚劣な問題提起が『日常の戦ひ』では別の形式で行はれてゐた。スチェパン氏程度の錯乱もなく苦悩もなく、総じて作家でも芸術家でもなくなつた一人の職人《アルテイザン》が巧みな手附で時勢に便乗した作品――しかし到底文学作品ではあり得ぬ一つの作品を得々として書いてゐた。そこではシェークスピアもラファエルも苦もなく泥土に投げすてられ、靴や石油に無上の価値が与へられた。「靴」と「石油」とはその場合「侵略戦争」であつた。少くとも「大本営発表は嘘八百」で「聖戦」といふやうな「お芽出度いものでは」ない「戦争」であり「政府や軍部」の「無責任」で「無定見」な「統制」（芸術Ⅲ「ろまんの残党」）であり、石川が今日軽蔑する「良心があるとできない」ところの「政治」（新潮四月「座談会・新しき文学」）であつた。文学上の戦争責任といふものが有るか無いかの問題はしばらくおく。自己のために自他の文学者の戦争責任を極力回避することが石川達三にたとへ可能であつても、文学侮辱者・芸術冒瀆者としての責任を「作家石川達三」はまぬがるるよすがもない、と僕は思ふ。

――歳月は流れた。往年芸術冒瀆者《ママ》はいま芸術護持者としてそのプリンテンダーとして立現れた。「法律によつて芸術を裁いてはならない。芸術は人間精神の精華である。法律は世俗と時潮の野心とが結晶してつくり上げた低俗な不安定な生活基準に過ぎない。この低俗をもつてこの高貴を裁いてはならぬ。」（改造二一年八月『書斎の憂鬱』）「私の解釈してゐるところでは文学といふのはやはり良心ですね。少くとも今日の政治は良心があると政治が出来ないのぢやないですか。」（『新しき文学』）

これらの言葉――芸術の尊貴を説き、文学の良心たるを語るこれらの言葉を誰の口から僕たちは聞かねばならぬのか、聞いてゐるのか。一昨年の暮に小田切秀雄は書いた。「『生きてゐる兵隊』をめぐるのは、比類少く残虐な兵隊と、そこへまで落ちぶれて行くまがひの知識人と、それを知識人一般の現実として肯定しようとする作家と、その作家を特高裁判にかける侵略権力と、これである。そして今日の自由は、このやうな作品を刊行する「自由」でもあり得ることを、自由を愛する私達は決して忘れないであらう。」と。だが「今日の自由」はそれのみにとどまるものでなかつたことを僕たちは今知るのである。それは過ぐる暗黒時代に芸術冒瀆者として華々しく活躍した一人の「作家」に芸術護持者としての名のりをあげることを許す「自由」であり、文学を政治に売り渡したその人に「文学」の「政治」からの自由を語り、政治を軽蔑することを可能ならしめる「自由」でもあつたのだ。

しかしそれもいい。「芸術は人間精神の精華である。」「文学といふのはやはり良心ですね。」——これらはそれ自体としてはけつからな言葉である。八月十五日以後の時勢に社会主義者・民主主義者・自由愛好者を自称することが、戦争時代に日本主義者・愛国主義者・神話愛好者を標榜するのと同様に容易であり、今日の世に芸術護持者として立つことが、戦時中に芸術侮蔑者としてのし歩くことと同じくたやすい事であるにしても。歳月は多くの現象に変化をもたらす。それはいい。それが本質に於ける停滞でなく、進歩でありさへすれば。——だが果して石川は真の芸術護持者であり得るのか。石川の変化は停滞でなく、時代の激動を自己の激動として消化し、自己内面の苦悶と出血とを伴ふ旧を克服して新に展けゆくものとしての進歩であつたのか。

2

石川達三は現代の錯雑した空気の中に、徐ろに盛返し始めた反動勢力の動きを敏感に捉へ利用しつつ、戦争時代と同一の方式で問題を提起した。「シェークスピアか靴か、ラファエルか石油か?」と。このやうな問題提起そのものの愚劣と危険性とを如実に物語るものは、なによりも往年のプロレタリア文学運動の歴史ではなかつたか、と僕は考へる。問題提起の愚劣の結果は「政治主義的偏向」となつてプロレタリア文学崩潰の要因を形成し、危険性の導くところに「芸術派」の戦前戦中にわたる非芸術的隆盛が生じた。しかもその悲痛な歴史を背負ふ問題提起の方式は今日に於いてもその愚劣と危険性とを、一般に理解し認識されてゐないやうに見える。荒廃しつくした文学の再建のための努力と誠実とを充分認めつつも、なほ僕が岩上順一、除村吉太郎、瀧崎安之助らの説く方向——石川と同一方式の問ひを投げつつ、現代的意味に於ける「靴」と「石油」とに栄冠を与へようとする傾向に不満と嫌悪とを抱くのは、この故にほかならぬ。

石川の提出した二者択一は『日常の戦ひ』の時代と同一であつたが、採択は「民主的に」「自由に」決定され、以前と正反対の「シェークスピア」と「ラファエル」とに石川の「清き一票」は投ぜられた。まことに「しかし彼は追究する前にすぐ知ることが出来た。それは絶対的な解決点をもたない問題であつて解決は各時代の各社会状況のみがそれに適した方針を以て採用するものにすぎない、要するにこの問題は個人主義と社会主義とファシズムと、三本道の分岐点であるに違ひない。」(『生きてゐる兵隊』)といふわけであつた。右の引用文を写しながら、僕は馬鹿々々しさに耐へがたくなる。勿論これは作中人物の思考として書かれたが、その無責任と便乗主義との原則がほかならぬ石川自身の思考を当時も今も変りなく反映・表現してゐる事実は、既にほぼ明かであり、後に一層はつきりするであらう。このやうな考へを抱き、それを公表することのできる人間とは何であらうか。これはそのままデマゴーグの言葉ではないか。他の何であり得ても、少くとも文学者・芸術家であることはできぬと思ふ。まともに立ちむかふ僕は「愚者の典型」といふことになりさうである。しかしまた一流の総合・文芸雑誌にさういふ石川の文章が公表される現状が、日本文化、文学の実情だから黙過するわけにもゆかぬ。辛抱して続けねばならない。「靴、石油」は今や「世俗と時潮の野心とが結晶してつくり上げた低俗な不安定な生活基準にすぎ」ない「法律」と、「良心があるとでき」ない「政治」として提出された。法律ならびに政治に石川が附与した規定は、明治以降の半封建的絶対主義政府によつて前近代的に「無責任にして神聖なる主権者天皇」以下の多くの非人間的条章を内容としつつ制定された「欽定憲法」と、それから分岐した「妻の無能力」その他の非民主的規定を含む「旧民法」以下の錯落たる諸法の不完全さに最も適切に妥当しつつ「治安維持法」に於いてその典型を示すものであり、またひとしく「欽定憲法」下の絶対主義・軍国的政治に適当してその極を満洲事変以降敗戦に至るまでの軍閥政府の暴力《ファシズム》に求め得るものであつた。敗戦を機として「外から与へられ」た自由と民主の原則を「内に生かす」べき革命は、革命と進歩とがそれ自身必然的に内包する困難と石川達三らの革命妨害の努力とによつて、その進展に遅々たるものがあり、従つて今日の新政治ならびに新法律といへども、石川が附与しようとする「規定」を遺憾ながら全面的には排除することができない。だが、僕たちは、石川が政治と法律とに与へる規定を排除すべく努力し、今日よりは明日、今年よりは来年、それの排除のパーセンテージを拡大せねばならず、拡大の可能と全面的排除の可能とを信ずるのだ。そしてその拡大は現に行はれたし、また行はれつつある。

一般に石川が法律と政治とについて語る前説の言葉が意味を持ち得るのは、その現状を不満とし批判することによつて、明日の是正と改革とを誘致し希求し促進し信頼しようとする意志と情熱とに立脚する場合にのみ限られてゐる。法律と政治とに関するかかる規定を、上述のものとしてでなく、不変のものとして、法律・政治一般の否定として附与しようとするならば、彼は一人の市民として、一人の国民として、社会人として、かつまた芸術家としても生きることをやめねばならず、また生きてゐるはずも、生き続けるはずもない。古今のすぐれた作家と作品とが否定の芸術、反逆の文学として往々出現し、しかもしばしば虚無の深淵に漂ひつつなほすぐれた芸術たり得るのは、政治と社会(制度)と(そして人間と)の不完全性と進歩可能性とをその芸術創造の基盤として、芸術発生・形象化の母体＝出発地(＝現実)として、相対的に所有するからにほかならぬ。

石川達三は現段階における政治と法律との不完全、石川の「規定」をそれらが全面的には拒否しえない引け目に乗じ、それを未来・将来のそれを含めた法律一般、社会制度一般、政治一般にすりかへることにより、長い長い重圧の年月と無量の流血と痛苦とを通過して漸く日本に始まらうとしてゐる人間的・近代的自由と幸福との生活、人間解放への苦難多い、しかし明るく健康な歩みを阻害し、彼が意識すると否とに拘はらず、実際には政治と法律とを、従って一般人民生活をひつくるめて「良心があるとできない政治」——絶対主義的軍国政治の直接の血をうけついで残存・再組織された反動的・その民主的擬装の仮面の蔭に奴隷所有者の血笑を秘めた・非民主的勢力に売渡さうとしてゐる。石川は現代の奴隷商人である。さうして彼は「良心がないとでき」ない「政治」を目指し、それの実現、せめてさういふ政治への段階的接近のための苦闘を鼻先で軽蔑する。「少くとも今日の政治」、「一般的のものよりもつと高い政治」といふやうな言葉は何の言訳にもならぬ。昨日までの暗黒政治を彼が知つてゐるならば「少くとも今日の」などとは言へぬはずだ。今日の政治が「少くとも」なら、これまではどうなるのか。「その時代の倫理を蹴飛ばし、民衆の幸福を蹴飛ばし、一切のものを犠牲にしても」その上に更にあり得る「政治のモラル」を考へることのできる人間にとつての「もつと高い政治のモラル」とはその上に何を蹴とばし何を犠牲にすれば考へられるのであらうか。同じ座談会での辰野隆と高見順との政治に対する発言は常識の程度にすぎぬが、なまぬるい古臭さのままに明日への関心を示しつつ昨日と今日の政治を否定的に語ることによつて、彼らの今日の「人間的立場」「文学的立場」を不十分に消極的に明かにした。それはそれで別に批判さるべきだが、今はこれだけにとどめる。「良心があるとできない政治」「一切を犠牲にしても、その上に更にあることのできる政治のモラル」――これらの言葉を語ることは、石川が過ぐる重圧時代の政治を政治の正常のあり方として肯定した事実と、今もそのことを肯定してゐる事実とを証明する。政治を「良心があるとできない」と一人の人間が規定すると、その同じ人間が或る党派に属して国会の議席を占めようと企てる自由と、共にこれもまた「今日の自由」なのだ。十年前の娯楽雑誌に「豺狼《さいろう》のやうな男、石川達三」といふ一人の女の呪訴の手記があつたと記憶する。その内容の真偽は僕の知つたことではない。十年後の今日石川は時代の倫理も民衆の幸福も蹴飛ばし、その上に更にあり得る政治のモラルを考へることそして現実に人民をそのやうな政治の奴隷に追い込まふとすることで、「豺狼のやうな男」といふ語が単純に低級雑誌記者のひねり出した宣伝文句でなく、真に彼にとつて適切な表現であつたことを自ら証拠立てたのであつた。

「靴、石油」については既に検討した。ここでは石川は「豺狼」の名を甘受せねばならなかつたのだが、残る一つ、彼が今日唯一の美点とたのむ「ラファエル、シェークスピア」への「清き一票」は彼にいかなる光栄をもたらすものであらうか。以下それを見よう。問題提起の愚劣と危険性ともまた、そこで自づと全面的に明かにされるであらう。——

3

これまでの僕の批判を石川は平静を装ひつつ嘲笑しようとするであらうし、それは或る程度可能であるやうに、成功するやうに見える。彼は靴とラファエルを二者択一の問題として選言的に提出した上で後者を採択する。まづ第一に政治、法律、社会制度と芸術(文学)とはおのおの切り離されて孤立の状態におかれる。「ラファエル・シェークスピア」とは云ふまでもなく「純粋芸術」「芸術それ自体として存在する芸術」といつたものを意味してゐる。「法律で芸術を裁いてはならない」「文学はやはり良心ですね。(政治は良心でない)」「芸術は孤独な心にのみ育つ。」「創作の仕事は孤独な魂の戦ひだ。」——といふやうな言葉、それ自体として必ずしも間違つてゐない表白によつて、この分離を石川は遂行する。第二に、その結果さういふ芸術は必然的に政治、法律、社会制度——一般に社会と人間との外に、或ひは社会人間を超えて存在し、それらに対していかなる責任をも義務をも発生的連関をも有しないものとして規定される。中空に浮び漂ふ超越者としての芸術の源泉が存在し、芸術家は社会からも人間＝民衆からも孤立して「書斎で」その源泉から切れ端をもぎとることによつてのみ彼の作品を作り、さうすることによつてのみ「芸術的」であり得るとでもいふかのやうに。

そこで石川はそのやうに自ら規定した「芸術」の上にあぐらをかき、革命的努力を無視して反革命に協力したと言はれようと、時代の倫理と民衆の幸福とを蹴飛ばしたと責められようとそんなことは他界の出来事で「芸術家」には無関係・無責任なことだ、とうそぶくことができ、僕のこれまでの批判を嘲笑し去る風をすることが可能でもあるやうだ。――だが、ここにまづ一つの悪循環が発見できるだらう。石川は「民衆の幸福と時代の倫理とを蹴飛ばし、反革命勢力を助長し、政治一般を良心があるとできない」として軽蔑することで、彼の「芸術」に立てこもることができたのだから、それが前提で彼があぐらをかいてゐる場所はその結果なのだから、それらの誤りが既にはつきり指摘された今、彼は彼の自家用・護身用芸術の座から僕を嘲笑することを得ないはずである。

総じて「ラファエルか石油か?」といふ問題提起の方法――政治、社会、人間＝民衆と芸術＝文学とを対立するものとして二元的に設定し、考案しようとすることは間違つてゐる。芸術が社会と人間との不完全性――そのことからさまざまの苦痛、困惑、暗黒的諸条件が生起し存在する――と進歩可能性――そのことからいろいろの喜び、楽しみ、明るい諸条件がでてくる――とを創造の源泉、発生・具象化の母体として相対的に所有することで、芸術として成り立ち得ることは既に書いた。切り離さうにも切り離せぬものである。不完全と進歩可能性とのうち、前者を主たる創造の母体として営まれた芸術創造活動は反逆の調べを高鳴らせつつ、人間と世界との本質にそうて進歩可能性のエネルギーを引き出さうとし、後者に主に発生・具象化の源泉を汲んだ創造の営みは進歩可能性の現段階の成果と未来の展望への讃歌を奏でて不完全の完成への努力と祈願とを掻立てるのである。そしてその引き出し、かき立てる営みは「美」として人間に働きかけてくる。芸術と社会・人間との関係、ひいては芸術の本質はこのやうなものであり、二者択一的対立として之を把握しようとする試みは甚だしい誤りと考へられる。無論いづれがいづれに従属・屈服を強制するものでもないし、その必要もない。――文学は「良心がないとできない政治」を目ざす政治の歩みを促進すべきであり、またしばしばその不完全の面にピントを合せて抵抗しつつ之を指導し得ねばならない。

文学＝芸術を政治や制度――社会と民衆とから切り離さうとし、しかも後者の不完全をそのままに是認・肯定し進歩可能性を封殺することで切離さうとすること、それこそは芸術護持に似て実は全き芸術冒瀆、否、芸術破壊であるのだ。「法律で芸術を裁いてはならない。」といふことが正しいのは、制度の当代の不完全を以て、その不完全を是正しようとして反逆の形として表れた芸術・もしくは進歩可能性の或る未来を予感した表現を公式的に律し去ることへの警告として正しいのであり、「文学は良心である」のは勿論その通りだが、それは「政治一般」を「良心があるとできぬ」ものとして否定・軽蔑するいかなる根拠ともなり得るものではない。そして文学は良心であることそれ自体によつて、政治と深く関連し、政治を良心であらしめようとし、せずにはをれぬのだ。――芸術は「孤独な心にのみ育つ」「孤独な魂の戦ひ」であることは、芸術と芸術家との社会、人間からの意識的分離を云ふのではなく後者の不完全への戦ひと反逆としてしばしば孤独たらざるをえぬことと、芸術創造の場に於ける芸術家の表現・具象化の営みのための苦闘の秘密とそのやうな営みに心身をくだかざるをえぬ彼らの宿命とを語る言葉として正しいのだ。

石川達三の「歳月による変化」は何ら進歩ではなく、「戦争時代そのままの停滞」であること、彼の現在の芸術護持者づらは見せかけのにせもので、彼はやはり芸術冒瀆者であることは、今ここで明かに決定された。途中馬鹿々々しくなり、その後では憎悪と怒りとがやる瀬なくわき立つのを感じつつ書いてきたがここに至つて正体をあばかれた石川の心中に思ひをはせると、少しく暗然たらざるをえない気もする。しかし、不完全と進歩可能性とのために戦ふ文学に関はる者の一人で僕がある以上やむをえぬ次第だ。

4

ここまで長々と石川を追究したのは、「文学に於ける戦争責任とその追究」の実体と必要とを具体的に模範として示し、責任の不存在と追究の無用とを叫び立てる一群の蒙を啓き、ついでにこの問題に関して「文学を政治のそれにすり代へる作為」をみとめるといふ福田恆存の知覚の歪みをためなほすためだ。石川が言論取締りが行はれる限り芸術に自由はない、と結論するために、不覚にも「芸術と、それが内包する思想とは区別できない」といふ彼自身に不利ではあるが正しいことを書いて、そこにはあわてて眼をつぶり、芸術護持に狂奔したのは、「現代の現社会状況に適した方針を以て採用」したといふよりむしろ現代の石川が石川の現在の個人状況に適した方針を以て、採用したことらしく思はれる。それは戦争責任からの逃避のためで、「法律で芸術を裁くな」といふのも芸術をだしにつかつて自身の責任を流さうとしたのだ。しかし戦争責任追求とは以上のとほり戦争中に文学を汚した人間が、その自己内部の歪みや汚れをそのまま温存し「変化」したやうで実は「停滞」にすぎない状態で今日に持ち出し、再度いま立ち直らうとしてゐる文学を冒瀆し荒廃せしめようとすることから文学を守ると共に、それらの責任作家に自身内部の病根を大きい努力と苦痛とを以てえぐり出し、再生への道を切り開くいとぐちを与へようとする願ひである。石川は責任を自覚するどころか、いろんな手段で回避するだけでなく、最近の『時代の認識と反省』(風雪五月)などでは「豺狼のやうに」居直つて彼自身の非人間を証明するためにのみ役立つやうなふてくされたタンカを切つてゐる。彼は文学冒瀆者であることをやめようとせず、やめることができぬあはれにある。故に『名画』(新潮五月)『ろまんの残党』の二つの近作が共に低調浅薄なおしやべりに終つてゐるのはもつともなわけだ。

――文学の戦争責任とはかういふ文学自体と文学者自体との重大な問題なのである。

歴史の縮図——総合者として

……即ちあの魔術的なテエゼ、肯定と、アンティテエゼ、否定と、ジンテエゼ、総合といふ形式で。……若い方、比較的若い方。あなたは総べてを肯定したことで人生を始めました。それから原則的に総べてを否定し続けて来ました。今度は総合することで人生をお終りなさい。これでなければあれと云わないで、これもあれもとお云ひなさい。

ダマスクスへ——

恐るべき歴史を僕たちは生きて来、今も生きている。僕たちが此の世の光を初めて浴びた日は、第一次世界大戦のさなかであつた。東西両戦線に立ちのぼり降りしきる硝煙と弾雨とが全欧の空に暗く低迷していた。その下をかいくぐつて、ひそやかに、だが力強い足取りで「十月革命」への道が、視野の向うに全く新しい世界の展望を見つめつつ辿り続けられていたが、一方「ヨーロッパ的知性の混乱と崩潰」、ひいては「二十世紀の神話」への過程も着々と準備されていたのであつた。そういう歴史の波頭の上で僕たちは生れた。

——そうして僕たちの青春の季節がめぐりあわねばならなかつたものは、何であつたのか。せめぎ合うファシズムとアンティ・ファシズムとの激突に端を発し、原子爆弾の恐怖と一応は壊滅に近づいたファシズムと原子力時代への輝く予感とに終結した、絶望と惨害と痛苦とにみちみちた第二次世界大戦の歳月がそこにあつた。——遠い潮ざいのように少年期の僕たちが聞きとめながら成長し、やがて青年期に移行して自覚的に身を投じようとした日には、退潮し崩潰してゆく流れと化し去つた左翼の思想と行動とがあり、その屍を踏みにじつて進行する帝国主義軍国日本の暗黒政治を目のあたりに眺め、黒々とそびえる現実の壁に押しこめられ、激突してははね返された。心の一隅になお絶ちがたく人間性への信頼を望み肯定しきれぬ現実を憎悪しながら、あらがいがたく否定と虚無との魅力に身をゆだねねばならなかつた。次には侵略の戦いがきた。軍服を着せられ駆り立てられて青春の数年を空しく費消し、死を強いられ、死に直面させられた明暮に終結したのであつた。

それは僕たちの大きい不幸であつたと共に大きい幸福であつたし今もある、と思う。僕たちの心身に時代がきざみいれたもの、精神の時間と空間とはそれ自身過去十九世紀間の人間生活の遺産を背負いつつ今世紀に開いた大きい歴史の縮図である。僕たちの精神と肉体とが摂取したものは(その中に批判し克服されねばならぬ幾多の悪を含みつつ)貴重であり、無駄にしてはならぬものだ。それを批判的に生かし、押し進めることによつてのみ、真実の人間生活も革命もあり得る、と僕は確信する。僕はそこから出発するし、しなければならない。真実の総合者として、また真実の革命的インテリゲンツィアとして今後の世界に立たねばならず立ち得る者は、肯定と否定との歴史の縮図であるところの僕たちをおいて他にない。

僕の文学の仕事は右の確信を踏まえて行われるし、行われずにはいないだろう。具体的にはそれはどういうことか。反動的・ブルジョア的・ファッショ的文化＝文学の危険と頽廃との戦いとそれの克服とか、往年の「政治的偏向」の復活の阻止とか、それらはいうまでもないことだ。ドストエフスキーやバルザックやの作品と対置されると月とすつぽん的冷笑の中に立たねばならず、しかしこれもかあいいね、と頭をなでられる程度の文学でしかあり得なかつた日本文学＝文化を世界的規模にまで、真の近代の精神に立脚した場所にまで展開しようと思うこと、そのたしかな基礎を築き上げようと目指すこと、そう決心し努力することも勿論だ。そうして、その他いろいろであろう。だが、それは現実の仕事でやればよい。現実の仕事が、僕のこの文章が道化の台詞であるか否かを決めるのだ。誠実と骨をけずる努力と正確さとがそれを決定するのだ。今は僕の出発点とそれへの確信を簡単に書いただけである。

主として小説、必要に応じ批評の仕事をやるつもりである。

（四七・五・二〇、青山高樹町の上京中の仮宿に於いて）

伝統短歌への訣別

一

古典は僕たちの背後に、円光のやうに厳然として存在する。輝かしい古典のひとつひとつは繋がり合つて、太古から此の瞬間までに、ひと流れの豊穣な伝統の帯を形成してゐる。伝統を離れて僕たちは存在せず、僕たちを離れて伝統は無い。けれども、現代の僕たちの眼に、承け、承け継がれた織物と映る伝統の帯ひとすぢは、祖父から父、父から子、子から孫へと、家系を象徴する宝物一品が、授け、相続され、手垢の累積と共に古めかしい光沢を加へてゆくのとは、事情が異ふのだ。父の代で一旦完結した調和的世界が、伝統として次代の手に残される。それは子の代で反逆され、攪乱され、否定され、破壊され、子の代に他の新たな調和的世界が完結する。孫の代に承け継がれる伝統＝調和的世界とは、父の代の調和的世界と、それへの反逆・否定としての子の代の調和的世界と、といふよりは父の代のそれを否定的に内包しつつ完結した子の代の調和的世界である。孫の代、さうして、その次と、事情は同様に、かくして後代の眼にひとすぢの帯と見られる伝統が織り成されてゆく。一代に到達された美とは、それ自身一旦完結したものであり、同時に破らるべきもの、それ故に未完結のもの、である。子の代は父の代の美を破らねばならず、破ることによつて自己と共に父より承けたものを前進せしめねばならず、それを行はず行ひ得ないならば、怠慢と不誠実と無力との責めを免れることはできない。古典のなかに現代の僕たちの完き投影を見得るとすれば、それを僕たちは無下の恥辱と思ふべきであり、伝統の表現（表現方法）に僕たちの表現しようとするものの完き模範を見ることが可能であるならば、それは僕たちがもはや新らしく表現すべき何ものをも持たぬことを意味するに過ぎぬ。伝統はそこに死滅し、美は亡んだ形骸を虚しく天日にさらす。さうして表現は不要となり、芸術は終末の日を迎へるだらう。

一つ松幾代か経ぬる吹く風の声の清《す》めるは年深みかも

萬葉巻六　市原王

古典はここにあり、伝統を離れて僕たちは無い。しかし同時に、僕たちを離れて伝統は存在せず、美は完結したものであり、また、未完結のものであり、時空と共に（或ひは社会的に）創造され、発明され、規定さるべきものである。今日僕たちが「岡に登り一株の松の下に集ひて宴《うたげ》す」る時、なほ「天平十六年春正月十一日」の日の発想に出発し、表現に終るべきでなく、終り得るはずもなく、ましてかかる発想・表現を目指してはならぬ。美とは、その原型が完結不動のものとしてあり、それへの奉仕を強ひるものではあり得ず、僕たちは破り、背き、さうして、創《つく》らねばならない。僕たちは古典と伝統とに対して臆面もなく不遜であらねばならず、不遜であることこそ古典と伝統とへのまことの愛と誠実とであり得るのだ。謙虚とは前時代に完結した美への追想的愛であり、ただちに現代に生きるものとしての不遜に通ふものの謂である。――しかも今や、怠慢と不誠実とが一世を支配してゐる。伝統短歌の世界では、「計画的に」その怠慢と不誠実とが長く実行されてきた、今もされつつある(父の代、子の代とは勿論比喩である。一つの調和的世界の完結はその時々により長短があり、或ひは数百年であり、また数十年であらう。――たしかなことは今日の僕たちが、伝統短歌を破るべき日に在ること、それが内部的・外部的原因から非常に遅くなり、閉塞されてゐたこと、である)。

僕たちは今こそ伝統短歌に訣別し、僕たちの「あけぼのの道」を開くべきであると思ふ。それは短歌を生かすか、死滅させるかの問題である。

二

一九三九年、中野重治は『歌のわかれ』の結末に書いてゐる。「彼は袖を振るやうにしてうつむいて急ぎながら、何となくこれで短歌ともお別れだといふ気がして来てならなかつた。短歌とのお別れといふことは、この際彼には短歌的なものとの別れといふことでもあつた。それが何を意味するかは彼にもわからなかつた。とにかく彼には、短歌の世界といふものが、もうはやある距離をおいたものに感じられ出してゐた。」――現在の僕も「歌のわかれ」を感じてゐる。短歌・短歌的世界との別れ、更に云へば従来の短歌・短歌的世界との別れを感じてゐる。「それが何を意味するか」は、はつきりしてきたやうに思へる。これまで

関する世界に感じられるのだ。それは恐らく僕個人に

の「短歌の世界といふものが、もうはやある距離をおいたもの」に感じられるのだ。それは恐らく僕個人に関することがらではない。そこには今日及び明日の短歌の重大な問題が横たはつてゐる。

『歌のわかれ』の主人公片口安吉が生きた時代は、この作品の書かれた三九年から、更に十数年を遡らねばならず、

お前は歌ふな
お前は赤ままの花やとんぼの羽根を歌ふな
風のささやき女の髪の毛の匂ひを歌ふな

すべての「ひよわなもの、うそうそとしたもの、物憂げなもの」を撥き去り、すべての「風情」を擯斥して、もつぱら「正直な、腹の足しになる、胸元を突き上げて来るぎりぎりのところ」を歌ふことが求められ、

たたかれることによつて弾ね返る歌を
恥の底から勇気を掬み上げる歌を
それらの歌々を
厳しい韻律に歌ひ上げよ

「それらの歌々を　行く行く人々の胸廓にたたき込め」と歌はれた時代、すべての封建的なもの、反動的なもの、非人間的なものへの戦ひが激しい力で芽生えつつあつた時代に繋がつてゐる。

人々の心を荒々しい情熱で燃え上らせた、その大正末期から昭和初頭にかけての人間解放の精神が、資本と暗黒政治とで塗り固められたその後の現実の壁に押しひしがれ、長い長い冬籠りの日を経験しなければならなかつたと同様に、いや、そのことと抜きさしならぬ相関を保ちつつ、文学一般が歪曲され不具にされた方向を辿つたやうに、短歌の世界では昔ながらに「ひよわなもの、うそうそとしたもの、物憂げなもの」のみが歌はれ、「風情」のみが重んぜられ、「正直な、胸先を突き上げてくるぎりぎりのところ」は、殆ど歌はれぬか、或ひは極めて不十分にしか歌はれなかつた。封建的＝非人間的発想があり表現があり、さういふ発想・表現の深化・追求が短歌の本道とされてきた。それは、帝国主義的日本の歩みと歩調を合せることによつて、勢力を保つことができた。既にして、明治三十年代に、「そや理想こや運命の別れ路に」しろきすみれをあはれと泣いた歌人や、旅順包囲軍のなかにある弟を悲しんで、「君死にたまふこと勿れ」と歌つた詩人らが企図した近代の確立は、萠芽のまま未完成に終り、短歌の世界には、唯、中世があり、古代があつた。中世的・古代的発想があつた。口語短歌、短歌滅亡論、自由律短歌、プロレタリヤ短歌、新興歌人連盟、詩への解消論、新風短歌、――伝統短歌の世界に吹きよせる激しい嵐を受けながら、アララギ派を主流とする短歌は、日華事変から太平洋戦争の時代を「未曾有の盛況」のうちに過したやうである。そして、その「盛況」を背後から支へたものは、今日の僕たちをこの苦難の現実に追ひ込み、昨日の僕たちを非人間の生活に閉ぢ籠めた兇暴な時代であつたと知る時、この短歌の「未曾有の盛況」――花鳥風月詠に溺れ、あらゆる近代の論理・批判を「撥き去り」、日本的発想の美名の下に封建の世そのままの情感・倫理の世界に終始し、知らず識らずのうちに、短歌・短歌的世界に入りこみ近づく人々を、古い、反ヒューマニズムの観念・論理の世界に押し包んだ――その「盛況」を僕たちはどう考へたらよいだらう。それは明らかだ。僕たちはそこから訣別し、飛び立たねばならない。

かくして、今、短歌の世界は根底からゆすぶられてゐる。

三

短歌の世界は今日根もとからゆすぶられてゐる。そのことを歌人達の多くは主体的に取り上げてゐない。アララギ派を主流とする既成歌人達は、今なほ古い短歌の世界を守らうとしてゐる。彼らの古ぼけた頭には、せいぜい短歌は今後興隆するか衰退するか、といふことが今の問題として把握されてゐるに過ぎず、しかも闇商人のやうに彼らの短歌を売り拡めることで、それを解決し得ると考へてゐる。そして商品の「改良」を心がけてゐるやうに見せかけてゐる。しかし今日の短歌の問題は、総じて短歌といふものが、今後あるべきものか否か、といふぎりぎりのところにある。歌壇外の人々、たとへば臼井吉見(展望五月号『展望』)とか小田切秀雄(人民短歌三月号『歌の条件』、同十月号『短歌運動の理論のために』)とかいつた人々から、この問題を指摘・批判されてゐるといふ実情は何を物語るであらうか。既成歌人の多くが現前の短歌の問題を主題を主体的に反省してゐないこと、そのことが彼らの怠慢と不誠実とを物語ると共に、やがては短歌を醜怪な旧時代の遺物にしようとしてゐる。「胸先を突き上げてくるぎりぎりのもの」が「厳しい韻律に」歌はれてゐないのみならず、短歌形式それ自体が、新らしい時代の生活感情・現実の表現形式として存続し得るのか、伝統的＝短歌的発想によつて現実を観、表現するのは正しいことか、といふ重大なことがらは、顧みられてゐない。

斎藤茂吉の歌集『暁紅』は「巻末記」に茂吉が書いてゐる如く「昭和十年(三六二首)、昭和十一年(六〇七首)の作、合計九六九首」を収めてゐる。「山深く起き伏して思ふ口鬚の白くなるまで」歌をよんだ赤彦と共に、さうして赤彦歿後のアララギを双肩に担ひつつ「写生・実相観入」の道、宇野浩二の所謂「一途の道」をひたすらに歩み続けた茂吉が、「写生」の語に捉はれてせぐくまりがちな後輩を後目に、「アララギの殿堂に糞土を塗るもの」としての前進の努力、茂吉の血肉・天稟と抜きさしならぬ相関にあるいろいろの試みが『暁紅』一巻にも見られる。しかもなほ、『暁紅』九六九首を通じて、多くの苦心経営の作のなかで、結局は、次の一首に勝る歌がないやうに思はれるのは、何を意味するであらうか。歌は「雑歌控」のなかの「野」と題する一首、昭和十一年の作である。

冬の陽のしづかに差せる野のうへに高き蓬《よもぎ》はうら枯れにけり

四

僕たちは伝統短歌と訣別し、短歌の発想そのものに革命を成就しなければならぬ。短歌の世界に真の「近代」を確立して、「あけぼのの道」を開かねばならぬ。つひにその結果、短歌形式そのものの持つ本質的制約が、それを可能ならしめないことが、もし断定されるならば、その時こそ僕たちは、いさぎよく、自ら進んで短歌全体と訣別しよう。

しかし、まづ僕たちは、この成敗を、血みどろになつて試み、格闘してみねばならぬ。——僕はさう思ふ。それが今日の歌人の責務と思ふ。

声明一つ

「この守備地の病院にも、新聞が二、三日毎に到着する。ヴォルガの危機が迫つてゐる。ヴォルガといふ河は、日本の富士・ドイツのラインのやうに、何か国民的感情の凝結のやうである。独軍の機甲部隊が、今この河を目指して潮のやうに押し寄せてゐるが、ソ連は昨秋レニングラードをレーニンの名にかけて死守したと同じく、「母なるヴォルガ」の防衛に血みどろの苦闘を続けるであらう。けれども政治的・経済的意義の大いヴォルガの護りが破れるのも、時間の問題であるかもしれない。新聞は既にスターリングラードの焦土戦術を伝へてゐるが、一両日中にはその陥落が一面を飾るかもしれない。レニングラードの落城近しと報ぜられた昨秋は、この古い帝政時代の都、私たちには現在の名よりもむしろセント・ピータースブルグ(サンクト・ペテルブルグ)といふ名で親しみ深い街、若いドストエフスキーがシルレルの詩に憑かれながら白夜を歩いた街の末路に、遠い哀愁を感じたものであつたが、今もドイツの勝利はすなはち日本の戦勢に有利であることを肯定しつつも、『アンナ・カレーニナ』の作者の国、ラスコリニコフやルーヂンやソニヤやリューバフスカヤ夫人やの国が、敗亡の一歩手前に喘いでゐる姿に、やはり遙かな哀愁の情を寄せずにはゐられない。さうして或る人々は、それらより新しい時代の人々――一九一七年前後の人々の名前にこの哀愁を結びつけてゐるであらう。

こんなことは少女的センティメンタリズムに過ぎないのであらう。時代の歴史はそのやうな個人の感慨を引つさらつて、大河のやうに流れて行く。生前も死後も故国を追はれたハイネの墓は、彼が O Paris, du wunderschönes Stadt! と歌つたパリにあるさうだが、地下の彼が無量の想ひで一九四〇年六月の独軍パリ入城を眺めたであらうやうに、ロシヤの優れた十九世紀の魂たちは、彼らの祖国の敗退を、悲痛な眼で大地の下から見詰めてゐるであらう。」——私の机の抽出に、数枚の汚れてよれよれになつたノートの破片紙が、はひつてゐる。その一枚に以上のやうなことが書いてある。日附は（昭和十七年）八月十六日。当時私は対馬の陸軍病院にゐた。太平洋戦争開戦の四日前、私は召集令状を受け取り、要塞重砲兵として十七年には玄海の孤島の守備地にゐたのだが、急性気管支炎のため暫く入院した折、ひそかに書いた日記の一部分が、幸ひ現在まで残つてゐるのである。リューバフスカヤ夫人といふのは、ラネーフスカヤの誤りであつたわけである。万一の発見（検閲）を恐れて慎重に筆を走らせてゐるのが、わかる。私はしかしその時スターリングラードの間近い陥落を信じてゐた。事実はス市攻防戦は秋に入るも決着せず、「冬将軍」の到来と共に「スターリングラードの悲劇」となつてヴォルガの護りは固く、ドイツ・ファシズム没落の端緒を開いたのであつたが、当時としては殆どソ連の滅亡を信じてゐたのであつた。この日記を書いてゐた頃の、何とも云へぬ嫌な絶望的な情ない気持が、今これを読み返すと蘇つて来る。八月十七日には、次のやうに書いてゐる。「〔前略〕戦争の最後的終結などを私は信じてはゐない。平和の時代にあつても武器なき戦ひは止む時なく続けられてゐる。戦争と平和といふことは、ただ兵器を使用するか否かによつて分れる概念に過ぎないのかもわからない。個人と個人、国家と国家とは、戦闘への止みがたい衝動に駆られつつ有形無形の戦争に終始するやうに思はれる。しかしそれにもかかはらず、私は今日の如き戦争の時代、暴力とバーバリズムとを必要とし重んずる時代の様を、あるべき様相と信じることはできない。

日本は今悲壮な運命と使命とを背負つて戦つてゐると云はれる。けれども、どのやうな形容詞を以て日本を飾らうとも、「戦争してゐる日本」を日本の正しいあり方と思つてはならない。前線に散華した多くの英霊、前線兵士の労苦は高い尊敬と感謝とに値ひしようが、その情を直ちに移して戦争を何かヒロイックな、美しいものに考へるのは、万人の陥り易い危険な穴である。彼らの武勇、彼らの労苦、死と流血とは「戦争は既に止むを得ず開始された。もはや戦争は否みがたく大い現実である。」といふ前提の下にのみ価値づけられるのであつて、本来ならば、あるべからざる、なくてすませる犠牲と辛労とであることを、銘記しなければならぬ。」

思へば六年の昔である。ファシズムと戦争とを憎悪し、幼稚な文章ではあつたが、このやうな微温的な、万一を警戒した批判的・愚痴的感懐をひそかに書きしるすことで、鬱積した心情を遣つてゐたのであつた。が、実地にはその憎悪した戦争への積極的反対をも阻止をも殆ど全く為し得なかつた。屈辱の記憶である。同時にそれが個人々々の力ではどうすることもできないことをも思ひ知らされた。殆ど生きてふたたび平和の日を見得るとも思はれなかつたのに、歴史の審判は正しく、ファシズムは打倒され、私たちは生きて一九四五年八月以後の世界にはひつてゐる。私は今度こそ二度とあんな戦争の悲劇を繰り返してはならないし、私自身は、もう二度とあゝいふ文章（日記）を書いて、わづかに心を遣るやうな破目に立たないやうに、必死に努力しようと決心してゐる。さうして、あの日記と違つて、私は戦争の最後的終結を信じたいと思ふ。知識人戦線・民主民族戦線といふことが云はれ、また「われわれは、挑発者たちのすべての戦争もくろみに反対し平和を人民のものとしてまもるために戦ふべく結束しなければならぬ。」云々といふ新日本文学会中央委員会の『平和のための声明』も発せられてゐるが、私たちは戦争の危機の可能を前にしまさしく戦争反対・阻止の一線に結束しなければならない。のどもと過ぎれば熱さを忘れるといふわけで、私たちはうつかりしてゐると、人民の敵・戦争挑発者たちの巧妙陰険なからくりに眩惑される恐れが少くないのだ。

私は日本の作家のはしくれとして、日本人民の一人として、一人のインテリゲンチャとして、以上のことの決意を昨今特に強固にし新にしてゐる。さうして他の多くの問題の場合と同様に、しかしここでは一層、組織の力を思つてゐる。私たちは戦争反対・防止のための組織を強力に作らねばならぬ。私は私自身が、無力無能ながら、右の目的のために役立つべく積極的に努力することを明言する。私はやや長い独身ののちこの秋初めて結婚(見合ひに非ず)するものであるが、戦争防止・反対の活動がもし万一危機的局面に立ち至つたら、「おれは前の戦争で一度は死んでゐるのだ。」と思はうと思ふ。

このことは多くの人々が同感してくれるであらうし、『近代文学』の人たちは勿論、すべての文学者が皆同じ考へであらう、と信じる。共産党の人たちは必ずこのことの強力な推進力の一つとなつてくれるはずである。

この際に愚図々々したり、また小異のために結束を遅延したり、してゐたり、ふたたび私たちは最大の悲劇に直面し、文学と人間とを汚辱・破壊するであらう。これは何よりも文学者の、文学者の仕事としての、刻下の急務なのである。

（四八・一〇・七、福岡市友泉亭にて）

反ばく

五月十一日付本誌文化欄の『地獄耳』「九州の新日本文学会」という小見出しの記事に反ばくする。

何というちょこざいな知ったかぶりか。「はたで見ていてじれったいようなもの」などといわれることを私たちはしていない。

在福岡新日本文学会員は、九州における民主主義文学の確立と発展とのための運動の部分として機関誌を発刊するため、四月中旬準備会を開いた。文学会北九州支部久留米支部からも代表者が出席しその他の九州各支部からも代表者が出席し、その他の九州各支部、各文学サークル協議会とも可能な限り連絡がとられた。準備会はその後数回開かれたが、出版、経済事情その他の客観情勢を種々検討した結果、当初の計画を少しく変更し、この雑誌を「新日本文学会九州支部協議会を基盤とする全国的規模における広範な民主主義的文学の創造と普及とのための雑誌」と規定し、その発行は五月書房にまかせることに意見が一致した。

従って「文学会九州支部協議会機関誌」という名称は一応取り去られ、五月書房発行の文芸雑誌として出発することになったが、九州支部協議会からの常任編集委員として『すばらしき人間群』の詩人井上光晴と私とが同誌の編集に当るから、実質上ほとんど最初の計画に変更なく誌名もすでに『民族文学』と決定し、着々発刊への途上をいそいでいて決して「座折して」いない。

谷川雁は創刊のために「熱心であった」けれど、彼は同じくこの雑誌に参画した北川晃二と共に、近い将来はともかく、現在のところ新日本文学会員ではない。北川は「家庭もろ共出京し」ていない。『呪縛』『妖呪』とやゝ沈滞気味の作品ののちしばらく沈黙を続けた北川は目新しい意気ごみで中共軍に取材した中篇を執筆中で「『逃亡』以上のものが書けない」などの僭越な放言をはじきとばそうとしている。「牛島春子はじめ」私たちが「政治と文学とどちらが優位か」といった問題でいつまでも「堂々めぐり」している程のんびりしてると思うと間違う。

以上のことを事実を大切にあつかうためにも私は書いた。他人のまじめな努力をはたからふところ手で見て、ちょっかいをかけるような態度などをけとばすことが、九州(日本)文化・文学の発展のための急務の一つでもあろう。人民の結集した力による日本民族文化・文学は彼らとかゝわりなく生きて動いて血を流して発展しようとしているのだ。——この文章に反響があればまたいう。

書かざるの記

本誌のこの号は「全同人特集」の企画といふことであり、再三連絡のおたよりもいただき、しめきりも再度延期して貰ひました。どうしても書かねばならないと考へ、また日頃の怠慢を反省し、責任を痛感し、毎晩机に向つて相当努力しましたが、今夜（六月十九日夜）もつひに書けません。今夜、と云つても、正確には既に二十日の午前です。書けてゐて今からお送りしたとしても、福岡からではしめきりを数日超過するわけです。しかしそれでも書いてお送りするつもりでゐたのですがたうとう見込みないと思へてきましたので、このおわびの手紙を書きます。どうか御寛容下さい。

実のところ、小生は二年間懸案の書かねばならぬ小説があり、昨年晩秋からそれを書かうと考へながら今日までまだ書けずにゐて、目下漸くそれに今度こそ完成をめざして着手しようとしてゐるのです。ところがこの号（全同人特集号）の原稿のことが気にかかり、それを送つてからでないといけないと思ふともう小説の方に取りかかれず、しかもこちらを書かうとするとなかなか書けず、さういふ短文に引つかからず、早く小説を始めねばといふ焦躁を感じ、一方同人としての責任に攻められ、この始末です。たかが十枚くらゐの原稿を大げさなとお考へでせうし、それはもつともです。しかし小生は、特に昨年以来、十枚はおろか三枚もなかなか書けません。そんな器用なことができません。何か書けば書けるでせうし、一通りのもの（？）にはなるかと考へますけれど。――今年一月から今日まで、約半年にこの地方の新聞に三枚と二枚との短文計五枚稿料千円を書いた（書けた）だけです。一昨年は『精神の氷点』と評論のやうなもの四百枚足らず、去年は『白日の序曲』とその他少し書きました。そして『白日の序曲』以後書けません。

この二つの作品、殊に前者には多くの欠点がありました。それはよく考へ、検討し、今度は発展したものを書きます。その後書けなかつたのは、いろいろの理由がありました。しかし今や書ける自信、よいものをきつと書く自信を得ました。そこまでやはりこの書けなかつた月日に歩んだやうです。しかし今十枚のエッセイその他はまだ書けませんし、或る意味ではそれは（さういふ短文）は書かない方がよいと思ひもします。

生活のことから云つても、その他から云つても、本当は（習作的にでも）短文でもなんでもどんどん書くべきであるとも思ひますし、この窮迫して言語道断な状態では、いい気なものだといふことにもなりませうが、ここ一息身内にも迷惑を辛抱して貰ひ、御方にも勝手さしていただきます。

そこで直ちに小説に着手し、必ずよきもの完成します。そしたら少しは書けるやうになりませう。本誌にもこの号には失礼しましたが必ずよい作を近くお送りします。窮状における微衷おくみとりの上、よろしくお許し下さい。（以上を今読み返しましたら、「一通りのもの（?）にはなるかと」云々前後のところは、非常に恥づべき傲岸な僭越です。しかしそのままにしておきます。）

（一九四九・六・二〇）

永久平和革命論と『風にそよぐ葦』

Ⅰ　永久平和革命論について

『世界評論』三月号の特集「世界情勢と日本共産党」のなかには、渡辺慧の『共産党の本質』と題する珍妙な短文がある。彼は書いている。

一　コミンフォルムの日本共産党批判をどう思うか。

従来の日本共産党の平和革命説は平和革命が可能であるかぎりにおいて主張されるのであつて、一度これが不可能になれば必ずや暴力革命に転化すべき性質のものであると私がいう度に、党員のひとはそれを頭から否定していたのである。今回のことで直ちに日本共産党が暴力革命に移るかどうかは別問題であるが、すくなくとも私が共産党の本質について考えていたことは誤りないことが、今回の事件で明かになつたように私には思われる。

編集者が執筆者紹介の意味で附したと思われる註によれば「科学者」である由のこの渡辺の、全く非科学的で反科学的でさえある論調は、別の場所で、「ソヴェート体制の確立を以て、歴史は遂に進行を停止するのである。〔中略〕この意味においてマルクス的理想社会は、「時間」のない社会である。永久に同一状態に止る、「進歩」も「退歩」もない、同一循環を繰返す物的自然のごときものである。」(四九年五月号『改造』——傍点大西)と小泉信三風の反辯証法的魯鈍言を臆面もなく書き、それを「マルクス主義そのものの内蔵する特質」であると手放しに附会・独断することのできた人に、全くふさわしい。

日本共産党の運動方針、政策、革命方式について批判しようとするならば、批判者は共産党員の一人乃至数人の個人的・日常的談話によってそれをするべきでなく、党(党員)の公式に表明した意見(と党の現実の行動一般と)について行わなければならない。このことは党員の各個は、日常的・個人的には、意識的・計画的に党の方策・綱領に反する言動をする(場合がある)とか、してもよいとかいうことを、少しでも意味していないのは勿論である。ただ日本共産党員の数は今日相当に多く、しかも理論と実践とにおいて百パーセント完全なコムミュニスト・共産党員は他の世界・人生の諸現象に百パーセントの完全さを求めるのが極めて困難なのと同様になかなか望み得ないであろうし、まして多数の現実の党員の或る小部分は、百パーセントはおろか、理論と実践との両面、或いはそのいずれかの一面において、当然に極めて不十分である実情を云うまでである。党は十分このことを知り、認めているし、(中共では「三風の整頓」ということが云われているが)、その欠陥を克服しようとして党員の教育・質の向上に不断の努力を払っているのである。無論、党と党員とは日々成長発展しつつあるが、この種の欠点の克服は現在残念にも十分とは云えず、たまたま現実の(主として日常的・個人的な)或る場面で或る不十分な党員が党の根本的方針についてさえも極めて誤謬に満ちた言動・判断を行うことは、遺憾ながら、部分的には現にあつたし、あり、またあるであろう。「党員のひとは」と渡辺は書いていて、日本語の性質上それが一人か一人以上かは明かでないけれども、「私がいう度に」という一回以上の経験を意味する言葉は、大体、同じ相手に何度か話したというよりも、渡辺の相手が複数の党員であつたと彼に好意的に解する方がここでは妥当でもあろう。そこで渡辺は決して数多い党員のうちのただ一人の談話を基にしたのではなく、少くとも数人のそれに立脚していることは一応認めてもよい。しかし多分それは数人かせいぜい十数人程度に過ぎまい。(ついでながらその数は全共産党員の一小部分でしかない。)そしてそれらの事例は不幸にして、前述した極めて不十分な人々が、日常的・個人的に誤謬を犯した場合であつたに相違ないと私は思う。〃渡辺の話がそのまま事実であるとすればの話である——どうも実のところそんなに多くの党員がこんなはつきりしたことについてそういう馬鹿なことを云つたとは信ぜられないのだが、かりに渡辺の「経験談」が事実とするならば、渡辺はよほど話相手を選り好みしたのではなかつたろうか。しかし私は渡辺の場合はともかくとして一般にこれまでしばしば党外の人が党員に向い、質問して、「共産党は表面平和革命を口にしているがそれは見せかけで、その実ひそかに暴力革命を企図し準備しているのではないか。」と「いう度に」党員は「それを頭から否定し」、正当にも「決してそんなことはない。共産党は現在真実に革命の平和的発展の可能を信じ、そのために全力をつくしている(それが不可能になつたら別だ)。」と答えていたのがこの種の問答の実情であつたと思う。——こんどの「批判」をコミンフォルムが暴力革命を「指令」したのだとか、日本共産党はそれを受け入れて暴力革命にとりかかつたとかいう風に浅はかな誤解や故意の曲解をした連中が、これまでのあの種の問答内容を渡辺風のそれであつたかの如く錯覚、混同したり附会したりしたあげく、滑稽にも先見の明を誇り、或いは卑劣な反共宣伝の具にしようとする心理は――こんなのがこの頃あちらにもこちらにも出ている――私にもよく理解できる。あはれなものである。〃渡辺と党員との問答が個人的・日常的・例外的なもので、決して公式のそれではなかつたというのは、私が渡辺の文章のニュアンスから確信を以つて推定したのであるが、それが単なる臆測・独断でないということは、後で自ずと証明されるのだ。――党の公式の表明には目を閉じ、こういうものを材料にし、それを共産党の「説」であつたかのようにすりかえて書くのは、反動的俗物の常套手段であり、学問的には誤りで、道徳的には陋劣である。

「従来の」日本共産党は、「平和革命説は平和革命が可能であるかぎりにおいて主張されるのであつて、一度これが不可能になれば必ずや暴力革命に転化すべき性質のものである。」という渡辺の考えを「頭から」否定してなどいはしない。渡辺はありもしない「永久平和革命論」を「従来」の日本共産党に押しつけたがつているが、それはむなしい願望である。彼が、日本共産党の批判(?)をしようとしたのは、いかにもけなげな志であつた。しかしそれならば、まずたとえば彼は『第六回党大会における報告と決定』の「二、革命の性質についての報告と結語の概要並に本問題についての大会決議」のなかの「平和的方法による革命について」の項を読まねばならなかつた。それは当時の『アカハタ』以外にも党教育宣伝部編『日本共産党決定報告集』として、他の報告決定と共に単行本にまとめられ、すでに一昨年一般に公表・発売されている。そこには次のように書いてある。

「次に平和革命ということである。これについて一部にはレーニン、スターリンも考えなかった新しい革命の型があるという見解がある。〔中略〕平和革命という一つの新型の革命があるのではなく、革命の平和的発展の可能性があるということで、それは一個の戦術にしかすぎないのであって、客観的・主観的条件が変化すれば、これもまた変化するのである。」（傍点大西）

日本共産党が平和革命に関する渡辺の意見を「頭から」否定するどころか、反対に彼とほぼ同意見であったし、現にあることは、全く明白ではないか。革命に平和的と暴力的との二つの型があり得ること、そのいずれの方法が現実に採用・実現されるかは当面の国際・国内情勢の客観的・主観的条件によって決定されることであるのは、コミンフォルムの批判とは独立に、前世紀にマルクス、エンゲルスが明確にして以来周知・公然のことであり、それについては事新しく説明するまでもなく、コムミュニスト・日本共産党員はいかなる場合にも、そのことを秘密にもしなければ、曖昧にもしなかった。「平和革命説は平和革命が可能なかぎりにおいて主張されるのであって……。」――あたりまえだ。共産党は〝不可能〟なことを「主張」するほどのんびりしていると渡辺は思うのであろうか。「当該の革命が暴力的となるか、それとも平和的となるかは、革命の二つの方法のどの側面がより強く現われるか、或いはどんな戦術が使われるかという問題だけでなく、実はその戦術を立てるもの、即ち一定の階級や党派の意向や願望に拘りなく、客観的に可能な革命の二つの道、或いは型として生れるものであることを人は銘記しておくべきだ。」（神山茂夫『改造』四七年一月号）

渡辺が「共産党の本質について考えていたことは誤りないこと」は、決して彼の云うごとく「今回の事件」

すなわちコミンフォルムの批判などで「明かになつたよう」なものではなく、もともと明白なことである。（コミンフォルムの批判で「明かになつた」のは、そんなこととは全く別のことなのだ。）渡辺は共産党を批判する前にせめて「少くともヨーロッパでは、イギリスは不可避的な社会革命が平和的且つ合法的な手段によつて完全に遂行され得る唯一の国だという結論に達した人（一八七一年当時のマルクス）」（エンゲルス『資本論英語版への序文』）という含蓄多い一句についてでも、深く思案する必要があつたろう。こんなことを今頃何か新発見のように得々と書き立てるのは、彼自身の無智な滑稽さを自分で天下に広告するのでなければ、他に意図するところあつての無恥な滑稽さでしかあり得ない。

「科学者」渡辺慧の学問的軽薄と倫理的頽廃とは、先頃その態度の軽卒さを向坂逸郎から満座のなかでたしなめられた（『展望』四九年十二月号座談会）典型的順応主義者・「歴史家」林健太郎のそれと、昨今好個の一対をなすものであるが、それでは渡辺のやつた「今回の事件」すなわち彼の共産党批判が無智の滑稽さであるか、それとも無恥の滑稽さ（＝悪意）であるかといえば、おそらく両方であるけれども、実により多く後者であると私は考える。こういうことは以前にもたくさんあつたし、今も内外各方面に数知れずある。二十年前、絶対主義的専制政府の文部省が、人民解放運動・共産主義弾圧の一手段として、御用学者たちにマルクス主義批判（反共・反人民）の論文を提出さした時「日本で最も古くから唯物史観の考察に着手し」ていて「ドイツ語には特に堪能」な京大教授藤井健治郎が『経済学批判』の序文の有名な一節を、彼の論文に「何かの魔がさした」としか思えない（故意の）誤訳――歪曲をして引用したことについて、河上博士が書いた（『第二貧乏物語』）のはその古い一例である。自分に都合の悪い対象の真実の性質には眼をつむり、ありもせぬ恣意的な手製の符号を相手にはりつけそれを種に攻撃・誣告することで、相手を悪ものとして一般に印象づけ(宣伝し)ようとするのが、悪煽動家・破廉恥漢の唯一最上の手管であり、全然反学問的・反道徳的・反人間的な方法・態度と云わねばならぬ。『原子党宣言』をでっち上げ、しばしば「一流雑誌」に文明批評の筆を執る「科学者」渡辺は、実は私が前述した彼の方法・態度の非科学性をも(平和)革命に対する共産党の真実の見解をも彼自身智識として彼相当に知っているのだと私は思う。そうして彼はその上で先の藤井と同様に故意に無智を装う無恥をあえてしたわけであろう。それならばその意図・目的は何か。何が彼をそうさせたか。第一に日本共産党(党員)はうそ偽りを云う・真実を秘匿する陰謀的団体であるということを宣伝するためであり、第二に反動陣営がコミンフォルムの批判を奇貨とし早速ばらまきかかったところの、いよいよ共産党は暴力革命を開始したというデマ煽動に一役買うことであり、そうすることで内外独占資本の人民攻撃に参加することであろう。「今回のことで直ちに日本共産党が暴力革命に移るかどうかは別問題であるが」などと彼はさりげなくお上品に書きながら、実は前後の文章・そのニュアンスから、「はっきりは云わないけれど、読者よ、よく考えたらわかるでしょう、共産党は暴力革命をやることになったのですよ。」と狡猾にほのめかすことで、おびやかしながら、訴えけしかけている。けれども日本共産党が「暴力革命に移るかどうかは」現在全く「別問題」であるばかりでなく、問題外であろう。私はコミンフォルムの批判と日本共産党によるそれの受け容れとは、決して日本における革命の平和的発展の可能性の全的否定を意味しているのではなく、日本人民は未だ平和革命のための「必要なすべての条件」をそなえていないことの指摘と確認とであり、それらの条件を一日も早く全部獲得するよう党が全人民と共に努力・前進することへの勧告と決意とを表すものにほかならないと、固く信じる。従つて現在日本共産党は決して「直ちに暴力革命に移」つてなどいはしない。それは『第十八回拡中委の一般報告と結語』について明かである。

渡辺や彼をその一人とする独占資本への奉仕者たちの、道理にも実地にも合わぬこの種の妄動は、長い天皇制軍国政府の絶対主義教育と反共政策と戦後反動勢力のデマ戦術とをたたきこまれ、まどわされてきた日本では、諸種の制限下における共産党の啓蒙宣伝活動の現在までの不十分と相まつて、かりに偶然一時的効果をおさめ得るにしても先の見込みのない、はかない試みである。この連中は、「暴力革命」についての自分勝手の幻想におびえてヒステリックになるよりも、「アメリカ占領軍が存在する場合でも平和な方法によつて日本が直接社会主義へ移行することが可能であるというようなブルジョア的な俗物的な言」という文章を含むコミンフォルムの批判を熟読し、渡辺らをもそのなかに包容する日本民族の独立・人民民主主義的日本建設への平和的発展を現に阻んでいるものは何か、何が働く人民大衆と共に平和革命の達成をこそ最も表裏なく希求する日本共産党にその戦術の大転換をさえ強制しかねないかを、慎重に熟考するがよかろう。

II 『風にそよぐ葦』前篇の問題

渡辺の悪意の珍文と同じ頁に、『あえてチトー化せよ』という石川達三のこれも奇態な文章が載つている。彼は書く。

〔前略〕何党と限らず、日本の政党が外国に在る特殊な機関の指令で動かされるということは面白くないと思う。吾々の生活の安定や平和を守るために、吾々は選挙を行い、吾々の政治を議会によって運営してゆくのだ。外国に在る機関によって日本の政党が動かされるのでは、選挙は無意味になる。

善意によって動き、建設的であると考えられるユネスコの如きものは別として、私は国際的政治機関というものに、あまり大きな信を置き得ない。共産主義が良いものであるならば、むしろ私は日本共産党がチトー化することの方を希望する。

「何党と限らず」と一応超党派的公正さ(?)を仮装して登場したこの反共デマゴーグ的人物の奇文は、結論の部分に至ると、さすがに憤慨している私をも、苦笑させる。石川は無理難題を善良なる日本共産党に突きつけている。「共産主義が良いものであるならば」、日本共産党は「チトー化する」べきだ、とは何という非論理的な判断であろう。日光浴が健康によいならば、健康を欲する者は日陰にもぐっていなければならぬ。共産主義がよいものであるならば、日本共産党は反共化せよ。こうした難題を持ちかけられては、さすがの共産党も、根が善良であるだけに、ちよつと面くらいはしないだろうか。そううまく行けば(「チトー化」すれば)、石川らの思うつぼかもしれぬが、気の毒に私は共産党がこの石川の「指令」で「動かされる」とは想像するすらできない。コミンフォルム、国際主義、民族主義などに関する無理解、曲解乃至卑俗な理解から出発した石川の勧告文は、その無智または無恥の滑稽さ・ありもしない事柄を共産党にこじつけ反共気分をあふろうとする手管において、渡辺とそつくりである。渡辺が彼の前記珍文の「二」に「日本の明日または明後日の天気は、今日の中国奥地およびシベリヤの天気について決定される。」と本人では気のきいたつもりらしい魯鈍言を吐いているのに対し、石川は、日本共産党が「外国に在る特殊な機関の指令で動かされ」ているかのようにほのめかしている。石川は「共産主義が良いものであるならば」と書き、日本共産党に対しともかくも彼の「希望」意見を提示することで、共産主義と日本共産党とに或る程度の理解を持つかのように見せかけたがつている点、渡辺よりも悪質ではないかを疑わせる。「チトー化せよ。」の要求・希望が石川の主目的でも真意でもなく(共産党が共産主義を捨てること、すなわち共産党がなくなること、は別の意味で石川らの真の希望には違いないが)、日本共産党が「外国に或る特殊の機関」に隷属でもしているようにデマ宣伝するのが、目的なのだ。――ただし私は、「外国に或る機関」の「指令」で「日本の政党が動かされる」のは面白くない、それでは「選挙は無意味になる」という石川の意見には(「指令で動かされる」を石川流に理解し、「動かされるのでは、選挙は無意味になる」という表現にやや曖昧な点のあるのをことわつた上で)殆ど全く同感であり、「外国に在る」を「外国の」(これは無論「外国に在る」を内包する)に置きかえるならば、徹頭徹尾賛成である。――なにしろ石川や渡辺やは、人民(民族)解放の国際的連帯性というものを、よほど奇妙・特殊に解釈して気をもんでいるらしい様子である。けれども心配する必要はない。全くの仮定ではあるが、万一ソ同盟なり中共なり(その他どの外国でもだ。)が日本民族国家を「侵略」したり「隷属」させたりしようとすることがあれば、日本共産党は率先してこれに対する祖国と民族との防衛に全力を傾注するであろう。これはわかりきつた話である。昨年二月末、フランス共産党書記長トレーズの反戦声明に関連し、徳田球一が新聞記者団に言明したのは、ほかならぬこのことであつた。（ちなみに人民民主主義的・共産主義的な或る国が、他国を侵略しもしくは隷属させるなどは、全く仮定の話でしかあり得ない。）

日本共産党（党員）は、いかなる外国（の機関）にも隷属することをいさぎよしとするものではなく、どんな所謂「外国に在る特殊の機関の指令で動かされて」いるものでもあるはずがない。あらゆる内外の正しい批判（たとえば今回のコミンフォルムのそれ）はこれを摂取し、誤つた批判はこれを蹴とばして、自己を育成強化するだけだ。

石川の「あえてチトー化せよ」は、まことにはかない、無智且つ無恥の滑稽さを表すものと云わざるを得ない。そしてそれは曾ての『日常の戦ひ』や『時代の認識と反省』やの筆者にふさわしいのみならず実に『風にそよぐ葦』前篇の作者にも似合つているのだ。——そこで私は『風にそよぐ葦』の問題に移ろう。

「共産主義者はわれわれを攻撃している。」と他の者たちは云う。しかし、聞け、われわれは何度も声明したのだ。階級敵に対するプロレタリアート統一戦線のために存するいかなる人間をも、いかなる組織をも、いかなる党をも、われわれは攻撃しないであろう、と。ただし同時にわれわれは、プロレタリアートとその活動の利益のための労働者統一行動を邪魔する人間や、組織や、党を批判する義務を持つている。

——G・ディミトロフ『反ファシズム統一戦線の諸問題』

『風にそよぐ葦』前篇は先月出版された。この長篇は昨年『毎日新聞』に連載されたものであるが、私は同紙を購読していないので、単行本で初めて読んだのであり、後篇もすでに完結しているのかどうかを知らない。全篇を通読しないうちに批評するのは、やはり不十分なことで、作者にもよくないけれども、後篇がいつ出るのかわからない現状なのに、私は前篇について急いで云いたいことがあるから、そうすることに決めた。そこでこれは『風にそよぐ葦』前篇の批評である。以下いちいち前篇とことわらない。

『風にそよぐ葦』は一般に好評であつたらしい。もつとも私は、このところ長いこと『アカハタ』以外には東京で発行される諸新聞を見ていない関係もあり、この作品のまとまつた批評には殆ど接しなかつた。『アカハタ』四九年十一月十七日紙上の野原龍一という人のもののほかに、筆者も掲載紙も記憶していないけれど(『朝日』西部版?)、石坂洋次郎の『青い山脈』から『石中先生行状記』への退歩に対比して『風にそよぐ葦』を書いた石川の前進を論じたものを読んだ。野原も「『望みなきに非ず』にくらべればこの小説はかなりな前進を示しているといえよう。」と結論していたが、その他の私の見聞をも含めて大体これが定評であると思われる。私はこの種の定評に必ずしも反対するものではない。「その時代の倫理を蹴とばし、民衆の幸福を蹴とばし一切のものを犠牲にしても」その上に更にあり得る「政治のモラル」を考えることができ、そうすることで政治一般を軽蔑拒否していた石川(『新潮』四七年四月号)が、今日「吾々の生活の安定や平和を守るために、吾々は選挙を行い、吾々の政治を議会によつて運営して行くのだ。」と云うようになつたのは、あたかも「敗戦の世相の上つ面だけをなでおろし、故意に進歩的なものをゆがめて書いた」『望みなきに非ず』

から、太平洋戦争下のインテリゲンチャが「戦争においつめられながらこれに抵抗する姿をえがいた」『風にそよぐ葦』への変化に照応している。それは作家石川達三の「前進」と、従つて彼の作品のそれとを意味すると一応は認めてもいい。けれどもこの小説が、軍国主義的専制政府の苛酷な言論弾圧や、「横浜事件」に連座した人々に対する警察国家の残虐な取り扱いやを描くことにより、「ファッショへの憤りを駆り立てるに十分な迫力を持つている」とする野原の批評――そして恐らくこれがこの作品に対する世評を代表していると信ぜられる――に私は服することができない。或るものに対する憤りを駆り立てるということは、同時にその或るものに打ち勝つ方向に人を導くことであらねばならぬ。相手に負けるために、相手への憤りを駆り立てるなどというノンセンスなことがあるだろうか。或るものに対する怒りを駆り立てながら、同時にその或るものに敗北する道に人をいざなうとすれば、それは真に憤怒を駆り立てているとは云えない。――私たちは私たち人民・民族の生活を圧迫し破壊する敵に向い、ますます憤怒を強めねばならぬ(勝つために)。ファシズムへの憎悪をいよいよたぎらせねばならぬ。(打倒するために)。作家も働く人民・民族の一人であり人民・民族の味方であるならば、彼自身敵への憤りをもやし、おのれの憤怒の普遍性を信じる時創作のモティーフは与えられ、作品の制作・完成において彼の憤怒を芸術的普遍性にまで高める。もしそうならば、彼の読者は有形無形の敵に対する真の憤りに駆り立てられ、作品はすぐれた成果を示すものと云わねばならない。――この意味において、石川達三の『風にそよぐ葦』は一応表面上「ファッショへの憤りを駆り立てる」ように見えるにもかかわらず、到底真にそうであると云うことはできない。なぜならばこの作品はその実、読者をファシズムへの屈状の方向に誘つているからである。結論を先に云うならば、内外独占資本とそのファシズムとに対する唯一の抵抗体であり、それに打ち勝つべき唯一の可能な道であるところの労働者統一戦線・反ファシズム人民戦線・反帝国主義統一戦線＝民主民族戦線の確立を阻害し、分裂せしめようとするもの、これこそは『風にそよぐ葦』の正体にほかならない。

『風にそよぐ葦』の主題は、一まず積極的であると云うことができる。石川はここで戦争反対的自由主義者清原節雄の苦衷を書いている。家庭生活を破壊して行く戦争への憎悪を、葦沢榕子に托して展開している。軍国主義的教育と戦争とで育てられ、歪曲された若い青年男女のいたましい肖像を、葦沢邦雄と児玉有美子とによつて描いている。絶対主義的軍隊組織の兇暴な非人間性を広瀬軍曹に、軍閥政治の言論弾圧の冷酷な表情を情報官佐々木少佐に、自由主義的戦争傍観者の生態を葦沢悠平に、それぞれ代表させている。そうして最後に警察国家の残虐極まりない正体を「横浜事件」を通して浮き彫りにしようとしている。たとえ登場人物はそれぞれに多かれ少かれステレオタイプであることをまぬがれず、ストーリーの進展は極めてメロドラマティックであるにしても、新聞小説として一応の成功をおさめていると云つていい。ここには一見たしかに人を戦争への憎悪とファシズムへの憤怒とに駆り立てるものがあるように思える。一篇を貫く作家の精神は侵略戦争反対・ファシズム打倒の情熱に満ちているように見える。けれども特徴的なのは、太平洋戦争下の暗黒時代を今日の立場から批判的(?)に描き出そうとしながら、作者がこの四百八十二頁の首尾を通じて、終始明確に「共産主義と一線を画して」いることである。作中に表れる戦争反対・憎悪の思想・感情のすべては自然発生的・個人主義的のそれでなければ、自由主義的或いは人道主義的なものでしかなく、「もし戦争勃発の恐れがある時には、関係諸国の労働者階級および議会における彼らの代表者たちは、インターナショナル・ビューローの結束的活動によつて支持されつつ、最も有効と思われる手段を用いて戦争の勃発を防止するために全力を尽す義務がある。」(『スツットガルト大会の決議』)というような言葉に多少とも関係ある思想の片影さえもないのが、特徴的なのである。戦争批判、戦争終結の動きは共に情勢論的なもののみに過ぎず、現前の戦争を帝国主義的侵略戦争と明確に認識する立場からの一行すらも書かれていないのが、特徴的なのである。

「お父さんは共産主義ですか」と邦雄は突然、反抗的な白い眼を向けた。

「私が共産主義に見えるかね」

悠平は妻の顔に微笑をおくつた。茂子夫人は息をしてゐないのかと思はれるほど静かな顔で、邦雄の姿を見つめてゐた。(一三三頁)

「それはさうと、細川嘉六はまだつかまつてゐるのかね」と清原が言つた。

「ええ、まだはひつてゐます。しかし近いうちに出るだらうといふ話です。あの人は共産党の再建なんかやるやうな人ぢやありませんよ」(三一三頁)

作者石川が深い同情と好意とを以て描いている葦沢悠平が、息子の質問に対し「私が共産主義者に見えるかね」と微笑して反問する調子には、明かに共産主義者などは彼自身とはよほどかけ離れた不潔で嫌悪すべき種類の存在としての取扱いが、歴然として露呈されている。侵略戦争に対して批判的な態度を採り、ファシズムの重圧に身を押しひしがれようとしている人々にとつては、最も強力な味方であり、たとえ主義を異にしていようとも、少くとも多少の（人間的な）シムパシーを以てこそ語られるべき共産主義者が、戦争批判・傍観的自由主義者葦沢悠平によつて、当面の敵軍閥に対するよりも、更にひややかな調であしらわれているのだ。私は一つの作品中にこういう人物が登場するのを必ずしも非難しようとするのではない。作家石川達三と作中人物葦沢悠平との距離或いは無距離が問題なのである。他の場面（二二〇頁）で息子の邦雄と論争する悠平の心理を「彼（邦雄）は何も知りはしない。軍部と政府との宣伝に乗つて、軍国主義をただ一筋に信じ切つてゐるのだ。共産党の連中が共産主義以外のあらゆる主義を理解できないと同じやうに……」と描写する時の石川と悠平との密着が問題なのである。更に云うならば、作家が今日の立場から過去の時代を批判的に描く場合に、作家の今日の思考を過去に生きる作中人物に投影することは無論許されるにしても、それは作中人物にとつての主体的真実性とその時代にとつての客観的実在性とにおいて表現されることが必要であり、先の「共産主義の連中が」云々の思考経過は、今日の石川のものでは十分あつても、一九四三年二月現在の葦沢悠平のそれとしては主体的必然性・芸術的リアリティを多分に欠いていて、所詮こじつけと云うほかはあるまい。清原の問いに答えて「あの人は共産党の再建なんかやるやうな人ぢやありませんよ」と云う『新評論』編集長岡部熊雄の台詞にも、岡部の、そしてより多く石川の、共産党に対する否定的・軽蔑的評価が滲透している。「なんかやるやうな」という語調が、このファシズムの全盛期にそんな危険な冒険を、という積極的評価を裏面に含む意味において発言されているのでもなく、企図の客観的困難乃至不可能への批判として云われているのでもなく、党・党再建そのものへの否定と嫌悪とにおいて口にされている。(当時の細川がどの程度にマルクス主義者であつたかなかつたかは暫くおき)「もう五十をいくつか過ぎた」「酒好きで」「田舎もの」の「赤」ではない「気の良いをぢさん」として、今日共産党国会議員団の一人である彼自身とは内面的連関性を殆ど持ち得ない一人物として、戦争下の細川嘉六が語られるのである。「細川は人間的にはとても良い人です。酒好きでね、田舎者でね」「細川さんですか。気の良いをぢさんですよ」などが「赤」との対比において、共産主義と「人間的にはとても良い人・気の良いをぢさん」との不両立もしくは両立の珍奇性の暗示乃至独断において、説明されるのである。そしてそれは、「善意によつて動き、建設的であると考えられるユネスコ」(『あえてチート化せよ』)が、コミンフォルムとの対比において、「悪意によつて動き、破壊的である」コミンフォルムの暗示において、独断的に提出されるのと照応し、深く根強く内面的に連関しているのである。一篇の登場人物はすべて作者の反共的乃至「共産党と明確に一線を画す」的思想の傀儡として躍らされ、諸所に隠見する作者の素顔が同じ立場から、しかしややさりげなく、時代の激動を展望しているのだ。——従つて「三十人にあまる人々を無実の罪によつて一年半から二年半に及ぶ囚虜の困苦におとし入れ、朝に夕に拷問をくりかへし、凌辱の限りを尽した」「横浜事件」を叙述する石川の筆致は、同じ反共の、同じ「共産党と明確に一線を画す」の精神によつて一貫され、極言するならば、いたましい事件連坐者・犠牲者たちの運命が、もし彼らが自由主義者かせめて社会民主主義者かであつたならば絶対的同情と傷心とに値いしようが、しかしもし彼らが共産主義者であつたならば、ただ相対的・部分的のそれにしか値いせず、半面「本当に共産党再建を彼らが企図していたのなら、（当代の権力者による）ああした処置も無理からぬ、やむを得ないところである」という非人間的な判断をさえ予想させるものとして、読者に提示されているのは、極めて呪うべき自然さであると云わざるを得ない。

私は自然発生的、個人主義的、自由主義的および人道主義的な反戦＝反ファシズムの感情・思想を決して少しでも軽視しようとするものではない。戦争批判・終結への意志は、たとえそれが情勢論的なものにしろ、それ相当の積極的評価を拒もうとも思わない。戦争反対・平和への希求は、その最もナイーヴな意識から高次のイデオロギーに至るまで、すべてこれを尊重し、結集しなくてはならぬのである。また私は云うまでもなく、或る人が共産主義者・同党員でないからといつて直ちにその人を非難しようとするはずもなく、或る作家・作品が共産主義的でないからといつて直ぐにそれを攻撃しようとするのでもない。ただ私は「共産主義・共産党と一線を画した」平和への意志・ファシズム＝戦争反対・人民解放運動の行きつく果てを考えるのである。敵を前にして味方の戦線分裂を計る者は、そもそも味方と呼ぶべきか、それとも敵と呼ぶべきかを思うのである。二つの戦争の惨苦とファシズムの兇暴と原子爆弾の恐怖とを体験し、今新しい戦争とファシズムとの脅威に身をさらしている日本人民の、あらゆる平和への意志、すべてのファシズムへの拒絶を実現し得る最も現実的で唯一強力な道は何か、それは働く人民の党である共産党と決して「一線を画す」のでなく、かえつてそれとこそ深く結合する民主民族戦線の確立であると固く信じるのである。「「だが小さな共産党はこのような統一戦線に参加したとて、労働党が実現しているようなものは何一つ与えないだろう」と、たとえば英国労働党の指導者たちは云う。だがオーストリア社会民主党指導者たちが小さなオーストリー共産党についても同じようなことをいつていたのを想起せよ。で、どういうことになつたか。適切な時に、オーストリーのファシズムの危険を警告し、そして労働者たちに闘争へと呼びかけたのは、オットー・バウエルやレンナーを頭に戴くオーストリー社会民主党ではなくて、小さなオーストリー共産党であつたことは明かとなつている。実に労働運動の全経験は共産主義者が相対的にその数が少くても、プロレタリアートの闘争のモーターになつていることを示した。」(ディミトロフ)加うるに共産党は世界諸国家諸民族のプロレタリアートとの国際的連帯の上に立つている。

そしてもしそうならば、読者を不知不識のうちに共産主義への嫌悪、「共産党と一線を画す」方向に誘おうとする『風にそよぐ葦』は、そのことで人々を内外独占資本のファシズムへの屈状の道に駆り立てるものではないか。作家石川の現実認識・批判は『あえてチトー化せよ』の場合と同様極めて誤り歪んだものであり、従つて作品が所詮通俗小説の域を脱せず、芸術的リアリティに乏しいステレオタイプとメロドラマとの混合物を多分に含んでいることは、もつともなことではないか。作家主体は前進したのでもなく、真にファシズムへの憤怒に燃えているのでもなく、一昨日は『日常の戦ひ』を、昨日は『望みなきに非ず』を書いた同じ職人的手附き・同じ非文学的精神で、今日は戦争をもファシズムをもその犠牲者をも、何の心の痛みもなく、彼自身の内面とは何ら相渉ることのない時代風俗として描き去つていると云うべきではないか。更には『あえてチトー化せよ』で共産党にともかくも彼の希望を差し出した時、私が疑つた渡辺以上の「悪質さ」が、ここでは「横浜事件」とその周囲とを素材に選んだことのなかにひそむのではないかをさえ、疑わせるではないか。

『風にそよぐ葦』は、決して言葉の真意において人々を「ファシズムへの憤りに駆り立てる」ことはできず、ファシズムへの敗北の道・民主民族戦線の分裂へと駆り立てようとするものである。『風にそよぐ葦』の作者が『あえてチトー化せよ』を書くのは、全く似合つたしぐさというべきであろう。

附記・私が「共産主義が良いものであるならば、むしろ私は日本共産党がチトー化することの方を希望する。」という文章を、非論理的と云つたのには、異論があるかもしれない。しかし私はこの筆者をそんな悪い人、はつきりと悪事を意識的に直接すすめる人とまで思いたくなかつたので、その前提の下で非論理的と云つたのであつて、しかしあれはその前提を捨てさえすれば極めて論理的なものである。すなわち「正直がよいものであるならば、不正直になることを希望する」。もつとわかりやすくほん訳すると「強盗が悪いものならば、強盗になることを希望する。」――悪事の奨励・悪への勧告である。

(一九五〇年三月・福岡市友泉亭にて)

寓話風＝牧歌的な様式の秘密

――コンスタンティン・ヴィルヂル・ゲオルギウ『二十五時』（筑摩書房）

《「世界は非合理であり、生は徒労である。」この主題は、思想とほとんどおなじくらい古いものであるが、実存主義はこの主題についてあたらしい変奏曲を展開しつゝある。[01]》

実存主義者たちが、彼らの最も近い教師の一人に、フライブルグ大学の汚された講壇でマイダネックの「電気送風機を備えた煉瓦製の」窯の「哲学的」上部構造を養成したハイデッガーを数えている事情にかかわりなく、或いはむしろその故に、戦後の実存主義は、一般的流行の波に乗り、公然と、もしくはひそやかに、歓迎され、愛玩されたようである。現実を変革しつつ無限に前進しようと努力する列伍に敵対し、ないしその列伍から脱落し、或いは無関心であり・あろうとする精神にとつて、客観的・歴史的現実の歴史的・客観的把握の可能を否定して虚無と絶望とを誇示する教理が、魅力的でもあり有用でもあることは自然である。戦争下の一人の若者の敗北の精神史をたどつて私自身かつてこう書いた。

《「生は夢」――遠い昔から絶えず人類の精神には虚しい寂滅への傾向が巣食つてゐるやうである。現実の諸力が時にそれを激しく掻き立て、また力強く押しつぶすのだ。……すべては徒労であり、窮極の滅びへと進行する過程での虚しいあがきであるといふ思考が、いかに美しい魅惑的な真理として彼の前にあつ

たことか。[02]》

けれども、一九四五年八月十五日以降の世界で、私たちはまたしても、このような「魅惑的な真理」に対面しなければならぬのであろうか。このような思想の彌漫を見なければならぬのであろうか。

▼01――トロワフォンテーヌ『サルトルとマルセル――二つの実存主義』アテネ新書、『サルトルの選択』、一一頁
▼02――大西『精神の氷点』改造社、八七頁

戦後フランスにおける、サルトルを先頭とする実存主義の流行は、或る特定の必然性を持つていたようである。それはたとえば、『私は自由を選んだ』の著者・V・A・クラフチェンコによる、彼の批判者たちに対する名誉毀損の告発・公判が、同様の条件の存在したアメリカにおいてではなく、ほかならぬフランスにおいて行われたことが、或る特定の必然性を感じさせるような事情に関連して、理解され得るであろう。

戦後日本へのサルトルないしサルトル的なものの輸入、実存主義或いはその薄手なまがいものの流行も、或る特定の必然性を持つものと言わねばならぬ。そしてそういう事情、そういう必然性または必要性は、急速に倍加されている。虚無と絶望とのための風土は耕され、整備されている。ここに次ぎ次ぎに種を蒔き、移植しさえすればよい。しかしただそれらが、窮極においては、ブルジョア・イデオロギーへの虚無であつてはならず、ブルジョア・デモクラシーに対する絶望であつてはならぬという制限つきで。それら

が人民の民族的屈従と退廃と諦念とに導かないと保証する必要などが、どこにあろうか。

戦後の虚無と絶望との教理は、戦前戦中のそれと異る特徴を持っている。それは戦前戦中のこの種のものの或る部分が、ファシズムと戦争との兇暴な重圧に対するせめてもの抵抗であり得た場合があり、その限りでの或る特定の進歩的な役割をさえ果し得たのに対し、戦後のそれは総じて殆ど全く明白に反動的な、反人民的な立場に終始せざるを得ない点である。——このような季節のなかで、一方では政府の手になる破廉恥な『外交白書』が臆面もなく公表され、「共産党員、共産主義者ならびにその同調者」すなわち進歩的平和愛好者に対する基本的人権無視の弾圧・迫害が公然と組織的に遂行されていた時、他方ではフランス実存主義文学の一ヴァリエーションであり、「恐るべき絶望の書」▼03と云われる『二十五時』が翻訳・出版され、多くの読者の興味と関心とを呼んだのは、偶然ではない。ここでもガブリエル・マルセルが同書の「序」で云うように、「ゲオルギウ氏の作品はまさに所を得、時を得て現れた訳なのである」。

トロワフォンテーヌは、サルトルの哲学を批判するに際して語っている。

《彼ら(読者たち)はサルトルの哲学を読んで、感化され、そのある者は、そこに、「二つの戦争のあいだ」および敗戦後のフランスに一般的な感情に有利な辯明を見ないであろうか。……また心ひそかに幻滅を感じている魂たちで、サルトルのうちに彼らの絶望の辯明や、さらに称揚を見いだすことができたと信じる者がないであろうか。▼04》

私は日本の読者たちが、『二十五時』を読んで、「感化され」、そのある者は、そこに、敗戦後の日本に一般的な感情に有利な辯明を発見し、或いは心ひそかに幻滅を感じている魂たちで、『二十五時』のうちに彼らの絶望の辯明や、さらに称揚を見いだすことができたと信じる者が、相当にあると思う。「絶望の書」の根をおろすべき土地は耕され、施肥されていたのだから。——とは云え「たしかに正しい魂の持主たちは、健全な反省によつて反抗するであろう」[05]。それでも、どこに欠陥があるのかわからない作品を前にして、一種の混乱を覚えるかもしれない。このような作品と「対決する機会をどうして見のがすことができようか」[06]。

▼03——臼井吉見『恐るべき絶望の書』、『中央公論』五〇年九月、一七八頁
▼04——トロワフォンテーヌ、前掲書、五一頁
▼05——トロワフォンテーヌ、前掲書、五一頁
▼06——トロワフォンテーヌ、前掲書、一二頁

この小説を、実存主義文学の一ヴァリエーションであると私は先に書いたが、作者の立場は、サルトルを代表者とする所謂無神論的実存主義によりも、より多く所謂キリスト教的なそれに接近しているようである。キュー・ファッションの輸入品、実存主義の新顔として、この作品がその存在を主張し得る所以であろう。「粉砕される運命にある」人類の悲劇を誇示するこの作品に、ほかならぬ「神に出あつた」実存主義者・ガブリエル・マルセルが熱意を籠めた序文を草しているのは、一見そぐわぬようであつても、実は極めて自然である。「二十五時」、「あらゆる救済の試みが徒労になる時間」、「恐るべき絶望の書」、——しかし救済は、或いは救済への径は、作者によつて(主観的に)云わばあらかじめ設定され、作品の現実におい

てややさりげなく指示ないし暗示されている。人はガブリエル・マルセルと共に、司祭・コルガの希望に、二十世紀の神の創造に、現代のノアの方舟に、「この大部な絶望の書に輝いている唯一の仄かな光り」を認めねばならぬ。——もつともこれには異論が出ている。

《このメシアの予言をどこに求めるかは、にわかに決定しがたい。マルセルは、司祭コルガの最後のコトバを引いて「ノアの方舟」であるとし、「これがこの大部な絶望の書に輝いている唯一の仄かな光りである」と述べているが、私は反対だ。この解釈は小説の題名の由来と符合しない。[07]》

小説の「題名の由来」というのは、次ぎの部分などを指すのであろう。

——題は何ていうんだね?

——『二十五時』、とトライアンが言つた。あらゆる救済の試みが徒労になる時間だ。メシアの降臨を以てしても何ものも解決されない。それは最後の時間ではなくて、最後の時間の一時間後なんだ。これが西欧社会の正確な時刻だ。現在の時間だ。正しい時間なのだ。(P.40)

先の論者も、作者の救済への希求が「神」にかけられていることを否定しているのではない。私もまた、それが必ずしもキリスト教的なものであることを、固執するつもりはない。ただ「題名の由来」について云うならば、前掲の部分その他を手がかりとして、現実の小説『二十五時』——現実の、というのは、仮空の、すなわち作中人物・トライアン・コルガの未完成の小説『二十五時』に対して、そう云うのである。——を全き絶望の書と規定すること・ならびにこれに類する対象把握の方法は、次ぎのものなどと共に、文学理解上の原則的誤りでなければならぬ。

《『二十五時』の作者はこの書は事実の書だ、ヒロイックな主人公《ヒーロー》は要らない。でてくる人物はすべて技術の奴隷である、と語つてゐるが……。[08]》

小説『二十五時』の作者・ゲオルギウは、そういうことを「語つて」いない。語つているのは作中の作家・トライアン・コルガでしかあり得ない。志賀直哉の十八番であるこの種の混同は、文学創造・批評・鑑賞上の「日本的」癌であろう。——「題名の由来」はともあれ、作者が救済の径を「神」に向つて志向していることは、作品の実地について証明することができる。客観的・歴史的現実の合理的な解明を、「人間的実践の中に、且つこの実践の把握の中に見いだす[09]」ことを回避する哲学が、しかしせめてもの解決、せめてもの救いを求めてうごめく時、神・絶対者・超越者に向つて憐みを乞う反動的な手を差しのばすのは、当然な一つの帰結である。——しかし私はあまり先走りをすまい。ここには、今思い浮んだ一つの言葉だけを書きとめておこう。

《神の誘惑は、人類にとつて、常に、悪魔のそれよりも、一層危険であつた。[10]》

▼07——竹内好『人類悪の告発』、『日本評論』五〇年十月、三三頁

▼08——唐木順三『展望』、『展望』五〇年十月、五五頁

▼09——エンゲルス、マルクス『フォイエルバッハ論』岩波文庫、マルクス『フォイエルバッハ論綱』、一〇八頁

▼10――Arthur Koestler: *Darkness at noon*, The Modern Library, P.153

小説『二十五時』は、今なお悪夢のように忘れがたく全世界の人々の心にのしかかっている、第二次大戦から戦後にわたる期間――世界戦争の端緒となつたナチス・ドイツによる対ポーランド侵略戦の発動の年の前年・ほぼ一九三八年五月（プロローグ「ファンタナ」の部分を入れるならば、多分一九三六年夏）から平和回復後まで――における、バルカンの一小国の一人の若い平凡な農民の数奇な運命を――運命を中心に戦中戦後のさまざまな重要問題を――展開している。描かれている対象はあまりになまなましい現実であり、論ぜられている事がらは極めて切実な課題であり、それらは今日の読者が洋の東西を問わず多かれ少かれ対決を強いられてきたし、強いられている種類のものである。

《作者ゲオルギウによつて代表されている米・ソの間にはさまれた小民族の苦難と運命は決してわれわれにとつて無縁ではない。》

こういう翻訳者（河盛）の注意は、親切すぎるとも一応云うべきであろう。

ここで作家・コンスタンティン・ゲオルギウは、「盗ミモ致シマセズ、人殺シモ致シマセズ、誰一人欺シマセズ、法律ト教会ノ禁ジテオリマスコトハ、一切犯シタ覚エハ」ない善良・平凡な農夫・ヨハン・モリッツが、云うならば無実の罪によつて前後十三年にわたる俘囚の困苦にさらされ、「心ハ、悲シミト苦シミデ真暗」に、「モウ見ル影モナイ有様」となつたあげく、ニュールンベルクの国際法廷で、「五十二カ国ノ名ニ於テ」戦争犯罪人と判決される、いたましい――あまりにいたいたしい年月を書いている。ルーマニア政府の反ユダヤ人政策下におけるユダヤ人の強制収容と強制労働、政治機構の画一的官僚主義、末端権力の腐敗・堕落を書いている。自国とドイツとの関係は「是非とも安定を維持する必要が」あり、しかも「それは最早対等の関係では」なく、その事実を「いかなる屈辱を忍んでも認めざるを得ぬ」立場に置かれたハンガリア政府(閣僚)の苦衷、その非人間的・反道義的な外交方策決定と情報局総裁・古典的(?)ヒューマニスト・バルトリイ伯爵の憂鬱とを書いている。聖職者・アレクサンドル・コルガのキリスト教的ヒューマニズムとワルソオ大主教の頭上に輝く光背とを書いている。ドイツ収容所における人間の機械化・むしろ機械の奴隷化を書き、アメリカ(連合軍)占領地区における反人間的画一・集合主義を書き、「未開人」である赤軍の兵士の野蛮について書いている。作家・トライアン・コルガの絶望的現代(西洋文明)社会批判=技術奴隷論と彼の「純粋なヒューマニティの行為・無償の行為」、その彼を襲う不運と非業の死とを書き、第三次大戦の勃発をさえ書いている。総じて第二次大戦(下の人間)の不幸と惨苦と戦後の不安・第三次大戦を予感する危機の意識とを書いている。

《この国から三千キロ離れた所で起つていることはこの国にも起る。此処と彼処との差異は消滅している。人類の悲劇は人類にとつて到る所で同一なのだ。》(「序」六頁)

――繰り返し云うならば、描かれている対象は、まさしく私たちにとつて、あまりになまなましい現実であり、極めて切実な課題である。

《私の見る所では『二十五時』におけるフィクションの部分が殆ど問題とするに足りないものであることは、確実である。》(「序」一頁)

こういうマルセルの証言が十分に正確か否か、或いは或る小説にとつてそうした証言の存在が有意味であり得るか無意味でしかないかに、かかわりなく。――

けれども云うまでもなく、或る作品の文学的現実が人の心を打つのと、或る作品の文学以前的現実が人の心に迫るのとは、全くには同一事ではない。小説『二十五時』を読み進み、読み終える時、人々はたしかに心をゆすぶられたと感じる。しかし人々が読了後改めて彼らの感動(の種類・性質)を反省するならば、小説『二十五時』の世界の文学的現実によつて惹起された感動、云いかえればこの作品が文学的・芸術的に人の心を打つということが、意外に稀薄であり、感動はむしろより多く作者の理解と心情・作者の文学的処理を超えて(文学以前的)現実の悲劇自体が人の心に迫るところから生じたものであることに、気づくであろう。ここに現実の悲劇自体と云うのは、この作品が全くのフィクションであると「フィクションの部分が殆ど問題とするに足りないものである」とに必ずしもかかわりなく、今日の人間が多かれ少なかれ切実に体験してきたし、しつつある社会的現実との密接・直接なアナロジーの上に、この小説が成立している事実にかかわる。――ヨハン・モリッツを始めとする一篇の登場人物はすべて肉感・生命感の乏しい影絵のような存在であり、それらの剝製的人物を包容しつつ作品世界はおおむね寓話風＝牧歌的な様式に終始し、総じて描かれている対象(作品以前の客観的・歴史的現実)のなまなましさ、切実さに反し、小説『二十五時』(の文学的現実)は、極言するならば、私たちに「無縁」な一個非現実的メールヘンの世界である。

――わずかに「余話」の部分において、「十三年間留守にしてしまい」「その間を、百あまりのキャムプで過した」後、もはや二十五才ではなく三十八、九才の「今は半白の髪のやせた男」となつたヨハン・モリッツが、ふたたび妻スザンナと子供たちとにめぐり会つたその夜、「すつかり変わつているというわけではないけれども「顔に少しばかり皺がよ」り、「皮膚は新鮮さを失」い、「髪は色が変つて」「麻色になり」「胸は落ち」た、しかし「昔と同じ」スザンナと二人で「子供たちに気づかれぬように」そつと屋外に出、星がいくつかきらめいている空の下の草原の上で、最初には「少しはずかしく」最後には「すつかりてれていた」という風な、十三年ぶりの夫婦の交歓に浸る描写、草の匂いの漂う夜景のなかに「大理石のように浮き出し」た全裸の妻を抱きながら「二人にとつて、二人の前に、人生」を見いだす場面、結局は十八時間の自由でしかなかつたにしろ、夜通し自由の空気を全心身で呼吸する情景においては、寓話風＝牧歌的な様式・雰囲気は文学以前的現実と内容とに即した自然さを獲得し、作者の筆は生彩を放ち、登場人物は作者の主観によつてわずらわされること少く、生きている。芸術的な美の輝きを保有し、人の心を文学的・人間的に強く打つことのできるこの部分は、しかし一篇を通じて稀な例外と云わねばならない。最も悲劇的な場面の一つであるはずのトライアン・コルガの死の描写では、さすがに作者の筆致は緊密さを加えて相当に正確であるが、ここに見られるリアリスティックなタッチの鋭さに比例して、それだけこの部分が作全体から遊離し、全篇の芸術的均衡を攪乱しようとしている事実は、いなみがたい。この文学的逆効果、この構成破壊のアイロニイは、トライアン・コルガの死(自殺)そのものが、彼自身の生涯の必然的帰結ではあり得ず(そう表現され得ていず)、作者の主観による一方的な押しつけとしか思われないのと照応する必然の悲喜劇であろう。禁錮囚・トライアン・コルガは、彼自身の意思に反し、作者の得手勝手な強制によつて、ダルムスタット強制収容所内の禁止路に歩み入つたのである。

彼の振舞の原因が発狂ではなくて、極限に達した苦悩から来たものと考えることの出きる唯一人の者は、勿論彼の妻ノラだつた。(P.304)

このような不必要なセンテンスをも、従つて作者は書かなければならぬ。作中人物は、たとえばこういう方法でさりげなく、作者の主観的押しつけ——登場人物の人間の条件を無視した——に抗議し復讐していると云うべきであろう。これをコルガの思考としてではなく、むしろ作者の附言として読むならば、私も一層同感である。ただその場合、「勿論彼の妻ノラ」は「勿論作者ゲオルギウ」の誤植である、と云わねばなるまい。

問題はまず、この作品の様式である。私は『二十五時』の様式を寓話風＝牧歌的と書いたが、この作品(の様式)は、その内容・主題ならびに制作対象となつた(作家主体に働きかけて創造的内部衝迫を直接に喚起した)現実において、本来殆ど対蹠的と云つていいジョン・スタインベックの『トーティラ・フラット』(の様式)を連想させる。——カリフォルニア沿海の古都・モントレーのトーティラ平地《フラット》に住む土民paisanoたちの、天衣無縫とも云うべき真情流露の人間性を描いた『トーティラ・フラット』の様式は、たとえば「I　ダニィが復員・帰郷してみると遺産相続人になつていた次第、ならびに彼が寄るべのない友を保護することを誓約した次第」、「V　聖フランシスの御手が情勢を一変させピロンとパブロとジーザス・マリアとに寛大な罰を課された次第」、「XV　ダニィが考え込んで気が狂つた次第。悪魔が酒屋の亭主に化身してダニイの家を襲撃した次第」などの各章の題目についても、ほぼ想像され得るように、まさしく寓話風＝牧歌的なのである。――paisanoとは、約二百年来カリフォルニアに住みついている、スペイン人とアメリカ土人とメキシコ人との混血民の由であるが、ダニイ、ピロン、ビィグ・ジョーらpaisanos仲間の安逸、怠惰、無頼な、しかしそのうちに自然・素朴な人間性の発露・輝きに満ちた生活を展開するスタインベックの叙述は深い愛情に溢れ、寓話風＝牧歌的な様式は、この内容、この主題と共に恐らくこの作品の文学以前的（制作対象となつた）現実との内面的・必然的連関性を確固として保持し、まず過不足なく調和している。寓話風＝牧歌的な様式が、決して作品現実を非現実的メールヘン化する方向に働かず、客観的現実の現実的・芸術的把握を可能にし、作中人物は血肉を備えて生きている。云わば文学的三位一体を私たちはここに発見することができるのである。

　このことは何よりも作者の（文学以前的）現実に対する把握・態度決定の正確さに由来する。「これらの哄笑と愛情とに満ち、真率な慾情と率直な眼とを持つ、お上品さとは無縁な礼節をわきまえた人々」の物語りに、後日彼自身序してスタインベックは、語つている。

《この本を書いた時、私はpaisanoたちを、珍妙だとか異様だとか、または落伍者であるとか劣敗者であるとか、考えたこともなかつた。彼らは、私が知り且つ愛する人たちであり、彼らの生れ故郷にしつくりはまつて暮している人たちである。……私はこれらの物語りを、それが真実のものであり、またそれを私が愛するが故に、書いたのである。[▼11]》

　けれども作者の現実に対する態度・paisanosに対する批判の眼は作者の愛情・作者の主観によつて曇ら

されてはいない。物語りは正当にも寓話風＝牧歌的な様式のうちに、これら無頼にして善良な魂たちがかもしいだす哀歓の人間劇を繰りひろげつつ、一貫するヒューモアの流れに乗つて次第にダニイの狂死とダニイの家の焼失と仲間の離散とのキャタストロフィに向い、進行するのである。彼の「愛する人たち」、「愛する物語り」を、ハピイ・エンドにではなくアンハピイ・エンドにと不可避的に追求する時、スタインベックの作家主体には、現実の合理的な批判・客観的な把握が根柢にしかと存在し、同じ合理的・客観的な把握が、この作品の内容と共に寓話風＝牧歌的な様式を決定している、と云うことができる。ダニイの死の場面は、トライアン・コルガの死のそれに比して考え得るものであるが、緊迫した描写は寓話風＝牧歌的な様式を不動のままに簡潔・正確且つ余韻豊かに悲劇的《トラジック》であり、――悲劇的ではあるが、云わば死すべき人を死すべき時に死なしめている必然性の確信に立つて、無用の感傷をも無用の主観的表白をも、潔癖に排除しているのである。[12]

トーティラ平地《フラット》の群衆に交つて、ダニイの仲間たちは茫然と立ちつくし、ついにダニイの家が黒い、湯気を立てる灰燼の小山になるまで見守つていた。そこで消防自動車は向きを変え、丘を滑り下つて去つた。

平地《フラット》に集つていた人々は闇中に消えた。それでもまだダニイの仲間たちはくすぶつている焼跡を見ながら立つていた。彼らはよそよそしくお互い同士を眺め合い、次いでまた焼けた家を見た。そしてやがて彼らは踵を返すと、そこからのろのろと歩み去つて行つた――一人々々別れ別れに。[13]

ダニイたちのグループの発生とその「一つの美しくかしこい組織」にまでの繁栄とに多くの頁を割いた小説は、「最後にグループの崩壊を告げ」つつ、以上のように終っているが、ダニイの死もグループの瓦解も、彼らの半生の必然的結果として十分うなずかれ、この部分に見られる一種沈痛なスタイルも、その直前までの寓話風＝牧歌的な様式の自然な延長線上に定着して動かない。この作品では、歓楽と共に悲痛が、愛情と共に憎悪が、喜劇と共に悲劇が、生と共に死――それも非命の死さえが、寓話風＝牧歌的な様式を要求しているのである。窮極においては裁かれねばならず、そのままに全的には肯定しがたい、しかしまさしく愛すべくほむべくほほえましい人々の天真流露の生き方を、より多くその積極面において肯定的に（特に三十年代アメリカ「物質」文明社会の前に）提示しようとした作者の意図・愛情、――これこそが寓話風＝牧歌的な様式の根源である。作者の意図は成功的に遂行されたと云うことができよう。

▼11――John Steinbeck: *Tortilla Flat*, The Modern Library, Foreword PP.1-2

▼12――*Ibid*, PP.300-304

《"No one ?" Danny cried again. "Am I alone in the world? Will no one fight with me ?" The men shuddered before his terrible eyes, and watched fascinated the slashing path of the table-leg through the air. And no one answered the challenge.

Danny drew himself up. It is said that his head just missed touching the ceiling. "Then I will go out to The One who can fight. I will find The Enemy who is worthy of Danny !" He stalked to the door, staggering a little as he went. The terrified people made a broad path for him. He bent to get out of the door. The people stood still and listened.

Outside the house they heard his roaring challenge. They heard the table-leg whistle like a meteor through the air. They heard his footsteps charging down the yard. And then behind the house, in the gulch, they heard an answering challenge so fearful and so chill that their spines wilted like nasturtium stems under frost. Even now, when the people speak of Danny' s Opponent, they lower their voices and look furtively about. They heard Danny charge to the fray. They heard his last shrill cry of defiance, and then a thump. And then silence.

For a long moment the people waited, holding their breaths lest the harsh rush of air from their lungs should obscure some sound. But they listened in vain. The might was hushed, and the gray dawn was coming.

Pilon broke the silence. "Something is wrong, " he said. And Pilon it was who first rushed out of the door. Brave man, no terror could restrain him. The people followed him. Back of the house they went, where Danny' s footsteps had sounded, and there was no Danny. They came to the edge of the gulch, where a sharp zigzag path led down to the bottom of that ancient water-course wherein no stream had flowed for many generations. The following people saw Pilon dart down the path. They went after him, slowly. And they found Pilon at the bottom of the gulch, leaning over a broken and twisted Danny. He had fallen forty feet. Pilon lighted a match. "I think he is alive, " he shrieked. "Run for a doctor. Run for Father Ramon."

The people scattered. Within fifteen minutes four doctors were awakened, dragged from their beds by frantic paisanos. They were not allowed that slow deliberateness by which doctors love to show that they are no slaves to emotion. No! They were hustled, rushed, pushed, their instrument cases were shoved into their hands by men hopelessly incapable of saying what they wanted. Father Ramon, dragged from his bed, came panting up the hill, uncertain whether it was a devil to drive out, a newborn baby to baptize before it died or a lynching to attend. Meanwhile Pilon and Pablo and Jesus Maria carried Danny up the hill and laid him on his bed. They stood candles all about him.

First the doctors arrived. They glanced suspiciously at one another, considered precedence; but the moment of delay brought threatening looks into the eyes of the people. It did not take long to look Danny over. They were all through by the time Father Ramon arrived.

I shall not go into the bedroom with Father Ramon, for Pilon and Pablo and Jesus Maria and Big Joe and Johnny Pompom and Tito Ralph and the Pirate and the dogs were there; and they were Danny's family. The door was, and is, closed. For after all there is pride in men, and some things cannot decently be pried into.

But in the big room, crowded to suffocation with the people of Tortilla Flat, there was tenseness and a waiting silence. Priests and doctors have developed a subtle means of communication. When Father Ramon came out of the bedroom his face had not changed, but at sight of him the women broke into a high and terrible wail. The men shifted their feet like horses in a box-stall, and then went outside into the dawning. And the bedroom door remained closed.》

以上がダニィの死の場面である。これだけ切り離して引例しても、不十分であるが、私が「寓話風＝牧歌的な様式を不動のままに……悲劇的であり……」と云った理由は、おおよそうかがい得ると思う。

▼13——*Ibid*, P.317

——或る作品が寓話風＝牧歌的な様式を採用していること自体は、まず非難されるべきことでもなければ、リアリズムに対立することを意味するものでもない。世界文学はその種の様式のすぐれた作品をも相当に所有しているのであり、その近い一例を私たちは『トーティラ・フラット』に見ることができた。——

しかし、極度に厳密且つ原則的に云うならば、寓話風＝牧歌的な様式一般は、それが最高潮に成功している場合にもなお且つ、客観的・歴史的な現実の歴史的・客観的・合理的な把握・そこに立脚する芸術的表現への或る抵抗、ないしそれからの或る後退を多少とも包含する地点にのみ、成立するのである。創造の場における作家の主体的ならびに客観的諸条件が、もし完全・十分に満足され得ているならば、彼は彼の作品を寓話風＝牧歌的な様式によつて制作しようとは、考えないであろう。

《カリフォルニア海辺の古都・モントレーでは、これらの物語りはよく知れ渡つている。そしてそれは繰り返し語られ、時としては潤色されている。後世の学者先生《スコラーズ》たちが、これらの語り伝えを聞いて、ちようどアーサー王や勇将・ローランドやロビン・フッドやについて彼らが語るのと同じ口吻で、「ダニィとかダニィの仲間たちとかダニィの家とかは実在したのではなかつたのである。ダニィは自然神を表し、彼の仲間たちは、風、大空、太陽の原始的象徴なのである。」などと云うことのないように、この一連の説話を記録しておくのはよいことだ。この記録《ヒストリー》は、現在および将来にわたつて、気むずかしい学者先生たちの嘲笑的口吻を禁圧することを志すものである。[14]》

《いつの日か、或る歴史家がこの大宴会についての冷い、潤いも味気もない歴史を書くこともあろう。彼・歴史家は、ダニィがテーブルの脚を握つて男女童幼の全来会者に挑戦し、襲いかかつた瞬間に言及するかもしれない。彼はそこで結論するであろう。「死に瀕した有機体においては、屢々、異常な耐久力と抵抗力との存在が認められるものである。」当夜のダニィの超人的な情慾の活動に言及しつつ、同じ歴史家は確信を以て書くであろう。「いかなる有機体も、その生存を侵される時は、全機能を挙げて生殖作用《リプロダクション》に志向するものの如くである。」——しかし私は云う、そしてトーティラ平地の人たちも云うであろう。「御託も ろ共消えてしまえ。あのダニイは、お前なんぞにこそ、目にもの見せるための人間だったのだ。」[15]》

スタインベックの作品中のこれらの表白は、その積極面においては、主題の積極性と寓話風=牧歌的な様式の必然性とへの作者の確信を物語るものであり、同時にその消極面においては、(主題、内容ならびに制作対象となった現実と共に)この様式自体に対する作者の(意識的或いは無意識的な)或る不安、ためらい、うしろめたさを示すものである。もしpaisanoたちの生き方が、「後世の学者先生たち」、「いつの日か」の「或る歴史家」に、そしてより多く現代アメリカ文明市民一般に、全く無条件に「この人を見よ」と指し示し得るものであったならば、或いはまたこのようなpaisanosの存在の社会的・歴史的基礎・条件の今一歩ないし数歩の前進的洞察・より客観的・合理的な把握に作者がしかと立ち得ていたならば、以上のような表白と共に寓話風=牧歌的な様式そのものが不必要となり、廃棄され、客観世界の現実的=能動的な表現に作者が直進することによって、様式それ自身同方向に自己を決定したであろう。

▼14——John Steinbeck: *Ibid*, P.10
▼15——John Steinbeck: *Ibid*, P.298

社会主義的リアリズムの道に、部分的にか総体的にか対立せざるを得ないところの文学諸流派は、そのなかに寓話風=牧歌的な諸様式をも含みつつ、与えられたそれぞれの歴史的諸段階・主観的ならびに客観的諸条件の限界内・制約下にあつて、その発生、成立、存在にそれぞれ特定の積極的理由を持つたし、今日といえども持ち得る場合のあることを、私は否定しようとするものではない。従つてまた私は、上述の「極度に厳密且つ原則的」な立場に拠つて寓話風＝牧歌的な様式一般を一気に告発・断罪しようとは、思いもしない。問題なのは、作家の(文学以前的)現実に対する態度決定であり、いかなる理由、いかなる必然性の信頼に立つてこの様式が選ばれたかである。

精神病学者・ユージェーヌ・ミンコフスキーは書いている。

《……つまり私は此処に主観的な著作を発表するのであるが、それはしかし全力を以つて客観性へと向ふものなのである。[16]》

医学方面のことは私にはよくわからぬけれど、これは一人の文学者が彼の作品について語る言葉として全くふさわしいであろう。作家はまさに主観的(主体的)な作品を制作しつつ、「全力を以て客観性へと向」わねばならぬ。『トーティラ・フラット』のスタインベックは、この努力を怠つていない。与えられた特定の条件の下で、彼にあつては「客観性へと向う」最良の道を、スタインベックは寓話風＝牧歌的な様式に正しく発見したのである。

しかしゲオルギウの場合は、事情は違つている。ひとしく寓話風＝牧歌的な様式のうちに類別され得る『二十五時』の様式が、『トーティラ・フラット』のそれとは反対に、作品現実を非現実的メールヘン化する方向に作用している事実は、興味深い。この反対現象の理由は何か。彼は果して「全力を以て客観性へと向」おうとしたであろうか。さらに根源的に、——何がこの様式を決定したのか。——勿論、様式の決定は、それのみ単独に行われ得るものではない。様式の決定はおのずからに内容のそれであり、またその逆である。そうしてこの様式と共にそれと分離しがたく結合したこの表現内容の決定は、また直ちにこの作家の(文学以前的)現実に対する態度決定にほかならない。——この二にして一、むしろ三にして一なるもののゲオルギウにおける性格を『二十五時』について、私は以下に見る(暴露する)であろう。

▼16——E・ミンコフスキー『精神分裂病』弘文堂書房、四頁

ゲオルギウは、『二十五時』の巻頭に、次ぎの文章をかかげている(そしてそれはA・トインビイの『歴史研究』という本からの引用である)。

《歴史は劇や小説と同じく神話の娘である。それは、子供たちに親しまれている妖精の話や、臍《へそ》まがりな大人たちに特有な夢想のなかにおいてと同様に、現実と空想との間に境界線の引かれていない一つの独特な理解と表現との形式である。例えば『イリアッド』について次のようなことが言われている。即ち、それを一つの史話として読もうとするものはそこにフィクションを見いだし、反対に、一つの伝説として読むものは歴史を見出す、と。

こう言つた関係において、あらゆる歴史書は『イリアッド』に似ている。何故ならばそれはフィクションを完全に排除することが決して出来ないからである。事実を選択し、整理し、提示するという仕事自体がすでにフィクションの領域に属する一つの技術を構成しているのだ。》

上掲文章の前後にどんなことが云つてあるかわからないので、偏頗に陥る恐れがあるけれども、引用された限りでは、それは半面滑稽であると同時に、半面危険でもある思想としか思えない。トインビイは、この文章を論理的に首尾一貫したものとして、書いている。しかしその前段と後段との間には、論理の悪しき飛躍ないし論理的秩序の無視がある。前段では、「歴史は」「神話の娘である」という命題を証明するために、一つの文学作品《ウアーク・オブ・フィクション》が挙例されている。そのためには、「その下にあの芸術がなりたち、その下にのみなり立ちえたところの」「二度とふたたび帰らぬ」「未成熟な社会的諸条件」[17]の下で成立した『イリアッド』が、注意深く選ばれている。そして「それを一つの史話として読もうとするものはそこにフィクションを見出し、反対に、一つの伝説として読むものは歴史を見出す」という判断が与えられる。「史話」と「歴史」、「フィクション」と「伝説」という内包・外延を同じくしない概念を等置しているらしいこと、そこで「反対に」が実は必ずしも「反対に」でないこと、その影響は彼の主観がこの判断に付与した価値を変動させ得るものであること、には必ずしも深くこだわらなくてもよいかもしれぬ。後段では忽ち、「こう言つた関係において」すべての歴史が『イリアッド』に「似ている」――すなわち『イリアッド』「と同じく神話の娘である」と結論(?)される。しかし彼は実は歴史について何も証明していない。彼はただ文学作品について或る説明を与えただけである。或いは前段は、むしろ「小説は神話の娘である」の説明ないし証明なのであろうか。そうとしても「小説と同じく」の「と同じく」がどこにも証明されていないのだから、彼はやはり何も証明していず、独断しているだけである。ところがさすがに、「こう言つた関係において」、は何ものかの理由ではなく、単に接続文句でしかない。「歴史は神話の娘である」、の証明・理由説明は、全く唐突にどこからか出て来たところの「それはフィクションを完全に排除することが決して出来ないからである」という言葉によつて行われる。けれども「フィクションを完全に排除することが決して出来ない」理由が、「事実を選択し、整理し、提示するという仕事自体がすでにフィクションの領域に属する一つの技術を構成している」からであり、その故に歴史は『イリアッド』と共に「神話の娘である」となるならば（トインビイはそう書いている）、歴史とは限らず、さらに文化科学一般とは限らず、自然科学一般をも含めて、そのうちの一体どんな学問が神話の他人であり、「子供たちに親しまれている妖精の話や、臍まがりな大人たちに特有な夢想のなかにおいてと同様に、現実と空想との間に境界線の引かれていない一つの独特な理解と表現との形式」以外のものであり得るのであろうか。——私が、滑稽な半面と云つたのは、これである。

しかし或る思想が滑稽であるとしても、それだけならば差し当り罪がなかろう。この文章の危険な半面とは、それが非合理主義的な史観、神秘主義的な哲学に架橋するものであり、或いはむしろ神秘主義、非合理主義そのものだからである。橋の彼方の道は、そのままつすぐにファシズムに通じている。「ファシズムの精神的の父」と呼ばれるジョルジュ・ソレルが、彼の神話説、非合理主義によつて、ファシストたちを理論的に武装させたことは、明らかとなつている。彼は歴史と革命との「神話」について熱情的に、殆ど殉教的に語つている。

《栄光への信仰は滅びた、そしてこれらの神話《ミート》が霧散すると同時に、近視的史観が優勢となつたのである。[18]》

侵略戦争を「肯定した」非合理主義的反論理主義者・小林秀雄において、私たちは前掲トインビイの日本版を見ることができる。

《歴史は神話である。……歴史上の客観的事実といふ言葉の濫用は、僕等の日常経験のうちにある歴史に関する智慧から、知らず識らずのうちに、僕等を引離し、客観的歴史の世界といふ一種異様な世界を徘徊させる。だが一見何も彼も明瞭なこの世界は、実は客観的という言葉の軽信或は過信の上に築かれてゐるに過ぎない。……あらゆる史料は生きてゐた人物の蛻の殻に過ぎぬ。一切の蛻の殻を信用しない事も、蛻の殻を集めれば人物が出来上ると信ずる事も同じ様に容易である。立還るところは、やはり、ささやかな遺品と深い悲しみとさへあれば、死児の顔を描くに事を欠かぬあの母親の技術より他にはない。[19]》

トインビイの「子供たち」、「臍まがりな大人たち」の代りに、小林は愛児を失った「母親」を登場させている。彼は「彼女の悲しみ」を手がかりとして「唯物史観という擬科学の土台」をさえ発見している。前世紀のトインビイでは「神話の娘」であった歴史が、二十世紀の小林その他では「神話（の大人）」にまで成長している点だけは、彼らの主義に反して至極「客観的」で「合理的」であると云わねばなるまい。

《彼らは、実証的な資料が欠けていて、且つ神学的な・或いは文学的な・ナンセンスの取り引きのないところでは、歴史の代りに単に「前史時代」を出来せしめるのであるが、しかもこの「前史」というナンセンスから、本当の歴史にはいるにはどうすればよいかについては、彼らは我々になんら説明するところがない。——それにもかかわらず他方彼らの歴史的思辯はこの「前史」なるものにそれこそ熱中しきっているのである。というのは、そこでならば、彼らの歴史的思辯も「生《なま》の事実」からいろいろの干渉を受けずにすむと信じられているからであり、同時に彼らの歴史的思辯が、その思辯的衝動を思う存分駆って仮説を幾千でも作ったり、こわしたりすることができるからである。[20]》

非合理主義者、神秘主義者、ファシストらの手にかかれば、現代史といえども「前史時代」に編入されるであろう。こういう連中はいろいろのよくない特徴を持つているが、その一つは、彼らの言論・著作において、論理的秩序・合理的思考をみずから無視・拒否するだけでなく、後者によつて前者に接しまたはそれを批判することを、一般に拒絶・禁止(しようと)する事実である。ソレルは率直にもこのことを自発的に告白している。

《神話《ミート》という言葉を用ふることによつて、私はうまい掘出物をしたと思つた、蓋し私は、かくの如くにして、総罷業《グレーヴ・ジエネラル》を細々とした批判に附したがりそしてその実践的可能性に対する諸異論を積立てる人々と、如何なる論争をも拒否したのだから。[21]》

《神話《ミート》は、実際、ある集団の信念に一致してゐるものであり、それは運動の言葉を以てするこれらの信念の表現であり、従つて、それは歴史的記述といふ平板の上に適用し得べき各部分に分解しがたいものであるから、それは論駁され得ないものである。[22]》

《もし人々が神話《ミート》の領域に居るならば、人々は一切の論駁を免れ得る。[23]》

この「如何なる論争をも拒否」する悪しき言葉の暴力と魔術とによつて「一切の論駁を免れ」ようとする彼らの企図は、本質的には勿論彼らの主観内でのみ可能な、はかない願望に過ぎないのであるが、暫定的には往々相当程度に成功してきたし、現にしている。彼らは彼らの意図を遂行するために、あれこれの「うまい掘出物」を発見するのである。多くの人々が、彼らの使用する悪しき言葉の魔術と暴力とに籠絡され、感服し、随喜の涙さえ流しかねないばかりでなく、——彼らの言論・著作を、合理的・客観的・科学的な立場からの所謂「細々とした批判に附し」「そしてその実践的可能性に対する諸異論」を展開する正当且つより高級な人々を、彼ら（非合理主義者ら）よりも低級な、低次元の存在・「野暮な」「しつこい」「ものわかりのよくない」人間であると錯覚・誤信・軽蔑する始末である。加うるに、一応は合理的・客観的・科学的な立場を自己のものとしている（と思える）或る人々でさえ、前述のような錯覚・誤信に陥り、もしくは当面の大方から「低級、野暮、しつこい」と見られるのを恐れて批判を手控えてしまう。殊に「後進国」日本ではこの種の傾向がいちじるしく支配的で、理論ないし思考と実践ないし生活とにおける合理性・客観性・科学性・論理性の欠乏が「日本的」美点とされてきた。恥ずべく恐るべき欠点にほかならないこの「美点」は、四五年八月以後の期間に一応「追放」され、克服される可能性がなくもなかったのであるが、「外国帝国主義権力の全一的支配」の下に公然・隠然と自己を温存し、また温存され、昨今は警察予備隊の設置・帝国主義的再軍備説の台頭と歩調を合せて「追放解除」されつつある。この「神々と彼らの神話との復活」は、内外独占資本の露骨なファッショ化にともなう当然な現象の一つである。しかし私は「野暮な」「しつこい」「ものわかりのよくない」人間の一人でありたいと、強く願うし、人民の多数は本来（おどされ、まどわされて錯覚・誤信に陥らされなかったら）そうなのであるから、おそかれ早かれ、結集・組織された「野暮な」「しつこい」力が、前記の温存されたものと温存したものとを、一まとめに粉砕しつくすであろうことを疑わない。

——トインビイの該文章の性質、直接・間接の理論的ならびに実践的な意義は、上述の如きものである。約言するならば、それは、社会的・歴史的現実の客観的・合理的な把握の拒否ないしその可能の否定であり、しかも同時にそういう態度決定に対して当然に加えられるであろう一切の正しい批判を、前以て拒絶・抑圧するための奸智・陰謀を内包するものである。ゲオルギウがトインビイの文章を彼の作品の冒頭に掲げたのは、『二十五時』がフィクションを「排除」していないことを、暗示或いは説明するためなどでは勿論ない。本質上当然にフィクションを包含し、もしくはむしろフィクションそのものであるべき文学作品(小説)について、どこの血迷つた作家が、わざわざそんなノンセンスなことをするであろうか。――ことわるまでもなく、文学の領域において私たちがフィクションと云う時、それは少しでも真実というものと背馳する概念ではない。換言するならば、或るすぐれた文学作品は、極めてフィクティシャスでありつつ、同時に極めて真実――社会的・歴史的現実の客観的・合理的な把握の上に立つ表現――であるわけである。スタインベックが彼の作品を「真実の物語り」と呼ぶ時、それは『トーティラ・フラット』がフィクションではない、ということを意味するものではなく、また恐らくあり得ない。けれども、学としての歴史においては、事情は全く違つている。そこでは、フィクションと真実または事実とは、相互に背馳し、対立するのである。「序」を書いたガブリエル・マルセルには、二つの領域とそのそれぞれにおける二つの概念のあり方との無意識的(無邪気)な混淆・取り違えがあり、トインビイを引用したゲオルギウには、同じものの意識的(悪意)な混同・同一視がある。たとえそれが滑稽・危険且つ誤つたものであるにしても、歴史について発言されてこそとにもかくにも一種の意味を持ち得た一つの意見を、ゲオルギウは、本来それが全くのノンセンスでしかあり得ないはずの文学の領域にさりげなく密輸入し、闇取り引き的利益をかせごうとしている。現に相当かせいでいる。彼は文学作品が本来フィクションを含むという事実を逆手に取り、それにトインビイの(それ自身もともと正しくない)歴史についての意見を狡猾にもあしらつて、文学におけるフィクションと歴史におけるそれとの本質的差異を無視しつつ、一気に、小説は「神話の娘」であり、言葉の悪しき意味における「現実と空想との間に境界線の引かれていない一つの独特な理解と表現との形式」である、という多分彼自身がかねてから保持する文学観・創作態度を、読者に押しつけようとしている。このことは同時に、彼の歴史と現実とに対する態度が、トインビイ＝ソレル＝小林秀雄的であり、非合理＝神秘主義的である事実を証拠立てる一つであり、その事実を自己の作品の巻初において半面無意識的に告白し、半面意識的に宣言するものである。

そしてまさしくここに『二十五時』の寓話風＝牧歌的な様式の根源・原因がある。彼における寓話風＝牧歌的な様式は、社会的・歴史的現実に対するかかる態度決定の云わば自然的・必要的な結果であり、それと共に、ちょうどスタインベックが彼の目的にふさわしい風に戯画化した「後世の学者先生たち」、「或る歴史家」をだしに使って予想される一定の批判に予防的平手打ちを食わしたように、『二十五時』に対してまさに加えられるべき客観的・合理的・現実的な批判から身をかわし、それを「禁圧」するための手段・煙幕であることに、自己原因的存在理由を主張するものである。ゲオルギウは、ソレルに従ってつぶやくことができる。

《私は寓話風＝牧歌的な様式を用ふることによつて、うまい掘出物をしたと思つた。もし私がこの様式の領域に居るならば、私は一切の論駁を免れ得る。》

しかしそれは根本的にはかない希望であると、云わねばならない。

▼17――マルクス『経済学批判』序論、彰考書院、二八一頁
▼18――ジョルジュ・ソレル『暴力論』岩波文庫、上巻、六八頁
▼19――小林秀雄『全集』創元社、五巻、五―一三頁
▼20――マルクス、エンゲルス『ドイツ・イデオロギー』ナウカ社、一一九頁
▼21――ジョルジュ・ソレル、前掲書、上巻、五六頁
▼22――ジョルジュ・ソレル、前掲書、上巻、七一頁
▼23――ジョルジュ・ソレル、前掲書、上巻、七三頁

私儀、ルーマニア国ファンタナ村出、ヨハン・モリッツハ、今私ノ居リマスコノ国ヲ治メテオラレル方々様ニ、コノ歎願書ヲオ送リ申シマス。私ガ何ノ為ニ捕ワレ、十字架ノ上デイエス様ダケガオ受ケニナツタヨウナ苦シミヲ、何ノ為ニ受ケマスカヲオタズネ申シタイノデゴザイマス。(p.244)

このように「ヨハン・モリッツの訴状」は書き始められている。「罪人デモ、盗賊デモ、極悪人デモナイ」、そして「働ケルコト、女房子供ト一緒ニ雨露ヲシノゲルコト、食ベルニコト足ルダケノモノヲ手ニ入レルコト、ソレダケ」の「キワメテ僅カナモノ」を「一生ノ望ミ」とした一人の人間が、ここに(『二十五時』に)書かれているような数奇・悲惨な長年月を送らねばならなかった諸原因は、まさしく「何ノ為ニ」と問うに値するし、問われ、答えられねばならぬ。それは本当に「正義ノ行ワレルマデ訴エツヅケテヤメナイ」ことが

必要な問題であり、「紙ト鉛筆ガナケレバ、収容所ノ壁ニ爪デ私ハ書キツケマス。爪ガ擦リヘツテ、肉ガムキ出シニナリマシタラ、マタ生エテクルノヲ待ツテ、ソノ上デ私ハ書キツケマス。」と云うに十分ふさわしい「オタズネ」であり、「訴エ」であると云わねばならぬ。——ただに一人のヨハン・モリッツのみではなく、大戦争とその前後とを通じ、地球の向う側とこちら側とで、程度・条件の差はあれ、多くの、無数のヨハン・モリッツたちが、同様の「オタズネ」と「訴エ」とを、公然とかひそかにか、自覚的にか無自覚的にか、問い、訴え続けてきた。そしてその問いが本当には答えられないままに、そのうちの或る人々は死んでしまい、そして或る人々は生き残つた。

《私達は生き残つた。あの激しい戦争の中をとにもかくにも生き残つた。私達はこの「生き残つた」という真の意味を決して忘れてはならない。▼[24]》

けれども結局、問いは答えられた。それは実践的にも或る相当程度に正しく答えられたのである。勿論、完全にではない。実践的に完全に答えられるためには、なお将来にわたる時間を必要とするであろう。しかし、問いは問われ放しではなかつたのである。「ニュルンベルク国際軍事裁判所判決文」は、問いが答えられた証拠の一つでなければならない。「極東国際軍事裁判所判決文」は、同じものの一つ以外であり得るであろうか。——しかし「訴エ」は、問いが——理論的にも実践的にも正しい方向に添つて——答えられた今日にも、訴え続けられねばならぬ。答えの実践的な完成が現在および未来にわたるものである限りは。問いに対する正しい答えを拒否し曖昧にして問いそのものを脇路に導こうとする人間、忘れてはならぬ「生き残つた」という真の意味を忘れ・忘れさせようとする人間、ニュルンベルクの「判決」を後向きに足蹴にしようとする人間、ゲオルギウのような人間の存在する限りは。世界の人民にふたたび同じ問いを繰り返させようとする勢力、裁判者であつたものの或るものが、みずから告発・断罪した被告の歩いた道を継ごうとする現象、戦争挑発勢力の残存する限りは。訴えは現に訴えられている。ストックホルムでの「平和アピール」は、その一つでないであろうか。そしてまさにほかならぬ文学者こそ、問いとそれに対する答えの正しい方向とその実践的完成のための訴えとを、芸術的表現にまで高めること、それには「爪ガ擦リヘツテ、肉ガムキ出シニナ」つたら「マタ生エテクルノヲ待ツテ、ソノ上デ」「書キツケル」決意と実行とを彼のものとすることに、彼の悲惨と栄光とを見いだすものではないか。

そしてそれならば、或る文学者は、「ヴェルサイユ条約」の蹂躪に始まり原子爆弾の炸裂に終つた、あの恐るべく悲惨極まりない戦争の惨憺たる犠牲者の単数或いは複数を彼の作品に登場させながら、彼、彼女ないし彼らの「何ノ為ニ」の問いをはぐらかし、そのことで「訴エ」そのものをも茶番化すること、作中の作家・トライアン・コルガの如くであつてはならぬ。作中人物・トライアンに、彼自身のまぎれもない代辯者を発見したC・V・ゲオルギウの如くであることは許されない。彼・文学者は、彼自身も「生き残つた」一人として、犠牲者・作中人物と共に最も切実に問い、最も厳粛に問いに正対し、そうすることで彼の芸術的「訴エ」を現実的・能動的な力となすべきである。その時には、彼の頭のなかに、どうして「小説は神話の娘である。それは、子供たちに親しまれている妖精の話や、臍まがりな大人たちに特有な夢想のなかにおいてと同様に、現実と空想との間に境界線の引かれていない一つの独特な理解と表現との形式である。」というような考えが、しかもそれのふやけた「形式」と悪意の「理解」との「表現」として、浮ぶことができようか。どうしていたましいヨハン・モリッツと彼の周辺との歴史を、このような寓話風＝牧歌的な様式に包もうと考えることができようか。

――一体君はどういう事件のことを言つてるんだね？

――言いたければ革命と言つてもいい、とトライアンは言つた。――想像もできないような大がかりな革命だ。全人類がその犠牲者なんだ。（P.32）

――今日この地球上で展開されているあらゆる出来事、これから何年かの間に展開されるだろうあらゆる出来ごとは、この同じ一つの革命、《技術奴隷》の革命のさまざまな症状、さまざまな局面にほかならないんだ。（P.37）

――そこで君の予言するその革命は一体いつ勃発するんだね？　と検事が聞いた。

――もう始まつているんだよ！　とトライアンは答えた。――我々は既にその進展の渦中にあるんだ。（P.38）

――どんなことが起るんだね？　と検事が聞いた。

――どんなことかわからない。人間が単なる技術＝社会的価値の次元にまで下落した以上どんなことが起つたところで仕方がないさ。つかまつて強制収容所におくられるかも知れない、みな殺しにされるかも知れない、五年計画のためか民族絶滅のためかあるいはそのほかのとにかく技術社会に必要な目的のためか、どんな仕事かわからないがとにかく人間の個性なぞお構いなしの仕事を無理やりにさせられるかも知れない。技術社会は専ら技術の法則にもとづいて――専ら抽象的な計画を操りながら労働する。そしてそこにある道徳はただ一つ、《生産》だけだ。(P.39)

作家・トライアン・コルガと彼の友人・州治安裁判所の検事・ヂョルヂュ・ダミアンとが、ファンタナ村の司祭・コルガの家の客間で、トライアンの計画中の新作小説と彼の「技術社会論」とをめぐつて、このような問答をするのは、多分、一九三六年の夏の一夜のことである。この頃、「ヴェルサイユ体制」は崩壊の過程にあり、或いは事実上既に崩壊していた。前年の三月、ナチス・ドイツはザール地方併合成功の威勢に乗じ再軍備の声明を発し、一般徴兵令の実施・国防軍兵力五十五万への拡張を決定し、当年の三月には「ロカルノ条約」を一方的に廃棄してライン・ランド非武装地帯に軍を進めている。イタリアのエチオピア侵略は、前年九月に開始され、当年の五月にはアジス・アベバの陥落とハイレ・セラシェ帝の蒙塵との結果、「イタリア領アフリカ」という一個の既成事実が出現している。七月には、トーマス・マンが「人類史上最もけがらわしい汚行▼[25]」と呼んだイスパニア内乱が、端を発している。極東では、日本ファシズムが全中国侵入への道を急いでいる。同じマンが『ヨーロッパに告ぐ』のなかで「悲劇的」と呼んだあの一時代である。たしかに

――現在我々の周囲で一つの重大な事件が起つているのを僕は感じている。それがどこで口火を切つたものか、いつ始まつたものか、またこれから先どの位続くものかも僕には解らない。しかしそれが確かに起つているということを僕は感じるんだ。我々はその嵐のなかにまきこまれて、その嵐のために次からへと体を裂かれ、骨をくだかれる。僕は、沈みかけた船から大急ぎで逃げ出す鼠だけが持つているような予感でそれを感じ取るんだ。ただ鼠とちがうところは僕にはどこにも逃げ出す先がないということだけだ。我々にとつては世界中のどこを探しても安全な場所はないのだ。（P.33）

というトライアンの判断と予感とは、（抽象的に）正しかつた、適中した、と云うことができる。「一つの重大な事件」が本当に「起つて」いたし、それはその後長く続いた。まさしく「かくして、戦争は、全く気づかれぬやうに諸民族に忍び寄り、天津、上海、広東から、エチオピアを経て、ジブラルタルにいたる広大な地域に、その行動範囲を拡大し、五億を超える人口をその軌道に引つぱりこんだ[26]」。多くの人々が「その嵐のなかにまきこまれて、その嵐のために次から次へと体を裂かれ、骨をくだかれ」、「世界中のどこを探しても安全な場所はな」かつた。そしてそれは、ほかならぬ主要ファシスト諸国家が「自国におけるブルジョア民主々義的自由の最後の残さい《ママ》をも一掃し、苛酷なテロリスト的体制を樹立し、小国の主権と自由発展の原則とを蹂りんし、他国の土地を掠奪する道を進み、世界支配を獲得し、ファシスト体制を全世界に押し広めようと[27]」した第二次大戦の「嵐」だつたのである。最も侵略的な帝国主義列強の、他の帝国主義列強に対する戦争としてまず勃発した「嵐」だつたのである。——こうしてファシズム＝戦争の無数の犠牲者が、ヨハン・モリッツたちが、悲惨な年月を耐え、或いは死に、或いは生き残つた。——しかるに、トライアン・コルガは、かかる一九三〇年代後半期以降の社会的・歴史的現実を神話的に把握している。彼は同じ現実を、「現実と空想との間に境界線の引かれていない一つの独特な理解」のし方で——全く恣意的に「理解」している。彼によるならば、ヨハン・モリッツは、——モリッツだけでなく、トライアン自身もスザンナも司祭・コルガもエレオノーラもジョセフも、さらに現実世界の無数の戦死者も戦傷者も復員者も亡命者も戦災者も戦争未亡人も戦争孤児も——決して戦争の犠牲者・被害者ではない。

小説は進捗致しております。目下第四章、白兎死後第三時間目に到達致しました。技術奴隷はその途上にあるすべてを破壊し、光は次ぎ次ぎと消滅致しております。人は死に隣接する闇冥の中をさまよつております。

父上様、母上様に接吻致します。

トライアン

ノラ

ダルマチア、ラグーザにて、一九四四年八月二十日

（P.172）

全く、全く単数のヨハン・モリッツも、それから世界の無数のヨハン・モリッツたちも、戦争の被害者などではなかつた。なぜならば、「今日この地球上で展開されているあらゆる出来事、これから何年かの間に展開されるだろうあらゆる出来ごとは、この同じ一つの革命、《技術奴隷》の革命のさまざまな症状、さまざまな局面にほかなら」ず、技術社会では「どんなことが起つたところで仕方がない」、「つかまつて強制収容所におくられるかも知れない。みな殺しにされるかも知れない」のであるし、あつたから。すべては、一切は技術社会・技術奴隷の罪である。そこで一人の「罪人デモ、盗賊デモ、極悪人デモナイ」ヨハン・モリッツが、ルーマニアのユダヤ人強制収容所から、ハンガリアの外国人収容所を経て、「ドイツ人に売られ」るという「悲シミト苦シミ」を経験していた時、世界のすべての民主的勢力が、巨大な生命・財産の犠牲、多年の云いがたい辛労と欠乏とのうちに、反ファシスト解放戦争を戦い続けていた時、この「純粋な」ヒューマニスト・トライアンは、アドリア海に臨む風光明媚なダルマチア海辺の避寒地、ファシスト・イタリアの植民都市・ラグーザで、アントネスコ親独政権下の官吏・ルーマニア文化会館館長としてぬくぬくと安居しながら、「技術奴隷はその途上にあるすべてを破壊し」云々と彼の反社会的・反歴史的神話を開陳することができ、そうすることで反ファシスト解放戦争そのものをも徒労・ノンセンスあつかいにすることができたのである。「訴状を送つてから三日後」、訊問を受けに出かけて行き、何の得るところもなく帰つてきて「真珠のような大きな涙」を流すヨハン・モリッツの悲嘆に対し、「諦めるんだ、な、モリッツ」、「白兎の死んだ後は、諦めるしか策《て》がないんだ。」と意味ありげなたわ言をつぶやくのは、全くこの男にふさわしい。

けれども、単数ならびに複数のモリッツ(たち)を、戦争の犠牲者・被害者ではないと、どんなに彼が強辯することを試み、どんなに彼が歴史と現実とを神話的・夢想的に解釈しようとしたところで、一九三八年に始まった第二次大戦の現実性を否定・抹殺することはさすがにできない。戦争はなまなましい現実としてそこに実在した。戦争は一応トライアンの手によって、「《技術奴隷》の革命のさまざまな症状、さまざまな局面」のうちの単なる一症状・一局面、「技術社会」の悲劇における単に派生的・偶然的ないし非本質的な一事態に過ぎないものとされたが、さらにその面を補強するためには、ファシズム或いは帝国主義と戦争との間に存在する必然的関係を否定し、もしくはファシズムそのものをも「《技術奴隷》の革命のさまざまな症状、さまざまな局面」の単なる一症状・一局面とすることが必要である。

《コミュニストの連中はその危険の責任はもっぱらファシストにあって、それを避ける唯一の方法は彼らを清算することだと主張する。ナチスはナチスでユダヤ人を殺して自分たちの体をまもろうとしている。しかしこういうことはみな、全人類が危険を眼前にして感じる恐怖心の徴候にすぎないんだ。危険は――ところがだ――危険は全世界に同じく共通のものなんだ。ただ危険を前にして示す人間の反応にさまざまの違いがあるだけなんだ。》(P.33)

かくてナチズムもイタリア・ファシズムも日本帝国主義も(それらの罪悪と共に)「全人類が危険――《技術奴隷》の革命の――を前にして感じる恐怖心の徴候にすぎない」とされるのである。従って――トライアン・コルガによれば――ファシスト諸国家は決して第二次大戦という残虐な侵略戦争の真の放火者でもなければ、責任者でもなく、彼らファシストたちは少しも非難・憎悪されるべきではない。彼らもまた《技術奴隷》の革命の「犠牲者」であり、「技術社会の悲劇」の悲劇的な登場者だつたわけである。

かくの如きが、ルーマニアの「詩人」であり、「純粋なヒューマニティの行為・無償の行為」のための尽力者であると自称する作中人物・トライアン・コルガの社会的・歴史的現実の捉え方であり、それに対する態度決定であり、「何ノ為ニ」という厳粛・切実であるべき問いの問い方であり、それへの答えである。彼は「訴状を送つてから三日後」のヨハン・モリッツの訊問に関連して「主題、公平。(訊問の機械化)」という逆説的な「訴状五号」を書いているが、この訴状の諷刺・攻撃は、ほかならぬ彼自身にこそ、向けられるべきではないか。こういう男が小説を書いたら、それは必ずやゲオルギウの『二十五時』のようなものになるに違いあるまい、と考えられる。

そして事実、作者・ゲオルギウは、全き肯定と共感とを以て、この人物を描いている。作者・ゲオルギウと作中人物・トライアンとは、密着していて距離がない。作者とこの作中人物との完全な統一に基いて、『二十五時』は成立しているのである。作品の形式さえ、作中人物・トライアンが計画・執筆した小説が、すなわち(現実の)『二十五時』であるという風に設定されている。——トライアン・コルガの現実に対する態度決定は、そのままにコンスタンティン・ゲオルギウのそれにほかならない。この作品の寓話風=牧歌的な様式の根源は、ここにある。制作対象となつたものはあまりになまなましい現実であり、極めて切実な課題である。それはファシズムと戦争との残忍と悲惨とであり、戦争と平和との諸問題である。けれどもゲオルギウが提供しようとした内容、提起しようとした問題は、社会的・歴史的現実の非合理的・主観的・恣意的な(すなわち正しくない、歪曲された)把握に立脚したものである。彼は彼の神話的現代史を展開しつつ、「全力を以て」主観性「へと向」つている。ファシズムと戦争とのなまなましい現実、戦争と平和との切実な諸問題を曖昧にし韜隠し、彼の意図する主観的・反客観的内容を、最も成功的に表現し、最も巧妙に読者に押しつけるために、かかる寓話風＝牧歌的な様式が要請され、決定されたのであつた。——ことわるまでもなく、従つて、私は『二十五時』について、内容と様式との不一致・分裂などを少しでも云つているのではない。この作品において、内容と様式とは殆ど全く一致し調和しているのである。それならば『二十五時』は、内容と様式とのかかる調和的一致の故に、すぐれた文学的・芸術的達成と云い得るであろうか。決してそう云うことができない。なぜならば、『二十五時』の文学以前的現実とその寓話風＝牧歌的な様式とは、完全に近く分裂し、背馳しているのであるから。それは社会的・歴史的現実と作者・ゲオルギウの主観との分裂の過不足なき反映現象である。『トーティラ・フラット』において発見(実現)された「文学的三位一体」が、当然にここにはない。寓話風＝牧歌的な様式は(その内容、その主題と共に)、この作品の文学以前的(制作対象となつた)現実との内面的・必然的連関性を、殆ど全く持ち得ていないのである。——このこと自身、この作品の根本的な、致命的な、しかし云うならば抽象的な、芸術的欠陥であるが、以下において私は、その根本的な——そしてそこから結果した——諸欠陥について、云わば具体的に論究するであろう。

▼24——東大戦歿学生の手記『はるかなる山河に』東京大学出版部、二二九頁

▼25——トーマス・マン『五つの証言』高志書房、『イスパニヤ』、六八頁

▼26——スターリン『レーニン主義の諸問題』ソ同盟外国語図書出版所、『ソ同盟共産党中央委員会の活動に関する第十八回大会における報告演説』、一〇九二—一〇九三頁

▼27——世界政治経済研究会『ブルジョアイデオロギー批判』ペー・フェドセーエフ『戦争と平和の諸問題に関する現代ブルジョア社会学』、九一頁

ここでしかし私は少し寄り道をして、甚だ不体裁ではあるけれども、この作品中における年代の誤りと、作者の誤記を軽信したために生じた私の迂闊な間違いとを、指摘・訂正しておきたいと思う。私は先に「ファンタナ」の部分をほぼ一九三六年夏のことと云い、「第一部」のヨハン・モリッツがユダヤ人として強制収容される前後を大体一九三八年五月であるとして、話を進めてきた。これは「エピローグ」の

《——さて書類を作れるように、私の質問に答えて頂戴。一九三八年から今日まで、あなたは何処にいました？　すっかり私にいって頂戴。》(P.340)

《一九三八年に、私はルーマニア人としてユダヤ人キャムプにおりました。》(*ibid.*)および「第一部」の

《ヨルグ・ヨルダンは二年後に釈放された。》(P.47)

《憲兵屯所の所長はヨルグ・ヨルダンの家を出ると宿屋の方に向つた。時は五月だ。》(P.48——以上四個所傍点大西)によつてそう推定したのであつたが、それは誤りである。まず作者・ゲオルギウが「エピローグ」で、モリッツの強制収容を「一九三八年」としているのは、どうしても「一九三九年」でなければいけない。

なぜならば

《シャルル二世が退位して亡命したのだ。この壕の計画立案に参画した将軍の全部が国王と同時に亡命し、或いは罷免された。》(P.83)

《――これ以上強情をはるのは愚だぞ。貴様はルーマニアで十八カ月間ユダヤ人のキャムプに入っていたと言ったな。

――いました、モリッツは言った。》(P.114――傍点大西)

とあるからである。親独派の「鉄衛団」と軍部とが、ナチス・ドイツと密接に連絡しつつ、結託してブカレストにクー・デターを行ったのは、一九四〇年九月三日の夜のことであり、翌四日には、アントネスコを首班とする親独内閣が出現している。カロル(シャルル)二世は越えて九月六日に退位し、明くる七日、首都を脱出してポーランドに亡命したのである。もしモリッツが一九三八年五月に収容されたものとすると、到底「十八ヵ月間」内に国王の亡命という事態は起るはずがない。煩雑を避けて以下出所を明記しないまま説明すると、モリッツの強制収容が三九年五月、トポリッツァ河岸のキャンプで約四ヶ月を過した頃「割礼」の有無の検査を受け、同じ頃マルコウ・ゴールデンベルグがレンギェル老人を殺す。さらに同所で四、五ヶ月を暮し、一九四〇年二月頃、妻が離婚したことを告げられる。同所で同年の秋まで働くうちに、九月にカロル二世の亡命があり、九月下旬ないし十月上旬にハンガリアとの国境の防塞工事をするために移動する。間もなく脱走・越境してハンガリアに入り、一ヶ月後には同国の外国人キャンプに収容され、約八ヶ月(この間また越年・四一年六月まで)そこで労働したあげく、「ドイツ人に売られ」て入独。これで

《――モリッツ・ヤノス、ハンガリア人、三十二歳、非熟練工、一九四一年六月二十一日来独。》(P.133)

と殆ど全く時間的に一致することができ、その他のたとえばトライアン・コルガの言行とも、時間的に不都合を来さずにすむ。何よりも、そうでないと、カロル二世の退位・亡命が三九年十月以前に生じたことにならざるを得ない。いくらゲオルギウでも、この明白な歴史的事実を一年繰り上げるような「独特な理解と表現と」を意識的にしたのではないであろう。ただ最初に強制収容された時(かりにそれが三八年五月でも)二十五才のモリッツが、どうして四三年三月に三十二才になることができるのか、私には全く見当がつかない。誤植か、作者の誤記か、——それともこれもゲオルギウの「独特な」反客観的ものの見方の一つなのであろうか。[28]

そこでトライアンとギョルギュ・ダミアンとの技術奴隷談話は、モリッツの強制収容の二年前、大体一九三七年夏のことになる。夏と云うのは、「肩まで届くほどの」「玉蜀黍の青い茎が風にゆられて波立っている」季節だからである。——三七年夏となると、事情は一層悪化している。ドイツはオーストリア武力征服の具体的準備を着々と進めつつある。イスパニアでは、フランコ政権が前年の十月に成立し、首都・マドリッドに対するファシスト・反革命軍の空襲が激化している。七月、日本帝国主義は、中国侵略の火門を北支に開く。「ベルリン・ローマ枢軸」の成立は当年の五月、——前年十一月の「日独防共協定」はここにイタリアを加え、スターリンの所謂「ベルリン——ローマ——東京の三角」を現出し、ファシズム=侵略の戦雲は、いよいよ深い。

▼28——五七頁に「モリッツ・イオン、農夫、二十五歳」とあり、一三三頁に四三年三月十日現在で三十二才となつている。

――しかし六二頁には「モリッツ・ヤコブ、二十八歳」とあり、これに従えば、やはり強制収容されたのを三九年五月として、符合する。二十五才は誤植、誤訳、ないし作者の誤記であろう。「ファンタナ」の部(二頁)に、モリッツは「二十五年前」に生れたと書いてあるが、それは彼が当時二十五才か二十六才かであることを意味する。彼は当時すなわち一九三七年夏頃二十六才である。結論として、彼の生年は一九一一年、生月日は三月八日以前である。

エドガー・スノーの所謂「国民を破滅に追い込み、支配階級をして自殺行為に導いた」独裁君主・カロル二世治下のルーマニアの国情は、腐敗していた。対外的には、従来フランスおよびイギリスの協商国であつたこの国も、迫り来るファシスト諸国家の侵略の脅威に直面した一九三〇年代後半には、特権支配階級の立場よりする自国の温存のために、ソ同盟の保障を拒否しつつ、ドイツならびイタリアといちじるしく接近・協調していた。この時代におけるルーマニア外交陣の主要努力は、ドイツ、イタリア＝ファシスト諸国とフランス、イギリス＝ブルジョア民主主義(帝国主義)諸国との双方と、いかに協調し、いかに妥協して自国の安全(中立!)を保護するかに、集中されたのであつた。勿論、人はここに大国の「間にはさまれた小民族の苦難と運命」とを厳粛に見なければならぬであろうが、同時にその努力が、資本家＝地主的、特権階級的、ブルジョア民族主義的ルーマニアの安全を守るためのものであつたことをも、見落してはならない。ヨーロッパにおける小麦と石油との一宝庫であるこの国には、既に早くナチス・ドイツの隠密な支配の手がのばされ、その第五列的「鉄衛団」を中心とする右翼勢力は日々に強力化し、専制暗君カロル二世の一貫性を欠いた施政の下に、国内状態はまさしく紊乱せざるを得なかつた。かくて「独羅新通商協定」

は三九年十二月に締結され、民族の運命は最悪の方向へと決定されつつあつた。
《労働組合連合の委員長・ヤコブ・チポルは次のように語つた。
「アントネスコが政権を掌握するに至る以前にも、金持ちの商人や工場所有者達は、警察に賄賂を使ふことによつて、常に労働組合運動を弾圧することに成功してゐた。然し、最早や、かれ等からはかかる力は奪はれた。以前には、政府当局は、労働者の利益には一顧も与へず、軍隊は常に資本家の味方をして、われわれ労働者を圧迫した。」
アントネスコ政権下のルーマニアにおいては、賄賂を使はずには、何事も出来なかつたかの如くだつた。そして、自分の個人的な敵を逮捕させるためにさへ、警察に賄賂を使ふことが習慣だつたといはれる。[29]》
《最初、諸君は、何故こんなに多くのユダヤ人が生きてゐることが出来たのかと、不思議に思ふだらう。然し、一寸探索すれば、すぐわかることなのだが、賄賂とルーマニア政府の腐敗並びに混迷が、アントネスコの反ユダヤ法の施行をさへ阻んだのである。[30]》
(彼自身一人のユダヤ人女性・マグダ・ルペスクを愛妃としたカロル二世が、或る時は熱烈な反ユダヤ主義者を首相に任命した事実をも、史家は伝えている。)――ヨハン・モリッツの最初の逮捕・収容は、このような時代のこのような国の権力によつて行われた。
《百姓はいまでも靴をはかず、紳士にあつた時は、習慣的に帽子をとることを忘れなかつた。[31]》
《ルーマニアの官吏達が、傾聴する赤軍将校の前で、滔々と述べたてる、農民に対する厚顔無恥乃至は馬鹿気きつた侮蔑。[32]》

一九四四年に書かれたスノーのこの文章は、ルーマニアの農民が置かれていた社会的・経済的位置を、雄弁に物語っている。ヨハン・モリッツの逮捕・収容は、非人間的なユダヤ民族圧迫の随伴現象であり、「大ルーマニア帝国建設の夢」さえはらんだ専制主義的資本制国家権力の腐敗・堕落の結果であり、ファシスト諸国家の侵略の脅威が生んだ一犠牲であり、特権階級の農民に対する無視・侮蔑の象徴的表現である。

——その……何と言いましたかな名前は？　モリッツでしたな……その人物のために何一つお役に立たなくて実に残念です。何かほかの件でしたらどうか又何時でもいらつして下さい。何でもお役に立ちましょう。(P.70)

——そのモリッツというのは貴方の父上の下男ですか？
——可愛がつている男なのです、とトライアンは答えた。——普通にいう下男ではないのです。
——田舎では労働力に危機が来ております、と将軍は彼の言葉をしまいまで聞きもせずに言つた。
——貴方がそのとるに足らん男のために奔走しておられる理由もよくわかります。一人多ければそれだけ収穫に響いて来ますからな。特に今は一番の農繁期でもある。

そんな調子の会話が続いた。

トライアンは自分がモリッツのために奔走しているのは彼が父の下男で畑仕事に必要なためではなくて、専ら彼が不正な勾留を受けているからだということを説明しようとした。

――私の尽力は純粋なヒューマニティの行為なのです。無償の行為なのです。

――それは私にしても止むを得ず御同様のことをやつています、と将軍は言つた。――私はちよいちよい田舎へ出かけて百姓どもの洗礼に立ち会つてやつたり結婚させてやつたりします。こんにちではあらゆる可能な手段を用いて奴らを働かさねばなりません。こつちが奴らの友だちで奴らと食卓を共にするのだ位のところまで思い込ませておく必要がある。(P.87)

司祭・コルガに対する県知事の典型的な官僚主義的言辞は、この国の官吏のブルジョア的・俗物的頽廃を物語るものである。「――その……何と言いましたかな名前は? モリッツでしたな……」という鷹揚ぶつた口吻は、トライアンと語る陸軍大臣・タウトゥー将軍の思い上つた半封建的特権階級意識、むしろ半封建的特権身分意識さえと共に、「とるに足らん」「奴ら」農民一般への軽蔑、基本人権無視的取り扱いを証拠立てている。そして彼ら上層支配権力のかかる非人間的・ブルジョア=地主的・独裁主義的性格は、末端権力・ファンタナ憲兵屯所所長の堕落、彼の収賄・瀆職・職権濫用と必然的に直結するものである。「全ユダヤ人を強制収容所に送」つて戦争準備のための強制労働に服させるという如き一民族・一人種差別・圧迫的・「命令」は、ナチス・ドイツ的国家でなければ、このような国家でこそ、行われ得るのであろう。そうして国外からは、本質上この国の支配権力と同じ穴の狢ではあつても一層兇暴でさらに非人間的なドイツ・ファシズムの征服の魔手・侵略の危機が刻々に迫つている。それがこの国の全ユダヤ人強制収容とそれの巻き添えとしてのモリッツの長年月の不運の端緒をなす逮捕とに、拍車を加えたのであり、或いはむしろ決定的要因なのである。モリッツの逮捕は、その後の彼の不幸のすべてと共に、抽象的・神話的な《技術奴隷》の革命の一局面ではなく、資本主義社会の政治的・経済的・精神的諸矛盾・欠陥の表れであり、それの最も尖鋭且つ悲惨な爆発であるところの戦争の犠牲である。しかしここで問題なのは、「純粋なヒューマニティの行為」の尽力者であると自称する作家・トライアン・コルガならびに「人間の幸福と正義のために働く」者と名告る司祭・コルガの、被圧迫民族・ユダヤ人に対する態度であり、それらの人物を通じて明白に露出されている作家・ゲオルギウのそれであろう。

ユダヤ人でないヨハン・モリッツが、ユダヤ人として逮捕されたという事実について、コルガ父子は、たしかに人間的な同情と憤りとを発し、彼の釈放のために尽力している。アレクサンドル・コルガは、モリッツのために、村の憲兵屯所に行き、町の憲兵隊を訪れ、トライアンへの手紙で陸軍大臣と参謀本部とに口を利くことを依頼し、六ヶ月間「毎週少くとも一度」県庁に通つてやつと知事に面会もしている。トライアンは、父からの手紙で「できるだけのところに口を利いて」いる。翌年・四〇年八月になつても忘れずに、陸軍大臣と近づきになると、早速彼を訪問し、「モリッツの件を打ち明け」ている。陸相の釈放の約を得たトライアンは、父に電報を打ち、愛人・エレオノーラにもまず報告するという風に、彼の喜びを隠していない。たしかに彼らはヒューマニティと正義とのために行動したのである。けれども特徴的なのは、ユダヤ人ではないモリッツの逮捕にはこれだけ心を動かしたこれらの人物が、ユダヤ人の強制収容・他民族抑圧行為そのものには、眉毛一すじ動かした様子もないことである。ユダヤ人でないモリッツもユダヤ人であるマルコウ・ゴールデンベルグも、そしてすべての被収容ユダヤ人たちも、ヒューマニティと正義との観点よりして、なべて同程度に被害者なのであり、同様に無辜の囚人以外のものではない。しかしトライアンの「純粋なヒューマニティ」のために行為しようとする心情、アレクサンドルの「人間の幸福と正義のために」働こうとする意思は、ユダヤ人とは何らの関係もないもののようである。勿論、当時の客観的条件は、モリッツのために彼らが行つたと同様ないしそれに近い行動を、ユダヤ人のためにすることを、不可能としてもいたろう。私の云うのは、彼らが心ひそかにも被圧迫民族・ユダヤ人に対する同情と慨嘆、圧迫者への怒りと抗議とを抱いた形跡さえもない点である。従つて彼らが、憲兵将校や知事や陸軍大臣やに向つて、モリッツの釈放を依頼し、その逮捕の非人間的であり不正である所以を説明する際にも、相手方である支配権力者たちだけにではなく、彼ら自身にも、「ユダヤ人であれば、強制収容ももつともである。当然の処置であろう(しかしモリッツはユダヤ人ではないのだから)。」というヒューマニティと正義とを無視した意識の顕在ないし潜在が、十分の理由を以て看取されると云わねばならない。——こういうことは日本にもあつたし、現にある。侵略戦争強行中の日本絶対主義的軍国政府は、戦争に反対し、もしくは批判的態度を取り、平和と人民の幸福とを守ろうとしたすべての共産主義者、自由主義者、社会主義者、人道主義者その他を、一律に「赤色分子」として逮捕し、投獄し、拷問し、虐殺した。この時、所謂「赤」で真実あつた共産主義者も、「赤」では実のところなかつた反ファシスト・平和愛好者も、共に同程度の被害者、同様の無実の囚人であつた。これらの弾圧・束縛された人々のうち、非共産主義者は全くの無実であつたのに強盗の罪を問われ、これに反し共産主義者は窃盗のみ犯していたのに強盗犯として処断された、というような事柄では決してなかつた。もし云うならば、より徹底的に反ファシズム・反戦的であり、最も平和を守るべく徹底的であつた共産主義者の実情は、右のたとえを逆にすることができるにしても。――しかしまた、当時の日本では、共産党は非合法政党であり、共産主義は云わば国禁の思想であつた。――かかる非人間的法制、かかる自由圧迫的政治体制そのものが勿論打破されねばならなかつたのであるとはいえ、その下でせめて可能な限りの抵抗を続けていた人々が、共産主義者も非共産主義者も共に、弾圧・迫害に対抗し・それをまぬがれようとして、「私は共産主義者・赤ではない。従つて逮捕される理由はない。」と抗弁・釈明し、或いは「共産主義者ならばともかく、赤ではないものを」的口調で抗議したのは、全くやむを得ない便法としてのみ正しかつたのであり、もし或る人が本心こういう考え方をしたとすれば、それは根本的に不正であり、全然人間的ということができない。まして今日、過ぐる暗黒時代の警察国家の正体、その暴力、その非人間性、進歩的・民主的個人ならびに団体に対するその弾圧・虐待の実情を公然と暴露・批判し得る時、「共産主義者ではなかつたのに「赤」と名付けて」的論法・批判の出し方の不必要な強調(それが実際に非共産主義者の事件の場合ではあつても)があれば、それは真に人間的でも民主的でもあり得ないのである。たとえば石川達三の『風にそよぐ葦』前篇がそれであり、耕治人の『暴力』[33]にもそれが見られる。それらは本質的には非人間的な、反動的な性質のものでしかなくなるのである。いわんやもしも、基本的人権の尊重と言論・思想の自由とはともかくも保障され、正当にも共産党は合法化された新憲法下の現在、或る種の事態について「共産主義者ならば……」的考え方・取り扱いを肯定することがあるならば、それは全く言語道断の無知・陋劣であると云わねばならない。(しかも弾圧・迫害者が非共産主義者をも「赤」として取り扱つたのは、彼ら権力者側における便法・口実にすぎず、実は勿論直接に社会主義者、自由主義者、人道主義者、反戦・平和主義者、ファシズム・帝国主義反対者を圧迫・束縛したのであり、真の自由と民主との原則の蹂躙・無視は、常にまず共産主義者への攻撃を第一着手として波紋をひろげたのである。)

このような事情からして、コルガ父子は、決して言葉の真意においてヒューマニティと正義との守り手であると云うことができない。窮極の本質において、彼らもまた、陸相や知事や彼らによつて代表されるルーマニア支配権力や、さらにドイツ・ファシストやの側の人間なのである。

そして同じことは、作者・コンスタンティン・ゲオルギウその人についても、云うことができる。一篇を通じて登場するユダヤ人の数は相当に多く、主要人物・トライアン・コルガはほかならぬユダヤ人女性と恋愛・結婚さえしているけれども、それらのユダヤ人作中人物は殆どすべて作者の主観的意図に都合よろしく作品を展開し・作者の強制的・一方的意思のまにまに事を運び辻褄を合せるための大道具・小道具としてあしらわれ、——被圧迫民族・ユダヤ人そのものへの積極的関心、ユダヤ人の立場からまさに発せられるべき「何ノ為ニ」という問いと訴えとの(代辯の)意慾、被抑圧他民族への人間的シムパシーは、殆ど全く全篇のどこにも見いだされることができない。トボリッツァ河畔の被収容ユダヤ人群の生態を表現する作者の筆致が冷いよそよそしさを湛え、むしろユダヤ民族一般への嫌悪と侮蔑との表情を帯びるとも云うべき作者の素顔が行間に浮き沈みしている文学的事実は、特殊・別格のユダヤ人女性・エレオノーラ・ヴェストに対する同じ作者の好意・同情ある文学的処理が、もっぱらその特定のユダヤ人女性の特殊・別格性に条件づけられたものであり、決してユダヤ民族一般への同情・好意・積極的関心に由来するものではない文学的事実と彼此照応しつつ、彼・ゲオルギウが表看板とする人間尊重主義・「純粋な」ヒューマニズムを裏切り、彼の正体を文学固有の冷厳な力で容赦なく暴露している。彼もまた、トライアンと同じく、この意味において、本質的にはブルジョア民族主義者であり、或る時はファシストと容易に握手し得る人間であり、或いはむしろファシストそのものの一変種である、と云わねばならない。

▼29——エドガー・スノー『ソヴエト勢力の型態』時事通信社、五五—五六頁
▼30——エドガー・スノー、前掲書、六三頁
▼31——エドガー・スノー、前掲書、四八頁
▼32——エドガー・スノー、前掲書、五〇頁
▼33——『改造』五〇年六月

そもそもゲオルギウが作り出した主要人物・トライアン・コルガは、いやしくも文学を生涯の仕事とし、「純粋なヒューマニティの行為・無償の行為」に尽力する人間として提出されているにもかかわらず、全然いんちきであり、欺瞞的現象である。この男の民族問題についてのブルジョア的・俗物的意識・態度は、いま先云つた通りであるが、のみならず彼は、国内・国際情勢は決定的に急迫し、ヨーロッパ(だけでなく全世界的)の崩壊の危機意識が全人類を支配していた一九三七年に、全く抽象的で感傷的な「純粋」人間尊重主義・徹頭徹尾非戦闘的・敗北主義的なヒューマニズムを楯に取つて見当違いの「現代技術文明」攻撃

を行い、「技術奴隷の革命」などという「臍まがりな大人たちに特有な夢想」に基く似而非社会学を捏造・説教し、そのことで国内的には君主主義的資本制国家の政治的頽廃と社会的矛盾とを隠蔽し、一般的・国際的には危機の本質的根源・ナチス・ドイツを先頭とする国際ファシズムから人々の眼をそらさせ、現実的には意識的にか無意識的にかファシズムを支持・擁護する役割りを果しながら、半面腐敗・混濁したルーマニア王国の「最も近代的な作家」「つまり本のなかでやれ自動車だとか飛行機だとかバーだとかネオン・サインだとかいつてさわいでいる作家」ないし十八になる陸相の娘・エリザベートの「愛好する作家の一人」すなわち恐らくは流行作家として、多分『二十五時』風の作品を八冊も出版し（それらは初版に止らず、版を重ねたと推定してよい理由がある）、首都・ブカレストの社交界を自足的にうろつき、彼を取り巻く国内・国際的な腐敗と暴力と罪悪とに対して何らの実質的・本質的抗議・抵抗・批判を行おうとした様子もない。彼の人間尊重・ヒューマニズムについて云うならば、それはトーマス・マンの「戦闘的なユマニスム、己が雄々しさを確証するようなユマニスム、自由と寛容と自由検討の原則が見す見すその敵どもの恥知らずな狂信主義の餌食にされてしまう法はないということを確信しているユマニスム」[34]の正反対の地点に位置するものであろう。このような男が、「一つの重大な事件が起つて」いた一九三〇年代後半期に、その事態に対する戦いと抵抗とではなく、それへの無条件降伏・諦念＝「いささか過激な」ペシミズム・絶望の哲学を説教するのは、極めて自然な成り行きである。しかも彼の絶望哲学はこしらえものであり、彼自身は決して絶望していない。彼の絶望哲学には、客観性と同時に主体性が十分に欠如している。それは絶望哲学＝技術奴隷論を講義する時の講師の気軽な楽天的論調と、彼の実生活の自足的オプティミズムとによつて、裏切られている、――ちようどゲオルギウがまず読者に強制的に押しつけようと試みた絶望主義が、寓話風＝牧歌的な様式によつて裏切られているように。

このトライアンは、一九四〇年八月下旬、ファシストのクー・デター＝アントネスコ内閣出現の直前に、「ルーマニア第一の大新聞『西欧』の社長」兼「ある出版社とある文芸雑誌の社長」で「ヨーロッパの著名な大学をいくつか出て」いて、「新聞の社説を書き」「政界、文化界、社交界に出入りしている」「美しすぎる」二十九才のユダヤ人女性・エレオノーラ・ヴェストとブカレストで結婚し、その後二年間を首都で（安楽に）過している。ファシスト・クー・デターもアントネスコ親独政権の存在も、彼の精神に何ら特別の衝撃を与えた様子もなく、格別の不自由感・抵抗意識を喚起した形跡もない。（四〇年十一月下旬、ルーマニアは「日独伊三国同盟」に参加し、以後ファシスト侵略陣営の一つとなつている。）四二年八月末、エレオノーラの自己保存のための贈賄工作が成功した結果、トライアンは新任ルーマニア文化会館館長として夫人同伴、「世界でも一番美しい」ダルマチア海岸のラグーザに赴く。ルーマニアが連合国に降伏するまで（安隠太平に）そこで暮すわけである。彼がそこから郷国の父母に送つた前掲の手紙――「第三部」の終り・百七十二頁に出ている――の半面の性質は既に書いた如くであるが、その抽象的表現内容と執筆日附けとが問わず語りする他の半面の性質は、この男の正体をその窮極の本質において明るみに出すものとして、用心深く注目されなければならない。

問題の書簡は、「一九四四年八月二十日」を執筆日附けとし、「技術奴隷はその途上にあるすべてを破壊し、光は次次と消滅致しております。人は死に隣接する闇冥の中をさまよつております。」を抽象的表現内容とするものである。もちろんこの言葉は直接にはトライアンの制作中の小説について云われたものであるけれども、この作品（現実の『二十五時』を指す。トライアンの執筆中のもののことではない。）の性質・構成上・ないしトライアン自身の自己の執筆中の作品に関するかねての言説からして、彼を囲繞する当面の外部世界に対する彼の把握・判断を直ちに表白したものと見做して毫も差し支えない。（トライアンは、現実世界の進向と速度・時間的歩調を合せて彼の小説を書いている。たとえば、少し極言になるかもしれないが、現実世界でモリッツが逮捕されるちょうどその時、彼はその事件を彼の作中に書いているわけである。）そこで、一九四四年八月二十日現在における、外部世界の状態は、どんなものであつたろうか。――既に早く「スターリングラードの悲劇」は終つていた。攻勢に転じたソ同盟解放軍は、前年より当年にわたり、東方戦線の各所にファシスト侵略軍を撃破して進出している。イタリアでは、四三年夏、ムッソリーニの失脚とブルジョア反対派・バドリオ新政府の成立とがあり、同国は同年九月に連合軍に無条件降服をしている。四四年六月には、在伊ドイツ軍の敗退と連合軍のローマ入城とがあり、――北伊に拠つて蠢動するムッソリーニの「新生イタリア《ファシスト》」はなお辛くも余命を保つとはいえ、その帰趨はも早明白である。同じく六月、米英連合軍はノルマンディ上陸作戦に成功し、所謂「第二戦線」の形成が実現している。七月、ヒットラーは総統大本営でわずかに暗殺をまぬがれる。八月十五日、連合軍はさらに南仏に上陸し、西方戦線におけるファシスト侵略軍の敗走・フランス放棄の幕を開く。極東のファシスト・日本は、前年夏より太平洋戦線の南北で次ぎ次ぎに壊滅され、当年七月、東条超国家主義内閣の瓦解に象徴されてその敗色はいよいよ濃い。世界を長く重たく覆つていたファシズムの暗雲は漸く東西各所に雲切れを生じ、自由と民主と正義と平和とを愛好し切望するすべての人々の心に、明るい光が宿り、日々月々輝きを加えていた時代である。——眼を彼の祖国・ルーマニアに集めて見よう。

《国王（ミハイ王）はその五月（四四年）には、かねてアントネスコ政権に対するクーデターを企図して、ひそかに共産党、社会民主党、農民党、愛国連盟等の間に結成されつつあった「全国民主戦線」を承認した。然しながら、ソヴエト軍は、バルト諸国及び東部ポーランドにおける作戦の終結を待たなければならなかつたので、バルカンにおける新攻勢の開始を、夏の終頃まで延期しなければならなかつた。かくて、愈々マリノフスキー元帥麾下のウクライナ軍が、ドナウ河に沿つて再び行動を開始した時、ドイツ軍は、主として前線ばかりに集結されてはいたが、なお且つルーマニア国内に、六十六万の兵力を持つてゐた。パトラスカヌはミハイ王に対して、ブカレスト市内における国王の軍隊の増強を要請、クーデターの日を八月二十六日と決定した。[35]》

実際には、クー・デターは八月二十三日—二十四日払暁に開始され、赤軍との完全な連絡の下にあつたブカレスト蜂起軍は、四日間の市街戦の後、ドイツ軍を首都から撃退し、やがてルーマニアは、「当時の事情を考慮すれば、驚くべく軽いものに思はれた[36]」ソ同盟の休戦条約案を受諾して枢軸陣営を離脱するのである。

トライアンの「技術奴隷はその途上にあるすべてを破壊し」とは、客観的・現実的・具体的には「反ファシスト解放軍はその途上にあるすべてのファシスト侵略軍を破壊し」ということである。「光は次次と消滅致しております」とは、「ファシスト諸勢力は次次と消滅致しております」ということである。ファッショ的な「イタリアもルーマニアもブルガリアもフィンランドも次次と消滅致しております」ということである。「人は死に隣接する闇冥の中をさまよつております」の「人」とは、反民主主義的・非人間的・反人民的な人々・ファシストたちを指すものである。彼の祖国について云うならば、アントネスコ的諸勢力・諸人物を指示するものでなければならない。――これが社会的現実のトライアン＝ゲオルギウ的・神話的理解に判然と対立するところの、客観的・合理的な把握というものである。彼・トライアンは、結局のところ、ファシスト侵略軍・反民主的軍国主義諸勢力の衰亡を悲しみ、反ファシスト解放軍・民主的平和愛好諸勢力の勝利を恨んでいる。ファシスト諸国家が勝利を確保し、従つてルーマニアに四四年八月下旬の如き変革が起りさえしなかつたら、彼は彼の社会的・政治的(?)地位を失うこともなく、王国「有数の大作家」としてブルジョア的安楽太平をむさぼり得たものを▼37(!)。

けれども決定的に重要なのは、トライアンにおけるこの種のいんちき、この種の欺瞞的現象ではない。このような人間は、現実に存在するし、或いは存在することが可能である。従つて、トライアン的人間が、たとえ現実的にはどんなに非難されるべきであり、非人間的であり、欺瞞的であろうとも、或る文学者は彼の作中にかかる人物を登場させる自由と権利とを持つであろう。問題は、その作家がその作中人物をどう見ているか、どう言う批判を以て彼を描いているか、どのような意図で彼を登場させたか、にある。そこに作家の(自由と権利とに伴う)義務・責任が存在するであろう。ゲオルギウについて非難されるべく責任を問われるべきは、一方たとえば彼が民族・人種問題にかかわるトライアンの非人間性・不正義を作家自身気づかぬままに、これを人間的であり正義であるものとして提出している、その文学的・人間的無知・

怠慢・批判の欠如であり、他方たとえばトライアンの「技術奴隷の革命」論＝神話的社会・歴史観の非人間性・不正義を作家自身承知しながらも、これを人間的・正義であるものとして誇示している、その文学的・人間的無恥・悪への努力・批判の排除であり、両者相合して『二十五時』の重大な芸術的欠陥を形成するものである。後者は殊に致命的であると云わざるを得ない。

先にも書いた通り、『二十五時』は、作者と作中人物・トライアンとの完全な統一に基いて成立している。一篇を制作するゲオルギウは全くトライアン的な現実の把握に立脚しているし、完成された作品がひとしく(当然に)トライアン的＝神話的世界認識の秩序を保っている(或いは保とうとしている)。これを云い換えると、作中人物・トライアンは、ゲオルギウが彼の抱懐する神話的・非合理主義的世界観を展開するための全き傀儡であり、言葉の真意においては作中人物と云うことができず、むしろ作中人形とも云うべきである。彼・トライアンは、作中人物(人間)として当然に享有すべき基本的人権・言論、信仰、思想の自由を、ゲオルギウによって殆ど全く与えられていない。この種の傀儡性は、トライアンとは限らず、『二十五時』の諸登場人物に多かれ少なかれ認められるものであり、特にモリッツに顕著に見いだされるものである。ただ云うならば、モリッツは終始作者の思想の実践的傀儡として踊らされている──それがモリッツをこの小説の形式上の主人公にしたのである。──に反し、トライアンは同じものの理論的傀儡として設計されている点で、それぞれの役目を異にする。ところがモリッツは終始実践的傀儡であることによって傀儡なりに首尾一貫することができ、或る程度その傀儡性をむき出しにさらけ出すことをまぬかれたが、トライアンは、作の後半(ドイツの降服・平和再来後)突如として実践的傀儡の役までも負わされた結果、過重の負担に耐え切れず、その傀儡性を赤裸々に曝露している。作中人物としてのこの種のいんちき、この種の欺瞞的現象こそが決定的に重要なのであり、それはもつぱら作者・ゲオルギウの責任を問わるべき事柄である。以下、トライアンの傀儡性・いんちき・欺瞞的現象をモリッツを初めとする他の諸人物の傀儡性と共に、作家・ゲオルギウ自身の責任問題として、直接に追求するであろう。

▼34——トーマス・マン、前掲書、『ヨーロッパに告ぐ』、六二頁

▼35——エドガー・スノー、前掲書、六八—六九頁

▼36——エドガー・スノー、前掲書、七〇頁

▼37——竹内好は、トライアンを「反ナチの自由主義者」であると書いている(『日本評論』五〇年十月、二九頁)が、「反ナチ」を証明するものは、全篇のどこにも発見されない。しかし、このトライアンは、或る意味・或る程度においては「反ナチ」ないし反ファシズムということのできる人間であることを私も否定はしない。本文中で私の書いていることと、上のこととは矛盾しないのである。戦争末期、日本帝国主義の憲兵隊が、元駐英大使すなわち現首相・吉田茂を検挙したことなどに、関係して考えると、それが理解できる。卑近なところでは、ナチやアントネスコ政権やは、たとえば彼の妻・ユダヤ人・エレオノーラとの関係において、トライアンにとつて或る程度好ましくなかつたであろう。問題なのは、真の本質である。なお以下で一層はつきりとなるであろう。

——私たちはロシアやパルチザンの手に落ちたくありませんでした。そんなものの手に捕まるよりは死んだ方がずつとましだと思つておりました。

――なぜ、ロシアやパルチザンを恐れるんです？　と軍政官はたずねた。――彼らを恐れるのはファシストだけの筈です。ロシアもパルチザンも我が同盟国です。共に連合国の勝利のために戦つて来ています。
――軍政官殿、無論、貴方はファシストではありませんが、貴方の奥様が、仮令一日たりともボルシェヴィキの占領地区に留まることに賛成されるとは、私は信じません、とトライアンは云つた。
(P.200)

ルーマニアの枢軸陣営からの離脱後、クロアチア（すなわちドイツ側）による被抑留者となり、その後オーストリア、ドイツを経てチェッコスロバキアに移され、ドイツ降服の後は拘禁を解かれたトライアン（と彼の妻と）は、アメリカ（ないしイギリス、フランス）占領地区を目指して旅行し、やがてワイマール市に辿り着く。

《作家のトライアン・コルガとその妻ノラとは、常に連合国の側に好意を寄せて来たが、ノラ自身がユダヤ人であつて丁度迫害の手を逃れた所であるだけに、四五年のドイツ崩壊当時米軍の占領地域を頼みの場所と見て、数百キロを徒歩でそこに到着する。二人はワイマールに行く。だがこの市のアメリカ軍政官を鼓舞しているのはもとよりゲーテの精神ではない。トライアンなる男とその妻とが、いかなる人間でいかなる考えを持つているか、そんなことは全く問題にならないのだ。》（序・三頁）

トライアン夫妻が「常に連合国の側に好意を寄せて来た」というマルセルの言葉は、どこを押せば出て来るのであろうか。「ノラ自身がユダヤ人であって丁度迫害の手を逃れた所であるだけに」とは何のことを云うのであろう。彼らがクロアチア人の手で抑留されたのは、恐らくルーマニアの休戦に伴う国際的・外交的な手続き・処理ないしはそれに類する処置であり、ノラがユダヤ人であることにかかわるものではない。もしたとえ被抑留期間に苛酷な取り扱いがあったとしても、ファシストの兇暴が、断末魔の錯乱で一層見境がつかなくなり、云わば共食いまでも始めたのである。「迫害の手を逃れた所であるだけに……米軍の占領地域を頼みの場所と見て……」——一体、どこで、誰が、民族・人種による取り扱いの差別をして来たし、現にしているのか。皮膚の色の相違が、社会的・政治的・精神的優等(感)と劣等(感)とを存在させて来たし、現に存在させているのは、どこの国でのことなのか。そしてまた、どこの誰が、そういう偏見、そうした差別的取り扱いから自由であったし、現にあるか。マルセルの云い分は全く滑稽であると云うほかはない。——トライアンが、ソヴェト地域を恐れ、アメリカ地域「を頼みの場所と見」たのは、そういう理由(《モーター化された野獣》の件を含めて)からでは決してあり得ない。この連合国の一勢力に対する陋劣な誣告者・煽動者・トライアンに答えて「なぜ、ロシアやパルチザンを恐れるんです? 彼らを恐れるのはファシストだけの筈です。」と云う時、ワイマール市のアメリカ軍政官・ブラウン少佐は、全く正しかったと云わねばならない。「ゲーテの精神ではない」云々などは笑止の沙汰でしかない。もし強いてそういう云い方をするならば、この限りにおいて、さすがにワイマールの軍政官だけに、このブラウン少佐「を鼓舞しているのは」たしかに「ゲーテの精神」なのである。とりわけこの時期に、元枢軸国人で、しかもアントネスコ政権下の官吏であった人物が突然現われ、米・ソの間に存在し得るし、或いは現に存在する或る種の対立を目安にした教養俗人的態度・口吻で、いきなり連合国の一員であるソ同盟を誣告した場合、これを歓迎し優待するのが「ゲーテの精神」であり、人間的であるとは、他の誰よりもゲーテ自身が決して考えないであろう。「トライアンなる男とその妻とが、いかなる人間でいかなる考えを持っているか」は、ブラウン少佐・アメリカ占領軍にとって「全く問題にな」つたであろうことを、私は疑う理由を持たない[38]。トライアンが、アメリカ、イギリスその他「を頼み」にし、ソヴェトを「恐れ」たのは、次ぎのような事情にかかわつている。

《戦争の進行中には、対日独戦で連合をした諸国は、提携してすすみ、一つの陣営をなしていた。しかしながら、連合国の陣営内には、すでに戦争中から、戦争目的および戦後世界機構の任務の決定において、意見の相違が存在していた。ソヴエト同盟と民主主義諸国は、ヨーロッパにおける民主主義的秩序の復活と強化、ファシズムの駆逐とドイツからする新しい侵略の可能性の未然の防止、ヨーロッパ諸民族の全面的長期的協力の創出を、戦争の基本的目的とみなした。巨大帝国主義国およびこれと歩を一にするイギリスは、これと異つた戦争目的、すなわち市場における競争国(ドイツと日本)を退け、自分らの支配的地位を確立することを目的とした。戦争目的および戦後機構の任務の決定におけるこのような相違は、戦後期に一層深まつた。二つの相反する政治方針——一方の極には帝国主義の破壊と民主主義の強化を目ざすソヴエト同盟と民主主義諸国の政策、他の極には帝国主義の強化と民主主義の圧殺に向けられた国の政策——がある。ソヴエト同盟と新民主主義諸国が世界支配と民主主義運動の破壊を目ざす帝国主義的闘争計画実現の障碍となつたので、ソヴエト同盟と新民主主義諸国にたいする攻撃が宣言され、それは帝国主義

的政治家の新戦争の威嚇によつて強化された。[39]》

トライアンが、アメリカ地域を頼みにした理由は、私がこれまでに摘出した彼の本質からして極めて自然な現象である。この男がソ同盟を恐怖し嫌悪するのは、全く無理からぬことである。それは一九三〇年代後半期における彼の祖国・ルーマニア王国の半封建的・ブルジョア＝地主的支配勢力が、ソ同盟の保障を人民の犠牲において拒否し、ファシスト諸国と帝国主義諸国との間を右顧左眄したあげく、ついにファシズムに身を投じた事情を想起させる。ドイツ・ファシズムの崩壊後の客観的情勢のなかで、トライアンがためらうことなくアメリカないしイギリス側に望みを嘱したのは、理の当然でなければならない。これに対するアメリカ占領軍の拒否は、世界の民主勢力の一メンバーとしてソ同盟と提携しつつ反ファシスト解放戦争を戦つて来たアメリカが、ヨーロッパの平和回復後日なお浅いこの時期には、まだ相対的・部分的・惰性的な解放的・進歩的役割・性格を持ち得ていたし、持たざるを得なかつた事実を物語るものである。軍政官・ブラウン少佐が、つべこべとトライアンの述べ立てる俗物的・煽動者的なソヴェト中傷・非難には、何ら直接の応答をすることなく黙殺しているのは、作者・ゲオルギウにとつては不覚・心外にも、意味深い場面であろう。或いは少し云いすぎになろうけれども、このブラウン少佐は、シーモノフが『ロシア問題』のなかで云う「二つのアメリカ」のうち、「リンカーンのアメリカ、ローズヴェルトのアメリカ」に属する人物なのである。

この夫婦は、云わばわざわざ逮捕されるために——逮捕されないとゲオルギウにとつて不都合であるために——最初の訪問(?)の四日後、ふたたび性懲りもなく軍政官の許に行き、彼らをそれまでは「憤怒で真蒼になつた」にもかかわらず拘束しなかつたブラウン少佐の寛容につけ込もうとした結果、ついに多分戦犯容疑者として捕えられ、独房に入れられるのであるが、一週間すぎた頃、彼らの話を聞いた監獄司令・ゴールドスミス軍曹が深く同情し、釈放を約束する一場面は、一般にかかるトライアン的人物の俗物的狡猾さに引つかかると、人のよい正直な人間がややもすれば忽ち一杯食わされる事実を、示すものである。その軍曹の約束が実現されなかつたのは、占領当局が、さすがに「事実にも、人間にも関心を払」つていることの証拠であろう。ただし私は、このトライアンを国際法的な意味で、戦争犯罪人であると、論告しようとするのではない。しかし私は、この場合の空間的・時間的ないし主観的・客観的諸条件からして、連合国占領軍が、こういう胡散臭い人間を、戦犯容疑者として抑留したのは、現実的・客観的・具体的な理由を認め得る処置であり、トライアン＝ゲオルギウの主観にもかかわらず、「これが西洋だ。……大地は、今では人間のものではなくなつているのだよ。」とか「白兎の死んでしまつた後は、もはや何の希望もないのだ。」とかの意味ありげな抽象的感慨を必要とするものでもなければ、「技術社会・機械文明」を持ち出しての「人間の見地からすれば馬鹿げたものであり、機械の見地から見れば完全に正当なものである」という類の神話的説明を必要とするものでもない、と固く信じる。国際法上の戦犯問題はともあれ、彼・トライアンは、一人の文学者として、彼自身当然に自己の問題として取り上げるべき文学的・人間的戦争責任については、全然考えないし、考えようともしないのである。ともすると、こういう男は、偶然的事情によつて戦争中を国外ですごしたことを種に、反ファシズムの亡命者・侵略戦争抵抗者面もしかねないであろう。「私たちは略〻一年近くも連合国の敵に抑留されて来たのです。」「八万人からのルーマニア人が連合国のために命を落していきます。」――よくもぬけぬけとこういうことが云えたものである。しかしさすがにこれはエレオノーラの言葉であり、トライアンにはこの種の発言は見られず、作者・ゲオルギウも敢えてトライアン自身には云わしていない。これもまた、ゲオルギウには心外にも、意味深い場面であると云わねばなるまい。

――ワイマールのドイツ人は、少くとも週に一回はプッシェンワルド・キャムプの便所を清掃し、解放された抑留者の下着を洗濯させられています。貴方は私の妻にもこんな仕事をやれとおっしゃるのですか?(P.201)

――だが、生命を棄てなくてもよい場合には、私は最も快適と思われる状態で生活したいのだ。(P.215)

これが、この男の人生哲学の端的な表現である。誰でも自分の妻に他人の下着の洗濯を(しかも強制されて)させたくはなかろう。誰でも「最も快適と思われる状態で生活し」たかろう。私もそうである。それは人間的な願望であると云うことができる。しかしこの男のそれは、全くブルジョア的な利己主義に基くものであり、自分ないし自分の妻、或いはせいぜい一杯自分の身近な人間だけが「快適」でありさえすれば、それが他人の、多数の不幸と犠牲との上に成立したものであっても、いささかも構いはしない種類のものである。

▼39――《「若いドイツの世代の魂にさそりの毒を注ぎ込んだ」と起訴状にうたわれた、ヒトラー・ユーゲントの指導者・バルドゥール・フォン・シーラッハは、五月二十三日、待ちかねた証人台に立った。
開口一番、昂然と彼はいう。

「ナチ指導者の殆ど全部はヒトラーが天降りで任命したものだが、余のみは選挙されたのである。」

続けて、思いなしかやや紅潮しながら、彼は力説した。

「余はドイツの青年をワイマールに還らせようとつとめた。ワイマールは或る意味でドイツ人の故郷である。余はナチズムの宣伝をやつたばかりではない。ゲーテの宣伝にこそ力瘤を入れたのである！」》

（『法燈を継ぐもの』、『日本評論』四七年二月、四頁、なお時事通信社『ニュルンベルグ裁判記録』、一六五頁）

▼39――『共産党・労働者党情報局第一回会議の宣言』

自分のやつていることを考えながら、彼は、将来これと同じような状況におかれたら自分はやはり同じような行動をとるだろう、と心の中で思つた。《自分のそばにいる人間の苦痛を分けもつこと、たとえ自分の手助けが何ら実際的な価値を持たず、たとえそれが無償の行為であろうと、それは必要なことなのだ。》
司祭が部屋に入つて来た。彼も同じように濡れて、額や頰や髭から水をたらしていた。雨の中をヨハン・モリッツに付添つていてやつたのだ。息子と同じように、別に自分の手が要つたわけではなかつたのに。

《神も亦宇宙を創造された時これと同じような無駄な行為をされたのだ》とトライアンは思う。《神は何の実際的効用もない事物を創造された。しかしそれは最も美しい事物なのだ。人間の生命も一つの無駄な創造だ。俺や親父の行為と全く同じほど無駄で馬鹿げたことなのだ。だがその誠意は立派なものなのだ。その無駄さ加減にもかかわらずそれは他にくらべものがない程立派なものなのだ。》(P.43)

このアルベール・カミュ風の虚栄的詠嘆、この「神」を引き合いに出した通俗実存主義的思想は、コンスタンティン・ゲオルギウが、彼の理論的傀儡であるトライアンに、作品の後半において実践的傀儡の役目をも無理強いに任命し、主体的(また芸術的)真実性・必然性の多分に欠如した抗議ハン・ストや、さらに一層それらの稀薄な「荘重な」自殺やを強制的に行わせるために、前以て設定した狡猾な伏線であり、批判予防的神話である。それにしても「自分のそばにいる人間の苦痛を分けもつこと」とは、彼ら(トライアンないしゲオルギウ)にしてはあまりに正直すぎて、むしろ残酷である。彼らの「無償の行為」の実践的意味・正体は、既に明白であろう。トライアンのハン・スト、殊に自殺に至つては、気が狂つたのでない限り、全く主体的な必然性がない。このトライアンのような男は、ああいう経過で抑留されても、早晩(客観情勢の変化をも含めて)適当に釈放され、祖国・ルーマニア人民民主主義体制には背を向け差し当りフランスあたりに亡命した上で、ワイマールでの苦い経験を繰り返さないよう慎重に時機をうかがい、国内・国際情勢の諸変化・諸条件を周到に計算しつつ『二十五時』風の小説を書き、多分「まさに所を得、時を得」た一九四九年頃のパリで、その作品を「最初からフランス語に訳」して発表する、というようにでもなるのであれば、全く似合つた成り行きであり、十分に主体的（また客観的）必然性・真実性があろう、と私は思う。もつとも、彼が、自分の身が安全である限り、「技術奴隷論」の神話などを深刻ぶつた様子で気楽に展開しながら、ファシスト侵略戦争を肯定していたけれども、ひとたび侵略戦争（の結果としての諸事態）が累を彼自身と「自分のそばにいる人間」とにおよぼし始めるや否や、忽ちじたばたして悲鳴をあげたのには、たしかに必然性・真実性があることを、私は否定するつもりは毛頭ないのであるが。——

も早結論はおのずから明かである。この陋劣・狡猾なコンスタンティン・ゲオルギウの意図するところは、まず第一に、第二次世界戦争の真の起源・原因ならびに性格を曖昧にし隠蔽し、そのことによつて彼自身をもそのなかに包容する今日の帝国主義的諸勢力の戦争誘発努力を正当化しようとするものである。彼による社会的・歴史的現実の神話的把握、それに基く「技術奴隷の革命論」はそのためのものであり、一篇の諸登場人物・諸事件は、すべて彼の意図・目的を達するための理論的ならびに実践的傀儡であり、すべて「技術社会」にその原因を求めて説明されるのである。けれども諸事件の発生および諸登場人物の運命は、それぞれ歴史的・客観的・合理的・具体的・現実的理由によつて解明され得るし、されるべきものであり、彼の抽象的・神話的・反客観的理由づけを必要としないし、現実的・実践的に拒否するものである。

《……このように、第二次世界戦争の起源に関する上述の理論はすべて、今日の時代における帝国主義の矛盾の発展に関する問題、資本主義の発展における不均等性の激化の問題をつとめて避け、第二次世界戦争の原因について派生的な説明を作り上げている。……（これらの理論は）いずれも地理的、地政学的、心理学的、その他これに類似の戦争原因についての幾多の反科学的虚構に落ち込んでいる。

何故ブルジョア社会学者は、戦争の真の原因をこのように躍気《ママ》となつてもみ消そうとしているのであるか？　この質問にたいする答えはおのずから出てくる。僅かここ三十年間に、人類は流血の荒廃的な戦争を二度行つた。勤労者大衆は、未曾有の貧困と不幸に陥し入れられ、無数の犠牲を蒙つた。ブルジョア社会学者は、主人の意志を果すために、戦争の真の犯罪者にたいする大衆の憤怒を捨てさせ、責任をありとあらゆる種族的、地理的、心理的、その他の原因におしつけんとしている。戦争起源に関するエセ理論の発現は、まず第一に、以上のことによつても説明される。▼40≫

このゲオルギウが、兇悪なファシスト・ドイツ帝国主義者の潔白を証明しようと努力しているのは、従つて至極自然である。非人間的なヨルグ・ヨルダンでさえ、ドイツ国軍の将校・ヨルダン中尉ともなれば、英雄的で「端正」な自決の一幕を、作者によつて与えられるのである。あらゆる伝えられ実証されたナチス軍の支配的な非道・その「悪魔的な組織及び能率、並びに中央から指揮された広汎な計画によつてなされた」▼41残虐にもかかわらず、ドイツ軍隊の性格は、「我々はたとえ敗北中であつても文明国民だ！　病車に負傷者をのせてやれ。」と人間的に叫ぶ自動車部隊指揮官の言行によつてのみ、代表的に描かれ、象徴されるのである。そしてこの悪意に満ちて狡猾・巧妙な部分と全体とのすり換え、このあり得べき部分的善による全体的悪の隠蔽・抹殺は、他方裏返されて、同じくあり得べく・あつたであろう部分的悪による全体的善の誣告・弾劾、「悪魔的な組織及び効率」によつては勿論のこと「中央から指揮された広汎な計画によつて」

も狭小な計画によっても決してなされなかったところの赤軍兵士の一部の「野蛮」――しかし私は、厳罰を以て処理し取り締った赤軍当局と共に、これを衷心遺憾とし、一点の汚辱とするものである。――の描写となって現われるのである。さらにかかる陋劣・巧妙・悪意に満ちて狡猾な部分と全体とのすり換え＝特殊による普通・一般の否定は、戦争・ファシズムの犠牲者としては抽象的普遍性・一般的性格を持つけれども、その具体的運命においては特殊的・例外的性質のものであるヨハン・モリッツの半生を提出することによって、戦争の悲惨な実態から人々の目をそらさせ、「いまだに乾かぬ、あの大量の涙を通して得たこの平和」▼42をノンセンス扱いにするのみならず、この具体的には特殊・例外的な、衆目の認めるところ決して戦犯ではあり得まいモリッツを、ニュルンベルクの国際法廷で「戦争犯罪人ト判決」されたとすることで、「ニュルンベルク裁判判決」一般に対する不信を表明し、もしくは人々をその方向にいざない、「それ故、彼が他の戦犯たち――ゲーリング元帥や、ルドルフ・ヘスや、ローゼンベルグや、フォン・パーペンなど……もいるニュールンベルグへ行くのは当然の事だった。死刑を宣告される可能性があった。」というように、元兇的戦犯・ドイツ・ファシズムの諸指導者をさえも、モリッツと同様に、無実にもかかわらず断罪されたものの如くに、印象づけようとするのである。私は、モリッツの戦犯としての判決には現実的にも芸術的にも全く真実性がない、ニュルンベルクの国際法廷がこのような人物に戦犯の判決を与えた事実は万一にもあるまい、と固く信じる。無頼のお人よしらしいモリッツではあっても、人間・農夫の自然として当然に感じるであろう自然発生的な戦争への憎悪もしくは嫌厭・平和への希求が、殆ど全く描かれていないのは、この人物の傀儡性・非人格性を明示する一つであり、それはかかる時代のかかる現実を作品の基盤としながら、諸登場人物の内面或いは一篇の効果において、反戦、厭戦、平和待望の思想・感情の殆ど一かけらも切実な積極的表現を与えられていない事実と共に、注目に値いする否定的《ネガティヴ》な特徴であろう。

▼40――世界政治経済研究会、前掲書、前掲部、一〇〇頁
▼41――エドガー・スノー、前掲書、七七頁
▼42――中野重治『国会演説集』八雲書店、一三八頁

彼・ゲオルギウの意図するところは、第二には、世界の恒久民主主義的平和を樹立・保証する唯一・正当の道であるところの「大国間の提携」を妨害し、そのことで反動的帝国主義勢力のイデオローグ・文学的代辯者の役割りを演じ、(ちょうど一九三七年前後の時代に、トライアンがファシスト侵略戦を不可抗力・不可避であると説教しつつ、客観的・現実的にはこれを積極的に肯定したように)、第三次世界戦争の不可避性・不可抗力性を公然と主張することによつて、現代の一切の平和への願いと努力とを無意義・徒労と規定し、すべての平和運動を麻酔にかけ、圧殺しようとする試みである。

《この物語、その本質において人の読み得る最も真実な、従つて、畢竟一党派たるに過ぎぬような一党派によつて利用され得るところの最も少いこの物語、……本書は現に在る如何なる党派によつても利用され得ない。》(序・一頁)

《オウエルの『一九八四年』は……必要によつては反ソ・反共の役割りを果すことができるが、これは特

定の国家や特定の政党や特定の思想の攻撃や擁護に役立てることは絶対に不可能な小説だ。[43]》

この『二十五時』が、ほかならぬ「その本質において」「最も」虚偽な物語であることは、既に明白である。「従つて、畢竟一党派たるに過ぎぬような一党派によつて利用され得るところの最も少いこの物語」、「これは特定の国家や……の攻撃や擁護に役立てることは絶対に不可能な小説だ。」などの言葉は、この作品の「現象において」は一応多大の条件付きで肯定され得るにしても、まさにほかならぬ「その本質において」完全に否定されなければならない。「その本質において」この小説は、「必要」の有無にかかわりなく、「反ソ・反共の役割りを果す」ものであり、「畢竟一党派たるに過ぎぬような一党派」によつてこそ「利用され得るところの最も」多い、と云うよりもそういう一党派のイデオロギーそのものに立脚し、そういう党派の利益に終始奉仕している物語りなのである。

私は、この作品が「一党派」や「特定の国家」やの利益に奉仕するものではない、などとは、学問的には上述の如く勿論云えないが、素朴にも云えないと思う。

《雑誌『現代《レ・タン・モデルヌ》』の昨年の十二月の書評でジャン－H・ロワが書いているように、作者がロシア人とドイツ人と双方に対して厳正であると同じくアメリカ人に対してもきびしい批判の手をゆるめていないことを読者は見落してはならないであろう。》（河盛好蔵の「あとがき」・三四四頁）

こういう言葉を、私は条件付きでではあるが、一まず認めてよい。先に「この作品の「現象において」は一応多大の条件付きで肯定……」と書いたのは、これにかかわるのである。――ここに三人の素朴な読者の存在を仮定しよう。そして彼らの一人はどちらかと云えば「親米的」、いま一人は同程度に「親ソ的」、残る一人はどつちつかずであるとしよう。そこで彼らが素朴・虚心にこの小説を読んだとして、その結果、第一の読者はより多く親米的になるか、ないしは親米的をそのままに益々反ソ的になる可能性はあつても、反米的もしくはより少く親米的となる可能性は殆ど全くあるまい。しかるに第二の読者は、反ソ的ないしより少く親ソ的となる可能性が十分にあり、どつちつかずになる可能性があり、さらに親米的に転向する可能性さえなくはない。第三の読者となると、もとのままに留るか親米的になるかであり、しかし反米的・親ソ的となる可能性は殆ど全くない。可能性という語は、蓋然性または公算という語に置き換えた方が適当かもしれない。このことは、この作全篇の効果において一般的に主張し得る事実であると、私は考える。

――なお私は、親米的はすなわち反ソ的を意味し・またはしなければならず、或いはその逆であり・あらねばならぬ、という風の考えを一般的・固定的に主張するつもりはない。私自身は、必ず親ソ的且つ親米的でありたい、と強く願う一人であり、スターリンは当然に親ソ的な人物であるが、彼もまた常に親米的でありたいとの強い願いを表明している。三人の仮定の読者の場合の私の「親米的」および「親ソ的」の語の用法が、或る種の誤解・或る種の憶測を生まないために付け加えたわけである。現実的には、私は親ソ的な人間であり、そして親米的でありたいと願う人間であり、かかる現実を心から遺憾に思つている人間である。――この本を読んだ素朴な三人の読者から、三人の親米的人物、二人の親米的人物と一人のどつちつかずの人物、一人の親米的人物と二人のどつちつかずの人物、――この三通りの組み合せのうちの一組が出現する公算は相当十分にあり、親ソ的人物が皆無となる公算は従つて大きく、しかし一人以上の親ソ的人物が出現する公算は殆どない、――これが『二十五時』について素朴に云える事柄である。そしてこのことが、この小説の「本質において」の虚偽に窮極的には由来することこそ勿論重要なのであるけれども、今の場合は、このことが「その現象において」の虚偽によつて生じるものであるという事実、すなわち河盛の引いたジャン－H・ロワの言葉は本当には正しくないということ、を云つているのである。（仮定した三人の読者に付した「素朴な」という限定は、不必要であつたかとも思う。）

H・ロワの「ロシア人とドイツ人と双方に対して厳正であると同じくアメリカ人に対してもきびしい批判の手をゆるめていない」について見れば、まず第一に、この作品中のどこでもドイツ人そのもの、アメリカ人そのものは、きびしくもゆるくも、殆ど全く批判されてなどいないのであり、ただロシア人だけが全く独断的・固定的に「野蛮」というレッテルを貼りつけた上で繰り返し批判（非難・中傷）されているのである。アメリカ人に至つては、相対的には無論、或る程度絶対的にも、称揚されている。戦争中のドイツの収容所とボタン工場との場面ならびにアメリカ占領地域・収容所の場面で、それぞれ具体的事実によつてドイツ人とアメリカ人とが批判されているとは云え、それは「技術社会・機械文明」との関連においての批判であり、アメリカ人・ドイツ人そのものについてのものではない。この意味ではロシア人も「同じく」批判されているが、それは、前二者の場合と違い全然具体的事実の説明・描写の裏付けを欠いている（独断的である）。次ぎにロシア人、ドイツ人、アメリカ人、をそれぞれ、ソヴェト・コムミュニズム、ドイツ・ファシズム、アメリカ・ブルジョア民主主義（帝国主義）と解すると、――念のため今一度云うが、ここでは学問的に対するものとしての素朴的立場で論じているのであり、「その現象において」の問題を取り扱つているのである（「その本質において」は、これはも早明白極まる事柄である）。――三者のうち、ソヴェト・

コムミュニズムは、完全に恐怖・嫌悪の的として首尾一貫・文句なしに非難されていて、他の二者への多少の批判が仮りにあるとしても、その徹底した反ソ・反共的印象に圧倒され、全く有名無実でしかない。ドイツの相対的・根本的残虐とソヴェトの部分的・派生的それとについては、前に書いた。このゲオルギウは全く狡猾極まる。彼は本質的にはファシズムを肯定・支持しているが、しかもソヴェトを誣告するためには、一般的に現実に存在する反ファシズムの感情をその限りで利用することをも計算に入れ、「コミュニストの連中はその危険の責任はもっぱらファシストにあって……ナチスはナチスでユダヤ人を」、「彼はふとマルコウ・ゴールデンベルグの眼つきがヨルグ・ヨルダンの眼つきとそつくりなのに気がついた」、「ラインやダニューブやヴォルガの波が今、奴隷の涙で逆巻いている」、「ロシアではユダヤ排斥運動を、ドイツでは（ユダヤ人）強制収容所の苦しみを」というように、ソヴェト・コムミュニズムとドイツ・ファシズムを等置し、同類扱いにすることによつて、広汎に現存する反ファシズムの感情を反コムミュニズムの方向に誘惑し・けしかけようとする。マルコウ・ゴールデンベルクの人民法廷の議長としての行為は、ソ同盟軍当局の手による彼の処罰・粛正を約束するものである。「ロシアではユダヤ排斥運動を」のロシアとは、帝政ロシアなのである。ヴォルガの波は「奴隷の涙で逆巻いて」はいない。――この作品が「一党派」や「特定の国家」やの利益或いは不利益に奉仕していないとは、素朴にも決して云うことができない。そしてそれはこの作品の「現象において」の不真実に直接かかわるものであり、一般に読者を先の仮定された三人の読者の方向にいざなうものである。

かくて、悪意に満ちた反ソ・反共宣伝・煽動による「大国間の提携」の阻害、および狡猾を極めた一篇の結構・殊に巻末の第三次大戦勃発の設定による新戦争の不可避と平和への努力の無意義との主張——これらによって世界帝国主義陣営の基本的目標達成に奉仕しようとするもの、——ゲオルギウの意図・『二十五時』の正体は、まさしくこれにほかならない。

《帝国主義陣営の基本的目標は、帝国主義の強化、新帝国主義戦争の準備、社会主義ならびに民主主義との闘争、および反動的で反民主主義的な親ファシスト的政体ならびに運動の、全面的な支持である。[▼44]》

▼43——臼井吉見、前掲書、一八三頁
▼44——『共産党・労働者党情報局第一回会議の報告』(ジダーノフ)

以下、残余の問題について、簡単に述べておきたい。

彼の実存主義的絶望哲学は、彼が採用した神話的世界把握の当然な一帰結として出現したものであり、同時に作品の一構成要素として(たとえば先に指摘したトライアンの実践的傀儡化のために)その存在の必要を生じたものであり、全然虚飾的なこしらえものである。しかしこの絶望哲学は、一般の読者に、先に私が引いたトロワフォンテーヌのサルトル批判の言葉に示されたような影響をおよぼそうと志すものであり、およぼしているものである。それは、一切の戦いの放棄・ファッショ的ないし帝国主義的諸支配勢力による民主主義的自由と平和と平等との蹂躙の甘受、を勧奨する。

しかしながら、かかる絶望主義、かかる甘受・諦念の哲学ではあっても、何らかの救済は設定されなければならない。そこでゲオルギウが、彼の目的に不都合でない種類の、むしろそれにふさわしいところの、救済・逃避の場処として用意したのが、「神」である。彼は、トライアンや司祭・コルガやを通して「神」による救いを屢々暗示・指示しているだけでなく、司祭・コルガならびにその他の宗教家を最も好意・共感・尊敬を籠めて表現し・聖職者の頭上に輝く光背を描き、終始（一篇の効果において）宗教の重要性・神への帰依の必要性を強調している。非合理主義的反動家に通有・自然なこの現象が、何を意味し、何に役立つものであるかは、既に明らかな彼の本質・意図との関連よりしても、おのずから理解されるであろう。たしかに「神の誘惑は、人類にとつて、常に、悪魔のそれよりも、一層危険であつた」し、現にある。

最後に、――私は、アメリカ占領軍によるトライアン（彼がああいう俗物的・ファシスト的人間であるにしても）、エレオノーラ、殊にモリッツのここに書かれているような取り扱いを、決して全部が全部正当とは信じない。それは批判に十分値いする。けれども、それは、主として多年のファシズム・侵略的暴力と狂乱の結果の無秩序・荒廃、その上に立つ厖大・複雑な「終戦処理」との関係において説明され、批判されるべきであり、もつぱら技術文明・それに由来する画一・集合主義にその根源、その批判の拠りどころを求めるのは、全く誤りであると信じる。私は、推測ではあるが、あのような大戦争の種々の大規模な戦後処理事務は、そのなかに俘虜問題をも含みつつ、もし技術文明的システム・方法によらなかつたら、比較にならぬほどより多大の混乱と欠陥とを生み、より重大な不平等・人間無視を結果したであろう、と思う。

技術文明・機械時代一般が、必然的・本来的に人間無視的であり、悪しき画一主義、集合主義に導くものであるのではない。――だが、そういう傾向、実例は現に存在する――種々のアメリカ物質文明批判を見よ。――のであり、従つて私は、かかる（機械文明の危険性についての）問題提起を、一般に無意義・不必要と思うどころか、極めて重要と信じる。しかし、それは、抽象的・形而上学的・純粋人間主義的にのみ提起されるのでなく、その根柢を「資本制生産に特有な・且つそれを性格づけるこの顚倒」すなわち「死せる労働と生ける労働との――価値と価値創造的な力との転置」[45]の観点に置き、「この顚倒」に「技術的・感覚的な現実性」[46]を与えることで両者（人間と諸生産手段・諸労働生産物と）を「完全な対立に発展」[47]させるものとしての機械を基本的には凝視して、提起されなければならない。この後者の観点を欠く時は、問題提起者の善意にもかかわらず、往々にして反動的・非人間的な役割りを果すのである。悪意の問題提起者であるゲオルギウに至つては論外であり、彼は戦争の原因・ファシズムならびに帝国主義の罪悪を隠蔽するためにのみ、このような問題提起を行つている。彼は原因と結果とを顚倒させているのである。

《早い話が未開社会では人間は馬よりも下に見られていた。こういうことは今日なお一部の民族又は一部の個人において起り得る現象だ。君のさつきの話でも、ある百姓が自分の女房を殺しておいて後悔もせず、自分が監獄にいる間馬に食わせたり水をやつたりするものがいないというそれだけのことで自殺しかかつているね。これがつまり原始社会における個人蔑視のやり方だ。人間を犠牲にするのは今や流行なんだ。現代の社会では人間を犠牲にすることはとりたてて言うだけのことでもないことなんだ。ざらにある出来ごとなんだ。人間の生命なんぞはエネルギーの源《もと》だけの値打しかないんだ。まさに純粋に科学的な基準

だ。それが我々の技術的野蛮の暗黒時代の法則なんだ。》(P.38)

このトライアンの俗物的・後退的シニシズムは、彼の絶望的技術社会論と共に、その内容・意味方向において は決定的に対立するものであるけれども、同様の問題に関する一九三五年五月四日のスターリンの演説——クレムリン宮殿における赤軍大学卒業式における——を私に想起させる。スターリンは、そこで云つている。

《諸君は、われわれが、技術的におくれた半ば乞食的な荒廃した国を、旧時代から遺産として受け継いだ、ということを知つている。〔中略〕任務は、この国を、中世紀的な、暗黒未開な軌道から、現代的な工業と機械化された農業との軌道へ移しかえることにあつた。任務は、見られる如く、真剣なものであり、しかも困難なものである。問題は、われわれがこの任務を最短期間内に解決し、且つわが国において社会主義を鞏固にすることができ得るか、それとも、われわれは、それを解決し得ないか、そして、後者の場合には技術的に貧弱な文化的に暗黒未開であるわが国は、自己の独立性を失い、帝国主義諸列強の勝負事の対象物に転化してしまうであろうという風に立てられていた。〔中略〕

だが、技術の領域における甚だしい欠乏の時期を経過して、われわれは新しい時期に、技術を自由自在に制御して、それを前進せしめることをよくなし得る人々の領域における、要員の領域における、働き手たちの領域における、甚だしい欠乏の時期と私が呼ぶところの時期に入つた。〔中略〕わが国が、技術の領域において、甚だしい欠乏があつたところの既に経過した時期の反映たる「技術がすべてを決定する」という旧いスローガン、すなわち「要員がすべてを決定する」というスローガンによつて取り替えなければならないのである。この点が、現在重要な点なのである。

わが国の人々は、この新しいスローガンの偉大な意義を完全に理解し、自覚していると云つてもよいであろうか？　私はそうは云わないであろう。もしそうでないならば、われわれが、われわれの実践活動において往々見受けるところの、人々に対する、要員に対する、働き手たちに対する不埒な態度は存在しなかつたであろう。「要員がすべてを決定する」というスローガンは、わが指導者たちが、わが働き手たちに対し、すなわち、「小さな」働き手に対しても、「大きな」働き手に対しても、彼らがいかなる部門で働いているかを問わず、極めて深い配慮を示すこと、〔中略〕等々を要求する。しかるに、実際においてわれわれは、多くの場合に、働き手たちに対して冷淡で官僚主義的な、しかも全く不埒な態度を示している諸事実を有するのである。元来、人々を研究し、よく研究した後にのみ彼らを部署につける代りに、往々将棋の歩を扱うように、人々を無雑作に扱つているということも、これによつて説明されるのである。〔中略〕これは、われわれが人々を尊重し、働き手たちを尊重し、要員を尊重することをまだよくは学ばなかつた、ということによつて説明されるのである。

私が暫く流刑されていたシベリアにおける一つの出来事を私は思い出す。それは春の氾濫時のことであつた。三十人ばかりの人たちが、荒れ狂つた大河に流されて来た木材を集めて引き上げるために河に出て行つた。夕方彼らは村に帰つて来たが、一人の仲間が足りなかつた。三十人目の者はどこにいるかという質問に対し、彼らは、平然として、三十人目の者は「むこうに残つてるんだ」と答えた。「残つているつて、どういうわけだ？」という私の質問に対し、彼らは、やはり平然として「何だつてしつこく訊くのだ、勿論、溺死したんだ、」と答えた。ちようどその時彼らのうちの一人が「牝馬に水を飲ませに行かにやならぬ」と云つて、どこかへ急いで出かけて行つた。彼らは一人の人間よりも家畜を大事がつている、と私が非難したのに対して、彼らのうちの一人は、爾余の人々一般の賛同を得て、「何のためにおれらは彼らを、つまり人間を大事にしなければならないか？　おれらはいつでも人間をこさえることができる。だが、牝馬は……、牝馬を一つ作つてみてくんな、」と答えた。(場内におこる全体的どよめき)諸君、これこそ、取るに足らぬものではあるかもしれぬが、非常に特徴的な一例である。人々に対する、要員に対する、或るわが指導者たちの冷淡なる態度、ならびに人々を尊重することを心得ないということは、たつた今私が話した遠いシベリアの一挿話において物語られているところの、人が人に対するこの奇怪な態度の残存物である、と私は思うのである。[48]》

▼45――マルクス『資本論』日本評論社、第一巻第二分冊、三四七頁
▼46――マルクス、前掲書、第一巻第三分冊、二三二四頁
▼47――マルクス、前掲書、第一巻第三分冊、二四二二頁
▼48――スターリン、前掲書、『クレムリ宮殿における赤軍大学卒業式において行はれた演説』、九五三―九六一頁

（一九五〇・一一・上旬、福岡市友泉亭にて）

埋める代りなき損失――「宮本百合子」の死

一月二十六日、私は中野重治から、本文一月二十日附けの手紙を受け取ったが、その二申(多分二十一日か二十二日かに書かれたもの)には、次ぎのようにあった。

「御承知の如く二十一日一時宮本百合子急死、大きな、埋める代りなき損失です。彼女は死の寸前まで仕事していました。彼女は平和のためには身命を賭する肚でいたものの如くでした。健闘を祈ります。」

急性紫斑病という私のよく知らない病気が、民主主義文学の、平和のためのこの大きな働き手を突然に奪い去つた事実を、既にその数日前、私は新聞で知つていた。例の形通りの死亡記事、死者の氏名の横に罫を立て全くの略歴を附した活字の列、――けれどもそれがどんなに大きく深い衝撃を私に、私だけでなく、この国の平和と独立とを願い、人間性と文学とを信じる多くの人々に、与えたことであろう。――そして中野の二申は短い文章のうちにも、過去二十幾年間の戦いと苦労とを共にしてきた仲間として、宮本の死を哀惜する尽きぬ思いがこもつている。

「大きな、埋める代りなき損失」という中野の表白は、同時に平和を守ろうと念願し努力する多くの日本人民の感慨でもあろう。

「七ヶ月後に「蘆溝橋一発の銃声」を控えた昭和十二年一月、前年九月にアンドレ・ジイドと合い乗りの列車でシベリヤ経由帰朝した横光利一の『厨房日記』が『改造』新年号に発表されたが、トリスタン・ツアラアの客間での日本人梶の奇怪な会話や思考、「いかなる国際列車もまだ乗り換え場所が幾つも必要だ。」その他の反動的御託宣に満ちたこの作品と、一つの同じコップを東京の卓上で見る時とパリの卓上で見る時とは違うのであり、その相違を識別し得る眼の持主が横光利一だ、云々とわけのわからぬ持ち上げ方をした河上徹太郎の『事実の世紀』を先頭に、インテリゲンチャの帝国主義軍国日本への身売りが急速に行われ始めたのであつた。既に重圧の下に崩潰・沈黙・転落した左翼の陣営から、わずかに宮本百合子が例の戦闘的な文章で『厨房日記』の愚劣と危険性とを激しく摘出したが、一応徒労に終つた。「聖戦」の美名の下に中国への侵略が北支から開始され…」

四年前に私はこう書いた。日本ファシズムが全中国侵入の道を急いでいた一九三七年に、ブルジョア民族主義的・侵略主義的日本主義のイデオロギー的代辯者の役を演じつつあつた横光を打つた宮本の文章は、そのレジスタンスの精神とヒユマニテイへの確信とにおいて小林、河上ら『文学界』に拠る日本絶対主義のイデオローグ群に対し、殆ど孤軍奮闘とも云うべき苦渋な戦いを続けていた中野重治の活動と共に、時代の暗夜に輝く二つの星であつた。

そして、しかし、戦争の時代が所謂「暗い谷間」の時代が続いた時代の重圧の下に後退に後退を重ね、最後の一線を死守しようとした宮本の苦闘、彼女の文章が含む美しい戦いの調べを、私達には『冬を越すつぼみ』『明日への精神』『私たちの生活』などに見ることができる。三つのうち最初の一本の題名はまことに彼女の当時の生き方とその時代にも失われなかつた人間性一般とを物語つて象徴的であり、最後の本の出版が、ドイツ・ファシズムのソ連侵入一月後であるという厳しい事実と共に今日の私たちを強くうつ。ふたたび平和と人間とがふみにじられようとしている今日に生きる私たちに、帝国主義的侵略戦争反対の決意と行動とを、強くうながす。

五年前、私は『風知草』について次ぎのように書いた。

「治安維持法という鉄条網のはられた打ちこえがたい空虚に追いこめられ鎖されて、わずかにやり場のない心を托す一鉢の風知草さえ枯れようとする、ひとりのおんなの兇暴な勢力への戦いと孤独との苦しい記憶。しかし今は北海の牢獄に十幾年の歳月を不当に送らされながら「二つの手を独房の畳の上へは決してつかなかった」良人を迎え、白日の下に「赤旗編集局」の表札を無量の想いで眺めている。愛情と節操と自省と――せつない戦いの日々と戦い勝った歓びと更にあたらしい門出への貞潔な心の記録である。ほころび初める「冬を越したつぼみ」をいま目のあたりに見得て感銘ひとしお深い。」

戦後の民主主義文学は、宮本の「歌声よ、おこれ」の美しい呼びかけの下に、活動を開始した。宮本百合子、彼女の文学、この「冬を越したつぼみ」は漸く開花を示し、『二つの庭』『道標』の二長篇によって民主主義文学の大きな柱を打ち樹てつつあったが、その全き花咲きを見るに先立って、病魔の犯すところとなったのは、まことに痛恨事である。しかし、彼女の文学、この平和と人民のための作家の仕事は、長く人民の心を打ち、あたため、彼女の終生の願いは、必ずや世界と日本の人民民主主義的勢力の提携・結集した力によって遂げられるであろう。

（五一・二・四）

II——関東移住以降（一九五二—一九七九）

第Ⅱ部の始まりとなる一九五二年は、大西巨人が新日本文学会中央委員の任に着くにあたって、東京での生活を始めた年である。夏からは常任書記ともなり、当時西大久保にあった新日本文学会館の一室に住み込むなど、この時期の大西は、文学的にも会務運営的にも新日本文学会との関わりが密接であった。最初に収めた「大会の感想」は、一九五二年三月二十八〜三十日に開催された新日本文学会第六回大会についてのもので、中央委員着任直前の大西が、活動の方向性に期待しつつも既に会が抱える諸問題に直面していた様子がうかがえる。

今回、単行本未収録の著述が集成されたことによって改めて浮き彫りになったのは、一九五〇年代の大西が、書評・読書案内類を積極的に寄稿していたということだろう（本書に収録したものだけで十一本）。佐々木基一『リアリズムの探求』に対して、著者の「情熱と闘争心と」を評価しつつも、それが実作で不徹底に終わったことを惜しみ批判する大西の姿勢は、その前年に公表した徳永直『静かなる山々』への批判「意図とその実現の問題」（『文選1』所収）とも共通するようである。

この時期の寄稿先の雑誌にも、興味深い傾向がある。一九五四年十月の創刊号から一九五七年の間に六本の書評・読書案内を寄せた『全電通文化』は、全国電気通信従業員組合（NTT労働組合の前身）が発行する雑誌である。大西の他に野間宏や菊地章一、青野季吉、畔柳二美なども寄稿しており、五〇年代に活発であった労働者のサークル文化運動のひとつとしては、規模・ページ数ともに充実した部類に入るだろう。大西は本誌に「中野重治小論」（『大西巨人文藝論叢・下』で「過渡する時の子」の五十代」に改題）、「畔柳二美の小説一篇」（『文選1』）というまとまった評論も寄せたが、後者と読書案内類（K・O名義）は大西の文章にしては柔らかく、スメドレー『中国の歌ごえ』評などは読み手を高揚させようとするような運動的言い回しも用いられ、社会問題や文化に関心があるが専門家ではない大多数の読者に向けて推薦や鑑賞作法を示そうという配慮が感じられる。

これまで年譜からも漏れていた「『高遠なる徳義先生』」が載った『教育評論』は、教員向け雑誌で、大西の寄稿経緯は判然としないが、掲載号巻頭に政治と教育に関する論文や鼎談が並んでいるため、特集企画の一環で依頼があったと推測される。ここでも大西は先の読書案内のように、教師に語りかける体裁の柔らかい文体を採用した。この評論で紹介されたチェコの短篇小説の主人公は冴えない老教師だが、ナチスの暴圧を前に、恐怖を乗り越えて毅然とした態度を貫き生徒に呼びかける。大西が「深い大きい芸術的感動」を得たというこの場面は、『神聖喜劇』の模擬死刑での冬木二等兵を連想させるようでもある。

異色なのは「虚偽の主要点」である。ここで捏造と指弾されている『人民作家の生態』が載った雑誌『全貌』は反共雑誌であり、件の記事は新日本文学会関係者を自称する筆者が通俗読み物風に作家ゴシップや陰謀説を書いた連載だ。一見たわいもない内容であるが、一九五四年当時はソヴィエト連邦を中心とするコミンフォルムからの批判をきっかけとする日本共産党の分裂(五〇年問題)が尾をひいており、新日本文学会には党の「主流派」と対立する「国際派」が多かった。情勢として、このような陰謀説にも正面から反論をせねばならなかったのかもしれない。一方で、「主流派のスパイ」役として描けば読者の興味をひけると判断される程度には、当時の大西は新日本文学会周辺で存在感を認められていたとも捉えられ、整えられた批評以上に当時の状況を生々しく伝える面もあろう。

また一九五〇年代の大西の大きな関心として、ハンセン病への偏見・差別を文学芸術表現の方向から批判していくというものがあった。本書に初収録となった「ハンゼン氏病に関する二つの文章について」は、二年後に長文評論「ハンセン氏病問題　その歴史と現実、その文学との関係」の中でも取り上げる太田正雄(木下杢太郎)の医学的業績と小笠原登『癩とヴィタミン』について、先立って高い評価を与えている。「ハンセン氏病問題」とあわせて読むべき一文であろう。

「藤本松夫公判傍聴記」も、ハンセン病への問題意識と関わる文章だ。一九五一年八月、熊本のハンセン病患者が村役場職員宅にダイナマイトを投げ込んだとして逮捕され、裁判後にハンセン病療養所内の拘置所に収監されるも脱走、先の役場職員の刺殺容疑で再度逮捕された、というのが藤本事件の概要である。捜査や取り調べの正当性、さらに裁判における差別が問題となり、藤本被告には多くの支援が集まった。大西が傍聴したのは、二度目の逮捕後の一九五六年四月十三日に行われた最高裁口頭弁論である。ハンセン病への偏見についてはいうまでもないが、松川事件にも言及があり、大西の冤罪一般への関心、そして死刑反対という、『神聖喜劇』『深淵』はじめ後年の大西の著作と関わり深い要素が絡み合いながら登場している。

雑誌『部落』誌上で部落問題研究所からの問い合わせに答えた短文「『新日本文学』七月号「偏見と文学」について」には、補足解説が必要である。まず「偏見と文学」は論題名ではなく、この中で大西が拙論と呼んでいるのは前出の「ハンセン氏病問題」である。さらに、官憲が「われわれ部落民を癩病患者と同一視した」と記していたという当該文献は、『新日本文学』一九五七年八月号に分載となった論文後半部に引用されている。このような「間違い」が起きた理由は判然としないが、結果として非常に文脈が取りづらくなってしまっているため、ここで整理しておく。なお問い合わせを受けた文献の出典は後年の『文選2』でも補筆されておらず、見つけ出すことができなかったと思われる。

五〇年代の終わりに公表された谷川雁『工作者宣言』評は、谷川の力を信頼するからこそ著書の読みづらさを批判するものであるが、そこで示された「感覚的・呪術的、不立文字〔筆者注・禅の用語で、悟りは言葉によって伝えられるものではないという考え方〕的が追放され、理性的・論理的が、明晰と野暮と嚙んで含める的とが、そこに生み出され確立されねばならない。」という当為は、大西自身にとっても文学表現の指針のひとつでありえた。一九六九年十月初出の「論理性と律動性と」(『文選2』)のなかの、「不明確な物、論理的ならざる物を極力排除する方向」「において文章を書くことに努力すべきである、とかつて私は思い定めました。」との繋がりを見ることもできるだろう。

斎藤彰吾第一詩集『榛の木と夜明け』(一九五七年)への推薦文は、大西巨人没後の蔵書調査の中で詩集の広告が発見され、存在がわかったものである。斎藤は岩手県生まれの現代詩人で、高校卒業後に町役場職員になり図書館関係の仕事を主にしつつ、社会・時事問題に深い関心をもって東北で詩を作り続ける。『神聖喜劇』のエピローグにあたる「終曲　出発」では、斎藤の詩『序曲』が印象的に引用された。そして、推薦文の約三十年後、本書の『勤め』、『埋没』二篇は、大西巨人編『日本掌編小説秀作選　下』の「暦の篇」に『みちのく二題』として収録され、特に『勤め』は解説でも中野重治、吉本隆明と並べられ「「大衆の原像」と出会うようである」と評された。大西には短歌の作はあるものの詩作は行っていないが、鑑賞者・批評者としては五〇年代の詩人との交流は深く、推薦文を求められたとも推測できる。

一九六〇年代に入っての大西の仕事は、六〇年十月に『神聖喜劇』と『天路歴程』(『天路の奈落』の原型)の連載が始まるなど、五〇年代に比べると評論より小説に注力しはじめた感がある。六〇年上半期の大西は『アカハタ』日曜版や『キネマ旬報』などに映画評を続けざまに寄せていたが、翌年の日本共産党第八回大会における党中央の強権的姿勢を花田清輝、安部公房らと連名で批判し、党を事実上離れることとなり、『アカハタ』および関係媒体への寄稿もなくなる。そのため、全体として六〇年代の公表著述は多くない。この時期の単行本未収録物は、主として『群像』の匿名文芸時評である「侃侃諤諤」である。芝居の奉行裁き場面のパロディ、短歌解説仕立てなど、大西らしい仕掛けは使いつつも、匿名の効果で構成・文体ともにのびのびとした時評になっている。

一九七二年以降は、大西赤人入学拒否事件(浦高問題)に端を発する障碍者が教育を受ける権利のための運動や、『神聖喜劇』への執筆集中のため、文学批評類はやはり少なく、本書でも収録物の年代が開くことになった。『週刊文春』のアンケート「TVにおける不愉快の研究」のようなものに回答を求められているのも、一九七二年十月九日号という時期から見て、浦高問題で話題性が出ていたことに関わるだろう。そして一九八〇年代以降は、『神聖喜劇』という大きな仕事を成し遂げた後の、大西の新たな歩みが見えることになる。

[橋本あゆみ]

大会の感想

今度の大会は相当の成果をおさめたものと私は考えているし、他の人々の思いも同じであろうと信じる。しかし私として、大会後或る程度の日数を重ねた今日になつて、大会三日間の様子をふり返つてみる時、他の何ごとよりも、大会終了当夜、会場から宿所までの帰途ならびに帰宅後に、私をとらえた何とも云おうようのないような、もやもやとしたさびしさがまず際立つてよみがえつてくる。このさびしさはその後幾日か続いた。

文学会の、民主主義文学(運動)の、いろいろな複雑で重要な諸問題を解決するため、そして一層力強く前進するため、久しぶりに開かれた大会であり、そしてそれらの諸問題は、議事進行の途上に相当の波乱がありつつも、おおむね正しく解決され、今後の方向・方針もあやまりのない、たけたかいものとして決定されたのであるから、その会終了後の一人の会員の感慨として、私をとらえたあのうつ結したものは、全くふさわしくないものである。——それはどこからきたのであつたろうか。それは大会三日間を通じて、大会参加者の或る一群の人々の発言が、私には彼ら自身の醜さと非文学的精神とをみずから公にさらすものと思えたところから、主としてきた。そういう人々と私(たち)とは同じ会員であり、仲間なのである。決してひとごとではなかつた。傍聴者はたいして多くなかつた。「幸いに」傍聴者は少かつた、という風にも心のなかで考えねばならない気が私にしていて、それがよくないことであつた。しかし、こういうことは、私が大会の一般報告・運動方針・結語を卑下し、恥じていることでは、云うまでもなく決してない。大会の成果は、立派なものであると信じているのである。

理論と理論との相違・対立でなく、理論と非理論との対立があることは、みにくいことである。理論に向うに非理論を以てするものはみにくく、しかしその非理論者もまた私たちの仲間である時、全体としてみにくくなるのである。会員としては規約を守ることが正しく、規約を破ること・無視することは不正である。会員は会費をおさめるのが正しく、おさめないのは間違いである。会員としては、会の機関誌が一冊でも多く人々から読まれることを願い・促進するのが正しく、「『新日本文学』なんか買うな、読むな」と願い・促進するのは不正である。会員としては、会の発展に努力するのが正しく、会をつぶそうと努力するのは不正である。会の或る事態についての正体不明な流言が、しかも会員のなかの誰彼から流された場合、その真偽を調査するのが正しく、調査しないでうやむやに臭いものにふたしようとするのは不正・あやまりである。人間はうそをつかないのが正しく、うそをつくのは不正であり、とりわけ文学者がうそをつくことは完全に致命的である。こういうわかり切つたことがらを、三日間の多くの時間を費して論議しなければならないということは、日本の民主的文学団体の大会として全くおどろくべき恥辱であろうと思う。そして人間は変化・発展するものであろうが、文学者と自称自任する人間が、毎日猫の目のように意見を変えるのは、私には理解しがたいことであり、よくないことだと考える。

文学理論的諸問題が時間に迫られて討議不十分であつたことも、私は残念であつた。

しかし私は大会の成果に立つて、会・民主主義文学が、全体として大きく前進することと固く信じる。

私のもやもや感想にかかわらず、大会は立派に終り、新中央委員、新議長、新書記長――新しい常中委を中心とする会の活動は、すでに力強く進められているのであるから。

（五月三日）

佐々木基一『リアリズムの探求』

佐々木のこの本が上梓されたのは、めでたいことである。B5版二八〇頁の前半は九ポ一段組み、後半は八ポ二段組み、収容枚数は私の概算するところ約六〇〇枚(四〇〇字づめ)。さし当り内容豊富である。めでたい、と云うのは、単なる出版祝賀の意味ではない。たとえば五年まえの『綜合文化』誌上座談会で、著者は「長く書く」必要と効用とを力説し、花田清輝はその著者に対し「笑いながら」「それはエネルギーのない人、みずからその欠乏を嘆じている人が云うことだ。」と答え、「爆笑」がおこつている。また同じく五年まえの本誌「編集後記」には、「自分の原稿が活字になることに対して極めて熾烈な情熱と闘争心とを持ち得る人の気持は、僕にとつて殆んど驚異的なものに思える。」という著者の言葉が見られる。この著者はいわゆる蒲柳の質であり、ためにせつかくの才能にもかかわらず制作・執筆の量が少い、——こういううわさをも以前から私は聞いてきた。私の頭には、ものを書き・発表するための「エネルギー(或いは体力)の欠乏を嘆じている人」、そしてその一結果として制作し発表するという行為に対し一種シニカルな態度を保つている人というような著者のイメージが、数年まえから存在している。

実際には、著者は決して頑健ではないにしろ必ずしも、常に蒲柳というほどではなく、また「エネルギーの欠乏」した人物でもないらしい。いつかたしか本多秋五(?)も、座談会などで速記を終るころから活気づく佐々木の「エネルギー」について書いていた。制作・発表へのシニカルな態度も、善悪両様の意味において自己のエネルギーの有無にかかわりのない著者の態度でもあろう。ろくでもない原稿の活字化に「極めて熾烈な情熱と闘争心とを持つ」あのしようのない「文学的」風景への冷笑・嫌悪でもあろう。

私は実際上は必ずしも著者を「エネルギーの欠乏」した人とは思わないし、別の意味では原稿活字化に「極めて熾烈な情熱と闘争心とを持」つている人と考えるけれども、一面往々健康をそこないがちでもある著者の数年間の評論が、量においても相当な形で上梓されるに至つたことを、やはり単なる出版祝賀ではない意味で、めでたいと思うのである。


この本は、「リアリズムと文学」、「現代の寓話」、「思想と人生」の三部分に大別されている。前者から順番に、著者のいわゆる「理論的な文章、時事的な文章、随想的なエッセイ」におおむね該当すると見てよかろう。一九四八年から一九五二年までの五年間の執筆を集めたものとしては――これで全部ではないにしても――量的に決して多いとは云えないが、こうしてまとめられると、なかなか「エネルギーの欠乏を嘆じている人」ではない著者のイメージこそが、ここから浮んでくるのである。当然に文学を主とし、しかし社会、政治、人生一般の諸問題にわたつて、著者は広汎に論じている。エネルギー欠乏の嘆声はそこに聞かれず、かえつて一種の「情熱と闘争心」との存在が読み取られるのも、めでたいことと云わねばならない。

「一箇の方法と化した精神が、自らあらゆる精神の領野に流れ出すほど、そしてそこから精神が精神自らの論理と秩序を作り出すほど、透徹し、徹底し、成熟した機能と作用を獲得することは出来なかつた。

方法に支えられぬ発明工夫は、単に技術的であり、成否はただ偶然にかかつている。」と『平賀源内について』で著者は云つている。方法と「一箇の方法と化した精神」の獲得とへの指向、文芸作品を「単に技術的で」ない・その「成否」が「ただ偶然にかか」らないものとして確立するための方法の探求――ここに著者の主要な関心と努力とがあるようである。「風俗小説と私小説の汎濫」が「戦争中から戦後にかけての一般的現象」であり、その「共通の特徴は方法の皆無ということ」である、と『譬喩の文学へ』で著者は指摘したが、このような現代の「一般的現象」の打破・克服を志向する著者の意図と努力とは、相当に珍重に値いするものであろう。

☆

一巻の『リアリズムの探求』におさめられた三十数篇の文章のうち、最も興味多かつたものの一つは、その「あとがき」であつた。

「この評論集には一九四八年から一九五二年の間にわたしが書いた文章を収めた。理論的な文章もあれば、時事的な文章もあり、随想的なエッセイもある。またこの五年間のあいだに、わたしの文学観、社会観、人間観にも大きな変化があつた。そんなわけで、読者はひよつとしたら、著者の真意がどこにあるか、ちよつと疑問に思うかも知れない。矛盾した要素が、いわば二つの極のように相隔つた論理が、並列されていることに戸まどいを感じるかもしれない。」とそこで著者はことわつている。この「あとがき」は、著者が自己自身(の著作)を知ることにおいて十人なみである事実を物語っている。「五年間のあいだに」生じた「文学観、社会観、人生観」の「大きな変化」ということを著者は云っているが、「変化」と書いて「発展」とは書かなかったのなども、十人なみにおのれ自身を知っている証拠であろう。「そんなわけで」、私はこの「あとがき」を本文に対する相当に適切な批評であると考えるのである。

全巻を通読したのちに、まずなによりも「啓蒙的」な本という感じが強く湧いてくる。しかも同時に、決して平易ではなく、むしろ難解な文章・スタイルの印象もおおいがたい。著者が自認する「矛盾した要素」の「並列」ないし混在は、この一冊を貫流する基調であるらしい。「啓蒙的」と難解との「いわば二つの極のように相隔った」要素が同時存在するという読後感は、この本の内容の深遠さをではなく、その中途半端性を示している。一言にして云えば、それは「探求」の不徹底を示している。「啓蒙的」を私は言葉の世俗的な意味で使っているのは、勿論である。

「……過去から現在を貫き未来へとつながる因果の鎖からたち切られて、彼は漠たる空間の中に解きはなたれる。この空間、即ち時間の要素を疎外した全き空間こそ、危機とか革命とか呼ばれる状況である。」、「全き空間に投げだされた人間、それは孤独な人間である。意識においてでなく、存在それ自体において孤独な人間である。この孤独から独裁者や革命家やデカタントが生れるのではないか。わたしはそう思う。昔から危機や革命の時期に生れた人間が、どんな人間であったかを思いうかべてみれば、このことは容易に納得できるであろう。」「それにしても、この空間の中に投げだされた、いわば空間人間は、それぞれの作者によつて徹底的に空間の中に追求されているわけではない。」などは、難解の最たるものの見本である。こういう文章は決して「容易に納得できる」種類のものではあるまい。「探求の過程をさらけ出すことに主眼をお」き「あえて矛盾した文章をそのまま一巻の書に収めた」と著者みずからが言明する本の「理論的」な部分――すなわち「リアリズムと文学」の部で、他人の文学論の紹介ではない著者自身の積極的な意見・探求が見られるのは、前記の文章を含む『危機のリアリズム』および『「真空地帯」について』であり、その他のものは「探求」というよりも「散歩・見物」といつた方がより適当と思えるが、その相対的に積極的な探求の一つがまた最も納得しがたい文体・内容であることは、全く残念至極である。

私は『危機のリアリズム』が雑誌に発表された当時(昨夏)読み、「空間人間」という新語に出会つた時、思わず失笑した。たしか漱石の『猫』に「空間に生れ、空間を究め、空間に死す。空たり間たり、天然居士、噫。」という文句が出ていたと記憶する。この「天然居士」の語を思い出したのであるが、それよりも火星人の想像画の方をより多く連想した。あの蛸のばけもののような奴をである。自来しばらくは著者に会うたびに、著者の端麗な風采にもかかわらず、「空間人間」あらわる! と思い、この人をなにかぐにやぐにやした火星人のように感じて困つたものである。××人間などという新語が出てくる論文は、往々にして始末が悪く、眉つばものである。或る人は最近「植民地的人間」(はまだしも)「基地的人間」などの新語を「単に技術的」に「発明工夫」している様子である。この種のスタンド・プレイ的「発明工夫」の「成否はただ偶然に」賭けられているのであろうか。

『ルカーチのリアリズム論』のなかに、「ルカーチは公式主義的マルキシストとは違つて、実に柔軟な理解力を示した。」という文章があつて私の注意をひく。著者も相当「柔軟な理解力」を持つ批評家であるが、同時にその「柔軟な理解力」が著者にわざわいしている点が多い。この本全体を支配しつつ『危機のリアリズム』に特徴的に見られる悪しき実存主義ないし非合理主義への傾斜はそのわざわいの顕著なあらわれである。それは、いわゆる「公式主義的マルキシスト」が真のマルキシストではあり得ないように、この著者の「理解力」がまだ真の弾力ある柔軟さに達し得ていず、「空間人間」的ぐにやぐにやの要素を多分に持つていることを物語るであろう。

「夏の事なり、五目蒸しといふを或会席茶屋にて出したるに、席に在りたる老大通の、わが着たるは帷《かた》子《びら》ぞといはぬばかりの顔つき、昨晩から大分積りましたなといへば、婢はさりとも知らず、それはお楽み。」(『おぼえ帳』)——著者はこの「会席茶屋」ないし「婢」のたぐいでは決してないが、また「老大通」でもないのに「老大通」ぶろうとするようなところがある。それが往々にして「柔軟な理解力」をぐにやぐにやにすることにもなるのである。

一巻の『リアリズムの探求』はいわゆる「柔軟な理解力」の成功と、より多いその破綻とをわれわれに現物として示している。真の「柔軟な理解力」への到達が著者の「これから書くであろう文章」に期待・要望されるが、そのためには佐々木は或る場合には「公式主義的」と誤解されることを恐れてはなるまい。或いはむしろ進んでその種の誤解に直面する「情熱と闘争心と」を奮いおこすことが必要であろう。

(五三・八・一)

中島健蔵編『新しい文学教室』

この本は、「I　文学教育の理論のために」、「II　文学教育の実際のために」、「III　文学教育のために知っておきたいこと」の三部から成っている。「まえがき」で編者は、「ものを考える力はだれにでもある。しかしそれを表現する力は、自然に生れるわけではない。表現することによって新しい発展が起る。此の声が強く起らなければ、社会の明るさも出て来ない。その基礎としての文学教室を、本の形で建てようという計画は、かなり前からあった。その一軒を文学者の側から提供しよう、提供しなければならない、という決意から生れたのが、この本である。」と云っている。総論的な「I」部、各論的な「II」部および参考資料的な「III」部を通読すると、たしかにこれは「本の形で建て」られた一軒の「文学教室」である。のみならず、それはほかならぬわれわれ「文学者の側」から提供された「文学教室」である。編者の「決意」は、かなり成功的に実現されたと云うことができよう。

「第一話　今日の文学と今日の教育」（中野重治）には、「法律に足をしばられず、世間の常識に手をしばられず、自己の目を信じ、しかしむろん、それが誤りだとわかればいつでも訂正する用意をもちつつ、どこまでも自分の言葉を発見して行くこと、ここに文学の本来の仕事があり、ここに文学のもつ本来の教育の仕事があるのである。」とある。「第三話　文学形象のはたらき」（檜山久雄）には、「われわれの子供たちは、今、この批評の眼を失わされようとしている。日本にやってきているアメリカ政府の出先き人たちは、他民族支配という不自然な状態を、不自然でなく当然なもののようにわれわれに見せるために、あらゆる手くだを使ってわれわれの批評の眼を、とくに手なずけやすい子供たちの眼を濁らせようと躍起になっている。こういう事例に、まじめな教師たちはいつも突き当り、対抗して子供たちに正しい健全な批評眼を育てるのに日夜苦心している。この対抗策の一つに、すぐれた文学書を子供たちに与えるのは、賢いやりかたである。」とある。このような聡明な言葉を含む「I」部全体は、文学および教育の本質を的確に説明し、特に今日の日本がおちいっている植民地的な現実・愚民化的な政策のなかでこれらの悪条件を克服して進むべき文学と教育とのあり方を懇切に解明しつつ、文学と教育との正しい結びつきの必要と効用とを力強く指摘している。

文学教育のあり方を具体的且つ項目別に作品に即して説いた「II」部、文学教育の諸外国での実情と文学思潮の変遷とを簡潔に叙述した「III」部にまで読み進めば、読者は「日本の教育が一定の方針をもって文学との結びつきを特科的にではなく日常的にはかるという仕事が、一般化されたならばそのけっかは想像するよりも、はるかに大きな効果をもたらすであろう。現在のところ日本の少・青年期には良き文学と直接むすびつくほか、精神の基源的原則的発展の肥料となるものがないという、この事実が再認識されなければならない。」(「第六話」間宮茂輔)ということを無理なく納得すると共に、この本が「文学教育の道を開拓」(「あとがき」)する上に疑いなく有用な事実を必ずや認めるであろう。

教育に直接たずさわる人々にとは限らず、広く世の父兄たちにも一般文学愛好者にもすすめたい良書である。

(新評論社発行・定価三百円)

最近の新刊書から

今回は、ここ二、三ヶ月間に出た本で私の読んだもののうちから、何冊かを、書評というよりも新刊紹介風に挙げることにしたい。

『朝日』と『毎日』とにそれぞれ連載された広津和郎の『泉へのみち』、石川達三の『悪の愉しさ』という二つの新聞小説が本になった。どちらもわれわれと同じ現代のなまなましい現実に生きる人間たちを登場させている。

『泉へのみち』の主人公が清純・聡明な若い女性、これから世の中に出発し始めた二十歳すぎの波多野京子であり、『悪の愉しさ』の主人公が勤務にも結婚生活にも退屈した中根玄二郎であるように、前者の読後感は明るくすがすがしく、後者のそれはうっとうしく暗い。しかもこの明暗二つの小説がともに日本の現実生活の反映であるのには違いがない。『泉へのみち』の清冽の背後にも、『悪の愉しさ』の陰鬱を結果したと同じ植民地的な現実が、横たわっている。松川事件に非常な関心と熱情とを示し続ける広津は、この作品を通じても同じ事件について裁判の不当を訴え、公正を要求している。民主的な意慾を持った若い女性の勤労と恋愛という現代的なテーマを、この老作家はかなりみずみずしい筆致で描いている。そしてなかなかアプ・ツウ・デートに社会的諸現象を取り入れて構成している。別居・絶縁している父と京子母子との再対面が行われるかどうかに、一篇をつなぐ興味の半ばを置いたところなど、部分々々の手法と共に若干の古さも感じられなくはない。京子と金沢とが結ばれてハッピー・エンドとなる『泉へのみち』に対し、『悪の愉しさ』の一種ニヒリスティックな小悪人・玄二郎は、ひそかな悪行のつみ重ねの果て、ついに友人を殺害して自分自身を破局に追い込む運命をたどる。京子や金沢やを社会的関心に導いた戦後数年の現実が、ここでは玄二郎を虚無的な自己破滅に駆り立てているのである。いずれもたしかに興趣ある現代社会の断面である。新聞小説としてかなりのできばえと云うべく、特に『泉へのみち』は若い女性に興味ある読物であろう。

広津のにも石川のにも重い影をおとしている植民地的な現実に生きる日本国民を、さらに暗澹たる恐怖でおおったのは、今春三月のビキニ水爆実験、そのもたらした「死の灰」であった。原水爆兵器と水爆実験との禁止は、日本の全国民が目前に迫った人類死滅の危機に対して、直接の被害者としてあげた切実極まりない要求である。武谷三男編『死の灰』は著名な原子物理学者である編者が、ビキニの「死の灰」事件を「扱かった関係科学者諸氏に体験や説明を直接聞き」、それを記録にまとめたものである。最初に「原子物理学者のメモ」として武谷が水素爆弾と死の灰との性質、死の灰事件の経過を簡潔に記述し、以下気象、水産、医、物理、化学の各専門家がおのおのの分野から死の灰とその恐るべき影響とを解説している。日本国民のみならず世界人類の将来の運命を左右するこの問題について、われわれの関心は非常に深いのである。この本は、そのわれわれに「死の灰のおそるべき実体とわれわれに与えた被害とを暴露し、水素爆弾の非人間性を明らかにする」ことを目的としたものである。一方に第五福竜丸での被害者の一人・久保山氏の重態が伝えられる時、他方にはアメリカ政府が世界の平和を愛する諸国民の要求を無視して原水爆戦争の準備に狂奔しているのである。国民的憤激のただなかで、これはたしかに有益で時宜に適した刊行物であると云うことができる。

外国権力の支配下に植民地化された日本の社会は、そのなかに根強く残存し続ける封建性を民主的に克服する方向に進まず、逆行的にそれを強化しかねない状態にある。日本封建社会の身分関係の最後の残りかすとして、日本の畸形的な近代化・現代の封建性を最も露骨に物語るものは、未解放部落の存在であろう。部落問題研究所から最近に出た『部落の歴史と解放運動』および『未解放部落の社会構造』は、この問題を対象とした貴重な研究の成果である。以前に出たマツシマ・ウヘイの『特殊ブラク二千年史』や部落解放全国委員会の『部落解放への三十年』も、われわれに日本社会の封建的な非人間性を教え、部落の歴史と現実とを説明して有益であったが、この新しい著作は一そう綿密で実証的な研究を提出している。前者は関西の精鋭な五人の歴史学者・北山茂夫、林屋辰三郎、奈良本辰也、藤谷俊雄、井上清の共同研究になるものである。「われわれ歴史家がこれまで長い間かかって学んできた歴史書には、この部落史なるものはない。それは、何者かの手によって丹念にとり除かれていたとも言える。しかしわれわれ歴史家の多年にわたる研究の過程は、部落の歴史を除いて日本の歴史を考えることに大きな疑問をいだかしめた。わが国の歴史から天皇の歴史を省くことができないならば、それと同じ比重をもって部落の歴史もまた無視できない。日本歴史の全体を地球にたとえれば天皇の歴史と部落の歴史はその北極と南極ともいえるであろう。しかも、歴史の矛盾は虐げられたものの身分と境遇において最も明らかな姿をみせるものであった。部落の歴史をすておいて、それ以外のところにばかり問題を探していたこれまでの歴史は、それだけでも十分反省させるものをもっていたというべきであろう。」という「刊行のことば」は特別の注目に値いする。部落問題といえば、なにか一般生活から遠い特殊なことがらででもあるかのような錯覚にわれわれは落ち入りがちであるけれども、わが国の近代および現代の最も沈痛な悲劇がここに代表的に存在し、この問題の解決しには、封建的な諸要素の打破、被抑圧人民の解放も恐らく考えられないであろう。というより両者は不可分離的なものである。われわれは未解放部落の問題にもっともっと関心と注意とを集めなければならない。古代から説おこし現在にいたるこの部落史は、そのままに日本の歴史一般を新しい照明の下にわれわれに伝えるものである。専門的な研究書であるから、最近歴史学界の争点ともなっている古代天皇制の性格などにも明確な判定を示しつつ書かれていて、一般読者には幾分取りつきにくい感じがあるかもしれないとはいえ、以上のような意味からも、『未解放部落の社会構造』と共に、是非一読をすすめたい。同じ「刊行のことば」は、「われわれは歴史家としての誇りをもってこの最もおくれた、最も見捨てられた分野にメスを入れたのである。」ともいっている。私はこの「歴史家としての誇り」に立った五人の共同執筆者の努力の業績を尊重し感謝するものである。

「この作品では、私は、とくに、この特殊部落の問題を、「部落解放」といった社会的な課題としてとりあげることはしなかった。ひとつには、この作品のテエマではなかったからであるが、しかし、今後の私の文学が、いささかでも社会的なひろがりを持つためには、この作品でははたせなかったこの部落問題を、さらにふかく探究してゆきたいと念じている。」とは、武田繁太郎の書き下し長編『風潮』の「あとがき」にある言葉である。この作品は浄土真宗の僧侶・後藤秀観とその妻菊乃との――特に秀観歿後の菊乃の波瀾多い生涯を描いたものであり、秀観夫妻が住みついた養生寺は特殊部落の寺院なのである。作者の奮闘は認められる。しかし『風潮』は少しく陳腐な文体、古風な現実認識で貫かれていて、上できの作品ではない。武田自身も云うとおり、この作者がたとえば先の部落問題の二つの研究書の成果とその背後の現実とを自己の内部に正当に吸収し、「社会的なひろがり」をもった制作に取り組むことを私は将来に期待したい。

佐多稲子の戦後最初の短篇集『黄色い煙』が出版されたのは、よろこばしいことである。金融資本に奔弄される「中小企業家」の悲喜劇的な運命を暖かい眼で描いた最近の力作『黄色い煙』を始め、十三の短篇を集めている。市民生活の哀歓を愛情ある筆致で描き続けたこの作家のやや地味な仕事も、こうしてまとめられると、新しい意味と力とでわれわれに迫らずにはいない。特殊な姿勢で戦争を通過してきたこの作家の戦後十年の心の歩みを、読者はここに読みとり得るはずである。

翻訳ものでは、トーマス・マンの近作『欺かれた女』が圧倒的に印象深かった。主人公は更年期の未亡人、有閑階級のロザーリエ・フォン・テュムラーである。時は今世紀の二十年代、所はドイツ、ライン河畔のデュッセルドルフ。この貞節な未亡人が息子の家庭教師で二十四歳のアメリカ青年ケン・キートンに恋着し、肉体の復活を自覚するに至る。私は読み進んで最後の部分に達し、愕然とした。回春の微表とテュムラー未亡人に思われた出血は、実は全骨盤内臓器から腹膜、肝臓およびすべての淋巴腺までを侵した処置不能状態の癌であったと判明するのである。恋愛達成の前夜に未亡人は倒れ、そのまま二、三週間後に息を引き取る。この七十八歳の老大家の衰えを知らぬ眼は、『小フリーデマン氏』の昔から半世紀を経たいまもなお、残酷なリアリストとして人間を見つめているのである。

他に『現代戯曲全集』アメリカ篇Ⅱに収められたリリアン・ヘルマンの『秋の園』が、心に残った。一九五一年の作品。現代アメリカ版『桜の園』とも云うべきものである。同巻には例の『毒薬と老嬢』(J・ケッセルリング作)も収容されている。

『泉へのみち』、朝日新聞社、三八〇円
『悪の愉しさ』、講談社、三八〇円
『死の灰』、岩波書店、一〇〇円
『部落の歴史と解放運動』、部落問題研究所、三六〇円
『未解放部落の社会構造』、三五〇円
『風潮』、筑摩書房、三〇〇円
『黄色い煙』、同前、三〇〇円

虚偽の主要点

雑誌『全貌』18、19、21、22、24の各号に『人民作家の生態』（筆者・武内辰夫）の題名で連載された文章は、全体として悪質な捏造物であると信じるが、ここに私個人に関する虚偽の主要点を指摘する。

一、同誌19号によれば——これは同連載の第二回で、私はこの号で初登場する、——一九五二年三月十八日、いわゆる「岩上順一宅のオルグ会議」に「新日本文学会自爆戦術」の担当者として、私が出席した、としている。しかるに当時、私は長年居住した福岡市から福岡県嘉穂郡山田町上山田大橋の洋服店・溝口一義氏方に前年末に転住・間借り生活していて、東京にいなかった。同年三月十八日およびその前後私が前記の上山田大橋に現在した事実については、家主・溝口一義氏夫妻、同県嘉穂郡稲築町鴨生の文学会員・中村文雄氏、同県飯塚市西町の文学会員・藤井章生氏を初め、少からぬ人々の証言を得るはずである。

二、同じく19号によれば、同年三月二十七日、つまり新日本文学会第六回大会の前日、夜の十時に、私がこの記事の筆者および島田政雄氏と新宿の某喫茶店で会見し、種々相談した上、生活費として毎月一万円の支給を受ける約束を島田氏と結んだ、としている。しかるに私は、第六回大会出席のため、三月二十六日午前九時発——同行者には、同じく大会出席のため上京する藤井章生氏、春休みを利して上京する嘉穂郡稲築町鴨生小学校教員・野上俊麿氏他数名があった、——二十七日午前着京神田神保町一ノ四六の友人・佐藤徳氏の出迎えを受け、一応同氏宅に落ち着き、午後新日本文学会に佐藤静夫氏を訪問ののち、夕刻世田谷の中野重治宅に行き、夕食を馳走になり、そのまま同夜は中野氏宅に宿泊し、外出していない。同氏宅には、中野氏およびその家族の他、福井の中野鈴子氏も滞在していた(これらの人々は以上の事実を証言するであろう)。前記(一)および(二)を立証するに足る当時の通信類——たとえば東京・中野重治氏より九州・大西あて三月二十二日附・同日千歳消印の封書、東京・大西より九州・妻美智子あて三月二十八日朝附・同日午後神田消印のはがき、——も手もとに保存してある。

三、同じく19号によれば、大会第二日の三月二十九日に、私が会場を抜け出て飯田橋の、某党員宅で筆者と会つた、としている。しかるに私は大会開会中三日間とも一度も席をはずさなかつた。このことは、全会期中、休憩・食事を通じて終始行を共にした井上光晴氏が証明し得るし、他にも大会出席者(たとえば藤井章生氏、牛島春子氏)で証明し得る人があるはずである。また第二日の会終了後は、井上氏と連れ立つて神田・佐藤氏宅に帰り、井上氏は同夜そこに私と一しよに宿泊したのである。

四、同じく19号によれば、同年四月一日午後一時、「新橋の料亭「ともえ」で私が島田政雄氏と筆者とに会見した、としている。しかるに私は、その前日・三月三十一日の文学会中央委員会に出席したところ、この会議が長びいて深夜三時頃——すなわち四月一日午前三時頃までかかり、閉会後は他の中央委員諸氏と会事務所でストーヴを囲んで徹夜し、電車の始発を待つて早朝に神田・佐藤氏宅にもどり、就寝、午後二時頃起床して佐藤氏と銭湯に行き、それから食事をしている。このことは佐藤氏の証言のほかに、たまたま当時九州福岡の実家にいた私の妻あてに私が出した四月一日附・同月二日神田消印のはがきが妻によつて保存されていたのについて、実証し得る。

五、同誌21号によると、一九五三年七月十三日夜八時、新宿の某喫茶店で私が岩上順一氏および筆者と会い、金を受け取つた、としている。しかるに同日夜は、文学会現常任中央委員会発足後最初の書記局会議が九時過ぎ十時近くまで行われ、私も当然のこと出席した。当夜の出席者は、私の他に中野重治、菊池章一、花田清輝、秋山清、佐多稲子、佐々木基一の諸氏であるから、これらの人々の証言を得るであろう。

六、現在までの全連載を通じ、私が登場するのは、以上の五箇所と同誌24号の今年六月二十九日の部分とである。最後のものは、六月二十九日午後三時、私が神田神保町の喫茶店で筆者と会見した、としている。しかるに、その前日・六月二十八日には五月末発病して六月中旬に入院・開腹手術(卵巣片方摘出)した私の妻がようやく退院のみ許されて文学会館内の私の部屋にもどり、起居不自由のまま引き続き臥床していた。退院翌日の二十九日に、私が終始会事務所にあつて、会務と看病との二つの仕事に忙殺されていた事実は、会事務所勤務者諸氏の記憶に止まつていると信じる。

七、なお私は約六年前・一九四七年五月に上京した時、『新日本文学』同年十一月号に載つた拙文『わが文学的抱負』の原稿を手渡すため、当日(日時を記憶せざるも、五月下旬なり)渋谷公会堂で講演した小田切秀雄氏を同公会堂控室に訪ねた際、そこにやはり講演者として中島健蔵氏と岩上順一氏とがいて、私はこの両氏に挨拶だけをしたことがある。それ以外には文学会の中央委員会ないし大会の席上で岩上氏を見たことはあるけれども、個人的接触・談話の経験はない。また島田氏とは、一九五二年十月頃日中友好協会での日中友好月間実行の準備会に会書記局から檜山久雄と共に出席した時、今日まで最初で且つただ一度きり語を交えた以外には口をきいたことがなく、交際皆無である。両氏はこのことを証言できるはずである。筆者・武内辰夫と称する人物——もしくはそれらしき人物については勿論会つたことも見たこともない。

以上のように全く時間・空間的不可能事に基づいて、私を「主流派のスパイ」とし、種々の役割を偽造して私に押しつけ、金一万円を一定期間毎月、報酬として受納した、としている。「主流派のスパイ」が何を意味するものであれ、私はいかなる「派のスパイ」になつたこともなく、またその種の金を受け取つた事実もない。文学の実作と運動との上での私の仕事の性質は公開されてきた通りである。この連載記事が全くの虚構であり、人間・文学者としての私の言行を捏造・歪曲・中傷した人権蹂躙と名誉毀損とのデマゴーグであることは、以上の指摘によつても十分明らかであると確信する。一九五四年十月二十七日。

ユニークな秀作――ジョルジュ・アルノオ作『恐怖の報酬』

――ジョルジュ・アルノオ作『恐怖の報酬』(生田耕作訳・新潮社刊・二五〇円)

これは非常な迫力を持った小説である。私はこのフランスの現代小説を、文字通り一気に読み終った。私だけではあるまい。恐らくこの作品を手にした人は誰しも同様であろう。訳者の「あとがき」によると、『恐怖の報酬』は、一九五一年に「発表されるや忽ち全フランス文壇の視聴をあつめ」、「各新聞雑誌の書評欄は一斉に絶讃の辞を送り、無名作家ジョルジュ・アルノオの名は一躍新進作家の第一線におしだされた」というが、もっともである。

小説の舞台は、南米ガテマラのズコラ油田地帯である。そこではアメリカ資本の石油会社が支配し、原住民たちは極端な生活苦に喘いでいる。

ラス・ピエドラスの土民たちは極度の貧困状態のうちにその日その日を送っている。熱病や遺伝病や伝染病にさいなまれた土民の数だけでも、港で得られる僅かばかりの仕事にとっては多すぎるほどだ。

この大西洋海岸の掃溜めのなかには失業と飢饉が永久に尻を落着けている。それでもまだ足りぬかのように喰いつめ者の群が集ってくる。自分たちの兵役を金で売り渡していた政党が失墜したり解散したりした結果、近隣の国々から追払われてきた傭兵たち。一杯のラム酒か魔窟女の魅力にひかれて、次の船で出発する気で脱走した北欧の水夫たち。だが、なん日待っても、次の便船はない。

〔中略〕

ラス・ピエドラスに坐礁した人間はすべてジェラールと似たりよったりの身上だった。近辺の国々を次々に食いつめて、自分の過去に追いたてられ、到底人間の住む所ではない汚ない不健康な人のなかにおちこんで、そこから抜け出そうと思えばもっと遠い土地、メキシコかチリへでも流れて行くよりほかにしかたがない。

或る夜、油田地帯の中心部に爆発が起り、猛火災となる。十四名の原住民労働者がそのために死亡する。現場から五百粁離れた海岸のラス・ピエドラスにクルード石油会社地方出張所がある。所長のオブライエンは、人事を「吹き消す」ために、爆薬・ニトログリセリン約一屯半を現地に運搬する計画を立てる。爆薬運搬専用の安全装置のついたトラックは、ここにはない。あるのは、普通のトラックだけである。本国(合衆国)から専門の運転手を呼び寄せたところで、現在あるトラックでは運ぶのをことわるであろう。専用トラックを取り寄せるのは「高くつき、その上時間もかかる」。そこでこの土地で通転手を募集し、応募者にここのトラックで運送させるのがいい。ただし、すでに爆発で十四名の犠牲者を出しているのであるから、この上原住民を死なせると、やっかいなことになる。途中の五百粁は険しい坂道と悪路との連続である。危険極まりない仕事。これをやらせるのは、ここに渡ってきて「坐礁」している食いつめ者・浮浪人に限る。ここから脱出する費用をかせぐためになら、浮浪人はどんなことでも引き受けるであろう。「それに吹っ飛んだところで係累をあとに残すだろうか？　そいつの名前でどこの組合が文句を云ってくるだろうか？」。クルードの出張所の入口には、次ぎの事業広告が張り出される。「優秀なるトラック運転手を募集。仕事は危険なれど、報酬大。申し込みは事務所へ。」――報酬は一人につき一千弗である。

応募多数のなかから、浮浪人が四人採用された。密輸入者上りのジェラール、酒の上の争いから親友を殺して官憲の目を脱れているルーマニヤ人のジョニイ、もとスペイン政府軍の爆破係でメキシコへ亡命中をスターリン派の同志から追放されてきたスペイン人のビンバ、それにイタリア人のルイジ。

ここまでが全篇の約三分の一、序章ともいうべき部分である。火災発生の報知にごった返しているラス・ピエドラスの出張所の描写に、この小説は始まる。書き出しは次ぎのように成功的なものである。

ラス・ピエドラスの出張所の木造バラックの所長室の電話がひっきりなしに鳴った。昂奮した所員たちが、ぶつかりあいながら、いそがしそうに、部屋から部屋へと駈けずりまわり、バネのついた透かし戸がバタバタゆれた。

作者の筆は、忽ち一転して、その前夜・火災勃発時の現地、十六号やぐらの作業情景を、物語り、再転して、ラス・ピエドラスの「掃き溜め」風景とそこにたむろする浮浪人たちとにおよぶのである。いささかの感傷性もないテンポの早い簡潔な文章が、疲弊した熱帯地方の港町のよどみくさった雰囲気とそこから五百粁の高原に燃えしきっている大火災とを、対照的に描きつつ異常に切迫した緊張感を出している。

二人の土人が猛火を避けて、吹きさらしのなかに突っ立ち、互の肩にしがみついて、火の手をみつめ、わけの分らない言葉をわめきちらしていた。それは死と恐怖を意味するガアリボ方言の言葉だった。アメリカ人には彼らの言葉は分らなかったが、その意味は分った。彼らの仲間が十四人火中にとり残されているのだ。彼らはいまにも気がちがいそうだ。彼にしても同じだ。

白雲のてりかえしが高原のきらきらする太陽以上にまぶしく照りつけた。汚ない小屋の群が地面におしつぶされたようなかっこうで、蒼白い焼けつくような靄のなかに沈んでいる。それは街がその靄を、衰弱した蒸気を、炭酸ガスのこもった培養液をにじみ出させているのだ。

加うるにアメリカ独占資本の小国支配と原住民搾取との実情が、鋭いえぐるような筆致で点綴され、一篇の全状況を背後から鷲づかみにしている。独占資本の冷酷・狡猾な実体は、出張所長・オブライエンにその忠実な使徒を見出している。

アメリカ資本主義の走狗としてのオブライエンの具象化は、短い描写のうちに見事な的確さで達成されたと云うことができる。かくして小説は大きくサスペンスをはらみつつ死と四人の男との対坐へ、「即死の荷物」運送行へと展開されてゆく。

——ニトログセリンというのは、と肥満したオブライエンはつづけた、これだ。

彼は左手で机上におかれた瓶をつかんで、それをしずかに肩の高さにまでもち上げた。

——おとなしそうな様子をしているが、これは危険な代物だ。先ず、八十度の温度では、これは全く不安定だ。透明なのは、わずかなことで爆破するしるしだ。それに、すこしきつく揺っただけでもこいつは爆発する。見たまえ……

二十の頭が一斉にかがみこんで前方へ乗りだした。年寄りが試験管をかたむけた。数滴が縁をかすめ、こぼれ落ちた。それらが木の床の上にとどいたとき、乾燥した爆発の音がひびいて、埃の煙が幾つか舞い上った。

《畜生》と男のうちの一人が感に耐えぬように云った。

ルイジとビンバとの組のトラックが先発し、追突その他の事故防上のため一時間おくれてジェラールとジョニイとの組が出発する。本篇の主人公はジェラールである。食いつめ者で、ただ金のためにこの危険、この恐怖を冒すのではあるけれども、さまざまの難関とたたかい進まねばならないこの行程におけるジェラールの姿は、ほとんど英雄的である。

恐怖。それはそこにいた。大きな図体をでんとすえて、見ないわけにはいかない。尻に火がついているのに、走ることもできぬ。ただ恐怖には、それでもまだ、打つ手が残っている。それは拒絶することだ。悪魔からの書留郵便を拒絶することだ。だが、恐怖は戸口で待ちつづける。そいつは背後のニトログリセリンの水槽《タンク》のなかに寝床を敷いて、そこから様子を窺っている。そいつは即死のスープと仲よく夫婦でやっていく。

すべての英雄のように、殆んどすべての英雄のように、罠に陥ちて、なおもひるまずに前進を目指す人間はすくない。勇気とは感づきつつも止めないことだ。そこに二種の人間の相違がある。たとえ金を山と積まれても、ジェラールはもはや途中で投げ出すことはしないであろう。

高音警笛《クラクソン》がほえ立てた。スチュルメルは救命袋《ブイ》にでもつかまるようにそれにしかみついていた。第一、そいつは死の道連れにもなる。彼は眼をとじようとしたが、できなかった。彼は絶対に折れて出ることのない人間だ。断頭台につれて行くにも殴り倒さねばならないような、死の床にあっても自分の葬式代を葬儀屋の番頭とかけあうような型の人間だった。ルイジのトラックはもうあと三十米と離れていない。

ジェラールとジョニイとのトラックを中心に、小説は進向する。恐怖に屈伏して行くジョニイ、恐怖と対抗し危険を克服して執拗に進むジェラール、途上に彼らを迎える多くの死の難所、その間に露呈される生地の人間性の種々相、――それらに作者・アルノオは、堅固な構成と乾燥したスタイルとによる迫真の表現を与えている。諸所に使用されているモンタージュ、フラッシュ・バックの手法も、この作品に迫力を加えるのに役立っている。ルイジとビンバとのトラックは途中爆発し、相棒のジョニイも事故で死に、「絶対に折れて出ることのない」ジェラール一人が彼の「即死の荷物」を載せたトラックを目的地まで到着させる。しかもそのジェラールも、二人分の報酬(二千弗)を受け取って意気揚々とトラックを駈る帰路、運転をあやまって谷底に顚落・惨死し、小説は終る。一篇を貫流するのは、英雄的でしかも非情なリアリズムである。或る意味で、これは人間における本能的なものの勝利と敗北との物語とも云える。

たたかいと愛の美しい物語――『人間のしるし』

――クロード・モルガン作『人間のしるし』(石川湧訳、岩波現代叢書)

昨年の晩秋に吉祥寺の電気通信研究所にいった際、そこの所員の一人が、文学作品には技術の世界、技術者の生活を描いたものが乏しい、これは残念なことだ、と私に語り、私も同感した。技術者の生活、技術の世界にも、当然にいろいろの喜びと悲しみと、悩みと苦しみと、総じて人生のドラマがたえず生起し発展しているのだから、これをとりあげ、これととり組んで文学者は芸術的表現をあたえるべきだ、と彼はいい、その点作家は不勉強で怠慢ですとその人は結論した。話は作家の出身におよび、医学を治めた人で文学に進出した作家は少くないけれども、その他の自然科学の分野の仕事をした人で同時に作家でもあるというケースは乏しいようだ、ということになった。

ここに紹介する『人間のしるし』は、技術の世界、技術者の生活を主題とした作品ではないが、作者クロード・モルガンは、もと電気技師としても一家をなした人である。「この小説の作者クロード・モルガンは、一八九八年一月二十九日に生まれたフランス人である。高等電気学校出身の技師で、第一次大戦に従軍し、砲兵中尉として休戦をむかえた。十八年間にわたる技師生活のあいだには、旧国際連盟やベルグラードなどの無電放送施設を建造したというから、技術家としても一流の能力をもっているのだろう。しかし一九三八年には、その名声ある安楽な生活を惜しげもなくなげうって、著作家としての生活に身を投じた。」と訳者は説明している。

以下、訳者の「あとがき」(五一年十二月記)によって、モルガンの略歴を紹介すると、つぎのようなものである。「第二次大戦までに、『優良種のけだもの』、『危険の陶酔』、『暴力』、『自由』という四冊の小説を公けにし、また、『ヴァンデミエール』紙や雑誌『コミューヌ』に文芸批評の筆を執った。

一九三九年、第二次大戦がおこるとただちに無電中隊長として従軍したが、ロレーヌ軍といっしょに捕虜となった。四一年八月十日、ドイツの収容所から釈放されて帰国するや、たちまち知識人のレジスタンス――反ドイツ抵抗運動に参加し、ジャック・ドクールを助けて、非合法の新聞『フランス文学』および北仏国民著作家委員会を創設するために活動した。

四二年二月十九日、ドクールはヴィシー(ペタン政権)警察の逮捕するところとなり、やがてゲシュタポ(ドイツ秘密国家警察)にひきわたされ、『フランス文学』の第一号が出るのを見ることなく、五月三十日、人質としてパリ郊外モン・ヴァレリアンで銃殺された。モルガンはドクールの残して行った事業を受けつぎ、ドイツ軍隊による占領下のパリのまっただなかで、同志たちと力をあわせ、二年間に二十号の『フランス文学』を発行した。

おなじ時期の間、北仏国民著作家委員会の書記長、および非合法出版連盟における国民戦線代表者という、重要で危険きわまりない任務を兼ねていた。『フランス文学』は国民著作家委員会の機関紙である。

パリがまだナチの占領下にあった四四年六月、小説『人間のしるし』を『深夜叢書』の一冊として刊行し、フランス解放以後には、『世界の重み』、『《フランス文学》の記録』、『わるい種』、また最近の作品としては、平和擁護運動をテーマとした『羅針盤のない旅行者』を公けにしている。

さらに、現在では週刊となった『フランス文学』の主幹であると同時に、人民戦線内閣の航空相であったピエール・コットの主宰する月刊雑誌『平和の擁護』の編集長をかね、世界平和のためにヨーロッパ各地にとんで文字通り東奔西走、精力的な活動をつづけている。」

『人間のしるし』、この第二次大戦下にあってドイツ・ファシズムに抗し、ヒューマニティの要求に従って生きたフランス知識人の感動的な物語は、ドイツの或る捕虜収容所の情景に始まる。時は一九四一年である。小説は主人公ジャン・ベルモンの手記形式で進展する。ジャンがその収容所にはいって以来、十五ヵ月がすぎている。「以前にはつねに愛国者であった」ジャンは、捕虜生活の間に、ある変化が自分の上に生じたのをしっている。「ひとつの世界が、われわれの内部で、次第にほろびてゆく。」

裏切りと瓦解との悲しさが、ぼくの精神をさいなみ、そこにつめたい灰しか残さなかったのだ。破局は、ぼくの世界を、ただぼく自身と、直接の身辺とだけに限ることを教えていた。生きることが、唯一の野心となっていた。

ジャンは、一種の自己中心的な個人主義者、エゴイストになっていた。そこに彼の親友ジャックが同様に捕虜となって送られてくる。ジャックは、ジャンと違って、「おだやかで生ぬるい、けちな利己的な幸福の再建」だけを考えているような人間ではなかった。ジャンは彼自身の妻クレールとジャックとの過去の関係を疑い、嫉妬に苦しむが、ジャックはそのジャンに、「きみはおそるべきエゴイストだ。何百万という男と女が、かれらの信念のために苦しみ、死んでいっている。十いくつの民族が、恐怖のなかに投げこまれている。それなのにきみは、妻君がきみといっしょになる前に、べつの恋愛をしていたかどうかをしりたがって、煩悶しているんだ！　過去なんか！　過去がなんだい。クレールのいまの現実だけが大事なんだよ。そしてその現実は、きみをなやましている事実によっては、変化させられないんだ。」と激しく答える。「きみは世界の中心じゃないんだぜ。」とジャックはジャンにいうのであった。

冬の一夜、大規模な停電がおこり、監視塔の探照燈も消えた時、たたかいを継続するためにジャックは脱走する。ジャンはジャックの逃走経路をしっているうえに、ジャックが脱走に成功してふたたびクレールに近づくことを想像していらだつけれども、ドイツ士官の訊問に対してはジャックを守り通す。数日後ジャックが捕えられ、病み衰えて収容所につれもどされ、彼ら二人はまたあい、語りあう。その間、次第にジャンはジャックの人間性への信頼と不屈の斗志とを理解し、自分の現在のあり方を自己批判し始める。ジャックはやがて「無名戦士」の一人として収容所に病死する。ジャックとの接触、その死を通じてジャンは、エゴイスティックな境地を脱却する契機をとらえるに至るのである。

身振りもなく、花もなく、涙もなく……それから、ただひとつの祈りは、復讐だ、復讐だ、君のため……このあえぐような詩の一語一語が、ぼくにつきまとって離れなかった。復讐、それは彼にとっては明らかに、《ぼくの屍をこえて、斗争がつづかんことを》意味していた。ジャックは彼の死を、同じ目的、自由の擁護のために死んだ何千、また何千という人々の死に、むすびつけていたのだ。この詩には註釈の必要がない。ぼくはこの友をよく知っていたから、かれがそれをどんなふうに解釈していたかわかる。そしてこの率直さ、この偉大さ、何百万、また何百万という人々に伍して単なる一戦士たろうとするこの意志、本質的でない一切のものに対するこの軽蔑が、ぼくを根本的にくつがえすのであった。

小説の「第一部」はここで終る。「第二部」では、病気のゆえで釈放され、帰国することができたジャンの対独抵抗地下運動への参加、逮捕と投獄とをへて進んでゆく雄々しい姿が、描かれている。ジャンは帰国後、パストゥール高等学校に任命された。

すべてが昔と同じように歌っている！　ぼくは最初の日には、そう信じた。いまでは、実際には、もう少し広い牢獄のなかにいるだけのことだ、ということがわかる。朝は、ドイツの兵隊の混声合唱で目をさまされる。道の曲り角で、楽長のみじかいわめき声がきこえる。たいていは、センチメンタルでものうげなエーデルヴァイスの歌だ。《やさしく、やさしく！》と、下士官のしゃがれ声がわめく。するとヒトラーの徒党は、やさしい声をだそうとして、口を前につきだす。

独軍占領下の「もう少し広い牢獄」で人間を信じ、知識人の理想と良心とを裏ぎることなく生きた一人の男とその妻とのたたかいと愛との美しい物語が、限りない感銘を読者にあたえずにはいない。

それはけちな自己愛でもなければ、倦くことを知らぬ所有愛でもない。そうではなくて、わかち合う努力、共通の世界観、より美しい生活に対する信念の上にきずかれる愛。自由から切り離されず、生きることの唯一の理由である、あの愛。

人々が毎日、歌を口ずさみながら、死と刑罰とに立ちむかい、機関銃と戦車とにぶつかって行くのは、愛のためである。人民が、悪を制裁することを要求するのは、愛のためである。そして、おのれの統一を実現し、自己充実の喜びを知る人々にとって、そのとき死ぬことが何であろう。

裁判のカラクリをしめす――『裁判官　人の命は権力で奪えるものか』

――正木ひろし著『裁判官　人の命は権力で奪えるものか』（光文社カッパ・ブックス、一三〇円）

とくに昨年から今年にかけて、いわゆる「新書版」という型の出版がさかんで、いろいろと話題になっている。「新書版」には、戦前からある岩波新書をはじめ、河出新書、東大三・六版青木新書、中央公論社の例の『女性に関する十二章』ほか一連のもの、カッパ・ブックス、その他がある。

どの新書にも、すぐれた著作もありそれほどでもないのもあり、いちがいにどうこうというわけにはゆかない。岩波新書は、歴史も古く、良書をそろえていて、私なども昔からその相当数を読み、うるところが多かった。数年前、「チャタレー裁判」の小山書店からでた「チェーホフ文庫」全七冊も新書版であったが、定価八十円で安く、チェーホフの代表的な小説と戯曲とをおさめていてよい本であった。この「チェーホフ文庫」は、二、三年前、新本がゾッキにでて、神田あたりの古本屋に一冊三十円くらいでならんでいた。いまはどうであろうか。

ついでながら、文学にとくにこれから関心を持ち、読みはじめようというような人々は、チェーホフの作品を熟読するのがいいと、私は考える。私も十数年来、くりかえし、おりにふれてはチェーホフを読んで、いよいよそのすぐれた価値に感嘆している。小説『接吻』、『グーセフ』、『決闘』、『浮気』、『妻』、『六号室』、『可愛い女』、『犬を連れた奥さん』、戯曲『桜の園』、『三人姉妹』、『かもめ』、『伯父ワーニャ』、――いま思いつくままにあげたが、こういう作品に接しうるのは人生の喜びであり、文学のありがたさがじつによくわかる。チェーホフの本は、前記の小山書店のものも古本屋で手にはいるであろうし、岩波文庫に十一冊、新潮文庫に十冊、角川書店に五冊とはいっているから、安価に便利に、われわれはこれらの古典的名作を味わうことができる。

こんど、「新書版」の一つであるカッパ・ブックスの一冊として、正木ひろし著『裁判官　人の命は権力で奪えるものか』がでた。これは、非常に興味ある本である。それは「非常に興味ある」といういい方が、ことによると不謹慎になりはしないかと私が恐れるくらい、注目すべき深刻な内容をもっている。というのは、ここであつかわれている裁判事件は、現にあった事実であり、しかも目下最高裁判所に上告中であり、著者の正木ひろし弁護士が努力して明らかにしたとおり、まったく根拠のない不公正な判決によって、一人の青年は死刑に、三人の青年は十五年、十二年の長期刑に、直面しているのである。

昭和二十六年一月二十四日夜、国木田独歩の小説『女難』や『少年の悲哀』やの背景としてしられている山口県熊毛郡麻郷村八海で、老夫婦惨殺の強盗殺人事件がおこった。警察はまず吉岡晃(経木製造業)青年を逮捕し、ついで吉岡の自供にもとづいて阿藤周平、稲田実、松崎孝義、久永隆一、上田節夫(各人夫)の五青年を逮捕し、のちに上田だけを放免した。残る五人は起訴され、一審判決では、阿藤は死刑、あと四人は無期懲役、二審判決では、阿藤、吉岡については控訴棄却(つまり一審判決どおり)、稲田は十五年、松崎、久永は十二年の懲役となった。以上が同裁判の大あらましである。

これだけであったならば、つまり警察のとり調べその他が正しく適法におこなわれ、公正な裁判の結果、上のような判決に到達したのであるならば、さしあたり問題はないのである。むろん、誰が犯人であり被害者であろうとこのような強盗殺人事件の発生そのものが、すでに社会の不幸であるが。

昭和二十八年十一月、著者・正木弁護士は、突然、広島拘置所在監中の阿藤周平から、長文の手紙をうけとり、はじめてこの事件をしった。手紙は、証拠歴然たる吉岡をのぞく阿藤、稲田、松崎、久永の無実を訴え、著者に助力をもとめたものであった。

正木弁護士は、半信半疑ながら、その手紙に一脉人をうつ真実の存在をも認め、阿藤に「裁判の記録」の送付をもとめた。

ここから著者とこの事件との関係がはじまり、正木弁護士は、第一審および第二審の判決謄本の検討を手はじめに、事件と裁判との全経過を、記録と実地と実人物とについて精密に調査研究したのである。そして著者は、この四青年がまったくの無実の罪にとわれていること、警察、検事局、一審および二審のすべてが到底公正におのおのその任務をおこなったとはいえないことを、事実と論理とにたって結論し、二審に服罪した吉岡晃の前非を改め四人共犯を否定した上申書をもあわせて昭和二十九年一月に最高裁判所に上告したのであり、その結果はまだでていない。

『裁判官　人の命は権力で奪えるものか』を通読すると、われわれは、現行裁判機構の欠陥、警察権力のある恐るべき堕落、いかにして罪を犯すことなく暮している市民が、ある日なんの正当な理由もなく逮捕され、ついに極刑をいいわたされるにいたるか、をまざまざとしることができる。この本を読んだ人は、少くとも、阿藤ら四人に有罪判決をくだすいかなる根拠も権利も裁判所側にない事実を、認めざるをえないであろう。

この不公正な裁判によって有罪を、しかもその一人は死罪を、宣告されている四人については、われわれは人間の名において彼らの無罪を主張し、要求するが、この四人の運命は、また明日の日、われわれの中の誰の運命とならないとも、はかりがたいのである。フランツ・カフカの小説『審判』は、ある朝とつじょとして一人の善良な市民が裁判にひきだされ、本人には起訴の理由もなにもわからぬままに茫漠とした審理の長い継続にまきこまれてゆく様子を物語っている。その背景に政治的な圧力の存在を実感させた「松川事件」の裁判は、この種不正不当なケースの典型的な一つであり、われわれはこれに憤怒と憎悪とをいだいて、公正裁判と無罪判決とを要求し熱望している。正木ひろしの新著は、そのわれわれに、一つのデッチあげ裁判のからくりと非人間性とを如実にしめしてくれるのである。

私は著者の現実の努力、正義と人間性とのための誠実なたたかいに敬意を表するとともに、その記録をこのように興味深く読みうる有益な形で発表した著者および光文社の仕事の意義を高く評価する。

ハンゼン氏病に関する二つの文章について

私は、年来ハンゼン氏病問題に特別の関心を持ち続け、その解決のために微力を尽さねばならぬ、特にそのため文学上何事かをしなければならぬ、と考えてきたが、しかも実際には何一つまだ行い得ていないのは、恥ずべきことである。これについての具体的な二つのプランも私にあり、最近ようやくその小さい方の一つを完成したとはいえ、それはいうに足りぬ仕事でしかない。

ハンゼン氏病について書かれたものも、可能な限り多く読むように心がけ、医学方面の研究論文などにも少からず接してみた。今日、この重大であるにもかかわらず長年月非常におくれた状態に放置されてきた問題も、患者諸氏の自覚的な動き、相対的に高まってきた世人の正当な関心、その他の下に、ようやく解決に向って一歩を進め、新しい局面を示しているが、それにつけても、私は、戦前に本問題について書かれた二つの感動的な文章を、常に念頭に思い浮べるのである。一つは医学博士太田正雄(木下杢太郎)が一九四〇年八月『日本医事新報』に発表し、のちに単行本『葱南雑稿』に入った『動画「小島の春」』である。今一つは医学博士小笠原登が一九三五年十一月、『臨床医学』に発表した『癩とヴィタミン』である。

太田は「映画」を「動画」と書いている。『動画「小島の春」』は、小川正子の『小島の春』を映画化した豊田四郎演出作品を批評した一文である。太田はそこで、この映画を批評しつつ、日本帝国癩政策の根本欠陥に鋭くメスを入れたのである。

太田は、この文章の前半で、映画『小島の春』の長所をも十分に認めながらも、入所する患者と家郷の人々との哀別離苦の情景を「是れは単に「無智」な患者及び其周囲の狭い主観に由るのではなく、同時に人類の「無能」に対する絶望である。単純な村落の人情話ではなく、人類の悲劇である。」と云い、続けて「癩は伝染病である。それ故に接触に由つて他人に之を移してはならぬ。或は強制的に社会から追はれなければならぬ。是れが現在の癩根絶策の根本観念である。」と書き、彼自身はそういう「現在の癩根絶策の根本観念」を承服し得ない一人であることを先ず暗示している。

後半に入るにつれて、太田の思想は次第に明らかになる。「猫が草中の虫をねらふやうに、すりが混雑の中の袂を窺ふやうに、何としつこく此女医は不幸の家のまわりを徘徊することぞや。此人はさうして其家に、其人に、其村に幸福を与へると信じてゐる。実際其家、其人、其村は此為めに幸福を得たらうか。其幸福を得べく船に乗る病人が、なぜあのやうに人々の号哭によつて見送られるのであるか。心ある人は此動画を見て、更に深く思を此事に馳せるであらう。」というように太田の筆は進んでいる。とはいえ太田は、この「いぢらしい女医」を決して一方的に非難しているのではなく、その奮闘の姿に「同情を寄せ」ながら、語つているのである。

それならば、太田自身の「癩根絶策の根本観念」は、どのようなものであつたのか。『動画「小島の春」』の最後の部分で、太田は、詩人及び科学者としての最も印象的な言葉をもつてそれを表白したのである。

なぜ其病人はほかの病気をわづらふ人のやうに、自分の家で、親、兄弟、妻子の看護を受けて病を養ふことが出来ないのであらうか。

強力なる権威がそれは不可能だと判断するからである。人々は此病気は治療出来ないものとあきらめてゐる。それ故隔離が唯一の根絶策だと考へる。そしてかの女医も、病人には治療を勧めながら内心では治療の無効を嘆いてゐるのである。病人には気の毒である。然しそれがお国の為めである。それが此女医の心であると我々は忖度する。そしてその切ない心に同情する。

此動画は徹頭徹尾あきらめの動画である。〔中略〕

癩は不治の病であらうか。それは実際今まではさうであつた。然し今までは、此病を医療によつて治癒せしむべき十分の努力が尽されてゐたとは謂へないのである。殊に我国に於ては、殆ど其方向に考慮が費されて居なかつたと謂つて可い。そして早くも不治、不可治とあきらめてしまつて居る。従つて患者の間にも、それを看護する医師の間にも、之を管理する有司の間にも感傷主義が溢れ漲つてゐるのである。明石海人の歌は絶望の花である。北條民雄の作は怨恨の焔である。而して「小島の春」及び其動画は此感傷主義が世に貽《おく》つた最上の芸術である。

誰か夕雲に翼を輝かす遠つ鳥の影を見ては、此身も亦蒼空を翔らうと願はないものがあらう。然しヘルムホルツが裁断したやうにそれは人間に取つては不可能な事であつた。夕鳥の翼はロマンテツクな詩歌の裡に人の惝怳《しようきよう》を載せて飛翔してゐる。いづくんぞ知らん、今は幾百トンの重荷を負うて巨大の飛行機は太洋の上を天馳せてゐる。

癩根絶の最上策は其化学的治療に在る。そして其事は不可能ではない。「小島の春」をして早く此

「感傷時代」の最終の記念作品たらしめなければならない。

此事は啻《ただ》に「小島の春」を読み、又其動画を観て心を傷ましむる見物のみならず、亦敬虔な長い勤務に身を痛めて病の床に伏す其作者にも告げたい。こゝに新しい道が有る。其開拓は困難であるが感傷主義に萎へた心が、其企図によつて再び限り無い勇気を得るであらう。そのやうな熱烈な魂が、また此癩根絶策の正道の上にも必要であるのである。

太田が指摘した「癩根絶策の正道」は、太田のいわゆる「強力なる権威」日本絶対主義権力の恥ずべき「隔離撲滅」策の否定の上に立っている。太田の批評は、「東大皮膚科教室の副手時代に早くも之に手を染め始めた。爾来熱心な癩研究者の一人となり、昭和十二年に職を東大に奉ずると共に其れが研究は愈々活発となつた。即、伝染病研究所内にも太田研究室を設けて、其所で最も困難と云はれて居る癩の動物接種に着手したり、癩菌の培養に向つて研究の歩を進めて著々成果を挙げた。今迄癩接種に使用して居た動物は家兎、モルモット、南京鼠等に限られて居たのに飽足らず博士は新たに鶏を使用した。しかも癩組織物質に珪藻土、トリパン青沃度加里等を混じて鶏の胸部筋肉内に注射して、癩菌を感染せしめ、是が数代に亘る植継ぎに成功したし、癩菌の純培養を得る為に培養基の工夫改良を企てると共に同菌と類似の性状を有する多数の抗酸菌の培養の研究に余念がなかつた。他方文部省科学研究費補助による研究題目の一つたる「癩」の研究班の班長として、全国多数の研究者を督励し其れと連絡を取りつつ自からも是が研究に没頭して倦む事を知らなかつた。」(高橋明『医学者としての太田正雄博士』)という彼の実践に裏づけられた信念の吐露である。

『和泉屋染物店』、『南蛮寺門前』、『食後の唄』の作者でもあるこの医学者は敗戦の秋十月に他界したが、「シンセリテイも必要だが、それはどんな野蛮な人間でも持てる、要はアンテリジャンスだ、それがないのだ。」というその死の一月前、病床での言葉を野田宇太郎は伝えている。それは一般的なものとして語られたのではあるが、「癩病という問題に対する底知れぬ無智の四千年、その無智が訂正されぬ限り、その犠牲者は肉体的にも精神的にも、正当な扱いを受けることはできないであろう。」（ベティ・マーティ『カーヴィルの奇蹟』）とアメリカでもいわれたのを思い合せて、ハンゼン氏病問題の今日と明日との上に、その病床での語を含む太田の精神が十全に生かされねばならぬと、私は信じる。そして太田の前記文章発表後十数年、その死後数年の今日にして、「感傷時代」は漸く終焉に向つて動こうとしているのである。

太田の『動画「小島の春」』に五年先立つて発表された小笠原登の『癩とヴィタミン』は、純然たる医学論文である。医学上の問題をあげつらう資格は私にないようである。小笠原のその後の研究業績がどう発展したかを私はほとんど知らぬし、この論文の中のある部分には今日の通説と必ずしも一致しないものもあるが、私はそれを貫流する小笠原の進歩的な精神に感動するのである。この進歩的な精神は、すなわち真の科学的精神なのであろう。

「癩は細菌性の疾患である点から、他の急性伝染病に於けるが如くに、病気生成の上に、原体の問題のみが重視せられて居るかに見える。換言すれば、身体内への癩菌の輸入と云う事と癩の生成とが、略々同一の概念であるかに考えられて居る傾が甚だ著明である。然しこの考を以てしては、説明が困難である事実の若干に遭遇せられる。」と小笠原はその論文の最初に書いている。「事実の若干」とは次ぎの如きである。

一、我が国一千年以上の歴史に於て、何の予防設備を施されなかつたのにかかわらず、我が国が癩化するに至らなかつたのである。明治三十九年に於ける北里博士の統計によれば、我が国の癩患者の総数は僅かに二三八一五名、数年前の内務省の統計によれば、約一五〇〇〇人と云う事である。

二、夫婦間の感染は、ややもすれば感染関係はなく、別々に特発したと見られる程度に甚だ稀有である。〔この項後略〕

三、フイリッピンに於ける癩患者から生れた未感児童の隔離成績を見るに、病親から隔離せられた児童の罹病率は、病親が育てた児童の罹病率の二倍であつたと聞いて居る。即ち病親と共に生活し、或は病親によつて哺乳せられた児童に、罹病率が却て少なかつたのである。

四、余の統計によれば、現在の癩患者の大多数は、嘗て一家又は一族の内に癩患者を有してこれと寝食を共にし、又は親交を続けていたものから発生して居らぬと考えられる。何故なれば、昭和九年末に至る迄に調査し得た五一三名の癩患者中、嘗てその一家及び一族中より癩患者を出したと告げたものは僅かに八一名(一五・八%)である。此事を我が国の現状に照して考うれば、癩患者は寧ろ減少に向つて居ると考えられるのであるから、ここに一人の癩患者が現れた場合に、その大多数の場合に於ては其の患者一人の罹患に止まつて、他の家族又は一族の者に感染せしめる事が無い事を示すと云わねばならぬ。

五、余が文献的に知るを得た人体接種実験例は五六例を超えている。この中発病したと報ぜられているものは、僅かに五例である。即ち陽性率は一〇%以下である。

小笠原は、「以上の如き事実を併せ考えるならば、癩菌は何人にも病原体であると云うのでは無く、或る特定の少数の人にのみ病原体であると云わねばならぬ。即ち癩菌輸入の概念と癩発病の概念とは全く一致するものではなく、癩発病の要件としては癩菌輸入の外に更に重大な要件の存在する事を認めなければならぬ。この要件と云うのは即ち身体の発病性の問題である。」と続けている。そして、ハンゼン氏病患者の身体には以前にせむし病性の変化が起つたと考えられる痕跡が高率に残つている事実、ヴィタミンA及びDの欠乏と関係を有し得べき病症の罹患率が本病患者において著明に高率な事実、更に本病患者の大多数が農村に生育した農家出身者である事実を、それぞれ詳細な調査統計表を掲げて論断し、最後の農村生育者多数の件についてつぎのように説明した。

農村の窮乏と施設の不備とは、普く認知せられて居る事実であつて、農村の蒙つて居る栄養不良の禍害はここに起因して居るのである。この事は世界大戦後、ボスニア及びヘルツゴヴィナに於て癩患者の激増した事実が、戦争に基く疲弊困憊による栄養不良に帰せられて居る事と一致し、又太田、浅海及び土田の三氏が、宮城県下に於ける癩の調査に於て「癩戸は概して貧家なりと謂うを得べし」と報ぜられて居るのと相通ずるものと考えられる。

かくして小笠原は、ハンゼン氏病生成に必要な身体の罹患性は、身体が栄養不良の下に築き上げられていること、特にそのうちでもヴィタミンA及びDの欠乏が重大な役を務めていることを推論し、

殊に前述の種々の事実から考える時は、癩の伝染力は頗る微弱なものであると云はねばならぬ。此の如く伝染力の微弱な疾患にあつては、栄養改善が隔離法よりも意義が多いかに考えられる。泰西に於て隔離法を行つて以来、大約五十年の間に患者が著しく減少したと云う事実も、唯伝染病の通性として起る猖獗期より衰頽期に移る自然運動に乗じたに過ぎぬと云う見解も有るかに聞いている。余が数名の人より伝え聞いた所によれば、某県に孤島があつて、この島は旧藩時代に癩患者を隔離した所であると云う事である。従つてこの島の住民は皆癩患者の子供であると推定し得られる。然るに戸数六十戸の此島に於て、現今一名の癩患者をも認めぬのみならず、所属の某聯隊に於ける壮丁成績は極めて良好であると云うのである。

云々と述べ、「これについては尚研究を要する。」と附記しつつも、「癩の予防に関しても、第一に考うべきは国民の栄養状態の改善である。」と結論的に指摘したのである。

「凡そ癩の予防と云うと雖も、策を癩のみの予防に限局して樹立する時は弊害を生ずる懼れがある。吾人の深く注意せねばならぬ所である。〔中略〕一家を支うるに重要な位置にある患者を、無暗に隔離を断行して一家を困窮に陥れるが如き場合も実際に遭遇せられる。一般防疫上よりも顧慮せねばならぬ事に属す

る。」という結末近い部分の立言も、極めて意味深いものである。

つまり私は、そこに、日本ハンゼン氏病対策の「隔離」万能視への批判を読み、本問題中でも主要にして特に深刻な患者家族の問題への示唆するところ大きい照明を見出して、感動するのである。更には、「宮崎は自説の根拠として「戦争癩」を挙げ、日華事変以来出征中に発病した癩患者は数百に達し、動員数の一万分の二と推定した。是等の中には従軍以前は厳密なる体格検査によるも癩の存在を否定されたものが(例えば航空兵の如き)、過労と栄養低下との為め発病した多数の統計例を報告した。」(橋本喬『癩の研究』)の如き研究報告をあわせ考えると、ハンゼン氏病問題が、直接は、農村革命の問題そのもの、日本民主革命の問題そのもの、平和擁護の問題そのものである事実を、小笠原がいち早く摘出しているのに、私は感動するのである。

それならば、ハンゼン氏病問題は、なおさら一層、直接具体的に全人民的な課題でなければならない。全国民が「底知れぬ無智」の偏見と迷信とを脱却し、患者と非患者との連合した力で、差当っては現行「らい予防法」の「附帯決議」九項目の実現に努力しなければならぬことの、現実的具体的な理由を、小笠原論文が示している。残在する「隔離撲滅」思想への逆コースとみられる療養所監房の国警移管・留置場設置の件に対しても、太田=小笠原精神による強力な打撃をわれわれの連合が加えねばならぬ、と私は考える。

(一九五五・八・二四)

会創立十周年記念のつどい

新日本文学会創立十周年を記念する「講演と映画の夕」は、十月三十日午後六時から、東京青山の日本青年館ホールで開かれた。

この記念会は、日本文芸家協会、日本文学協会、日本文化人会議、国民文化会議の後援を得、十月中旬から、文学会東京都各支部、各友の会、各会員を始め、全電通、全銀連、国鉄、郵政省等の諸労職組・文学サークル、法政、国学院、東大、東京女子大、早大等の学生組織、また特に中央労働学園及び日本文学学校生徒諸君の熱心な協力によつて、準備されてきた。

当日は、幸いに天候にも恵まれ、五時半開場予定の会場入口には、既に三時頃から多数の参会者が待ち構え、開場時刻には文字通り神宮外苑の一角に延々長蛇の列が作られた。

六時、会は、佐多稲子氏の司会で開幕した。演壇背景には、「新日本文学会創立十周年記念講演と映画の夕」の白文字を抜いた臙脂の大横額が高く掲げられ、演台の上には黄菊白菊が盛られていた。来場者は、ホール一、二、三階の座席を埋めつくし、補助椅子にも溢れて、場内には殆んど立錐の余地がないかに見えた。広く国民各階層の人々が会場に集い、中でも現業の労働者の顔々が少からず見られたのは、この日の一特徴であると思われた。

佐多氏司会挨拶のあと、講演は、中島健蔵氏の「始めの言葉」から始められた。氏は、戦前の文学運動の歴史を回顧しつつ、民主主義的な文学運動の重要な意義、その展開方法の従来の不十分からの今後の脱却の必要等を軽妙な話術で語り、開会の辞を兼ねた講演を終えた。

続いて、中野重治氏は、『文学運動十年の歩み』と題して、一九四五年末、会創立、民主文学運動戦後の発足以来、今日までの困難に満ちた歩みを、重点的問題を拾つて跡づけた。取りわけ、近年民主文学運動を襲つた大きい混乱と分裂、それとの困苦なたたかいののちに今日迎える十周年記念『新日本文学』百号記念が、会員文学者と読者及び会支持者多数との協力の結果であり、混乱を克服して新しい統一と発展とに躍進するための一つの輝かしい里程標であるとの意味を、熱情的に説いて、聴衆の共感を集めた。

更に、加藤周一氏は『ある感想』の演題でまた椎名麟三氏は『最近の小説について』の題目で、それぞれに現在の日本文学・文化の前進のために、意味深い言葉を語つた。

以上四氏に次いで演壇に立つた広津和郎氏は、年来氏が熱意を傾けて追求してきた松川事件、その被告団の一人本田被告のアリバイ証明について、八ヶ月に渡る調査結果を明らかにし、既往の裁判の不公正をここでも鋭く指摘して、真実の覆うべからざること、裁判の不正の許すべからざることを説得的に話し、大きい同感と激情との渦が、会場内にみなぎつた。

広津氏のあと、折りから来場した松川被告団の武田久氏が壇上から挨拶し、司会の佐多稲子氏から松川被告団への救援資金カンパを来会者に提唱したところ、満場の拍手のうちに賛成され、三十のカンパ袋が場内に廻された。

三分の休憩後、劇団民芸の北林谷栄氏による詩　壺井繁治『音』、小野十三郎『大海辺』の朗読、俳優座の

楠田薫氏による詩　岡本潤『二つの世代』、峠三吉『朝』の朗読が、それぞれ印象あざやかに行われ、江口渙氏の簡潔達意な『結びの言葉』で、講演と朗読の部を終つた。

十分の休憩後再開、針生一郎氏のピカソの名画『ゲルニカ』についての解説があり、直ちにフランス映画『ゲルニカ』、朝鮮映画『土地の主人公』を上映、特に前者は観衆に深刻な感銘を刻んだ。

映画終了後、佐多稲子氏から松川救援カンパの総計二万三千八百二十六円を報告の上、開会の挨拶を述べ、創立十周年記念にふさわしい友好的且つ文学的な雰囲気のうちに、「講演と映画の夕」の幕を閉じた。時に午後九時三十三分。

附記――

▼当日、佐多氏から報告した松川カンパの金額「二万三千八百二十六円」は、その後精算の結果「二万一千八百二十六円」が正確でした。右訂正します。

▼当日、盛況のため、来会下さつた方々の一部に、窮屈な思いをされた向きがあつたと思います。また、せつかく会場入口まできて入場を断念して帰られた方も、若干あつた様子です。これらの方々に、不十分をおわびします。

藤本松夫公判傍聴記

私は、本誌編集部から教えられた開廷時間の午前十時三十分に約十分おくれて、最高裁判所に着いた。公判は第二小法廷で行われていた。

法廷は、中学校の教室ほどの広さで、中学校の講堂風な感じのする室であつた。正面の一段高い裁判官席に、五人の裁判官が、例の背の高い椅子に着いている。あとで調べると、栗山、小谷、藤田、谷村、池田の各裁判官で、そのうち真中の人が栗山裁判長。裁判官席の真下に三人の書記官がならび、その手前の私から向つて右手窓側の検察官房席に安平、宮崎両検事、これに対面して左手廊下側の弁護人席に野尻、関原、霧生、青柳の各弁護人が見えた(柴田弁護人は、しばらくのちに到着)。他に、書記官席の手前および弁護人席と傍聴席との仕切りのところとに、制帽をかぶつた廷吏が着席している。右手の窓硝子越しに陽春の日光が射しこんでいたが、二つの大きいシャンデリヤも点燈されて輝いていた。

前々日の『朝日新聞』朝刊が、社会面のトップに凸版白抜きの大見出しで、この公判事件を報道したので、或いは傍聴者が非常に多いこともあろうか、とも私は考えていた。が、傍聴者は、傍聴席五十座の過半を埋める程度、つまり二十七、八人であり、そのうち記者席に新聞記者が二人(?)、若い女性が三人いた。私は、このような事件に対する世人の関心が昨今ようやく強くなつていることを信じるが、ここでもまだまだその不十分を感ぜざるをえなかつた。しかし、最高裁小法廷としては、三十人近い傍聴者があるのは異例の多数に属するという話もあるから、一概に悲観的になる必要はないのであろう。

まず野尻弁護人が弁論に立つた。野尻氏は、九州訛を交えて、むしろ朴訥に語つた。その内容は、あらまし次ぎのやうであつた。

原判決（有罪・死刑）は、刑事訴訟法上の必要にして十分な証拠にもとづいたものでなく、憲法第三十一条（何人も、法律の定める手続によらなければ、その生命若しくは自由を奪われ、又はその他の刑罰を科せられない。）に違反している。その理由は、原判決において、主要な、ほとんど唯一の有力な証拠とされた自白調書は、任意性を欠いている上に、裏付けがない。……


ここまで書いて昨夜は中止し、今日中には脱稿してお送りするつもりでした。ところが今朝『全患協ニュース』第六十二号が到着しました。それを見ますと、公判の模様、各弁護人の弁論要旨、等々が概略かなり正確に報道されています。それに、考えてみますと、口頭弁論の主要な内容は、やはり『全患協ニュース』第五十七号の「藤本松夫救援特集」でもあらかじめ紹介されていて、患者諸氏も承知してあるところです。公判そのものは、弁護人五氏の熱意ある前後二時間半の弁論、それに答えた（反論した）宮崎最高検検事の極めて事務的な十五分間くらいの発言で、外見上格別の波瀾も起伏もなく終りましたから、そうなると、特におつたえする事柄もないという気がしてきました。別の観点からの記録も書きようがあるでしょうし、私も注意して各弁護人の言葉に耳を傾け、メモをくわしく取りましたから、それらをていねいにまとめたら、多少の興味ある記事になりうるかもしれないとも考えますが、私の方に少し別に事情もあり、〆切りも過ぎていますから、その工夫も今はできません。勝手ですが、今回は、これで中止します。

今度の辯論で、私が感じましたのは、藤本氏を有罪と判決する根拠が極めて薄弱、或いは皆無と云うべきであるということが第一。万一、百歩千歩ゆずつて有罪を仮定しても、死刑の判決は絶対に不当であるということが第二。そして、ハンゼン氏病に対する正しい理解と対策との確立の必要を改めて痛感したことが第三。この第三点について、特に各辯護人共、力をこめて語つていましたが、このような不運な事件が二度と発生しないようにするために、第三点のために今後一層日頃からたたかい、努力しなければなりません。

裁判については、最近とりわけ誤判の事実も多く現われ、松川事件はもとより、映画『真昼の暗黒』の原形である八海事件など、世人の疑惑を集め、その不公正を指弾されています。本件もそのようなケースの一つです。一国の司法がこういう状態では、私たちは安心して生きて行けません。いつ何時、無理由に逮捕され、無実のまま犯人として処刑されるかもしれない。——そういう不安、恐れが、全国民の頭に宿っても不思議でなく、その危険は現実的に存在するのですから。

この事件の最高裁判決はまだ宣告されていませんが、私は「疑わしきは罰せず」の原則に立つて、原判決が破棄されること、裁判の公正を私たちすべてが納得できるような方向でこの事件が処理されることを、強く望み、ねがいます。

右様の次第、傍聴記できそこないのこと、悪しからず御寛恕下さい。

『高遠なる徳義先生』

チェコの高名な現代の作家に、ヤン・ドルダという人がいます。チェコ文学の熱心な研究・紹介者である来栖継によりますと、ドルダは、一九一五年生れのまだ若い文学者ですが、『掌の上の村』以下の長篇小説を三つ、短篇集『声なきバリケード』、戯曲『われら自らの罪人を許す如く』以下三篇、他に多くのシナリオをも書いている上に、チェコスロヴァキア作家同盟の委員長でもあり、国会議員でもあるということですから、なかなかの精力的な活動家であると見えます。この来栖の紹介は、五年前、一九五一年のものですから、その後のドルダは、更に多くの文学作品を完成していることでしょう。

来栖継は、雑誌『新日本文学』誌上に、ドルダの短篇集『声なきバリケード』の中から、『ダイナマイトの蛮人』(一九五一年五月号)と『「高遠なる徳義」』(一九五一年七月号)とを翻訳して発表し、のちに同短篇集の大部分を訳して青銅社から出版しました(その「青銅選書」は、残念ながら現在絶版の様子です)。

この短篇集に収められたドルダの諸短篇は、すべてナチス・ドイツの占領下におけるチェコスロヴァキア人民のさまざまの抵抗を描いて、いずれも非常にすぐれた文学作品ですが、なかでも『「高遠なる徳義」』は、日本訳にして四百字づめ原稿紙で十一、二枚の小篇であるのに、深い大きい芸術的感動を読者の心に刻まずにはいません。

作の主人公は、或る学校のギリシャ語およびラテン語の老教師で、「高遠なる徳義」というニックネームをつけられています。「流行おくれの、アイロンのあたつてない百姓服を着、アバタ面で、いつも古典本で重くなった彼の姿は、七年級の生徒たちには実に滑稽だつた。」というふうに、作者は作の冒頭で主人公を描いていて、紹介者来栖はそれを「日本ではさしあたり漢文の教師に当る」と云つています。

物語の背景には、当時、すなわち一九四一—四二年頃、対独抵抗運動に立ち上つていたチェコ人民弾圧のため、ヒトラーが派遣したプラーグ駐在の総督ラインハルト・ハイドリッヒによる恐怖政治、チェコ愛国者の多量な逮捕と処刑、ハイドリッヒ総督への人民の憎悪のうちに、一九四二年五月下旬、総督はついに何者かによつて暗殺され、「即日戒厳令がしかれ、家探し、逮捕、処刑がひつきりなしに行われた」という状況があります。

老教師に「高遠なる徳義」というニックネームがつけられた由来は、彼が生徒たちに授業する際、「高遠なる徳義の見地よりしますと……」云々と、口ぐせのように云うことです。

或る日、彼の担任である七年級の優等生三人が、授業時間途中に、老教師の「高遠なる徳義の見地より」する抗議を無視してドイツ兵士の手でつれ去られます。「彼らの背後にドアーが音を立ててしまつた時、あとに残つた七年生の一人々々の背中を氷のような恐怖の爪が走り過ぎた。なぜなら、それは一九四二年六月であつたから」。この三人の生徒は、その日のうちに、「ハイドリッヒの暗殺に賛成したという理由で」、他の人々と共に銃殺されてしまつたのです。彼ら三人は、ファッシスト総督暗殺の事実を知つて、喜びのささやきを交したのを売国的密告者に聞かれたのかもしれません。或いは、少年ながら、対独レジスタンスに何らかの形で加わつていたのかも。

翌日の朝の教員室には、暗然とした空気がみなぎりました。ナチスドイツ占領権力、それと結託している現チェコ支配勢力が、この学校を――三人の「不屈者」を出したからには――ただではおかないであろう、という恐れと不安とが、校長以下を捕えているのです。やがて、どこにも、いつでもいる種類の便乗者、「口のうまい軽薄才子」の歴史の教師が、彼自身起草した現支配政府への「下劣さと卑屈さとに満ちた忠誠の宣誓書」を読みあげ、それに全教師が署名して送附することを提案します。しかし、まずその案文の紙を「ふるえる指で」受けとつた最年長の宗教の教師は、文面をくわしく読んでのち、さすがに書名を拒否しました。「私は年とった人間です。生涯の終りに当つて嘘をつくようなことはしません……」。こうして宣誓書を送るには、取りやめになります。「その代りにあの不幸な生徒たちに向つて、彼らの級友たち（処刑された三人）の行動が悪いという呼びかけを行い、それをクラスの日誌に必ず記録することにきまつた」。七年級の担任者である「高遠なる徳義」先生が、その役目を果さねばならなくなりました。

彼は教室に行き、自分の役目を果すため、教壇の階段の端に立つて語り始めようとしますが、息がつまつて、どもります。

「先生方は私に……私が……ウフト……昨日の……悲しい出来事を……正しく……話すよう……依頼されました……高遠なる徳義……の見地よりしますと……」

その瞬間二十対の眼は彼の上に向けられた、まるでこの古い、たびたび使われるので価値の失われた文句に、突然新たな、恐ろしい味と形とが備わつたかのようだつた。それはまるで彼が生徒たちと自分との間に置く敵性のシンボルのようだつた。それとも……？　彼は努力してやつと息をついだ。それからいきなり、今云つておかねば永遠に云えないと思う水中に没するものの早さで、生徒たちに向つて叫んだ。

「高遠なる徳義の見地によりますと……私は諸君に次ぎのことを云うことができます——暴君を殺すことは罪ではありません！」

たつたこれだけの文句を云つてしまうと、彼は一切の緊張と混迷とから解放された。彼の頭は澄んできた。そして五年級の時から手塩にかけてき、今その眼が彼の口の上に注がれているこの二十人の少年たちの一人々々をはつきりと見わけることができるようになつた。〔中略〕彼らの誰に面と向つて嘘が云えよう？　彼は昨夜から云いたくてうずうずしていて、今朝すんでのことで教員室で云つてしまいそうだつた、どうしても云わねばならぬ文句を、この（或いは密告者さえその中にいるかもしれぬ）少年たちの前で云わねばならぬという激しい欲求を感じた。ゆつくりした、静かな落ちついた声で、彼は受持ちのクラスに向つて云つた、自分をその手中に投げ出して。

「私自身も……ハイドリッヒの暗殺には賛成なのです！」

彼はすべてが云われたことを感じた。それで教壇の方を向いて腰をおろし、学級日誌に書き始めた。しかしペンが紙に触れるか触れないかのうちに、生徒の腰掛けの方から耳慣れた音がしてきた。「高遠なる徳義」先生は、眼をゆるゆるとクラスの方へあげた。彼の前には二十人の七年生たちが、頭をあげ、ぎらぎら光る眼をして、「気をつけ」の姿勢で立つていた。

短篇はここで終つています。この作が人々に与える、きわ立つた感銘は、私のまずい要約、そして最後の一部分の引用によつてさえも、おそらく相当に伝達されたのではありますまいか。私は、教育ということ、その自主性と中立性とを考える時、必ずこのすぐれた小説を思わずにはいられません。「高遠なる徳義」先生は、ドイツ占領者＝チェコ買弁政府の政治に屈服・隷属しないことで、人間と教育との尊厳と自由とを守つたし、守りえたのです。新聞の報じるところによりますと、太平洋戦争はアジア被圧迫民族に独立の機運を与えた意義のある聖戦であった、などというとんでもない観点を教科書に収めよ、との一部の声もあるようですが、もし国定もしくはそれに準じる教科書の制定が実行されるようなことになりますと、『憲法改正の歌』のような、言語道断なものさえ広めようとする現反動勢力は、必ずそうした悪教科書をつくつて、教育の政治への――特定政党への屈従を強行するでしょう。どろぼう、強盗は被害者の家の今後の盗難予防をうながしたから、ほめられるべき善人である、というようなことを云うのは、決して正しい教育ではなく、子供たちにこういう低劣な屁理屈を吹きこんで、反民主的なかたわ者にしてはならぬのです。無論これはほんの一例ですが。

すべての日本の先生たちが「高遠なる徳義」先生のようでありますように。すべての生徒たちがあの七年級の生徒たちでありますように。すべての教育が「高遠なる徳義」の見地から行われますように。そして願わくは、すべての政治に、そのような教育のあり方を私たちの力で保証されますように。

「ある暗影」その他

中野重治、久保田正文、西野辰吉三人の文章（本誌十一月号乃至十二月号）の、それぞれ主として或る局部について簡略に私の考えを云う。だからこれは一種の局視批評である。しかしそれは或いは各全体を覆うかもしれない。

（1）『事実と解釈』の中野が『あさましい世の中』の私の上に「心くばり不十分」、「人間の性生活の問題への触れ方の粗末」を指摘したのは、私の参考になる。――この中野は、杉浦明平から「遊び」、「逃げ路をあけておいてそれを書いている」無責任を、井上光晴から「ひとりで憤慨して」「全身でそれを書いている」を、魯迅の邵攻撃から「見事な芸術的出来ばえ」を、それぞれ文学的にかなり正しく読み取つている。それならば、同じ中野は、右三人に比べて小田切秀雄をひどく半端者・低能あつかいにするのでない限り、小田切のあの文章から「半ば上の空でそれを書いている」「非芸術的噪音」またはそれに似たものを文学的に読み取るのが、自然且つ必然な首尾一貫というものではないか。小田切に対する中野に「学問的きびしさと人間的思いやりと」の甚大な放棄を、私は見る。私の場合は、さすがにそれには遙かに距離があるようである。中野の一考を私は欲する。

（2）久保田の『霧にまかれながら』は、私の目に触れた『草いきれ』批評のうち、最上等であつた（第一、実はそもそも批評と云いうる代物が殆んどなかつた）。『Commentary』もまた、有意義な一文である。ただ久保田は、「文学問題以外のことで、「中野たち」が受けた「ひどい攻撃」について、小田切が責任をとるのは、文学外の美談でもあろうが、」と書いている。この文句は不必要な上に有害且つまぎらわしいから、取り除くがよい、加うるにそれは、仮定としても成り立たない、仮定してみるだけノンセンスな事柄でもある。久保田の再案を私は望む。

（3）『錯誤と偽証の道』の西野は、徳永直の『私の自己批判』から中野の『写しもの』に関した部分を引用したのち、「この伊藤律にある暗影をなげかけたと書いたところなど、その後に伊藤律がスパイとして除名されたことなどを考えると、興味ぶかく思えます。中野氏が芸術家としての洞察力と批判をもっていたが、徳永氏はそれをもつていなかつたわけで、」云々と書いている。つまるところ西野は、『写しもの』において作者もしくは片口安吉が「伊藤律にある暗影をなげかけ」たとして中野を中傷した徳永のでつち上げを、徳永に追随してそのままに肯定し、その上で中野の「芸術家としての洞察力と批判」を過去にさか上つて不当に称揚したことになる。この西野の云い分は、錯誤の上に立つていて、云わば一つの偽証である。『写しもの』は「伊藤律にある暗影をなげかけ」るもの乃至その類の何物をも含んでいなかつた。中野自身も当時『文学における常識の問題』(?)の中で、徳永のこのでつち上げを一撃否定したのである。「ある暗影をなげかけ」る的「洞察力と批判」の持主は、伊藤律に関し、ベリヤに関し、スターリンに関し、某、某、某に関し、あちらこちらにぞろぞろしている。こういう連中を、われわれは文学的に清掃しなければならぬのである。しかも西野の文章を論理的にたどると、「ある暗影」イコール「スパイ暗示」となりかねない。『写しもの』が書かれたのは多分一九五〇年十一月頃、同年の『文学界』に発表された『除名・平林たい子』(?)

のオリジナルは更にその時期以前の執筆である。時の中野における伊藤律＝スパイ暗示公表などは、尚更に以てのほかではないか。――「錯誤と偽証の道」を表題として他者を批判する批判者本人が、同じ悪道を踏み進んでいるのである。それではてんで話にも何もならない。西野の三思を私は求める。

中野は小説家である。久保田も西野も多少の――これは量的な意味ではない――小説を書いている。井上（および窪田、久保田）の作品について「組織の外での抵抗」、他の不明な誰彼と比較したその「弱さ」を仔細ありげにあげつらつた金達寿（本誌十一月号）もやはり多少の小説を書いている。各人の各作品に対する「学問的きびしさと人間的思いやりと」に立つた真の具体的文学批評が実行され、その中で、たとえば以上（1）（2）（3）および金談話の各精神的性格と右四人の各実作との内奥的統一関係の程度も、おのずから明瞭に照し出される必要がある。無論、私は他力本願でこのことを云うつもりはない。

（十一月十七日）

▼中野の二つのエッセイ題名に疑問符をつけたのは、今手元にどちらもその現物がなく、或いはいくらか間違いがあるかも――題名に――しれぬと懸念したからである。さし当り、それを調べることができないが、もし不正確があつたら、中野および大方の寛容を乞う。内容には間違いはない。

佐多稲子作『いとしい恋人たち』

——文芸春秋社・B６版三一九頁（定価二七〇円）

秋風が吹くから、街の灯が心にしみる。まだ六時を過ぎたばかりだけど、とっぷり暮れて、駅前の広い道を、さあっと風がなでてゆく。果物屋だの菓子屋だの、洋服布地屋の灯りが、キラキラかがやいて、何んとなくわが家が恋しい。そんな気持を起させる夕方だった。

こういう秋の夕の街頭風景にはじまる、この長篇小説には、かくべつ異常な人間も登場しなければ、特に例外的な事件も発生しはしない。ここに描かれる二組（？）の「いとしい恋人たち」もその友人、血族たちも、すべて私たち一般市民がその周辺に容易にみいだしうる——いや、私たち自身がおのおのそのどれか一人にそうとうするような人々である。

たとえば一組の恋人たち、勝田伸と矢沢次枝とは、同じ役所に勤める普通のサラリーマンである。伸も次枝も、それぞれに生活の荷物を負っていて、それが彼らの恋愛の結婚への発展をさまたげている。しかし彼らの生活の荷物というのも、べつに世間にめずらしいようなものではない。伸は、母親、五年前に伸の兄と死にわかれた放送局員の嫂絹子、甥の賢一七歳と四人暮しである。絹子には絹子の、子供一人をかかえた未亡人・職業婦人としての淋しさがあり、義弟伸へのそこはかとない思いもある。——次枝は、女手一つで彼女を育てた、勝気でイコジな老母タカと二人家族である。「長いこと未亡人で、あの家を唯一の財産にして、暮してきたんですもの。お婿さんのくるのがこわいのよ。老人のエゴイズムね。」と次枝の家に間借りしている中富夫人がいうような老母タカの性格が、伸と次枝とのなかによこたわる最大の障害ともなっている。そして次枝は、やはり次枝の家に間借りして、昼は出版社に勤め、夜は大学にかよっている宮内咲子と対照的に、「古風な、おとなしい娘」である。一つにはその次枝の「古風」さも手つだって、この一組の恋人たちの関係は、停滞しがちに、しかしじょじょに進展する。そして次枝はまた「やさしそうにみえながら、内側に、しねっ、と強いものを秘め」た女性なのである。

他の一組の恋人たちのうち、浅沼鉄夫は、「父親が早く死んでそのごは、母と一緒に親戚の家で育って、彼は暗い反抗をひそめたまま、卑屈とずるさとを身につけたよう」な男。彼は失職していた。安西みどりは、宮内咲子の夜学の友人であったが、鉄夫と同棲するため、学校をやめて、アルバイト・サロンに勤める。咲子は、絹子の従弟加治千太と学友である。二人の間は、恋愛というのでもないような、しかしそうもいいきれないような親密さをたもっている。次枝の「古風」にたいして現代的な咲子は、アルバイトをして学校にゆくことに、彼女の生きがいをみいだしている、——ときとして短時間その生きがいを見失いそうな意識の動揺にもとらえられながら。

これらの主要な登場人物たち、それに、タカ・次枝の家の間借人である中富夫婦、河井夫婦、——この小説中に生きる人々も、彼らをめぐって生成消滅するできごとも、あれもこれも、一般勤労市民にみぢかな、とりたててヘンテツもない日常的な生のいとなみの流れであり、新聞トクダネふうではない一見なだらかな生活のきふくである。とりたててヘンテツもない、一見なだらかな生活のきふく、――しかし、そこにこそ勤労階層に普遍的な、底深い人間的・生活的なよろこびと悲しみと、幸福と不幸と、愛と憎しみとの真実があると、作者はみ、それを読者にとりだししめしているもののようである。一見なだらかな生のいとなみの流れのなかにある、さまざまの困難や障害やとのチンチャクな、ハデではないたたかい、それへの理性的な、しかし必要なある時期には決断と勇気とをもってする対処、善意と希望とを見失うことのない人々各自のつつましい努力および協力、――それこそが、人生の意義を私たちにあたえ、生活の幸福を私たちに用意するものであると、作者は全篇の効果において読者一般に語りかけているようである。

もうすっかり桜は散って、街路樹は柔かい若葉のよそおいを見せていた。大気がようやく落ちついたというようにさわやかな微風が吹いていた。まだ夕陽が輝いていて美しい夕方だった。伸は今年の桜を殆ど見なかったような気がする。次枝の災難で気持がいっぱいだったのだ、と今になってふり返るおもいだ。（二九六頁）

――もう六月、と彼女はあらためておもいをこめるように陽をすかした樹木を見いった。内定していた彼女の関西転勤が六月十日に決定したので、伸の結婚式をその前にということで、今日がその日だった。月日は人間のいとなみの、かずかずの哀歓を織りなしながらすすんでいた。絹子にとっても昨年の秋から今日までの間、複雑におもいのゆすられた月日であった。伸たちが今日から二日間の旅をおえて帰ってくる時は、絹子の出立の日である。（三〇八頁）

秋風の吹く夕暮の一日から、「月日は人間のいとなみの、かずかずの哀歓をおりなしながらすすんで」、季節は初夏に入る。伸と次枝とは障害をこえて結ばれ、鉄夫といくらかだらしがない「純情」なみどりとの同棲生活はハタンしつつ、作は諸登場人物それぞれの運命をなお未来にゆだねて「完結」するが、読者もまた作中の絹子と同じく、巻をおって「昨年の秋から今日までの間、複雑におもいのゆすられた月日」を自分自身生きてきたともいうべき感慨にうたれ、動かされるであろう。

『アララギ』の一会員の大正年間の作に、

うつし世はたとえば草に吹く風のあるかなきかにこと消えゆくも

というのがある。『いとしい恋人たち』を読みおえた私は、ふとこの歌を連想した。が、私の連想はこの作品とこの作者とにたいしてあるいは不当かつ失礼であったかもしれない。せめて私は、同じ短歌でも、

風の音雲の流れのひとつにもいのち生きゆくきびしさを知る

という、無名の女流歌人作を想起すべきであったろうか。この歌人は、たしか戦前の『日本歌人』同人であり、同じく戦前にヨウセツしたと私は記憶する。——これで私は、この小説の紹介をおわる。これ以上の私の考えをのべるのは、場所がらでない。のみならず、作中、伸にある特定の感情をいだいている絹子が、次枝の母タカの性格を咲子にたずね、咲子から否定的な答えを聞く場面を、この作者は次ぎのように描く人である。

……絹子は釣り込まれて笑い出しながら、

「なかなか手ごわい人らしいわね。」

そういったとたん、誰に向かってともわからぬまま、妙に冷淡な意地の悪い薄笑いになっていた。

（八七頁）


たとえばこの最後の一行に、私はこの作家の（リアリズムの）達成とその限界とをショウチョウ的にみる一人であるが、いずれにせよ、このような一行を書く人が週刊雑誌に連載した作品について、ここでこれ以上、差し当りなにをいう必要があろうか。ただ私はいま、私のまずい走り書きの紹介を作者の前におそれるばかりである。

アグネス・スメドレー著、高杉一郎訳『中国の歌ごえ』

「母の死でおわりをつげた私の人生の第一期は、ほとんど重要な意味をもたないようである。私はただ、この世に生れ、そして生存しただけのこと。私はどんな目的ももたなかったし、人生に目的をもつということの意味も十分には理解しなかった。」と十六歳までの彼女自身の生をふりかえってスメドレーは書いている。しかしまた彼女は、たとえば宗教について、「宗教は、普通、文化的な力だと考えられている。しかし、私は宗教にふれてみて、自分が宗教的な精神のなかで教育されなかったことをよろこんだ。不正に服従することを教える道徳、シーザーが生産しもしないものをシーザーにかえせと教える道徳は、私にこれっぽっちの感銘もあたえなかった。それればかりか、不死の信仰は、私にはいつでも卑怯なものに思われた。小さいころから、私はあらゆるものは死滅するということ、この世でわれわれが望む一切の価値あるものは、たたかいとるか、でなければ無だということを知った。」といっている。それは、正しく戦斗的な唯物論者の精神である。このアメリカの貧しい雑役労働者の娘。「どうやらこうやら土地の貧しい小学校へは通っ」たが「ついに中学校を卒業しなかった」一少女の胸には、すでに革命的な魂が自然に成長していたのである。だから彼女は、母の死後、「女は男のあとにくっついていくか、家にいて赤ん坊を生むことしかできない」というような「そのような運命」を「はねつけ」て、「なかば放浪に近い生活」へ、その後の彼女のほとんど全生涯であった長いたたかいの旅に、出発することができたのであろう。

彼女の「人生の第一期」は、経済的および精神的な貧困にとりかこまれていたが、「第二期」の彼女の上にも社会的・経済的な悪条件がつみかさなっていた。しかもそういう生活のなかで、若い彼女があのいじけた、せまい被害者意識にとりつかれることなく、すべての偉大な革命的人間たちがそうであったように、きびしいけれども偏見のない、おおらかともいうべき眼で世の中を見ているのである。「私自身の生活問題は、私にノイローゼ的な傾向をひきおこしていた。そこへもってきて、弟たちの運命が、私の投獄といっしょになって、その傾向をひどくした。監獄からでてきたとき、私は気むづかしく、そして惨めだった。二十をすぎて、まだまもないころだった。真面目な中産階級の青年男女たちなら、学校生活を卒えて、世の中にでていく年ごろである。彼らには、家庭があり、保護があり、指導があった。」と書いたのにつづけてスメドレーは、「それらのものを恵まれている彼らを私が妬んだというのではない。ただ、彼らがうけている特権は、一般に誰にでもゆきわたるようにすべきだと、私が考えたというだけのことである。」といっている。こういう言葉を、実践的な確信を以て書きつけるのは、たやすく誰にでもできることではあるまい。

ロシア革命がおこったのは、そのころであった。「ロシアの人民は、人民が自分の好む文明をえらぶことができるのは、自分自身の武装力によってのみであるという教訓を学びとっている最中だった。」とロシア革命について彼女は語っているが、同時にそれを「人間の歴史のなかでも最も残忍な教訓」と呼んでいる。「蜂起——これは極めて偉大な言葉である。蜂起を呼びかけることは、非常に真剣な事柄である。社会制度が複雑であればあるほど、権力の構成の度あいが高ければ高いほど、軍事技術が完全であればあるほど、それだけのこのスローガンを軽々しく表明することは、一そう許しがたいものとなる。われわれがたびたびいったとおり、革命的民主主義者は、ずっと前から蜂起を具体化する用意をととのえてはいるが、革命運動の真剣さ、広大さ、深刻さということに関して、もういかなる躊躇も許せなくなったときがこなければ、言葉本来の意味での決着が近づいているのがもう疑う余地のなくなったときがこなければ、これを直接の呼びかけとして発することはない。偉大な言葉は慎重につかう必要がある。偉大な言葉を偉大な行動にかえることとの困難は、限りなくきびしいものである。」(『「イスクラ」戦術の最後の言葉』)といったレーニンを私はここで思いあわせずにはいられない。「革命運動の真剣さ、広大さ、深刻さ」その「限りなくきびしい困難」をほんとうに理解することのできた精神にして、はじめてロシア革命をほかならぬ「人間の歴史のなかでも最も残忍な教訓」と感じ、考えることができたのにちがいなかろう。

こういう彼女は、一九一九年の末にアメリカを離れ、「ヨーロッパでの探求」の八年間——彼女の有名な『女一人大地をゆく』(原題『大地の娘』)は、このヨーロッパ滞在の末期に書かれた、——を経て、一九二九年の初頭、「ヨーロッパ大陸で最も歴史が古く、そのうえ自由な日刊新聞としてもいちばん有名な」『フランクフルター・ツァイトゥンク』の中国特派員として、いま一つの「人間の歴史のなかでも最も残忍な教訓」を学びつつあった中国人民のなかに、出向いたのである。ナチスの興隆につれて、かの悪名高いI・G・ファルベン・インダストリーが『フランクフルター・ツァイトゥンク』の株をほとんど全部買収した結果、間もなく彼女は解雇されたが、その後も彼女は(病気のための二年間を除いて)そこで彼女の「友だちが生活し、そしてたたかっている」中国を「はなれて生活しようなどということは、夢にも思わ」ずに、一九四一年まで「中国人民の友」、「中国傷病兵の母」として活動するのである。「私が中国に別れを告げようと決心したとき、私の生涯で最も重要な一章は閉じられた。〔中略〕私にはまだ、これからやらなければならない大きな仕事が残っている。――それは、中国についての真実をアメリカにつたえることだ。中国人がどんなに戦ってきたか、そしていまなお戦いつつあるかをつたえることだ。「あなたの同胞につたえて下さい……あなたの同胞につたえて下さい……」といった鐘儀の言葉を絶対に忘れないと、私はかたく誓ったのだから。」というのが、この本、この雄大な叙事詩的作品の結びの文章であるが、『中国の歌ごえ』（原題『中国の戦斗聖歌』）一巻そのものが、「中国人がどんなに戦ってきたか、そしてなお戦いつつあるか」という「中国についての真実」を世界人民につたえる彼女の「大きな仕事」の見事な実行にほかならない。

彼女は、この尨大な記録文学を、たんなる見聞者、観察者、通過者として書いたのではなかった（そんなことができるはずもないが）。中国を主題にした第二の『戦争と平和』を書きうるのは誰か、という新四軍司令部でのジャック・ベルデンの言葉に答えて、それができるのはこの戦争のあらゆる場面で実際にたたかった中国人民だけだろう、と彼女はいっている。彼女は、彼女自身、中国人民とともにたたかい、苦しみ、彼らに悲痛と希望とをひとしくした人間として、これを書いたのである。そしてまた、そういう作者のみが、このようなすぐれたルポルタージュを書くことができるのである。

そのままに中国革命史、抗日戦争史でもあるこの記録文学は、たたかう中国、その人民の姿を、あらゆる明暗の隈々をふくめて、ヴィヴィッドにリアリスティックに描きだしている。「七　華中を横ぎる」の「四　安徽省――過去と未来」のなかに「省長は、CC団の内につきささったトゲのようなものであった。彼は自由で進歩的で、民族的な統一をめざす青年や工場労働者の選手であった。そこで、ＣＣ団はほかの反動的な要素と協力した。それらの反動的な要素のなかには、広西軍とむすびついた幹部将校や政治家で、「湖南官僚」という名まえで知られている人間の小集団、それよりもっと小さな集団の個人的な野望に燃えた広西の有名な政治家たち、三、四人の旧共産党員などがふくまれていた。それは過渡的にある文明――生き残るための戦争という苦痛をなやみつつある国民にふさわしい奇怪な詰めあわせものであった。」という一節がある。この一節は、抗日・革命の苦難な道をたどりつつあった全中国を象徴しているようである。革命と戦争とのルツボのなかで煮えたぎっていた中国全体が、まさに「過渡期にある文明――生き残るための戦争という苦痛をなやみつつある国民にふさわしい奇怪な詰めあわせもの」であったという事実を、スメドレーはほとんど余すところなく見、感じ、考えて、表現している。「奇怪な詰めあわせもの」のなかから、次第にたくましく社会発展の方向に前進してゆく人民群、中国紅軍、その前衛中国共産党、その指導者たちが、「中国のヴォルテール」と彼女が呼んだ魯迅をふくむ、他の進歩的・革命的な民主主義者たちとともに、おのずからにその巨大な、あるいは美しい姿を鮮明にしてくるように、彼女の筆は動いている。「あなたの同胞につたえて下さい。」と彼女にいい残して戦死した鍾儀将軍が、一夜、彼女に向って「あなたを見ていると、中国人は恥じいりたくなりますよ。」と語りかけたとき、スメドレーは、心のなかで、「しかし、じっさいは私が勇敢でもなんでもない、空襲をこわがっている人間で、自分は戦争がきらいだとか、戦争に向くようには生れついていないなどと、たえずつぶやいていると知っても、将軍はおなじようにいうであろうか？　そういう彼はどうだろう？　私は、隣に坐って、指のあいだで皿をくるくるまわしている将軍を仔細に観察した。彼はその皿に目をすえてはいたが、見てはいなかった。この将軍のようなひとも、戦争に向くようには生れついていないのだ。彼はむしろ、実験室か、大学の講壇にむく人間だ。しかし、もし彼が自分の好きな道だけを歩いて、中国がどうなろうとかまわなかったならば、中国にはひとつの実験室も、ただひとつの大学も存在できない結果になったであろう。」と考えるのである。それは、革命を、民族防衛を必要とする時代には、戦争のきらいな、「戦争に向くようには生れついていない」最も平和を愛する真面目な人間が、最も戦斗的に、戦争のただなかで生きねばならないし、現に生き且つ死んできたということであろう。それは、ロシア革命を、その人民にとっての「人間の歴史のなかでも最も残忍な教訓」と考えることのできたこのやさしい心の持主が、流血と死の疾病との戦場にみずから進んで長い年月を明かし暮さねばならなかったということであろう。そこに、この書物がわれわれにあたえる大きい教訓の一つがある。

……一九三七年の早春、スメドレーは、北武田山という雪におおわれた山の近くにある大きな村にある、紅軍の「清教徒的な」「厳格な指導者」彭徳懐の司令部にいる。ある夕方、南京のデマ放送が「紅匪」の「掠奪、虐殺、暴行」をつたえてくる。

「こういうウソにたいしては、どうしたらいいのかしら?」

私は、たずねた。

答えたのは、彭徳懐のきびしい声だった。

「ただひとつの答えは、僕たちが勝利するということだけですよ。」
誰かがラジオのダイアルをまわしたのであたりは急にしずかになった。私は思わず部屋のなかをふしぎそうに見まわしたほどだった。男のひとたちは、みんな自分のまえをじっと見つめていた。彭徳懐は、火鉢のなかを見つめ、テーブルのところでは丁玲が頬杖をついて、前屈みになっていた。部屋のなかにある二本の蠟燭は、頭のうえのタルキにかすかな光りを投げ、テーブルの脚のところでかがやいていた。重苦しい静けさだった。

そして困苦を通して、彼らはついに、たしかに勝利したのである。

コンスタンティン・シーモノフのいわゆる「二つのアメリカ」のうち「リンカーンのアメリカ、ローズヴェルトのアメリカ」に属する一人であるスメドレーのこの書は、大きく深い感動と教訓とを私にたたきつける。

しかしまた私は、或る痛苦な恥辱の思いなしにはこの本を読み進む事ができなかった。

「彼（ゲリラ部隊の水夫）が日本兵の母子相姦のことを言葉おもしろくいいたてたので、空気がほぐれ、みんなが一斉にしゃべりだした。」とか、これに類する文章が二、三ヵ所ある。こんなことを、これだけのものとして、こんなふうに書いたのは、スメドレーのあやまりである。

（一九五七年七月四日朝）
（みすず書房四〇〇円）

斎藤彰吾『榛の木と夜明け』推薦文

　斎藤彰吾君に私はまだ会つたことがなく、その詩も数篇しか読んでいない。しかし私が見た数少ない作品と私がもらつた幾通かの手紙とは、一人の真面目な、才能を感ぜさせる青年が、多分啄木の生地に近い奥州の一小都市で、勤勉な市民生活の中から次第に高くきびしい人生の詩的表現を獲得し、達成しつつあることを物語つていて、その未来は私に豊かな期待を抱かしめる。「北海の寒さを語る啄木のさびしき眉を見むよしもがな」と吉井勇が歌つた時、すでに早く啄木は故人であつた。しかし斎藤君は前途ある、若い詩人であつて、思い立ちさえすれば私は簡単に同君を見ることもできる。それよりも、年来の業績をまとめた斎藤君の処女詩集『榛の木と夜明け』が、普遍的な意味において、多くのことを私に語つてくれるであろう。この上梓を私はよろこぶ。

『新日本文学』七月号「偏見と文学」について

お手紙は新日本文学会から回送されてきて拝見したので、お返事がおそくなりました。お問い合せのこと、左のように不十分なお答えしかすることができないことを遺憾に存じます。

すなわちあの拙論中、他の事柄にはすべて出所・出典を明記していますのに、おたずねの箇所のみ「一文に接したことがある」とか「……と私は記憶する」とかいう書き方になっていますが、これは次ぎのような事情によるものです。私がその「一文」を読んだのは、まだ九州福岡市居住中、多分一九五〇年頃で、文献(雑誌ではなく単行本またはパンフレットの中の「一文」であったように記憶しているのです)を他の必要文献といっしょに保存しているつもりでいて、あの拙論を書く時にいくらさがしても見当らなかったため、あのように記憶による書き方となった次第、私の原稿では最初あの部分に「註」として「この事項所載文献を紛失して出所を明記し得ざるを遺憾とす」という意味を付記していたのですが、発表時、煩雑をさけてその註を(他のいくつかの註と共に)削除したのでした。

右の様なわけで、おたずねにお答えすることができませず、その刊行物の名称も私自身あの論執筆の時から思い出そうとしながら、ついに今も思い出せないでいます。ただしそういう記載に接したこと、その内容にはまずまちがいないと信じてはいます。今後判明しましたら、ただちにおしらせするつもりですが、只今のところはこういう状況です(ただ、部落問題研究所で御存知ないとすると、私として私の記憶に多

少の不安をおぼえますが）

右とりあえずお返しまで。

なお私の部落問題への理解・考え方には、一知半解の不十分、欠点があるかと思いますので、そのような点については今後共御教示、御批判を乞います。

『全患協ニュース』第百号に寄せて

『全患協ニュース』が今日百号を発行するに至ったのは、たいへん意義あることである。私自身は三十二号から読み始めた一愛読者であるが、本紙によって啓発され刺戟されるところが少なからずあった。三十二号以後の各号を私は大切に手元に保存している。号を追うにつれて編集内容も向上充実し、且つ落ち着きを見せてきて、これらを通覧すると、戦後の——特に近年のハンゼン氏病問題の実態、その解決のための患者、医家その他各協力理解者多数の努力の足跡が、如実に反映せられている。同時にそこには、たとえば藤本裁判関係の記事一つについて見ても、なお本病問題の上に多くの未解決、大きい困難が現存する事実が象徴的に物語られてもいる。

だが、最近号(九十九号)にも、「よみがえった愛生園」の記事もあり、フランスでの強力な新薬発見のニュースも見られる。そこにも、多難とはいえ希望大きい前途が、たしかに望見せられる。本紙が、その希望の道を力強くさし示し、その到達のためにますます奮闘発展することを、私はねがう。

アンリ・アレッグ著、長谷川四郎訳『尋問』

「この期間、わたしは幾多の苦しみ、幾多の侮辱とともに歩いてきたが、もしもそれを語ることが有用であり、また真実を知らしめることが、これまた撃方やめと平和の助けとなる一つのやり方であることを知らないとすれば、わたしは苦しみのこれらの日々と夜々についてあえてもう語らないだろう。」（六頁）とこの手記のすぐ初めのところにアレッグは書いている。『尋問』を全部読み終って、私はまた自然にこの言葉に立ちもどる。そしてまさしくそれが、それのみが筆者の心であることを私は了解し、承認する。ここには、自分はこんなにつらい目に会いました、というような被害者意識も毛頭なく、おれはこういうひどい拷問に耐えて音を上げなかったのだぞ、というように誇示する気配も全くない。戦死した人たち、責め殺された人たち、現に責め殺されようとしている人たち、そして今も祖国アルジェリアの自由のためにたたかいつづけている人たちに対する、義務の観念が、ただそれだけが、アレッグにこの手記をつづらせたのである。生々しい、異常な体験がいかにも物静かに語られている。この「一つの実例」がフランス人民にとっては地中海の対岸、われわれにとっては遥か雲煙の彼方、「黒い大陸」の一角アルジェリアで数年来進行してきた、現在も進行している事態の真相を象徴的に物語り、フランス反動権力の正体を端的にえぐり出す。異常な体験？　しかしそれは「この兇悪にして血なまぐさい戦争の中で日常行われていること」の一例でしかないのである。アレッグはそれを知っている。のみならず彼はそれ以上を知っている。直接の拷問者・下手人が、必ずしも常に拷問者・下手人ではないこと、或いはそれが必ずしも常に悪漢ではないこと、或いはそれが本来の拷問者・下手人ではないことを、侮辱を超える哀憐を以て彼は知つている。拷問と虐殺とが、ここ〈ブザレア近郊選別本部〉でだけでなく、世界の至るところで、時としては思いもよらぬ方向からさえ、発動してくることをも、彼は知つているであろう。それらを知り、しかしあり得べきそれゆえのシニシズムとも諦念とも無縁に、それらの元兇と現象とを決して許さぬ廉恥の精神が、私事の哀訴でも誇示でもない、ただ当為と義務との内部衝迫に従つて書く時、かえつてこのきびしい物静かさも生れ出るのではないか。しかもその物静かな文脈に、抑圧者への深い烈しい怒りと憎しみとたたかいの意志とを人々は読む。一般に、ただ普遍のものと確信してのみ、ただ社会発展のための当為としてのみ、ただ死者と生者とに対する義務としてのみ、自己が住んだ苦痛と逆境とを他者の前に取り出して示すこと、――これが自由の戦士、真の勇者の心と行いとである。これがあるべき共産主義者の心と行いとである。さらに文学について云えば、これが公人にして仮構者である作家にまさに求められるべき心と行いとである。――そして『尋問』を批評しつつサルトルは、「犠牲者も否、死刑執行人も否」という低級実存哲学の命題、トロワフォンテーヌのいわゆる「アルベール・カミュ風の虚栄的詠歎」を改めて一撃否定している。「犠牲者と死刑執行人はただ一つの姿しかもう見せていない。それはわたしたちの姿である。果して、究極の場合には、この二つの役割の、その一方を拒否する唯一のやり方は、すなわち、もう一方の役割を引受けることなのである。」（九〇頁）と。これがすべての人々の今日の覚悟でなければならない。

（B6判・一二六頁・二〇〇円）

アンリ・アレッグ著、長谷川四郎訳『尋問』

小林勝著『狙撃者の光栄』

本書の「狙撃者」とは、難波大助を思わせる人物、鉄砲による天皇暗殺未遂のため死刑にされた鶴岡英作である。主人公はその甥の啓一、時代は一九三八年夏―三九年春。場所は「南朝鮮屈指の大都会」。鶴岡一家は英作の「大逆」のせいで、日本内地に住むことを断念し、笑いを忘れ一切のつきあいを遠慮してくらしている。

青年医師啓一の、叔父英作の行動は何から生まれたのかという疑問と、その探求とを経とし、軍部と結託して時めく成上り小ボスの『洛東日報』社長の若妻・圭子と啓一との恋を緯として物語は展開される。社長の策謀で、社会主義者または朝鮮独立運動関係者として警察に引渡された啓一は、拷問に耐えるうち、叔父の「強烈な、恐ろしい思想」を理解するいとぐちをにぎる。

突然の召集令状で放免された彼と、その子をみごもって離縁した圭子は釜山まで同行して別れを惜しむが、啓一は竜山の部隊へ、圭子は郷里の実家にもどるというのが大体の筋である。

さて、この気鋭の作者の作品について、私が何事かを書くのは今度が初めてである。その初めての対象が本書であることに、私は私の悲惨というか不運を感じている。この長篇にたいする私の批評はいわば以上で終ったようなものである。しかし「持ちあはす銭をあたへて夏ゆふべかなしき友をゆくにまかせし」という若い土岐哀果の歌がいま私の頭に浮かぶ。

この作者は作者自身そのような「かなしき友」ではないはずである。私にとってもそうではないはずである。私は作者に、そしてこの小説の読者にもつぎのような事柄を理解してほしいと思う。

世間、人生には多くの劇がある。広場での大きい劇もあり、片隅での小さい劇もある。後者《ママ》の人生と社会との明日の上に持つ意味が、必ずしも常に前者《ママ》のそれより大きいということはない。戦争中にも大小さまざまな劇があった。そこでは片隅での小さい劇にこそむしろ未来につながり、明日に生きうる大きい意味が秘められていたのかもしれない。一見無名に似たたたかいに倒れた、あるいは傷ついた、無名の戦士それぞれの悲惨と栄光とがそこにありえたであろう。

それを取り出し、照明し、造型することは、まさしく一人の作家にとってその全力をかたむけるに値いする仕事の一つであるにちがいない。

それが果される時全体として非常に貧しかった戦争中のわれわれの反権力の歴史も、いくらか複雑な、いくらか豊かな光をおびるものとして、かえりみられることができるであろう。それは日本の今日に生きて明日を用意する人々の心に、正当な民族の誇りと勇気とを刺戟するであろう。『狙撃者の光栄』の作者の一つの主要な意図もまた、そういうところにあったであろうと私は信じる。

しかしそれを成しとげるためには作者はそこに彼の全力を傾注せねばならない。その時作者は、たとえば「はっきり決っているわけではないが、一年に一度くらいの割合いで、真紅の恐怖ともいうべきあの真赤な夢が、鶴岡啓一を不意うちするのだった。」というような安易な書き出しや「秋の陽ざしは庭に面した圭子の部屋の障子いちめんに降りそそいでいた。」その他無数の同じようにかなり無神経な文章やが物語る、自然と人事との通俗類型描写から、きっぱりと絶縁せざるをえないのである。

そしてその時初めて、たとえば「実際に目標を倒す練習のかわりに理論や計画で夢中になっていたのだろうな……。そういう生命をかけた行為にくらべて、何という、武器にたいする無知をさらけ出したことだろう。」云々という、この主人公啓一にしてはできすぎたような、叔父英作への批判的感慨が、ほんとうにも彼にふさわしい、主体的リアリティを持つものともなりうるのである。

ここにはいま一つの重要な問題がある。専制的ないし非民主的な権力は、当然にも常に自己にたいする革命者、反抗者、批判者、不服従者、懐疑者の類をおしつぶしてきた。少なくともおしつぶそうとしてきた。弾圧手段の主要な一つがでっち上げであった。絶対主義下でない今日では、進歩的な人々が列車を転覆したというような事件がそれこそでっち上げられる。戦争中ではそういうでっち上げもないではなかったけれどもむしろ進歩的な人々について、革命的、反戦的、権力批判的行動がでっち上げられ、あるいは摘発されたのである。

列車転覆は（原則として）今日の進歩的な人々自体にとっても為すべからざる「悪」である。しかし戦争中の革命的、反戦的、批判的行動は、それがでっち上げであれ摘発であれ、その進歩的な人々自体にとっては、そして本質的には決して「悪」ではなかった。

しかも不幸な彼らは多くの場合、つまり権力側によってでっち上げられたのではなくて、多少とも実際にやっていて摘発された場合にも、それをやらなかったと主張することで権力に抗議し、権力から自己を防衛しようとせねばならなかったのである。戦争中のでっち上げを主題として権力、その手先、その追従者の兇悪、被弾圧者の悲劇を描いた作品は『風にそよぐ葦』その他これまでにも少なくなかった。この長篇もその「でっち上げ」を描いている。少なくとも、事柄を「でっち上げ」としてとらえる角度から描いている。が、それは特に今日ではある意味で消極的な主題であり、この作者自身がかつて批判した「被害者意識の枠の中での仕事」となりがちなのである。

主題と主人公との選択に関する作者の自由をわきから誰も制約することはできまい。それはそうであろうけれども、被摘発者自体にとっては断じて為すべく、為さざるをえなかった「正」であり、しかし権力が断じて為すべからざる「悪」と規定した無名のたたかい、でっち上げでなく実際に行われた反権力活動の摘発の劇を造型すること、――これが、小説に「男性的でおし出すようなエピックなエレメントを入れ」る必要を主張するこの作者のまさに立ち向うべき今日の主題でなければならない。

こう書く私は、たぶんこの作者と同じく、難波大助に対してある特殊な親愛を抱いている一人である。

（B6三一六頁・二八〇円・パトリア書店＝千代田区富士見町二ノ八純正社ビル別館）

なんという時代に――ソ連作家大会の報告を読んで

この『第三回ソ連作家大会』(『世界政治資料』臨時増刊)の主要な内容は、ア・ア・スルコフによる主報告『共産主義建設におけるソ連文学の任務』(これは要約)、ア・トワルドフスキーの討論意見『作家大会の主要なテーマ』、エヌ・エス・フルシチョフの演説『人民につかえる文学』の三つである。大会のあらましな様子については『アカハタ』、『新日本文学』、『毎日新聞』その他でこれまでに私も読んでいたが、中心的な関心を集めたらしい三つの演説の記録が、ほぼ完全な形でここに収容されていて、私にはたいへん興味もあり有益でもあった。

スルコフの主報告は、やはりこの臨時増刊の中の『ソ連作家大会を見る――近著「ユマニテ」紙より』にも「詩人トワルドフスキーは多くの代議員と同様スルコフの報告を無味乾燥と非難した。」と書かれていて、一般的に評判がよくなかったらしい。私も上できとはおもわなかった。しかし作家組織のこの種報告は、よほど好条件にめぐまれた場合でなければ、報告起草者の見識の高下と努力の多少とにかかわらず、ともすれば何かと不評をまねくようなでき上がりになりがちなのを――そうならざるをえないような制約をしばしばともなっているのを――そういってよければいくらか「身をもって(?)」私は知っている。

こういう私は、「われわれは、健全な作家集団の生活の中では許されない、派閥主義のくさみを持つあらゆるものにたいして、かしゃくない態度でのぞまなければならない。」というその一節にも注意しつつ、一知半解なりに、この主報告にたいしてある同情のようなものを抱いた。トワルドフスキーのいわゆる「きわめて不完全な」この主報告からも、われわれはいろいろ学ぶことができる。

私は、トワルドフスキーの意見を、多くの共感をもって読み、そこから一定の勇気を得ることができた。文芸の分野ではもっぱら量よりも質であること、「自己にたいする心底から自覚された責任」こそ文学者の第一義の道であること、――こういうトワルドフスキーの意見は、彼自身もいっているように別に「独創的」ではあるまいけれども、同時にそれは、今日の日本文学についても、いくら強調されても強調されすぎるということのない事柄であろう。

トワルドフスキーとは独立に、かねて私自身そういうふうに、かんがえもし、いくらか書いてもきた一人として――しかし、それをみずから実行しえたとはとうていいえない一人として――私は教訓と勇気とを得たのである。

フルシチョフを――たいしてこの人を知りもしないままに――これまで私はあまり好きでなかった。そのある種の言行には、時としてにがにがしいようなものを味わい、疑問をも抱いてきた。それにもかかわらず、この『人民につかえる文学』は、りっぱな、気持のよい演説であって、この人にたいする私の感じ方をずいぶん訂正するのに役立ったようである。人間に「正面玄関からではなく裏口からはいって、そこから覗いた生活を書こうとする」文学態度をこの人が批判しているところでは、「なんぼべっぴんさんでも、尻のすは黒い。」という俗謡を引いて『氾濫』の亜種末期日本自然主義を云々した私自身を、我田引水的におもい合わせたりした。ネクラーソフを引用しつつ、ソヴェト人がこの三、四年間に三千六百万ヘクタールの処女地を開拓した「超奇蹟」に言及して、「同志のみなさん！　なんという時代にわれわれは生きていることだろう」と感嘆するこの人のことばは、無限に発展しつつある社会主義的人民の「偉大な創造的な力」への信頼とそれに追いつきそれを追いぬくような文学創造への期待とに、満ちているようである。「なんという時代にわれわれは生きていることだろう」ということばを、日本のわれわれは、フルシチョフのそれとはちがった、それと裏腹のような内容でしか、発音することができないのであろうか。それは現実的にそうかもしれないが、またかならずしもそうときまっているわけでもないし、常にそうであってもならないのである。

われわれは、この大会記録を独立的に吟味して、それをわれわれの文学に役立てねばならないし、また役立てることができるであろう。

（一九五九年七月七日）

（五〇円・日本共産党機関紙経営局）

『火山地帯』についての感想

御誌はあれこれの新聞雑誌に現われる批評にたいして、悪い意味で敏感、むしろ過敏です。もちろん敏感はいいけれども、御誌の反応は、悪い方の敏感と私は思います。そしてそれが創刊の時の一見非常に元気のよい、独往邁進のイキゴミのことばにひそむ内面のひよわさと裏表です。何某雑誌または新聞に、御誌の作について何行か書かれたことを、その内容にかかわらず、何様からかおことばをたまわつたとでもいうような受けとり方をするという、そんな精神をあなた方の文学から徹底的に追放して下さい。そうして初めて、たとえば島氏の作『狂つた演技』『脱出』などから、せつかくの有能な努力をむしばんでいる媚態的低俗(?)の側面が切りおとされてゆくでしよう。右はしり書にて直言。

文学の不振を探る――「私小説」の衰弱と人間不在の小説の隆盛とに基因する

私に課された問いは、二つである。その一、現代文学不振の原因は何か。その二、その不振を打開する方策はいかに。これはいずれも大難問であつて、さすがの私――この「さすがの」には異論があり得るのかもしれない、――といえども困惑せざるを得ないのである。私の脳中に古来の有益な格言やことわざやが、ちらちらする。……君子、危うきに近よらず。火中の栗を拾う。毛を吹いて疵を求める。物いえば、くちびる寒し。閉じたる口に蠅は入らず。……その一の問いには、「さしかかつては、しやれられませぬ。」とでも私が逃げを打とうか。その二の問には、「にわかには、しやれられませぬ。」とでも私が身を返そうか。この種の尨大な、しかも悪く正面を切つたような難問に、その上原稿紙八枚以内で答えよという如き要求は、反面たしかにそういう遁辞にも値いするに相違あるまい。

しかし、例の昔語りのしやれの名人の場合には、一見逃げ口上のようないいぐさそのものが適切な返答となつているのである。いやしくも(!)現代文学にたずさわる一人が、この当面の中心的な問題にたいして、なんらかの解答ないし解答への具体的志向を示し得ないとすれば、先の「さすがの」についてあり得べき異論がいつそうその数を増そうというものである。あの「さしかかつては……」ほどにはうまくゆくまいが、私は問題の一つの主側面に関する私の考えをなるべく簡明に述べよう。

現代文学(小説)の不振の主要な様相は、これを要約して「私小説」の衰弱、作者ないし人間不在の小説の隆盛とするのが、今日の通説であると見られる。たとえば平野謙は『芸術と実生活』の「あとがき」で、「近代日本文学のモラル・バックボーンたる私小説的文学理念は、もはや今日バックボーンたることをやめてしまった。」と書いている。すなわちこれは「私小説」の衰弱実情を物語る。このことに私は異議がない。たしかに「私小説」は、衰弱し、影をひそめている。しかし私は、具体の「私小説」の衰弱は、決してただちに「私小説的文学理念」の衰弱もしくは解体を意味しない、という考えを持つ。いいかえれば私は、具体の「私小説」の減少衰弱をもって「日本近代文学の主要な文芸思潮である私小説的伝統」もまた終息したと見るような諸家の現状把握を、肯定することができない。

「諸悪の根源のごとくののしられて来た「敵役」の私小説が、「退治」された結果、残ったのは一種の奇妙な空白状態であった。かつて夢みられた「近代小説」のための理想状態がもたらされるどころか、わが批評家たちの上におとずれたのは長年の敵を見失ったという拍子ぬけの空ろさにすぎなかった。」と『現代批評のジレンマ』(『中央公論』六月)で佐伯彰一がいっている。佐伯のいう「一種の奇妙な空白状態」「拍子ぬけの空ろさ」が文学批評を支配しはじめたのは、事実である。それが文学批評を支配しはじめたということは、ただに批評家をだけでなく、作家精神を含む文学観一般を支配してきたということである。

なぜ、そういう「一種の奇妙な空白状態」が発生しなければならなかったか。第一に、諸家(作家、批評家)が「私小説」の衰亡イコール「私小説的伝統」の終息という見方に立った――佐伯もその一人である、――からであり、第二、従来の「私小説」批判の主潮が重大な欠陥を持っていたからである。

まず第一について。「日本近代文学の主要な文芸思潮である私小説的伝統」とは、具体的には「私小説」と通俗小説＝手放しフィクションとの伝統である。この二者は、「私小説的伝統」の盾の両面を成し、常に形影相伴なってきた――「私小説」か、でなければ通俗小説！　つまり現代文学の不振は、「私小説的伝統」の終息を意味せず、その盾の半面である「私小説」の衰弱、別の半面である通俗小説＝手放しフィクション、作者ないし人間不在の小説の隆盛にほかならない。こうして長年日本近代文学の重要な病根として作用してきた「私小説的伝統」は、現在も相変わらず、あるいは現在こそ最大に、猛威を揮っている。「私小説的文学理念」は、現代文学の「モラル・バックボーンたる」ことを得なくなったけれどもその裏返された形でなお力強く生きている。ここに、「私小説」排撃に主観的には年来の努力を傾注してきた平野その他までが、「いつそ私小説がなつかしい」というような愚痴をこぼしたり、「私小説」愛好者の高見順が、現代小説を「虚構万歳」とか「ヘソなし」とか呼んでうしろ向きにひやかしたり、することの現実的根拠が存在するのである。

第二について。もし従来の「私小説」批判の主潮に重大な欠陥がなく、それが正当十全な批評であれば、「敵役」の「私小説」が衰亡したところで、その批評の原理と方法とはただちに「私小説」以外の小説一般に有効に適用され得るはずであつて、そこに「長年の敵を見失つたという拍子ぬけの空ろさ」などが生まれよう道理はあるまい。しかも、「私小説的伝統」が「日本近代文学の主要な文芸思潮」として存続してきた以上、「私小説」への批評の主潮は、実に日本近代文学批評の主潮でもあるから、事はさらに厄介なのである。

では、どういう重大な欠陥が、そこにあつたか。平野謙は、二十数年前に高見順を批評しつつ、「「自」を通じて「他」を描くという信念、自己をただ掘りさげてゆきさえすれば、必ず普遍的な真実に突きあたれるというオプティミスティックな確信」、そこから出でくる日常性への密着、読者と作者の対立ならびに社会と個人との対決の自覚の欠除、「人間修業」あるいは「心境の練磨」イコール「文学的鍛錬」とするような文学態度の中心的存在などを、「私小説」の否定的特徴として指摘した。これらの指摘は一面において正当でも有益でもあつたが、平野が、私小説家の実生活(人間的な次元)と作品(文学的な次元)との混同または同一視を訂正するに急なあまり(?)、前者と後者との完全断絶をよしとし、両者の奥深い統一関係を否定することを小説制作上の正道と規定し、「私小説家的人間修業」重視の否定を制作主体の人間形成のための「修業」一般の軽視に置き換えた時、平野自身の主観的意図とはある程度独立にも、それはwork of fictionすなわち真の小説作品への道をではなく、手放しフィクション、作者ないし人間不在の文学への道を開いたのである。そして、それはなにも平野一人のことではなく、「私小説」排撃者の大多数が、理論的(批評上)ないし実践的(制作上)に歩んできた道なのである。今日、気鋭の批評家江藤淳が、一方では「「自己本位」をとなえた漱石が、実は一貫して「他者」を問題にし、「自分」を守りつづけて来た現代の作家たちが、つねに受け身の立場しかとれずにいるということは、皮肉な話であるが、これはむしろその基本態度からの当然の帰結であつて、「他者」が関心の対象となり、「自分」を「他者」との動的な激突の過程でとらえようとするとき、文体は必然的に動的なものとならざるをえない。「自分」に対立するものがあるから、それにむかつてはたらきかけることに意味がある。つまり、この場合、文学はきわめてリアリスティックな行為である。」云々(『中年インテリ作家の問題』)といいながら他方では現実の次元と文学の次元との混同を正す以上に出て、両者の内奥的統一関係をも切断しようとし、「実行の断念一般すなわち文学」という基本テーゼをおしたて結局は「芸術至上」と「人生至上」との折衷主義の上に立ちすくむ時、その江藤と二十数年前の平野との一般的相似に、私は感動しておどろくのである。

私は、その一の問いの主要な側面にわずかに答えたにとどまり、その二の問いに答える余裕を持たなかつた。もつとも後者もまたいくぶんか以上の中で暗示的に答えられているであろうが。

戯文・吉本隆明様おんもとへ

前文ごめん下さいませ。この年ごろあなたが花田清輝様と取り交わしていらつしやる「持久の論戦」につきましては、埴谷雄高様も、「一見不毛な論争のあいだをも一筋の赤い糸のように縫つている独自の含らみ」がある（本誌六月号）と、あのもつたいくさく神秘めかした予言者口調でおつしやいました。あたくしもそれを相当に有意義な議論と拝読してきました。とは申せ、あなたが花田様を「戦争中、東方会の制服などをきて、ファシストといちやついていた」、「東方会ファシストの血まみれな手」（『近代文学』四月号）というように、ほとんど「何ら実証的な手続をとらずに」一議に及ばずきめつけられていらつしやいますのに、あたくしはとても感心致しません。

吉本様。あなたは「死をすら恐れなかつたわたしたちの戦争体験」、「戦争を自明の環境とし、そのために死ぬことを避けまいと考えた世代の人間」とたいそうお力みの御様子でございます。そしてあなたは、それをあなた個人にのみかかわる事実としてでなく、「わたしたち」、「世代」という多数者の問題として、お書きになつています。この「死」とは、申すまでもなく、まつすぐに「戦死」を意味せざるをえません。あなた方の「世代」がそういう「戦死」を恐れなかつたということをも、あたくしは必ずしも信じませんが、仮りにそれが全くそのとおりであつたとしましても、その死を恐れないとか決死とかいうことは、その時代すなわち戦争中におきましても、死一般を、あるいは別の（戦死以外の）ある特定の死を恐れないというのとは断じて違う事柄であつたのを、あなたはとつくりと反省して理解なさる必要がございます。わかりやすく申しますと、一方にあなたよりも年上の「世代」が拷問―牢獄―死を恐れて戦争に屈服した、そのため反戦抵抗を行いえなかつたという想定を置き、他方にあなた方の「死をすら恐れなかつた」という生き方の想定を置いて、この二つを「死」との関係において比較してみたところで、そこからは意味と価値とを持つ何物かが引出せるわけではありません。前者が比較的に卑怯無恥であつたということにもならねば、後者が比較的勇敢無恥であつたということにもなりません。そこからは何もわからないというだけのことでございます。

よせやい、おれがどこでそんな比較をしてるんだい、とあなたは「微笑し」て反問なさいますでしょうか。あたくしも、あなたがそういう比較をなさつていると、いまただちには申しますまい。たしかに前記のようなあなたのお言葉は、花田様があなたにむかつてお投げになつた「土壇場にのぞんでいかなる音を上げるか、こういう人物を、いつぺん、刑務所のなかへたたきこんでやりたいものである。」(『文学』一月号)という、なんとも女々しい、引かれ者の小唄のようなセリフを受けたもの、いわば売り言葉への買い言葉でございます。――思えば花田様も、昨年の後半、月賦払いの受像器《テレビ》を購入して「門をとざし、犬を庭にはなし、つねにひつそり」としていた小石川の御自邸にお備えつけなさつた前後から、ずいぶんひどくヤキがおまわりあそばしたと、あたくしはお見うけして、ひそかに案じています。あるお方のお話では、あれはテレビ・バカないしテレビ・ボケという症状だということですが、また別のお方は、なに、いまに始まつたことじやない、むかしからあつた「錯乱の論理」病がいよいよ膏肓《こうこう》に入つて、どうにもとりつくろいようがなくなつただけだ、と申されました。それが真実なら、悲しくも、恐ろしい状態でございますけれども、あたくしはまだ花田様の御回復の可能に一縷の望みを抱きつづけてはいます。

それにしましても、吉本様にあんな腑甲斐ないセリフを吐いたり、口を開けば有名な八方美人の小田切秀雄様とおつつかつつの頻度でマス・コミ、マス・コミとはやし立てたり、一個の批評家としてみずから公刊物の上に発表なさつた御自分の過去に関する記述を他人が取り上げるのを「自供にもとづく断罪」(『現代芸術』3)といつて非難したり、――それとも、花田様は、なんらかの理由から、そういう公刊の御著書の中で虚偽の自供をしていらつしやるのでしようか、――鼻毛をおぬかれの「視聴覚文化」は『就職試験《テレビ・ドラマ》』あたりで、二、三十年前のルネ・クレールかジャック・フェデェかの糟粕を季節おくれになめたような「シーンをつく」つたり、いくらか眉つば物でもある「根こぎにされた人間」として御自身の「孤独」を感傷的にひけらかしたり(本誌八月号)、その他さまざまにお取り乱しの有様を拝見しますにつけても、あちらの本物よりもだいぶんくたびれこんだこの和製ヴィクター・マチュア様の御病勢にはまだまだ好転のきざしもなく、あたくしは心から淋しく口惜しく思います。

吉本隆明様。花田様のあのようなセリフは、こういう病気がいわせた、うわごとなのでございます。あなたは一九四二年に数えの十九歳でした。あなたは幸か不幸か責任無能力者として太平洋戦争時代に歩み入られたわけです。その責任無能力者であつたあなたにたいして、花田様の売り言葉は、「土壇場」と「刑務所」とが常に前面に待ち構えていた、そして花田様御本人が多少にしろそれとの正面衝突を体験なさつた、戦争下のある一群の責任能力者の生き方を観念的に誇示して、あなたを――しかし実は花田様御自身を

——侮蔑なさつたのです。そしてあなたがまた、そのちようど裏返しのようなことを、その買い言葉で実行なさつています。しかし正しくはあなたは、この花田様の観念的な誇示と侮蔑とにたいして、冷静に的確にその不当を指摘なさるべきであつて、「死をすら恐れなかつた」戦争下の責任無能力者の生き方を観念的に誇示するという、花田様と同質のやり口で対抗なさるべきではなかつたのです。あなた方の「世代が」あなたのお言葉どおりであつたにしましても、同時にそれはその反面「死をすら恐れさせられなかつた」、「戦争を自明の環境とさせられ」、そのために死ぬことを避けられまいと考えさせられた」ことでございます。あたくしは花田様があなたのいわゆる「高級ファシスト」であつたとは信じませんが、「戦争を自明の環境とし、またそうさせられた」あなた方は「低級ファシスト」であつたと全然邪気のない、純粋な気持で信じています。あなたは、花田様への買い言葉で急に過去の御自分が選択の自由を持つた責任能力者ででもあつたかのような錯覚におちいり、そこであたくしが先に申しましたあの不毛な比較をいわば実行し、無意識的にも「死をすら恐れなかつたわたしたちの戦争体験」に甘つたれるか酔つぱらうかして物をおつしやつていることになります。

そして実にそのことが、あなたの批評、あなたの戦争責任論に終始隠微につきまとつている根本弱点なのです。ここで初めてあたくしは申しますが、あなたが戦争中に責任無能力であつたという「特権」に無意識的に甘えること、その時代の「死の論理」に懐古的に酩酊なさることを、今日からのちはどうか極力おつつしみ下さいませ。現に目はしの利く江藤淳様は、そのようなあなたに「眼の前に「死の論理者」永井荷風の屍骸の写真を示したという、「残酷な感激」を禁じえない」(『中央公論』九月号)でいらつしやるというではございませんか。
取り急ぎ右まで。

かしこ

戯文・白洲風景

幕開く。――舞台上手に覆面、麻上下姿の侃侃諤諤之介、下手にむかい威儀を正して着座。これに対し、下手よりに継ぎ上下姿の群像編集郎、上体を前にかたぶけ右掌指を床上について、かしこまる。さらに下手には、市井無頼の風体の五人が平伏している。

群像編集郎　先に言上《ごんじょう》致しおきましたる、越前無宿片口の安吉こと中野の重治、丹波無宿平野の朗またの名平野の謙、筑前無宿物ぐさ太郎こと花田の清輝、越前無宿高間の芳雄またの名高見の順、武州無宿佐藤の某こと加藤の周一、以上五名の者ども、ただいま召しつれて参り、これに控えさせました。

侃侃諤諤之介　うむ。大儀であった。これ、そこな五人、苦しゅうない、面《おもて》を上げい。ふふむ。しばらく見ぬうちに、この者たちも、いかい老いこんだ様子じゃのう、編集郎。

編集郎　御意。加藤の周はともかく、他は皆、数年来老眼鏡の厄介とも相成り、四六時中、血圧などを気に病みおる由にて、ご覧の如く、中野の重、平野の謙の胡麻塩頭はいよいよむさ苦しく、また花田の清は、弟分の安芸無宿永井の善次郎またの名佐々木の基一ともども、坐骨神経痛になやまされおると申すような、なんともあさましきていたらくにござりまする。

諤諤之介　さようか。思えば戦後もすでに十五年じゃや。（しばしの思い入れ。）この者どものかかる益体《やくたい》もなげな姿を目前に見ては、余もいささか気合いを削がれる。これらの輩《やから》にとやこういい聞かそうより、いつそ『文学界』十月号の座談会その他にて「めくら蛇」の小生意気な放言をなしたりし、戦争知らず戦後知らずのちんぴらども、大江の健三郎、石原の慎太郎、江藤の淳、またそのちんぴらどもの気勢におされて兄分甲斐もなくよたよた致しおりし、橋川の文三、村上の兵衛、それら「目、歯、魔羅」以前の手合いを引き出し、それぞれの頂門に一針を加えおく方が、ずいぶん時間の節約とも今明日の世のためとも相成ろうとの余が予想は、たがわざりしとおぼゆるぞ。いかに、編集郎。余はもう今日は何もいいとうないわ。

編集郎　（一膝乗り出し、熱心に、）あ、いや、お言葉もさることながら、かの「怒れる若者たち」とか申す痴《し》れ者どもは、例の器量も小さく口さがもなき筑前無宿大西のノリトまたの名大西の巨人あたりからさえ、「春のめざめ」的人種と極印《ごくいん》打たれたるほどの下手物《げてもの》にて、しよせん文字どおりのちんぴらどもにすぎませぬ。それにひきかえ、ここに控えまするは、表むきの腎虚《じんきよ》気配はともあれ、なかなかもちまして一癖はおろか二癖も三癖もある古だぬきの曲者ども、決して油断も隙もなることではありませぬ。中野の重、平野の謙の胡麻塩頭に致しましても、それをロマンス・グレーと洋風によびなして内心鼻高々なるが当世ヴェテラン気質《かたぎ》、——あ、ロマンス・グレーと申せば、お呼び立ての眼目は、ほかならぬ文学渡世人どもが異国語コンプレックスの一件、それにかかわり浅からぬは、まずこの五名見当。せつかくきびしきご沙汰を願い上げまする。

諤諤之介は思案の体。間。下座の囃子に合わせ、「槍は錆びても名は錆びぬ、匿名評書かじの落し差し。」の端唄にダブつて、「匿名評書くな、匿名評書くなの、ご意見なれど、……あなたも批評家の身になつてみやしやんせ、……批評家が匿名評書かずにいられるもんですか、とこマス・コミ、注文持つてこい。」の歌謡曲、ひとしきり聞えて、また静寂。

諤諤之介 されば編集郎。汝の申し条、神妙なり。（思いなおしたふうに、きつと形を改め、声をはげまし、）中野の重ほか四名、よつく承われ。昨今文学渡世人どもの行状、とりわけ目にあまるものあり。本朝文学ノ守様にも、いかいご立腹且つはご憂慮、この諤諤之介を通じて、よりよりお取り締まりのことありしは、その方らも存じおろう。さりながら本日その方らを召し出だせしは余の儀にあらず。総じて和朝の文学渡世人どもが陰に陽に異国崇拝、西洋偏重に溺れ耽けるは、維新開化以来の根深き弊風。その卑近にして端的なる症状こそ、その方らを始めとする大方の西洋語コンプレックスじや。高山の樗牛が、いささかの独語解読力を鼻にかけ、「英訳で『ザ・ラトストラ』を読んだからつて、てえしてニイチエがわかりやすめえに。」と坪内の逍遙を嘲弄せし明治のころおいこの方、その現われに優越・劣等の両面はあれ、文学渡世人どもが一様に西洋語コンプレックスに呪縛せられおるは、無残にも見苦しき茶番風景なるのみならず、そのわが文化・文芸上にもたらせる悪害は甚大なるぞ。――中野の重。その方、『自作案内』の昔より『忘れぬうちに』の今日まで、必ず「あつしは外国語が読めねえんで」なる前口上あつて、後刻おもむろにレーニン、ブハーリン、どれそれ、しかじかを翻訳せりの、原語で読破せりのと吹聴するを常習の手口とし、島木の健作と口論してはケーベルを独文で引用し、『暗夜行路』を品定めしては中野自訳とわざわざ明記して同じくケーベルが論文の一節をかかげ、新日本文学会に国外より書信到着せる際には、そが独文ならば悠然と黙読するに反し、そが英文ならば殊更にも声高に音読する習いあるなど、すべて不届きにも笑止の極み。かつて芥川の龍が「人間とかく本人の不得手を自慢したがらあね。おれの仲間のある男は、独語をちつとばかり読むが、英語はとんとできねえ。ところが、そいつの机の上にや、いつでも英文の書物が麗々しく載つけられてるから、かなわねえ。」といみじくも申したりしを、その方は知らざるか。——平野の謙。その方、数年前大井の広介より「おめえが明治・大正文学の講釈するのは、まあいいとして、欧米文学に口を出すとは、しやらくせえ。」とその方面の素養とぼしき面《つら》の皮をはがれしに懲りもせで、フィクティヴ、シェーマ、メルクマール、ゼルブストシュテンディヒ、エルレーゼンされる、アマルガメートする、等々の難解なる非慣用英独仏語を、その方の文中にしきりに物ほしげに「アマルガメートする」悪習を相変らず続けおるとは、とうてい「エルレーゼンされ」がたき重態なるぞ。——花田の清。その方は、お得意の西洋雑炊的ペダントリーの種本が実にかの悪訳誤訳の名も高き二十数年前上梓の『世界大思想全集』なりし秘密を、先ごろこれまた大井の広介の筆であばかれ、いくらか恐縮自戒するかと思いのほか、「戦争中のおれ様は、通勤電車の行き帰りにもラテン語に熱を上げ、乗客一同の待避も敵機の来襲も知らねえような始末つてわけさ。」などと『文学自伝』で名誉回復のアリバイ提出をたくらむとは、さもしき心根の不完全犯罪者じや。——高見の順。その方、花田の清と「ゴロッキ出入り」の機会にも、「ことわつておくが、おいらが『抽象と感情移入』を読んだのは、まだ日本訳が出ねえころだぜ。」と珍妙な註釈つきの啖呵を切り、そこかしこにてさかんに日本訳なき英米小説を読みたりと誇示しようとの魂胆歴然たるは、官学ノスタルジアの持主に似合いしあさはかさなり。いずれも向後《きようこう》一切かかる恥ずべき心得ちがいのコンプレックス的言行あるまじきこと、しかと申しつけておくぞ。さて、かんじんなるは加藤の周、その方の場合こそ最も手が籠みいて面倒……。

おりから舞台袖にて拍子木の乱打音。花道より「ご注進、ご注進。」と高声の木版屋の手代、大あわてで登場、平伏。

編集郎 あわただしい。何事じや。

手代 申し上げます。もはや版木製造の時限いっぱい、一刻の猶予もかないませぬ。

諤諤之介 おお、すでに締切りぎりぎりにてありしよな。さらば、やむなくこれにて切り上げん。仕合わせなりしは加藤の周。なれど、その方には早晩改めて沙汰があろうぞ。

編集郎 いずれも、きりきり立ちませい。

諤諤之介 （五人がすごすご去るを見送って、）いとう疲れたわ。余が本日の日当は増額支出するよう、勘定方にとくと申し入れておけ。よいか、編集郎。

にぎやかな下座の囃子にかき消されて、編集郎の返答不明のまま、拍子木の音とともに、——急速に幕。

谷川雁著『工作者宣言』

この一冊を読みとおすことに私はかなりの難儀を感じた。ある書物の通読が一人あるいは一人以上の読者にとって難儀であるということは、未だその一冊の値打、その高低について何事かを意味するわけではない。それは私がいうまでもない。値打の高い本もしばしば読みとおすのに難儀であり、値打の低い本もしばしば気軽に読みとおし得る。このことは、いちいち例を挙げて説明するまでもないことであろう。

この一冊を読みとおすのに私が感じた難儀は、衆目も私自身もともにひとしく非常に値打が高いと承認しているような別のある書物にともなう通読の難儀とは、いささか異なるように私に考えられる。そこが問題である。ここで私は、この一冊には値打がまるでない、またはほとんどない、とほのめかそうとしているのではない。

この書物に値打があるかないかといえば、それはある、と私は認める。しかしそれは、あるとしても、非常に高い、とも相当に高い、ともいえないのではなかろうか、この通読の難儀はこの書物のあまり高くはない値打そのものの「暗号」ではなかろうか、という気が私にはする。

あるいは、この一冊からこの通読の難儀が引き去られるならば、その値打がだいぶん高められるのではないのか、とひとまずは私がいってもいい。とはいえ、むろん、ある書物内容の成立事情の眼目は、そういう算術的な足し引きのような事柄ではあり得ないから、この引き算の提案がこの本の値打を高めることへの本質的な対策であることができる、とは私はいわない。

――ある書物から通読の難儀を引き去ったら値打ちゼロになってしまった、というような不祥事も、世の中にはめずらしくないのである。

ただし『工作者宣言』の場合にはたぶんそんな不祥事はおこるまいこと、そういう引き算がこの本の値打を高めるための部分的対策であり得ようことを、私はいうことができる。

つまり私は、この著者に「難解王」などという、けたはずれな名誉の尊号をささげようというようなつもりを、みじんも持たない。著者は、上野英信と山代巴とが、「大衆に「わかるように書けるはずだ」という安手な信念の具体的根拠を与えた点で」告発され断罪されねばならない、と主張している。この主張に私はあらまし同意する。しかし、それはこの一冊に見出だされる二種の通読の難儀を私が積極的に評価することを意味しない。

この書中に小林秀雄という名前が一度だけ否定的に出てくるが、著者の文風は、一面小林秀雄似、他面田辺元に似て、感覚的・呪術的であり不立文字的でさえある。そしてそれにもかかわらず、この一冊ならびにこの著者の努力方向には、なんらかの有意義な値打が潜在するであろうことを、私の推定することができるように思う。

「われわれが大衆の沈黙の領域を確実な手続きで顕在化することよりほかに恒久的勝利の道はないことを、警職法改悪反対闘争は教えている」のならば、それを「顕在化する」「確実な手続き」が言論表現上にも真剣に求められ、獲得されねばならない。感覚的・呪術的、不立文字的が追放され、理性的・論理的が、明晰と野暮と簡潔と噛んで含める的とが、そこに生み出され確立されねばならない。

その時には、『分らないという非難の渦に』の大部分を占めているいい気な冗談が冗談としても影をひそめざるを得なくなりたとえば個々の修辞にしても「こんなにも毛穴を刺してくる」、「いくつかの異なる秩序がせめぎあって、不規則ないなずまが走っては消える」その他の類の気恥ずかしさを著者自身が自覚せざるを得なくもなるのであろう。

さて「拍手喝采は人を愚にする道なり。つとめて拍手せよ、つとめて喝采せよ、渠おのずから倒れん。」とかつて緑雨はいえり。すなわち、わが旧知の著者よ、この読後感に拍手喝采なきを咎めたもうな。君がいっそうの健闘を、はるかにわれは祈りつつ、筆を執り筆を擱くものなればなり。

（一〇・二五刊、新書判二三六頁・一三〇円・中央公論社）

戯文・二人の川口浩のことなど

一人の川口浩は、かつて大正末期に林房雄、中野重治、久板栄二郎らとともに東大「社会文芸研究会」メンバーで、その後昭和初期のプロ文学批評家、そして現在はたしか中央大学にドイツ文学を講じているはずです。いま一人の川口浩は、大映所属の若手映画スター、その最近の主演作品には、『好き好き好き』、『勝利と敗北』、『すれすれ』その他があり、去る四月末の黄道吉日におなじ大映スターの野添ひとみと花やかに結婚しました。

さて『小説新潮』六月号の「文壇クローズ・アップ」を見ますと、「老書生」の平野謙が、前出の文学者川口浩に関連して、あらましつぎのような意味の啖呵を切って(あるいは愚痴をこぼして)います。――たぶん現代の若い読者たちは、川口浩といえば、映画俳優のことだくらいに考えるだろう。しかし私(平野)は、この先輩批評家の姓名を一人のちんぴら俳優が「僭称」している事実に、一種にがにがしい感じを抱きさえする。……

非合法時代にコップ書記局の仕事を手つだって刑務所入り覚悟の危険極まる活躍をやったのだ、というのは、このところ平野御本人がくりかえし吹聴しつづけている自慢話の一つです。こういう平野のそれのように輝やかしく勇敢な体験をも年の功をも持っていない「いまどきの若い者たち」は、たしかにその大多数がプロ文学批評家川口浩を知らなくて、映画スター川口浩を知ってもいましょう。けれども、だからといつて、小説家川口松太郎を父とし女優三益愛子こと川口愛子を母とする青年俳優が、親からつけられたその本姓本名について「僭称」を云々され非難されねばならないわけは、まるでありません。そんなことをするどんな正当な理由も権利も、平野にはあり得ないのです。のみならず川口青年を藪から棒の頭ごなしに「ちんぴら俳優」と呼んで侮辱する理由も権利もまた、平野にはないようです。

男にもいわば「更年期」があるらしく、だいたい平野年配つまり一九一〇年前後生まれの男性作家批評家たちの近年の言論には、しばしば、更年期障害と思われるような、いろんな興味ある症状が現われていま す。上記平野の川口青年にたいする理不尽な「僭称」呼ばわりや「ちんぴら俳優」あつかいやは、まさしくその種症状の代表的な一例にほかなりません。

この更年期障害は一般に年少世代《ヤンガー・ゼネレーション》へのコンプレックス的な言論の姿を取つて出現することが少なくありません。平野の場合にも事情は同様です。「(未熟だが、感じの悪くない、ちよつと有望らしい)若手俳優」とでもいつておけばよいところで、「ちんぴら」というような居丈高ないい方をさせるのは、「老書生」いいかえれば「評壇の大家」を昨今しきりに自称自認したがつている平野の、年少世代にたいする妙ちきりんなコンプレックスです。ここでは一見それは優越コンプレックスのようです。しかし実はそれが、たとえば「お蔦の子にしてはよう育つたな。理窟もなかなか上手にいうわ。」とでも品定めしておけばよいはずの江藤淳にむかつて「後生畏るべし」とか「博学」とかいう途方もなく気恥ずかしいような世辞を手放しにふりまかせる、あの平野の劣等コンプレックス(年少世代からの被圧迫感)の裏がえされた出方にすぎません。

ともあれすでに五十代になつた平野が「いまどきの若い者たちは……」的なコンプレックス発想で物をい

うのは、ある程度仕方のない現象かもしれません。けれども、「よう育つたな。理窟もなかなか上手にいうわ」の江藤が、文藝春秋社刊行『菊池寛文学全集』の中の一巻の解説を担当させられたとたんに、われこそ年来の菊池愛読研究者ぞとばかりの臆面なさで、「いまどきの若い者たちは菊池文学をろくに知らないだろうが、……」というような調子の物いいをしたり「小林秀雄と菊池寛とを表裏一体と眺め得るような成熟した文学的肉眼」の必要を説教したりし始めたのは、もともと彼の本質がこましやくれの如才なさを身上とする文筆家であるにしろ、なおかつ、あまりりつぱとはいえない「処世」ではありますまいか。——ちなみに、ある過去の小説なり論文なりをその時初めて通読しておいて、そのくせ、「何々という作品を私は最近久しぶりで読みかえした」だの「何々というエッセイを最初に読んだのは、戦争末期、僕が中学X年生のころであつた」だのと書くことが、だいたい村松剛年代以下の評論家たちの間にかなり広く流行しているようですが、あれなどは全くみつともない「ちんぴら」的虚栄の一つといえるでしょう。

それはさておき、江藤淳氏御推奨の菊池寛は、一九一九年に「生前不遇に終つて、百年の後、世間からやんやと持てはやされたと云つて、その作家その人に取つて、何の幸福であろう。写楽の雲母絵は時価千五百円を越えて居る。が、写楽は不遇の浮世絵師として陋巷に窮死して居る。写楽に取つて、百年の後に自分の描いた雲母絵が千金を呼ぶとも、彼の浮かぶ瀬はあるまいと思われる。」云々(『芸術家と後世』)と書きました。その後『真珠夫人』をこしらえてから死に至るまで約三十年間、そのことば内容の指向するところを菊池は忠実に実行したもののようです。先ごろ各新聞は国税庁発表の三十四年度長者番付を報道しましたが、文筆家の部ベストテンには第一位年間所得三、九四七万円の吉川英治以下源氏鶏太、松本清張、川口松太郎、井上靖、舟橋聖一、柴田錬三郎、谷崎潤一郎、菊田一夫、第十位年間所得一、六一三万円の山手樹一郎が挙げられています。定めし菊池は、草葉の陰から、これらの尊敬すべく模範的な作者たちに拍手喝采を送ったことでしょう。思えば、その作品が目前現世で「千金を呼ぶ」ことこそが、それのみこそが、文学・文学者の本懐であっていいのかもしれません。その意味で、国税庁発表の長者番付はあらゆる、批評論議を超えて、明白率直具体的に、誰と何とが最も偉大な文学者であり最も優秀な文学作品であるかを指示しています。われわれは、これらの「長者」文学者たちに最大最高の文学的オマージュを捧げるべきであるようです。

ここで筆者は、卒爾ながら(?)つぎの諸項目を日本の文学世界に提案したく思います。

(1)批評の基準・評価の尺度を、もっぱらその作物が獲得した稿料、印税、映画化料、放送料などの金額に置く。

〔註〕 それによって文学者その人の価値もまたおのずから定められる。作家・作品に関する評価の混乱または対立は、完全に一掃される。批評家は、相撲評論家(解説者)のような役割に転じて、「そうですね、なんといっても、この井上靖という人は、ストーリー・テラーとしてすぐれた手腕を持っていますから、その特長を存分に生かさねばいけません。やっぱり書き出しにどの程度まで読者をつかんで前に引きずることができるかに、今度の作品の成功の別れ目がありましょう」というような「評論」を発表することができる。

（2）文芸家協会あるいは他の適当な統一的文学団体（新設）は、毎年一回、右の批評の基準・評価の尺度にもとづいて、文学番付（文学段位等級表）を作成発表する。

〔註〕各文学者は、番付または段位等級表について各自の現位置を確認し、その分際をわきまえて進退すべきである。たとえば、正宗白鳥、中野重治、花田清輝、井上光晴などの十両級、やつとこ初段級は、吉川英治、源氏鶏太、松本清張、柴田錬三郎などの三役級、八段級にたいして常に十分な敬意を払わねばならず、かりそめにも不遜の言行態度があってはならない。―なお本人の死後にその文学者ないしその著作にたいする生前の評価を変更することは許されない。

（3）文芸家協会、新日本文学会などの文学組織は、現行の無記名投票による選挙というような非民主的役員選出制を廃止し、前選挙時から今選挙時までの期間における各所属会員の文学収入、公刊著書数、被映画化および被電波化作品数、番付面位置「段位等級」などを資料として、その高額多数上位なる者から順番に所定数の役員を選考決定する。

（以下（4）、（5）、（6）、……（n）は全部省略。）

戯文・現代秀歌新釈

新考新釈近代秀歌抄　侃侃諤諤子著

（1）赤白の道化の服もしをれはて春はもうすでに舞台裏なり

従来これは閨秀歌人斎藤史の作とされていたが、著者最近の研究によつて、実は花田清輝の作と推定されるに至つた。「錯乱の論理」やら「自明の理」やらをやたらと振りまわして、しきりに一部大向うねらいのとんぼがえりをくりかえしてきた花田道化も、記録芸術の会あたりの最高齢者となり、そこの若手連中からとかく老人あつかいをされねばならなくなつてしまつた。本人としてはそれが心外憤懣に耐えないらしく、「ヤンガー・ゼネレーションとの対決」を呼号したり、ほぼ同年配の平野謙、埴谷雄高などについて「青春へのノスタルジヤ」を指摘非難したり、あれこれとじたばたして自分の精神的青春を誇示したがつたけれども、その効験はちつともあらたかでなく、かえつて村松剛ごときから花田こそ「青春へのノスタルジヤ」の体現者と認定される始末。しかしその「錯乱の論理」ぶりだけは相変らずであるとみえ、雑誌『現代芸術』二月号の消息記事によれば、そこの編集会議で、老眼鏡持参を失念した花田は、十数歳若い長谷川龍生がかけている近眼鏡の借用を申し出て、一座の物笑いにされたという。右一首は、ひところはかなり神通力を持つたかにみえた素つ頓狂なはつたりもなんだかその身にそぐわないように、年甲斐もないの一言で片づけられかねないようになつてきた花田が、深夜ひそかに人知れず彼の素顔の感慨を三十一文字に託したもののようである。

色を誇りし浅みどり
若きむかしもありけるを
いまはをぐらき木下闇
ああひとときの春やいづこに

（2）人間の類を逐《お》はれて今日を見る狙仙《そせん》が猿のむげなる清さ

これまではこの歌の作者を病歌人明石海人とするのが通説であつた。しかし著者の考証によると、これまた花田清輝の詠と断ぜられる。前述のような次第で自己の衰えを自覚せざるを得なくなつた花田が、なんとか頽勢を挽回しようとあがきにあがいて、「近代の超克」だの「視聴覚文化」だのと絶叫し、果ては何本か妙ちきりんなテレビ茶番までこしらえてはみたものの、ほとんど手ごたえがなかつただけでなく、どうやら世人から人間あつかいされなくなつている気配を感じたので、そんなことならこちらから、今度は人間を相手にせず、猿を支持すの宣言をつきつけてやるぞとばかり、やけくその『群猿図』一篇をつくつて発表した。ところが世の中は奇妙なもの、新し物好きや蓼食う虫やも少なからず、加うるにほかにろくな人間小説がなかつたせいもあつて、この猿小説、ローンリー・モンキー・ストーリーが尻上がりの好評を受け、昨年度の問題作とか「読売ベスト・スリー」とかに祭り上げられるという珍事態が出現した。そうなるとローンリー・花田も、だいぶん人間社会でローンリーでなくなり、だいぶん中村光夫、江藤淳らの蓼食い批評にうつつを抜かしながらも、猿の孤独への敬愛と感謝とを――少なくともそういうポーズを――ゆめ忘却してはなるまじというわけで、その昨今の感懐を作歌したのが右一首であろう。なお著者のこの説には、学界の一部から異論が出ている。それによれば、この歌の作者は、むしろかの小説というには毛が三本足らない『群猿図』なる作物にもつたいらしく見当違いな意味をくつつけて感嘆した、江藤淳ということである。つまりその江藤が『群猿図』の作者の心事を忖度《そんたく》して右一首をつくつたという一説がある。この一説にも一理がなくはないと著者は考えるから、大方の参考のために紹介した。――ちなみに寓話様式というものは、作者の真意、作者の言わんとするところが非寓話様式によるよりもいつそう強烈に迫真的に説得的に表現され得る場合にこそ、採用されるべきであろう、と著者は信じる。しかるに江藤の解説に従えば、一九六〇年の日本に生きる花田がその真意、その言わんとするところに煙幕をかけてぼやかすために、そうすることで作者の社会的・人間的責任をあらかじめ回避するために、寓話様式の『群猿図』を書いたそうである。

（3）さまざまの、はじめての人に逢ひたれど、

尊し、われは
尊し、われは

土岐哀果(善麿)の作品として存在してきたこの一首について、ありようはそれが平野謙の作歌にほかならぬというみすぼらしい臆断に非力な著者が到達するまでには、かなりな年月と努力とを要した。この歌意は、おれ(平野)は、文芸時評家兼文学史家として二十数年間、雑多な小説類を読みあさり、私小説の否定的批判者のような、本格的ロマン・社会小説の待望者のような顔をして、それらしいことを言い立てたり私小説こそ文学反動の隊長であると新日本文学会の大会で率先主張したりしてきたけれども、あげくの果てのとどのつまりは私小説が何よりも尊い、それが一番安心して読めもするし、めしの種にもなるし、その上、他人様のふところぐあいや暮しむきやがどうにも気にかかつてならぬという生まれついての井戸ばた会議根性の下司のかんぐり癖も、私小説なかりせば、ただ世間から爪はじきされるだけのこと、とても『芸術と実生活』一巻をまとめ上げて「芸術選奨」の光栄に浴することはできなかつたろうに、ああ、尊し、私小説、というところ。この「尊し、われは」とはむろん「尊し、私小説は」を字数のつごうで省略したのであるが、その際「尊し、私」とせずに「尊し、われは」とした平野のアリバイ用意的・完全犯罪好み的手法に、読者は注目されたい。「われ」は、「私」と取れるとともに、「自我」とも取れる。旧冬から新春にかけて平野は、「とにかくこれだけ発表舞台が拡散してくれれば、今度はなんらかの意味で収縮作用がおこるのは当然だという気がする。そこで私小説の問題になつてくるんですがね」(本誌前号「座談会」)というような言い方を昨今あちこちでちらちらさせて、新年度における私小説復興の音頭取りを買つて出ようとしているが、そのくせいまさら臆面もなく正面切つて私小説待望論をぶつわけにもゆかず、そんな芸のないまねをすれば、たちまちヘソ好きの親類筋高見順を始め左右両側から嚙みつかれる恐れがある。それゆえ平野は、「つまり葛西善蔵ふうの私小説はもはや存在の余地がないということは明らかだとしても、別の形での自我の回復というか、そういうものをケルンとしたものが、おこつてくるべきだし、おこつてくる予感があるんですがね」(同前)と逃げ道を開いておくことを怠らない。右一首の下の句が「尊し、私」のリフレーンでなく「尊し、われは」のリフレーンである所以は、そこにある。

(4)こほろぎよ無知の女のかなしみに添うてねやどに夜もすがらなけ

この歌は前田夕暮の作品と見なされていたが、最近発見された資料によつて、著者はこれを『女流』の作者小島信夫の作と推断した。しかし紙幅の関係上、この一首の評釈は、他の十数人の作者による二十数首の評釈とあわせて、これを他日にゆずらざるを得ないことを、著者は遺憾に思う。

『炭労新聞』コント選評

応募作十二篇は、全体に低調未熟である。この中から「入選作」二篇を私は無理にも定めねばならない。それならばその一つを、ガラ山への出勤途上にある若い女性の心の起伏がかなりたしかに描かれた『ガラ山』(二鉄二瀬　上田照市)とすることに私はほとんどためらいを感じない。全応募作中、この一篇が最も焦点も定かであり文章もしっかりしている。しかしいま一篇の選定について私はとまどう。たとえば企業整備合理化による職場転換のため初めて坑内に下がった男とその妻とのエピソード『汗々』(三菱古賀山　貝通丸辰次)は、その着想に一脈のおもしろさがなくもないが、文章表現はなんとも稚拙である。また『晴れた日の雪』(三井芦別　芦山栄)は一少年の純真に目を向け『夫婦とも担ぎ』(清水沢支部　長倉新)は若い坑内労働者とその愛妻とのかかわりを取り上げて、とにもかくにも「コント」ふうにまとめられているが、前者は焦点散慢、後者は内容空疎と私は考えざるを得ない。私はしかたなく『道』(三池　岡浦益美)を選定するものの、この夢の部分はいかにも空々しくて、それが一篇の効果を大きく弱めている。

便箋に鉛筆で、走り書きされた無題の一篇(東北炭砿坑外夫)は、家族四人をかかえた手取り七千三百円の働き手の生活実情をたたきつけるように訴えて、一種の素朴な力を感じさせるけれども、きわめて未整理で未熟な文章である。

私の近況　その一

一昨秋来、下手の長談義のごとく続けていますす連載の『神聖喜劇』を今夏中には完了して秋の初めには本にしたく考えます。

そのほかにはさしあたり何もありません。

『戦争と性と革命』

かなり長年月間にそのおりおり執筆した批評文を今度集めたのですから、著述の「意図」、「苦心」として特にここに要約して申し述べるものもないのです。これらの必ずしも新しくない日付の文集が、しかしそれ（日付の相対的な古さ）にもかかわらず、今日の読者にいかほど訴え得るか、やはり訴え得るであろう、とは信じますが――。

私の近況　その二

私の「近況」は、十年一日――いや、二十年一日のごとく、「目下『神聖喜劇』執筆中、あと半年くらいで脱稿予定」ということである。月産何百枚・年産何千枚の作者たちが少なくない当世に、われながら変りばえがしない「近況」。そこで私が、心中ひそかにムシルとかアン・ポーターとかブロッホとかを引合いに出す。しかし、当面それも「引かれ者の小唄」か。今度こそ私は、「来年早々に脱稿」を実現せねばならぬ。また来春初夏ごろ、連環体長篇『地獄変相奏鳴曲』（全四楽章）も、二十五年ぶりに完成するであろう。……なお長男赤人高校入学被不当拒否事件の各当局者にたいして、早晩私が、ほぼ前例皆無の方式による刑事責任の追及を開始するはずである。

私の近況　その三

丸三年前、本欄に、私は、「二十年一日のごとく」「目下『神聖喜劇』執筆中」と記し、また『神聖喜劇』および『地獄変相奏鳴曲』の二長篇が各二十年前後ぶりに「明年」完結するであろうと記した。しかも私は、今日また同様の「近況」を報ぜねばならない。

八月下旬、私は宇都宮市の秀山社（創業五十周年の西沢書店が母体）なる新興出版社より『巨人批評集』を刊行した。同書奥付に、「『神聖喜劇』第四部「永劫の章」（既刊三部の新訂版とともに近刊・光文社）」という文句が印刷せられている。私において、「近況」の「近」は、十年ないし二十年を意味せざるを得なかった。しかし私は、右「近刊」の「近」が必ずや数ヵ月以内を意味するであろうことを、ここに心して予告する（『地獄変相奏鳴曲』についても、ほぼ同断）。

私の近況　その四

過去約十年間に二回、私は、この欄で近況を報じた。二回共、要旨は、「目下『神聖喜劇』執筆中、近く完成予定」であった。丸四年前の第二回目中に「二十年一日のごとく」という文句が存在した、と私は覚える。私は、読者、出版社ほかにも長らく迷惑をかけてきたが、この十二月に加筆修正を終わって最終的に完成することができた。第四巻（最終完結巻約一六〇〇枚）は、来春早々に刊行せられるであろう。「刧初《ごうしょ》より作りいとなむ殿堂にわれも黄金《こがね》の釘《くぎ》ひとつ打つ」（与謝野晶子）。

私の初期の仕事は、これで終わった。以後は、私の中期の仕事が、始まる。

アンケート

アンケート「愚作・悪作・失敗作」

戦後十一年間に発表されました日本文学の有名な作品の愚作、悪作、失敗作の代表的作品を上げ、その簡単な理由もつけ加えて下さい。

折角の御下問ながら、小生にとり至極の難問にて、御指定の期日までに到底適切な「回答」をお寄せする能力なきを遺憾に存じます。右悪しからず御有免下さい。

アンケート「戦後の小説ベスト5」

野火（大岡昇平）
五勺の酒（中野重治）
崩解感覚（野間宏）
鳴海仙吉（伊藤整）
播州平野（宮本百合子）

アンケート「文芸復興三〇集によせる——文芸復興または同人雑誌一般について」

いつも御誌をいただいて恐縮です。沙和さんからもおことばがありましたが、ただいま子供病気その他にてとりこみ、なおさらお求めにたいして適切にお応えすることがかないませぬ。右様の次第につき、悪しからず平に御容赦ください。第三〇集よりの御発展を祈ります。草々不一。

アンケート特集「TVにおける不愉快の研究」

〈質問〉楽しさもあれば不快もあるのがテレビです。黙って見ていないでたまには直言してください。①不愉快なタレント名と　②その理由を。

①高橋圭三、八木治郎。

②高橋圭三のほうは悪い商売人ていう感じで、自分を売りこんでばかりいる。インギン無礼だ。八木治郎はもっともらしすぎて、いやらしい。

III

『神聖喜劇』完成以降

（一九八〇－二〇一六）

第Ⅲ部は、一九八〇年から二〇一六年までの文章を収めた。大作『神聖喜劇』全五巻の刊行が完了し、「私の初期の仕事は、これで終わった。」(「近況」)と宣言してから、二〇一四年三月十二日に肺炎で亡くなるまでの期間で、本人の規定に従えば、「中期前半」から「晩期前半」のさしかかりまでに該当する。巨人の生物学的生は、残念ながら「晩期」の活動の十全な展開を許さなかった。しかし、それでもこの時期の巨人の創作活動は充実しており、小説では、『天路の奈落』『地獄変相奏鳴曲』『三位一体の神話』『迷宮』『深淵』を世に問い、短編小説集『五里霧』『二十一世紀前夜祭』がまとめられている。エッセイの発表も多く、それらは随時作者の手によってエッセイ集に編まれた(『巨人雑筆』『巨人の未来風考察』『運命の賭け』『遼東の豕』『大西巨人文選　4　遼遠』など)。本書に収録したエッセイの数は、第Ⅰ・Ⅱ部に比べると少ない。これは、折々に書籍化されたこと、さらには没後に刊行された『日本人論争』において、『文選4』以降のエッセイの集成が図られたという事情に由来する。一九九七年以降の文章は、『日本人論争』刊行以降に新たに確認されたものである。

量的に限られているため、収載の諸編の特質を指摘することには慎重であらねばならない。とはいえ、わずかな点数であっても、巨人の原則的な思考態度は、自ずと浮かび上がってくる。

発表媒体を見ると、『思想運動』『新日本文学』『朝日新聞』など、長く関わった運動紙誌や商業新聞の名がある一方で、『交通界速報別冊』『罌粟通信』『季刊・本とコンピュータ』『致知』『牛王』などの新しい顔ぶれも目につく。業界誌や保守系の論壇誌であっても、また、少部数の印刷物であっても、求めがあれば応ずる姿勢があったことを、掲載紙誌の広がりは物語る。執筆に余裕がないため断ることはあったとしても、受ける範囲を予め定めなかったことは、先入観に囚われまいとする巨人の構えの現われであろう。媒体を意識した話題を選ぶところには、柔軟な一面を見ることができる。

発表の舞台が多様であり、受け手に対する配慮がうかがえる一方で、巨人の主張の一貫性は揺らぐことがない。ソ連邦の崩壊に象徴される社会主義思想の退潮に伴い、日本の論壇でも体制順応的な言説が目立つようになる。巨人は、かつての主張を修正する知識人の発言を現代的転向者の弁として嫌悪し、自身に関わる事象については必要に応じて厳しい批判を行った(論争的な巨人の文章は、『文選4』でまとめて読むことができる)。『思想運動』に寄せた短文「原則をかかげ、より大衆的に」、「わが意を得た『思想運動』」には、戦闘的な言論を支える巨人の歴史認識が明瞭に示されている。反ソ連、反共産主義の立場を取るのが当然であるという風潮が支配的である中でも、巨人は変わらず時流に抗う意志を保った。

「文明の物質的諸分野における「高度の進化」とその精神的諸側面における「原基への退化」とが、いかにもいよいよ「現代」を特徴づける。」(「『羊をめぐる冒険』読後」)は、資本主義体制下の日本に対する巨人の基本認識である。物質的条件と精神的様態との乖離の現状を批判的にとらえ、克服の道筋を探究することに巨人の創作のモチーフはあった。しかし、「俗情との結託」の対極を行く小説は、直ちに世に受け入れられるわけではない。思うように読者を得られず、曲解を受けることもある。いきおい作者は、偏見を斥けるための発言をせざるをえなくなる。「作者本人が作品について語ることは要らない(語るべきではない)、と考えていた」大西は、一九八〇年代半ばには、「こういう見解は必ずしも常に十分には正しくない、と現在の私は考える」に至っている(『巨人の未来風考察』「芸術祭不参加作品」)。第Ⅲ部に収めた「広告」「自家広告」「解嘲」

などの自作解説は、「作者本人が作品について語る」実践である。巨人の発言は総じて抑制的であるが、川上明夫名義で書かれた『迷宮』の「解説」において、前掲の「文明の物質的諸分野における「高度の進化」とその精神的諸側面における「原基への退化」とが、いかにもいよいよ「現代」を特徴づける。」という命題が引用され、「作者は、現代および将来の日本文化・文芸の運命をひとしお暗澹と予想せずにはいられなくなったのではあるまいか。……」と付け加えられているところからは、巨人の状況認識がより厳しさを増していることが感じられる。

虚無的な心境を抱きつつ、そのような思いを別人格によって表出する精神をも巨人は有していた。「士族の株」が『三位一体の神話』に組み込まれたことが象徴するように、エッセイと小説とが境界を越えて相互に影響するところに大西巨人文芸の特色はある。第Ⅲ部の諸編は、ジャンルを横断させることで思想を鍛えていく大西独自の言説の運動が、最後まで止むことがなかったことを体現している。

〔山口直孝〕

私の近況　その五

長篇小説『神聖喜劇』の執筆年月・原稿枚数が甚だ長大である、ということ、しかしそれらの事実は当該小説の価値をなんらただちに保証しはしない、ということ、もしも読者（広狭二義の批評家）が〝なるほど、これくらいの内容・出来映えの作品を完成するためには、これほどの年月・枚数が必然的に入用であろう。〟と承認したならば、そのとき初めて執筆年月・原稿枚数の長大が有意義になるであろう、ということに関して、作者は、すでにあちこちで何度も語ったり書いたりした。

ここでは、如上のこと（また途中で組み立てに異同が生じたこと）が書店および読者に多少の混乱を生ぜしめているらしい、という点、またそれについて出版社ならびに作者が案じもし相済まなくも思っている、という点について、作者は、大方の寛容と諒解とを乞うべく散文的な記述を行なう。

「カッパノベルス」第一冊、第二冊（第一部「混沌の章」上、同下）は、今回完結四六版五巻本の第一巻（第一部「絶海の章」、第二部「混沌の章」）に、また「カッパノベルス」第三冊（第二部「運命の章」）同第四冊（第三部「伝承の章」）は、今回完結五巻本の第二巻（第三部「運命の章」、第四部「伝承の章」）に、それぞれ相当する（つまり今回の四六版第一巻、第二巻は、「カッパノベルス」四冊の新訂増補版である）。そして第三巻（第五部「雑草の章」、第六部「迷宮の章」）、第四巻（第七部「連環の章」）、第五巻（第八部「永劫の章」）の三巻三冊は、このたび初めて刊行せられた。

しばしば私は、作中人物「私」東堂太郎の「モデル」は作者自身ではないか、というような（「私小説」読み的な)質問を受け、甚だ困却する。ここで私は、左のごときことを明らかにしておく。

私は、日本のいわゆる「私小説(的創作方法)」に大反対の人間であり、『神聖喜劇』は、「自伝小説」でもない。『神聖喜劇』は、「一人称小説(イッヒ・ロマン)」であって、作者は、「一人称小説」の特色を最大に生かしつつ、その「限界」を(作の内的必然に即して)克服突破するため、対話体、談話体、戯曲体、書簡体、シナリオ体などをも随所に活用した。

もしも強いて作中人物の「原形」を云々するならば、堀江隊長、村上少尉、大前田軍曹、神山上等兵、村崎一等兵、江藤二等兵、東堂二等兵その他諸人物の「原形」は、大なり小なり作者自身の美醜長短にほかならない。

原則をかかげ、より大衆的に

いわゆる時流は、急速に流れの方向を変えている。第二次大戦後の民主主義的な潮流からみれば、正反対の逆流が起っているようである。それは、政府がいま新たな軍備拡大に向い、独占資本がそれを希望しかつ歓迎しているという政治的経済的動向、それと対応しかつ迎合する評論家たちの言動にもあらわれているが、それだけではなく、言論機関で働くジャーナリストたちの間にも、そういう変化が隠微に、しかし確実に進行している。あることがらにたいする正論、あるいは原則論が、「あれは左翼だから(あれは左翼的だね)」「ええ、そうですからね」ということで排除され、あるいは葬り去られる状況が支配的にかたちづくられようとしている。そういうことに、考え方では反対のはずの人たちまでが、それを受容し、自己規制してしまうような状況がある。

だからこそ、原則の灯はいっそう高く掲げられねばならない。そういう逆流に屹立し、侵されぬ言論、それを支える思想がいっそう必要とされる。そしてその必要は、原則の上に立つ言論がより強い説得力を持ち、その事業がいっそうすぐれて大衆的な力を持つことを要請している。

『思想運動』が二〇〇号を迎えたことを祝うとともに、再び流れを逆転させていく時代を切り開くためにも、この成果を踏み石にして、思想的にも芸術的にもよりしなやかでゆたかな創造力を集団で生みだしていくことを、わたしは願う。

期待作完成——土屋隆夫『盲目の鴉』

幼少時より、私は、探偵(推理)小説を愛読してきた。土屋隆夫氏は、その仕事ぶりの着実・卓抜において、私の殊《こと》に愛好・推重する少数作者たちの一人である。このたび土屋氏は、八年有余を費やして『盲目の鴉《からす》』を完成せられた。題名は、大手拓次《おおてたくじ》の詩作に由来する。伊藤信吉《いとうしんきち》が「あるときは奇怪な形で、あるときは無気味な色彩で、あるときは官能的な匂いをこめて表現した」と評した大手の「密室の幻影」が、ここでは散文作品として大方の読者を堪能《たんのう》せしめるにちがいない。

私の近況　その六

一九八〇年は、私一己《いっこ》にとって画期的な年であった。それを私が「私一己にとって画期的な年」と称する理由は、あらまし左記三つである。

第一。私は、前年（一九七九年）の暮れ、二十五年ぶりでようやく完全に『神聖喜劇』を脱稿したが、その最終二巻（第四巻、第五巻）が、四月下旬、光文社から刊行せられた、ということ。

第二。『西日本新聞』に、私が、春季約二ヵ月間（日曜日は休み）一回四百字詰め三枚強・総計百六十余枚の連載を達成した、ということ。連載内容は、エッセイ四十七篇および短篇小説三篇。

第三。「第二」の百六十余枚を含む文集『巨人雑筆』が、十二月中旬、講談社から発行せられ、「第一」の二冊とともに、締めて年間三冊もの著書が出来た、ということ。

上述の「第二」なり「第三」なりを「画期的」と呼ぶことは、江湖または文界の不審か憫笑《びんしょう》かを買うかもしれない。しかし、それらは、私一己にとって、実に画期的な事態であったのであり、したがって一九八〇年は、私一己にとって、たしかに画期的な年であったのである。

一九七九年末、『神聖喜劇』が完成した際、私は、「私の初期の仕事は、これで終わった。以後は、私の中期の仕事が、始まる。」と書いた。『巨人雑筆』の上梓（その大半内容の執筆）が、まさに「私の中期の仕事」の手始めであった。何よりも、むしろその「手始め」こそが、一九八〇年を私一己にとって画期的な年ならしめた所以《ゆえん》ではなかったろうか。

如上の「私一己にとって画期的」が普遍的意義を持つこと・持っていること・持ちつづけるであろうことを、私は、庶幾《しょき》する。「この道や遠く寂しく照れれども行き至れる人かつてなし」（島木赤彦）。

私の近況　その七

九年前（一九七二年）の仲秋、私は、某新聞の「近況」欄に左のごとく書いた。

私の「近況」は、十年一日――いや、二十年一日のごとく、「目下『神聖喜劇』執筆中、あと半年くらいで脱稿予定」ということである。（中略）今度こそ私は、「来年早早に脱稿」を実現せねばならぬ。また来年初夏ごろ、連環体長篇小説『地獄変相奏鳴曲』（全五楽章）も、二十五年ぶりに完成するであろう。

実際においては、『神聖喜劇』は、右の「来年」すなわち一九七三年「早早」にではなく、それから七年後（一九七九年）の師走にやっと完成し、その最終二巻（第四巻、第五巻）が、昨年（一九八〇年）晩春に光文社から刊行せられた。また昨年末には、批評文集『巨人雑筆』が、講談社から刊行せられた。年間に三冊もの著書を出したのは、私として実に異例破格の行ないであった。

さらに今春（一九八一年）陽春には、私の編纂せる『日本掌編小説秀作選』（雪・月篇および花・暦篇）二巻が、光文社から出版せられた。こういう選集――原則として本文四百字詰め原稿用紙十五枚以内・各作者一篇ずつの選集――を編むことは、私自身にとって十数年の懸案であったから、昨年晩秋より今年浅春まで、私は、その編集ならびに解説作成の仕事に力を入れた。

前記九年前の「近況」報告中に、「また来年初夏ごろ、連環体長篇小説『地獄変相奏鳴曲』(全五楽章)も、二十五年ぶりに完成するであろう。」という言葉が、存在する。実際においては、その『地獄変相奏鳴曲』も、右の「来年」すなわち一九七三年「初夏ごろ」に完成しなかった上、今日もまだ出来上がっていない。

しかしながら、私は、昨年初秋以来、その第五(最終)楽章『死と生との対位法』(仮題)の執筆に取り組んでいる。私としては、遅くとも今年晩夏までには、如上第五楽章を必ず仕上げたい。思うに私が第一楽章初稿を書き上げたのは、一九四七年のことであった。それでは、『地獄変相奏鳴曲』は、今年夏季、三十四年ぶりに完成するはずである。

人は、私の既往実績に照らして、私の右言明をあまり信用しないのかもしれない。言い換えれば、私の右言明は、なかなか説得力を持ち得ないのかもしれない。それならば、私は、「細工は流流、仕上げを御覧じろ。」と心中ひとりごちつつ奮発するばかりである。

湯加減は?——私の好きなジョーク

遠方の友人が泊まりがけで客に来る。主はまず一風呂浴びてもらおうと思い、浴室に案内する。しばらく経ってのち、主(浴室の戸の外から)「おい、湯加減はどうだ?」客(浴室の内から)「うむ」主「ちょうどいいのか」客「うむ」主「熱いんじゃないか」客「うむ」主「ぬるいんじゃないか」客「うむ」主「さっきから「うむ」ばかりで要領を得ない。どうなんだ? はっきりしろ」客「まだ入ってないんで、わからないのだよ。猿股《パンツ》の紐が解けなくて」——今日このジョークは、「アクチュアリティ」がとぼしかろう(数十年来の越中褌愛用者たる私にとっては、なおなかなか「アクチュアリティ」があるが)。

家政婦(書斎の扉口で)「旦那様。御安産でした。男のお子さんです」法学博士(机辺より)「ふむ。して彼の要求は何かね」

哲学教授「結果が原因に先立つ場合があったら挙げてみよ」学生「はい。人に押される手押し車です」

復員軍人仲間の数名が各自の戦場手柄自慢談に花を咲かせる。日ごろ大口たたきの一名が珍しく沈黙を守っているので、他の連中はいぶかる。問い「お前はどんな手柄を立てた?」答え「おれは実は名誉の戦死を遂げたんだよ」——このジョークが「アクチュアリティ」皆無となることを私は念ずる。

わが意を得た『思想運動』

　大韓航空機のソ連領空侵犯事件が発生して以来、諸新聞諸雑誌諸放送による反ソ連キャンペーン、反ソ連ヒステリーが連日連夜行なわれてきて、不愉快と腹立ちとが私に欝積していました。わずかに一昨年九月二十四日、私は、『図書新聞』九月二十四日号「暫」欄の匿名子戦争孤児筆『反ソ・フレームアップ』を読んで、やや胸のつかえがなくなる思いでした。さらに一昨九月二十五日、『思想運動』第二六七号の「大韓航空機事件」特集各記事論文に接して、大いにわが意を得、ずいぶん溜飲が下がりました。

　野口寿一文中のたとえば「反ソ・ヒステリー症候群と闘い、これを払拭したところにしか軍拡路線反対の思想的足場はないのである。」および佐伯文夫文中のたとえば「われわれは、今回の事態によって多数の人命が失われたことに対して、深く哀悼の意を表明する。と同時にわれわれはこれら多くの人びとを死に致らしめて責任者としてアメリカ、韓国、日本の対ソ」「挑発活動を糾弾するものである。」という言葉に、私は、賛成します。

　ところが、昨二十六日の朝、『赤旗』号外一九八三年九月が自家の郵便受けに入れられてあって、それに横組みゴチの大見出し「人道上も国際上も許されない／民間機撃墜」、白抜きゴチの大カット「ソ連は反省し真相を公表、責任ある態度を」など早川修二文を改めて裏付ける破廉恥な文字がならんでいて、また不愉快と腹立ちとがぶり返してきました。

（八三年九月二十七日）

敬意と期待と

約十四年前、私は、「むかし司馬江漢は、「わが日本の人、究理を好まず。風流文雅とて文章を装《かざ》り偽り信実を述べず、婦女の情に似たり。婦女皆迷ひ惑ふ。必、欺を信じて是非に昧《くら》し。」(『春波楼筆記』)と言った。そこで江漢が指示せる類の消極的日本心性、「人の噂も七十五日」的俗情の歴史的存在と意識的にか無意識的にか結託することによって物事の本体を「時の流れ」の中に「極めて早く」糊塗《こと》・湮滅《いんめつ》・埋葬したがる消極的日本軽薄性」云云(立風書房刊『観念的発想の陥穽』所収『作者の責任および文学上の真と嘘』)と書いた。

『ある無能兵士の軌跡』第一部『ひとはどのようにして兵となるのか』の著者彦坂諦君がこのたびようやく同書第二部『兵はどのようにして殺されるのか』を脱稿し、それが上木の運びになった、ということは、とりもなおさず如上の「消極的日本心性」ないし「消極的日本軽薄性」とは無縁の(そういう「日本的消極性」を確実に克服した)尊重せられるべき作業である。それは、四年前すなわち日本敗戦後三十七年の浅春に本書第一部が刊行せられたとき、すでにそうであったが、四年後すなわち敗戦後四十一年の今日(政治、経済、文化の諸領域における逆行的・戦争忘れ的風潮の激化と順応主義的「オピニオン・リーダー」人種の弥増《いやま》さる跋扈《ばっこ》との中で)、私は、いよいよそのような思いを深くする。

『朝日新聞』二月二十四日号朝刊「戦争テーマ談話室」に、小山淑江(鎌倉市・四十三歳・自営業)の左記文章が、出ている(『「戦争の美」の危険』という標題は、編集者が付けたのかもしれない)。

二十数年も昔、十七歳の少女だった私は『きけわだつみのこえ』と巡りあった。このように繰り返し繰り返し読みふけった本はなかった。だがこの本の意図に反して、私のこの本への思い入れはいま考えればひどく危険な感情であった。

〔中略〕戦争は、しかしいつも何者かの手で美しく化粧されてきたのではなかろうか。学業半ばあるいは卒業後すぐに、意思に反した死を強いられた知的な若者たちに十七歳の少女は戦りつ的な美を感じてしまったようだ。〔中略〕

本欄へ、生き残った方々が四十年余を経て重い筆をとって語られる戦争の実態に、まさしく美はない。〔中略〕地球を幾度も破壊し得る殺人兵器に囲まれた戦争に、それでも美を感じる人間があるだろうか。

〈戦争の美化〉と〈(ブルジョア的ないし排外的)民族主義〉とは、人間一般にとって——民主的な、平和的な、進取的な、あるいは革命的な人間にとっても——すこぶる剣呑な落し穴の二つである。敗戦時中学一年であった彦坂君が、赤松清和氏という特異の先進(戦争軍隊体験者)との幸運な出会いもあって、「美化」をも「民族主義」をも超絶して戦争ないし軍隊を精密に把握したことに、私は、第一部を見て、ほとほと感心した。まだ私は、第二部を読んでいない。とはいえ、上述のごとく「日本的消極性」の超克に立った第二部の出現に、私は、大きい敬意および期待を持つのである。

私は、〝彦坂君の赤松氏との幸運な出会い〟ということを言った。彦坂君が罌粟書房(内村優氏)と出会ったこともまた幸運であったにちがいない、と私は考える。この出版社(出版者)は、彦坂君の著作や白井愛君の異色作『あらゆる愚者は亜人間である』ほかやを(たぶん現実的決断においては損得を結局度外視して)出してきている。こういう著者とかこのような出版社(出版者)とかの存在は、われわれに明日への勇気と希望とを抱かしめずにはいない。

マクニースのタクシー詩――私とタクシー

数十年前、私の高校時代、友人N(同学年生)が、句作に凝っていた。Nは、その後もずっと俳句を作ってきたようである。当時(十七、八歳)のNの作に、「蟻の塔いづこぞ畳の広さかな」などがあった。ところで、彼の俳句仲間K(これも同学年生)の作に、「タクシーを下り立つ美女や銀ぎつね」があって、Nは、苦笑しながら、その句を私に紹介した。

「タクシー」は季語ではないものの、「銀ぎつね」は「銀ぎつねのマフラー」を指すにちがいないから、それは、いちおう冬の句ということになるか。それにしても、その句を、私は(Nも)、俳句とは認めずに、川柳(それもとうてい上作ではない川柳)と見做した。私は、聞くなり吹き出して、「どうもそりゃ、……まぁ、「曲《まが》り角《かど》あくびしたままシャンに会ひ」の類で、もっと下作だな。」と判定した。

ところが、後年(近年)の私は、――それは、私の知識見聞が狭いせいでもあろうが、――広義日本詩のタクシーに主として関する作品を思い出そうとしてもなかなか思い出し得ずに、ただ「タクシーを下り立つ美女や」一句だけをすぐさま思い浮かべる。上述のようなたわいない昔語りを私がまず持ち出した理由は、そこにある。

いま私は、「広義日本詩のタクシーに主として関する作品」云云と書いた。それならば、私は、外国詩のタクシーに主として関する作品を思い出し得るのか。私は、外国詩については、もっと甚だ素養が乏しいので、なおさら思い出すのがむずかしい。それでも、私は、外国詩のタクシーに主として関する作品をおのずと二つ思い出し得る。一は、アメリカ詩人エイミー・ローエル（一八七四〜一九二五）作"The Taxi"であり、他はイギリス詩人ルイス・マクニース（一九〇七〜一九六三）作"The Taxis"である。前者は、言わば「浪漫的ないし情動的な」風情を呈し、後者は、言わば「散文的ないし悟性的な」趣《おもむき》を表わす。
ここでは、私は、後者マクニース作を——訳はまずいが、——左に掲げる。

In the first taxi he was alone tra-la,
No extra on the clock. He tipped ninepence
But the cabby, while he thanked him, looked askance
As though to suggest someone had bummed a ride.

In the second taxi he was alone tra-la
But the clock showed sixpence extra; he tipped according
And the cabby from his muffler said: 'Make sure
You have left nothing behind tra-la between you.'

In the third taxi he was alone tra-la

But the tip-up seat was down and there was an extra
Charge of one-and-sixpence and an odd
Scent that reminded him of a trip to Cannes.

As for the forth taxi, he was alone
Tra-la when he hailed it but the cabby looked
Through him and said: 'I can' t tra-la well take
So many people, not to speak of the dog.'

（最初のタクシーで彼ひとり満悦
計器表示に割増しはゼロ。彼はチップ九ペンスを出した
だが運転手は、礼は言ったものの、まるで誰かが
只乗りをしたとほのめかすような横目を彼に使った。

二度目のタクシーで彼ひとり満悦
だが計器表示は六ペンス割増し。そこでそれだけ彼はチップを出した
すると首巻き姿の運転手は言った、

「念を押しますが
あんたは満悦のしっ放しで降りるのですよ。」

三度目のタクシーで彼ひとり満悦
だが上げ起こし椅子は倒れていて十六ペンスの
割増し金、それにカンヌへの小航海を
彼に思い出させた奇妙な臭いがそこにあった。

四度目のタクシーはと言えば、呼び止めたときは
彼ひとり満悦。だが運転手は彼を
つくづく見てから言った、「僕はうれしくないね
そんなにたくさんの人間を客にするのは、まして犬はね。」）

私は、近年ほとんどタクシーに乗らない。といっても、私は、往年それほどしばしばタクシーに乗ったのではなく、またいわゆる「マイ・カー族」の一人でもない。私が近年ほとんどタクシーに乗らない理由の一半を、前掲マクニース作は、たくみに詠じているようである。

清算および出直し

私の連環体長篇小説『地獄変相奏鳴曲』(全四楽章・約一千枚)は、この三月末ないし四月上旬に講談社より刊行せられる。その第二楽章『伝説の黄昏』初稿は、本誌一九五四年一月号に『黄金伝説』という題名で掲載せられ、その第三楽章『犠牲の座標』初稿は、本誌一九五三年四月号に『たたかいの犠牲』という標題で掲載せられた。

私は、『地獄変相奏鳴曲』第一～第三の三楽章の新訂篇を『社会評論』一九八六年一月号～一九八八年一月号に連載したが、連載開始の「はしがき」の中に、「全四楽章のうち、第一～第三の三楽章は、かっていったん作者が形を与えた作物の(原形を極力生かしての)総体的な更訂ないし改作であり、」云云と書いた。第一楽章『白日の序曲』初稿は、『近代文学』一九四八年十二月号に掲載せられたのであったから、右の「はしがき」は、おおかたすべて事実に叶《かな》っていた。

しかし、いま私が思うに、「更訂」の語は、ともあれ、「改作」の語は、あまり適切でなかった。それゆえ、私は、ここに「第一～第三の三楽章の新訂篇」と記したのである。

いったいに文芸作品において、その文章・文体・様式・表現とその中身・内容・思想・認識とが、別別であることはできない。前者と後者とは、切っても切れぬ間柄である。さて、私は、まずそのことを明らかに言っておいて、説明の方便上しばらく前者と後者とを分離する。「第一～第三の三楽章の新訂篇」を作成するに際して、私は、もっぱら「文章・文体・様式・表現」の更訂に努めたものの、「中身・内容・思想・認識」の更訂をほとんどまったく行わなかった(その必要をほとんどまったく認めなかった)。私が「改作」の語を「あまり適切ではなかった」として「更訂」または「新訂」の語を適切とする所以《ゆえん》(心持ち)は、以上のごとくである。

それにしても、新訂における加筆は、第一楽章に都合四十余枚、第二楽章に都合八十余枚、第三楽章に都合二十余枚、それぞれ施されたから、それらを「新訂篇」と呼ぶのは、決して不都合なことではない(第四楽章『閉幕の思想/あるいは娃重島《あえしま》情死行』は、『群像』昨一九八七年八月号所載のテキストに都合十数枚加筆せられた物である)。

すなわち、連環体長篇小説『地獄変相奏鳴曲』は、約四十年ぶりに完結した。『神聖喜劇』が約二十五年ぶりに完結して上梓せられたおり、私は、泉鏡花作『外科室』の鏡花自身による「小解」(「小石川植物園に、うつくしく気高き人を見たるは事実なり。やがて夜の十二時頃より、明けがたまでに此を稿す。早きが手ぎはにはあらず、其の事の思出のみ。」)に因んで「遅きが手ぎはにはあらず、」云云と辯じたが、このたびもまたひとしお同様に述べねばならない。

『地獄変相奏鳴曲』における私の中軸願望の一つは、十五年戦争中から敗戦後現在までの一日本人の魂の変遷(発展)を描出すること・またその間の歴史的・社会的現実を象徴的・縮図的に表示することであった。果たして、どの程度まで、それは、達成せられたであろうか。

私は、第四楽章『閉幕の思想』の中に、ジョージ・オーエルの「来世の不存在の承認の上に、なお宗教的心構え(religious attitude)をいかにして回復するか、ということが、真の問題である。」という言葉を引用し、また作中主要人物の思考として『「無神論的・唯物論的にして宗教的な」物の樹立が、まさしく現代および近未来における中心的な当為でなければならない。』と書いた。

如上が、第四楽章の、ひいてはまた『地獄変相奏鳴曲』全篇の、主要な問題提起であり、同時に現代および将来における文学・学芸・文化の由由《ゆゆ》しい問題である。われわれは、力を尽くして、その問題の追及・解明に努めねばならぬ、と私は信じる。その追及・解明の方向は、『地獄変相奏鳴曲』全体の効果において大なり小なり指し示されているはずであり、少なくとも精いっぱい模索せられているはずである。

(一九八八年二月二十二日)

批評の悪無限を排す――「周到篤実な吟味の上での取り入れ」

たぶん大方の本誌読者は、以下に私が書くことの経過を先刻承知であろうが、話しの都合上、私は、まずそれを概説する。昨年初夏、藤田敬一著『同和はこわい考(地対協を批判する)』が、京都の阿吽《あうん》社から刊行せられた。同書内容は、部落解放運動の現在にたいする率直果敢な内部批判である。この書物をめぐって、肯定または否定とりどりの意見が運動内部にあり、また殊に京都部落史研究所発行の月刊誌『こぺる』昨年六月号から今年五月号まで「特集『同和はこわい考』を読む」において、活発多様な論議が展開せられた。また『朝日ジャーナル』昨年八月十四・二十一日合併号「ひろば拡大版」においても、その書物のこと、著者である藤田のこと、言わば「共著者」である前川丈一のこと、などが紹介され、さらにまた同誌二月十六日号、四月一日号、五月六日・十三日合併号、六月十七日号、七月二十二日号に、「『同和はこわい考』論議の渦中から」という六回断続連載が、六人の筆者によって行われた。その六回目(最終回)の執筆を、私が担当した。――『同和はこわい考』は新しい高度な部落解放論の構築のために必要有益な言論であり、同書内容の周到篤実な吟味の上での取り入れは必ずや今日および明日の部落解放運動にとって有意義な加勢であろう、というのが、小文の主旨である。

ところで、論争(「吟味」)がようやく緒に就いた昨年末、部落解放同盟中央機関誌『解放新聞』は、同盟中央部の「権力と対決しているときこれが味方の論理か」という高圧的な(『同和はこわい考』にたいする全否定的な）「基本的見解」を発表した。それは「『同和はこわい考』内容の周到篤実な吟味の上での取り入れ」とは、まるで裏腹の意見であって、当然にも私は、『朝日ジャーナル』七月二十二日号所載の前記小文において、それに反対した。その際、誌面の制約のせいで私の書き残したことを、私は、ここに書く。むろん、これを独立のエッセーとして私は書くが、甚だ勝手な願いながら、大方の読者は、どうかなるたけ、『朝日ジャーナル』七月二十二日号所載の小文を併読せられたい。

さて、不定期刊紙『幻野通信』復刊第五号（岐阜県幻野の会　五月二十六日発行）に、高麗恵筆『エステルと会って、その後、井戸端会議風に（藤田敬一氏の〝同和はこわい考〟にいっておきたいこと）』というエッセーの佳品が載っていて、それは左のごとく締め括られている。

> いま差別の様相は「あれ」とか「あの部落」とかあからさまな用語を使わないで、アクセントの入れ方や殊更なる念押しや、つめたい無視の態度で伝達されている。あからさまに言うのはこわいのである。私はいつでも「差別の井戸端会議」に入ってゆける主婦なので、運動者たちのような理論や批判はなかなかに持てないでいる。運動は大切です。しかし運動の成果である「制度」が出来たあとにいつも限界が見えてくるようです。エセ同和やオドシ同和が「こわさ」の原因なら、それはいかなる行政施策にもつきまとうタカリ屋の群れだから気にすることはない。「こわさ」の原点は、やはり私が暮らしているごく普通の人々の性根の中にある。この人々は「こわさ」の再生産を飽きずに心掛けており、知らない人には何とかして伝えたいとお節介を買って出る人々で、「同和だよ」「こわいよ」

と上手に伝達できるとひと荷物おろしたようなほっとした顔をする人々です。解放同盟の役員にも、運動にコミットする学者たちにもいちど親しく会ってもらいたくなるいやな顔々です。

あたかもおなじ右部分が、近着の月刊誌『〃同和はこわい考〃通信』No.13（藤田敬一　六月二十日発行）に引用掲載せられていて、それに藤田の「コメント」が、付けられている。私が考えるに、その「コメント」の調子は、中央本部「基本的見解」のそれに甚だ類似していて、突っ撥ねるように否定的であり高飛車である。高麗文（の言葉遣いなど）には、不都合・不行き届きが、あれこれなくはなかろう。だが、それが藤田著にたいして敵対的・全否定的な物である、とは、到底私は信じない。われわれは、高麗文を、論理軽視主義または経験主義または庶民至上主義ならざる物として受け取るべきであり、「周到篤実な吟味の上での取り入れ」に努めるべきである。

たとえば、――旧軍隊が解体してから、四十余年が、過ぎ去った。とはいえ、旧軍隊において初年兵たちが古兵たちから手痛くいじめられていたことは、いまでもかなり広く知られているであろう。その初年兵たちは、〃おれたちは古兵になっても、決して初年兵いじめなんかしないぞ。〃というようにたがいに披瀝し合っていた。しかし、たいていの者たちは、自分たちが古年次になった場合には、けろりとしてやはり次ぎの初年兵たちをいじめ痛めつけたのであった。

たとえば、――小林多喜二が国家権力から虐殺せられたとき、Aはその死体の枕元にいた。その事実を、日本共産党(代々木)は、Aが自党にとって現在好ましからぬ立場にいるという理由で、隠蔽する。しかるに、そんな目を見てその卑劣なやり口に憤激したAが、別の局面においては、その事柄の説明にはB(の氏名)を抜きにすることはできぬはずであるのに、BがAにとって現在好ましからずという理由で、B(の氏名)をそこから平然として抹殺する。それならば、どうしてAは、日本共産党(代々木)の歴史偽造的所業を非難することができるのか。

藤田敬一は、高麗恵の一文にたいして、高飛車にして突っ撥ねるように否定的な態度を取るべきでなく、「周到篤実な吟味の上での取り入れ」に心を掛けねばならない。

(一九八八年六月三十日)

士族の株

「士族の株(を買う)」が公認の成語(共通語または標準語)であるか否か、どうも私は、おぼつかない。昨年初秋以来百数十日間における天皇重体情報騒動の不愉快千万な鬱陶しさの中で、改めて強くそのことが気になった私は、十数種の国語辞書や百科事典やについて検索したが、それらしい物を見つけ得なかった。それゆえ、それは、俚言《りげん》なり隠語なりの類であるのかもしれない。

むろん「株」については、たとえば『広辞苑』が、――幾区分かの語釈があるうち、私は、いま私の問題意識のかかわる分《ぶん》だけを写す、――「江戸時代に売買された役目または名跡《みょうせき》。」と解釈する。また、「御家人《ごけにん》の株」については、たとえば縮刷版『日本国語大辞典』第四巻が、「金銭で売買される御家人の家格。江戸時代の中期以後、生活に困窮した御家人が、表面上は養子縁組みの形で、その家格を農民や町人などに売り渡すことが行なわれた。」と説明する。

要するに、それらは、近代以前・身分制度時代・幕藩体制下の現実に関する――そしてそうでなくては叶《かな》うまじき――成語である。

御家人も、「士族」であるにちがいない。『広辞林』は、「士族」を「(一)武士の家柄。(二)明治の初め、維新前の士分を世襲した階級。華族の次で平民の上に位したが、権利・義務その他はすべて平民と同じであった。一九四七年(昭和二十二)の戸籍法の改正に伴い廃止。」と解義する(他の諸辞書も、まず同断)。

私が「御家人も「士族」である。」と言うとき、その「士族」は、主に(一)の意である。しかし、私が「士族の株(を買う)」を論ずるとき、その「士族」は、もっぱら(二)の意でなければならない。かくて、「士族の株(を買う)」は、明治維新以降(いわゆる「近代日本」)の現実に関する言葉である。そういう言葉として、それは、私の心に残ったのであった。

その言葉は、〝非「士族」(「平民」)の男が貧窮(さらにあるいは絶家寸前)の「士族」の家の「株」を買う。すなわち〝前者が金銭に物を言わせ養子縁組みの形で後者に入り込む(そんな手段で、前者「平民」が、「士族」になる)。〟ということを意味する。

明治・大正・昭和敗戦前時代〔一八六八年～一九四五年〕には、――昭和敗戦前時代〔一九二六年～一九四五年〕には、いくらか事情が変化したにもせよ、――「士族」ということは、世俗的・社会生活的に、主として隠然と、時として顕然と、やはり有利有力であった。それゆえ、「士族の株(を買う)」などという戯《たわ》けた・非人間的な状況とその対応言語とが、実在したのである。

「近代日本」の百年間余を、私は、あるいは「族称時代」と我流に名付けている。「族称」について、たとえば『広辞林』に、「明治政府が設けた、国民の階級上の名称。すなわち華族・士族・平民の別。」という「語釈・解説」が出ている(他の諸辞書の説明も、おしなべて同様)。私の確信によれば、そんな「語釈・解説」は、不正確不十分であり、せめてそれは、「明治政府が設けた、階級的身分の名称。すなわち皇族・華族・士族・平民の別。一九四六年(昭和二十一)の欽《きん》定憲法廃絶・新憲法成立ののちにも、「皇族」のみは、残存。」というように説明せられるべきである。

旧「戸籍法」（敗戦前時代の「戸籍法」）第三章「戸籍ノ記載手続」第十八条は、「戸籍ニハ左ノ事項ヲ記載スルコトヲ要ス」であり、「左ノ事項」十四のうち、「三」は、「戸主が華族又ハ士族ナルトキハ其族称」である。主として明治・大正時代のこと、官庁その他への届け書・願書とか履歴書とかには、「××県士族何某」、「〇〇県平民何某」などの記載が、広く――言わば「慣習法的に」――行なわれた（行なわれざるを得なかった）のであった。

「士族の株（を買う）」云云を私が何度か聞いたのは、私の幼少時代・大正末期～昭和初期〔一九二〇年代〕のことであった。そのころ私の一家は、九州地方福岡県企救《きく》郡〔現在の北九州市小倉区〕城《じょう》野《の》に住んでいた。城野は、聯隊所在地であって、隣接の小倉市〔同上〕は、師団所在地であった。

「士族の株（を買う）」というような事柄は、とりわけ際立《きわだ》って聯隊所在地など、いわゆる「軍隊町」において行なわれたり取り沙汰せられたりしたのではなかったろうか。まもなくやがて私の一家は、福岡県南部へ移転して「軍隊町」的環境から遠ざかった。そののち今日まで、私は、「士族の株（を買う）」云云を口頭で聞いたことも文字で読んだことも全然ない。

「士族の株（を買う）」云云は、私の両親の口からではなく、大西家への別々の来訪者たちの口から何度か出た、と私は記憶する。各来訪者と私の亡父か亡母かとの会話の中に、「士族の株（を買う）」云云の話題も、包含せられていたにちがいない。そして、それは、むろん「平民」一般に関していたけれども、なかんずく相対的にしばしば「新平民（被差別部落民）」に関していたらしい。

――旧軍隊（国軍）は、……たとえば『菊と刀』の著者ルース・ベネディクトを「また軍隊では家柄ではなくて、本人の実力次第で誰でも一兵卒から士官の階級まで出世することができた。これほど徹底して実力主義が実現された分野はほかにはなかった。」〔長谷川松治訳〕という類の錯誤に導いたように、……一見皮相には民主主義的な（擬似民主主義的な）様相をも一面において呈した。そこで、下層階級出身の低学歴者「平民」が、下士志願をして、曹長〔最上級下士官〕にまで、あわよくば准士官にまで、もっとあわよくば稀《まれ》に少尉か中尉かにまで、昇進する、ということは（戦時にはもちろん、平時にも）あった。

そのような経歴の人間が予備役（在郷軍人）になったとき、彼の一般社会における望ましい職業としては、各種学校の教練教師、町村役場の書記、官公庁会社銀行の守衛その他が、数えられた。「士族」であること（たとえば履歴書に「△△県士族何某」と記載し得ること）は、一般社会における彼の「望ましい就職」なり渡《と》世《せい》一般なりにとって、ずいぶん有利有効であったが、彼が元来「新平民（被差別部落民）」の場合には、それ（「士族」になること）は、決定的に有利有効でなければならなかった。なぜなら、「新平民（被差別部落民）」のままの彼にとっては、「望ましい就職」はおろか、人並みな渡世も事実上おしなべて甚だむずかしかったのである。

職業軍人として軍隊にかなり長らく勤務し准士官ないし尉官にまで昇進した人間は、往往にして相当の貯蓄を持っていた。その金を用いて「士族」になるという姑息《こそく》な処世術に彼が赴《おもむ》いたとしても、総じて人は、その彼を単純性急に非難あるいは嘲笑することはできまい。

「士族の株（を買う）」などという戯けた・非人間的な状況は、族称時代（非共和制下）敗戦前の陰惨悲痛な実情の所産であった。「皇族」は残存し、したがって現在もなお族称時代である。族称時代の全的終焉《しゅうえん》・

人民共和制の樹立のために、われわれは、いよいよ励精しなければならない。

付記——

▼筆者は、このエッセイの言句に若干の改変を行なって、筆者が目下執筆中の小説『三位一体の秘密』(予定約四百枚)の中に用いるであろうことを、読者諸氏にお断わりする。

日野啓三著『断崖の年』

本書の批評を私に注文するとき、編集者は、私がガン手術の体験者であることを主な理由として念頭に置いたであろう、と私は推測する。ある作物《さくぶつ》の批評において、批評者がその作物の「主題」とする事柄の「体験者」であるか否かは本質的ないし究極的には無意味である、と私は信ずる。だが、事柄の「体験者」であることが当の作物――とりわけ「体験記」のたぐい――を批評する上で有効という考え方の現実性を私は、さしあたりうべなうことができる。

それにしても、もし編集者はそういう考えがあったとすれば、それは甚だミスキャストであった。なるほど、たしかに私はガン手術の体験者である。しかし、この著者のガン手術に関連する精神的諸体験のほとんどすべては、私にとって別天地の現象に属する。

それゆえ私はガン手術の体験者であることとは独立に、一人の文筆家としてこの一巻の「体験記風でも、短編小説風でも、エッセー風でも」ある（実際に一巻以前それらのそれぞれとして各誌に発表せられた）作物について、私の見解を述べる。

たとえば、『牧師館』は、短篇小説として一昨年十二月に発表せられ、おおむね大方の好評を博したようである。私も、とりあえず異存はない。著者は「あとがき」で、「ただ世に闘病記と言われる悲愴な調子だけは、滲み出てほしくなかった」と言っているが、その願いは立派に達成せられている。そしてその達成は、一般になかなかたやすくないのである。

のみならず、たとえば『断崖の白い掌の群』に典型的なごとく、人生の厳粛深遠な問題が開示せられつつある首尾がおのずと有情滑稽のおもむきを帯びていることは、なかんずく一巻の手柄でなければならない。

かくて作品集『断崖の年』は、まちがいなく江湖の読者に格別の感興および教訓をもたらすであろう。

広告

『三位一体の神話』は、六月上旬刊行（B6判上下二巻同時発売）の予定であり、目下「著者校」中である。雑誌連載テキストの随所に加筆ないし字句修正が、ほどこされ、合計四百字詰原稿用紙三、四十枚が増加した（全体が千百余枚になった）のではなかろうか。

特に下巻において、構成にだいぶ変化が生じ、——内容に変化はない、——そのため「暮春」という極めて短い一章が新たに書き加えられた。その一章に、辛棄疾作長短句『満江紅』の一節「算《カゾ》フレバ年年／落チ尽クス、刺桐ノ花／寒《サビ》シクシテカナシ」とともに、前川佐美雄作短歌「いくつかの夢を残して年どしに重き思ひの春逝かむとす」という一首を、私は、エピグラフとして掲げたく志した。

私の記憶するその前川作一首（の文句）にまちがいはないと信ずるものの、私は、当然にも念のため原作と私の記憶とを照合するべく考えた。私は、「いくつかの」一首を、一九四〇年〔昭和十五年〕ごろの前川作品と覚えるので、その時分の歌が収められている『天平雲』〔一九四二年刊〕について検し、また駄目押し的に『大和』〔一九四〇年刊〕についても検したが、見つけることができなかった（発表当時の雑誌で、私は、読んだのであったろうか）。

歌集を主として出版する二、三の社に、私は、『前川佐美雄全歌集』の類が刊行せられてはいないかを問い合わせた。そのいずれもが、〝当社の出版物にはなく、また現在のところ、それは、たぶんどこからも出ていまい。〃という旨を答えた。それで、私は、『文芸年鑑／一九九一』の「著作権継承者名簿」によって、故前川佐美雄氏の著作権継承者前川緑子氏の電話番号を知り、率爾ながら電話で――一読者として――教えを乞うた。

電話に出られた御婦人の声は、かなり年配の方のそれとおぼしく、私の問いに答えて、〃全歌集は出ていないが、一社から全集（巻数不明）が、他の一社から未刊歌集が、どちらも近刊の予定になっている。〃という由をおだやかに述べられた。私が「失礼ですが、故前川氏の奥さまですか。」とおたずねすると、先方は、肯定せられた。

私は、『あぁ、これが日中全面戦争中からその作品を私のよりより読んできた歌人前川緑――たとえば私のそらんずる約五十年前の「地の上にわが見る星やさえざえし久遠《くをん》といふもはかなかりけり」の作者――の声なんだな。』と思ったが、そのことは言わずに、〃いよいよお身おいといの上お元気にお過ごしください。〃とあいさつして、電話を切った。

それはそれだけの話であるとはいえ、一種のかりそめならぬ感慨が、私にあった。「いくつかの」一首を、私は、とりあえず私の記憶のままエピグラフとして掲げる（なるたけ早く原作との照合を果たすつもり）。

余白に、一言。――一九八七年十月一日号（355号）の本紙に、私は、「思う所があり、自今以後、自著の他者への著者寄贈をいっさい取り止める。」と書いた。このことには、あれこれ不都合があるから、このたび私は、それを取り消す。

（一九九二年三月十八日）

『三位一体の神話』──「卓抜な文学作品としての推理小説」

作中人物たる作家尾瀬路迂《おせみちゆき》は、インタヴュアーの「近刊御予定の『三位一体の伝説』なる作品は、推理小説的な枠組みの中で進行するということですが、……あなたは、江戸川乱歩・木々高太郎論争の果てにおける乱歩の〝百年に一人の天才作家が「卓抜な文学作品としての推理小説」を書き上げることのみが、この問題に最終的な決着を付け得るだろう。〟という意味の言葉を念頭に置かれて、この作品を「卓抜な文学作品としての推理小説」に仕上げるおつもりではありませんか。」という問いにたいして、「作家は、叶《かな》おうと叶うまいと、必ず常に大望をもって自己の作品に取り組まねばなりません。おたずねのような「野望」も、私の胸奥になくはないでしょう。しかし、また、「眼高手低」という言葉もあります。」と答えた。

また、作中人物たる批評家戸益満《とますみつる》は、完結作『三位一体の伝説』を評して「「推理小説的な枠組みの中で進行する。」という制作意図は、見事に実現されている。一人の主要作中人物伊亜剛《いくまたけし》が、人間精神および「近代日本」国家社会の「負」の面を凝縮的に一身に具現しているような存在であること・戦争、敗戦、被占領、協定憲法、大衆社会化など、数十年の激動が、全篇のバックグラウンドと一貫して流れつづけること・その他、それらの特徴または特長は、この完結作において、いよいよあざやかである。」と述べた。

作中人物尾瀬あるいは戸益の『三位一体の伝説』にたいする考えは、作者私(大西)の『三位一体の神話』にたいする心持ちでなければならず、同時に自信ないし願望でなければならぬ。作中人物作家尾瀬は、「実物に先立って、私が、いくら作因・意図や、「野望」を自家宣伝広告しても、それは、果《は》かない大言壮語でしかありません。とにかく諸君は、実物が現われたとき、それを読んで、諸君の忌憚のない判断・厳密な批評を出してもらいたい。」とも言った。それは、まったくそのとおりである。そして『三位一体の神話』の「実物」は、現に読者公衆の前に現われた。芥川龍之介初期の短篇小説『葱《ねぎ》』は、「勇ましく――批評家に退治されて来給え。」と結ばれている。おなじような気持ちで、作者私は『三位一体の神話』を読者公衆（広義批評家）の前に送り出したのである。

自家広告

この六月中旬に、私の長篇小説『三位一体の神話』(上下二巻)が、光文社から刊行せられる。

その「第一篇　遠因近因」の「二」は、『士族の株』と題せられていて、それは、作中主要人物の文筆業者尾《お》瀬《せ》路迂《みちゆき》――上巻の途中における被殺害者――が生前に発表した一エッセイの全文である。

右エッセイは、「「士族の株(を買う)」が公認の成語(共通語または標準語)であるか否か、どうも私〔尾瀬〕は、おぼつかない。」と書き出されている。

中間には、「それ〔「「士族の株(を買う)」という『俚言《りげん》なり隠語なりの類』」は、むろん「平民」一般に関していたけれども、なかんずく相対的にしばしば「新平民(被差別部落民)」に関していたらしい。」とか「なぜなら、「新平民(被差別部落民)」のままの彼にとっては、「望ましい就職」はおろか、人並みな渡世も、事実上おしなべて甚だむずかしかったのである。」とかいう記述が、存在する。

そして同エッセイは、「「士族の株(を買う)」などという戯《たわ》けた非人間的な状況は、族称時代(非共和制下)敗戦前における陰惨悲痛な実情の所産であった。「皇族」は、残存し、したがって現在も、なお族称時代であり、国民相当部分の心的態様も、族称時代にふさわしい蒙昧《もうまい》な島国的後進性を依然として蔵している。族称時代の全的終結・人民共和制の樹立を、私は、有志の人人とともに、切望する。」と結ばれている。

「第二篇　遠景」の「二十」は、『奇妙な一人物』と題せられていて、それも、尾瀬路迂が生前に発表した別の一エッセイの全文であり、その中には、「人権の十全な保障および伸長は、『日本国憲法』第一章全八箇条の全的廃止ならびに第二章全一箇条の完全実施によってこそ達成し得られるにちがいありませんが、現行憲法の正当な解釈ならびに運用が行なわれる限り、人権のかなり満足な保障および伸長があり得るはずです。」という言句が見られる。

「跋篇　未完遺作の完結」には、作中人物の批評家唐陘弘仁《とうざかひろひと》の「人間精神および「近代日本」国家社会の「負」の面を凝縮的に一身に具現しているような存在」という言葉がある。ここで、その「「近代日本」国家社会の「負」の面」が何を意味するかは、縷説の要もあるまい。「跋篇」には、おなじ唐陘《とうざか》の「戦争、敗戦、被占領、協定憲法、大衆社会化など、数十年の激動が、全篇のバックグラウンドと一貫して流れつづけること」という言葉も存在する。

前の言葉も後の言葉も、長篇小説『三位一体の神話』（の作中人物ないし作中現実）と直接にはかかわらない。しかし、全篇の効果において、前者は、他の作中主要人物の文筆業者葦阿胡右《いくまひさあき》――上巻の被殺害者尾《お》瀬《せ》ならびに下巻の被殺害者枷市和友《かまちかずとも》の両人を殺害した犯人――をまっすぐに指示していて、後者は、上下二巻の作中現実首尾を明らかに概括している。

以上の舌足らずな叙述によっても、長篇小説『三位一体の神話』における作意の主要な一つは、明瞭でなければならない。作者私は、ややはばかりながら、この場を借り「自家広告」を行なって、大方読者の愛読を庶幾《しょき》する。

（一九九二年六月十日）

桑原氏の新著――桑原廉靖著『大隈言道の桜』

「書評」という注文を私は受けたが、私が書くのは到底「書評」ではあり得ず、せいぜい「新刊案内（または新刊紹介）」ではあり得ようか（それも、あやしい）。

つまり、この『大隈言道の桜』という多岐豊満な内容の書物を、僅僅《きんきん》七百五十字以内で適切万全に批評する能力は、たしか私にあるまい。

桑原廉靖《くわはられんせい》（歌人にして医師）は、前著『大隈言道と博多』（一九九〇年刊）において、大隈言道と同郷人（筑前博多在住）であることを特に大いに活用しつつ、言道の人および作品そのもの、ならびに言道の人および作品に関連のある人人（作物群）について、論述した。

すでに前者の中に、「言道とさくら」の章があり、また「言道と新開竹雨」の章がある。

私は、新開竹雨著『大隈言道佐久良能歌』（一九三二年刊）を長らく所蔵している。新著『大隈言道の桜』という書名を見て、たちまち私は、右新開著を連想し、併せて桑原前著の上記二章を連想した。

著者の「あとがき」に、「私の短歌の師であった新開竹雨先生に、『大隈言道さくらの歌』と題した著書がある。千六百余首の、桜の歌の採集である。／〔中略〕桜の歌を抜きにしては、言道を語れないと思う。／『大隈言道の桜』と題したのは、竹雨先生の著書にあやかる気持もあってのこと。」という言葉が、読まれる。

「（インタビュー）言道の復権」は、「付録」二篇とともに、読者にとって、なかんずく有益にして啓蒙的である。

このたびも、前著におけると同様に、著者は、言道と同国人(九州福岡在住)であることを、とりわけ充分に活用して、この有意義な著作を成した。まことにそれは、めでたいことである。

巨根伝説のことなど

本紙昨年四月一日号に、私は、エッセイ『広告』を書いた。その内容は、光文社昨年六月刊『三位一体の神話』上下二巻に関する自家広告であった。このたびもまた、私は、私のエッセイ二つ（続き）に関する自家広告を、まず行なう。

一つのエッセイは、すでに昨年十二月上旬に掲載誌の発行せられた物、すなわち『群像』一九九三年新年号所載『仮構の独立小宇宙』であり、他の一つのエッセイは、近く一月二十五日に掲載誌の発売せられる物、すなわち『ＥＱ』三月号所載『「作家のindex」事件』である。二つのエッセイは、おのおの本紙および『社会評論』に浅からぬ因縁を持っている。有志の読者諸君が、これら二つのエッセイを読まれ、語の俗化・堕落した意味における「文壇（文芸ジャーナリズム界）」の生臭い今日的様相に目を止められんことを、私は、こいねがう。なお、前記『三位一体の神話』上下二巻は、いろんなややこしい経緯で――私は、出版担当者の善意および熱意を理解するものの、――なんだか仰山たらしい高価版になった。それは、私として不本意の始末であって、私の希望・念願は、清雅堅牢な書物を、なるべく安く読者の手に渡すことであった（この春・三月後半か四月前半かに、おなじく光文社から、普及廉価版が刊行せられる）。

「孝謙天皇の道鏡を寵したまひしも、……閨門の法度正しからざるに基するなり。」と伴蒿蹊が『閑田次筆』で論じている。その道鏡に関する「巨根伝説」は、古来名高い。『大東閨語』には、「孝謙帝、道鏡ノ男根ヲ握リ、笑ッテ曰ク、アア偉ナルカナ神物、真ニ是レ男根中の王ナリ、ト。」と書かれてある。また、『誹風末摘花』に「道鏡に根まで入れろとみことのり」、『柳の葉末』に「世界に一人の男根だと女帝笑み」などの句もある。

＊

『アラビアン・ナイト』かには〝黒人のペニスは、太くて長いから、婦人によろこばれる。〟というような文言が、存在する。〝西洋婦人は、浮世絵の誇張せられた春画描写によって日本人の巨根を盲信しているゆえ、日本男子に興味を抱いている。〟という類の俗説も、長らく巷間に流布していた。

要するに、〝婦人は、巨根(太くて長い陰茎)を愛好する。〟という命題は、洋の東西を問わず、広く行なわれて、社会通念ともなっていたらしい。しかし、私は、そんな命題(社会通念)を毫も信用しない(ただし、すべて物事は、「蓼食う虫も好き好き」であり、むろん別に私は、そういう命題の該当婦人もいるであろうことを一概に否定しはしない)。そんな命題(社会通念)は、一般的にまちがいであり、男尊女卑社会における男性中心文化の所産(迷信・偏見)でしかない、と私は、強く考える。私は固く信ずるが、真正のフェミニストは、男も女も、そんなバカバカしい謬説を、決して承認せずに、真っ向から嫌悪・否定するはずである。

ジェイ・マキナニー作（宮本美智子訳）長篇小説『ストーリー・オブ・マイ・ライフ』（新潮社一九八九年刊）は、本国アメリカ合州国では、一九八八年に出版せられた。日本訳書のカヴァーには、一九五五年生まれのマキナニーに関する「現代のアメリカで最も人気の高い若手作家の一人」という言葉も、印刷せられている。これは、「一人称小説」であるが、その中に左のような一節がある。

ルームメイトのジァニーとはいっしょのベッドで寝てるし、これはなかなかのもんよ。寝室はひとつしかないから、こうすればリビングルームはパーティやなんかに自由に使えるってわけ。あたしはひとりぼっちが嫌いなの。だけど、どっかの男のベッドで目が覚めて、シーツには乾いた精液がこびりついている、男はゴミ収集車みたいな高イビキをかいてる、なんてなるとさ、もうこんなとこ一刻も早く出て行きたいって思っちゃうよね。〔中略〕それからジァニーの体温で一晩中暖まっているベッドのある家に帰るんだけど、あたしがベッドに飛び込むと、彼女は目を覚ましちゃって、こう言うの。詳しく教えて、アリスン、長さと太さは？　って。

（傍点大西）

語り手兼主人公アリスンは、二十歳の娘であり、「ルームメイトのジァニー」も、同年配の現代娘であり、作者マキナリーは「現代のアメリカで最も人気の高い若手作家の一人」である。しかるに、その実体の、なんたる古臭さ！　男女同権平等への道は、なお遼遠である、と私が痛感せざるを得ない。

寛仁大度の人

北川晃二氏と桜井冨美子(現在の北川冨美子)氏とに、私は、敗戦翌年(一九四六年)の春、ちょうど秀作『逃亡』の『午前』創刊号誌上発表のころ、初めて知り合った。爾来、約五十年間、北川氏夫妻と私(および妻美智子)とは、ずっと交際を持続してきた。以下、私は、北川冨美子氏に関する記述を、大西美智子に関する記述とともに、省略する。

私は、交友のとぼしい男である。戦前戦中からの少数交友は、ほとんど亡くなり、もはや北川晃二氏は、私にとって、最も古い交友の数少ない一人であったが、その人も今年浅春に永眠したのである。

私が交友のとぼしい男であることの説明は、さまざまにあり得ようが、次ぎのような説明は、ある意味で最も適切に、あるいは最も象徴的に、その間の消息を物語るのではなかろうか。……私にたいして悪意を持たない・かえって親近感を持っているにちがいあるまい人物、すなわち私の数少ない交友の一人が、もしもあるとき「大西と長らく付き合うことのできるのは、よほど辛抱強い・よほど寛仁大度の大人物、悪く言えば大バカであろう。」と断言したとすれば、それはなかなか肯綮《こうけい》に当たった表明であろう。……

それならば、北川晃二氏は、私にたいして、「よほど辛抱強い・よほど寛仁大度の大人物、悪く言えば大バカ」として、約五十年間、付き合ってくれたのである。事実として、私は、福岡在住中五、六年間にも関東在住中四十余年間にも、北川氏にいろいろ世話になってきた。人間の一生には、たいてい浮き沈みがある。私にも、それがあった。ただし、私における「浮き」は普通の標準における「沈み」に相当し、私における「沈み」は普通の標準における「どん底」に該当するが、いま私はそのことを扠置《さてお》く。

「落ちぶれて袖に涙のかかるとき人の心の奥ぞ知られる」という歌は月なみであるにしても、また実に人世の機微をえぐっている。私の母方の祖母――彼女は別に学問も何もなく、日中全面戦争中に九十二歳で世を去った、――は、「出《で》る陽《ひ》を拝《おが》む人はおっても、入《い》る陽を拝む人はおらん。」とよく言っていた。前の歌も後の言葉も、おなじようなことを意味する。

私の知る限り、北川晃二氏は、人の「浮き」ないし「出《で》る陽《ひ》」のときにも人の「沈み」ないし「入《い》る陽《ひ》」のときにも、その対人態度にまったく変わりのない人であった。私における「浮き」と「沈み」との実状は、前述のとおりである。その私の「浮き」のときにも「沈み」のときにも、北川氏は、毫《ごう》も変化なく――しばしば私は、特に私の「沈み」すなわち「どん底」において北川氏に迷惑をかけた、――私に接してくれた。

私は、「貧乏ひまなし」その他で、福岡へ行くことはめったになかったが、行けば必ず北川氏と会い、また北川氏は、作家として出版社との交渉のためのほか、新聞社の編集局長・社長のころ、また市人事委員・建築会社社長のころ、そのそれぞれの職務上用件でたびたび上京し、おおかたそのたびに私は、北川氏を拙宅に迎えるとか、同氏とどこかで会うとか、してきた。いまはそのこともなくなったのであり、また北川氏の新しい作物に接することもできなくなったのである。

私は、昨秋ごろ、北川氏の健康状態がおもわしくないということを仄聞《そくぶん》し、また昨年末ごろ、同様の情況を息女千寿子氏より電話であらかた承知して、案じていた。私は、『週刊金曜日』という雑誌に、昨年十一月五日創刊号から、『春秋の花』という文章を連載してきた。それは、毎回、四〇〇字詰め原稿用紙一枚以内に、短歌、俳句、詩、散文(小説その他の一節)などを掲げ、それに私の「解説」を付した短文である(『朝日新聞』における「折々のうた」のようなもの)。

その十五回目(今年二月二十五日号)に、私は、『逃亡』の書き出しを掲げた。その掲載誌を北川氏へ送るべく同誌編集部に依頼し、その旨と病気見舞いとの手紙を北川晃二氏・北川冨美子氏連名宛で出し、〝もし晃二氏が重態ならば冨美子氏からよろしくお取り次ぎくださること〟を書中で願った。同掲載誌は、郵便の都合で二月二十七日午前(すでに北川氏絶息後の時間)に着いた由であり、晃二氏の逝去とそのこととを冨美子氏から同日正午ごろ電話で知らせられた。四十三年前、宮本百合子が亡くなったとき、中野重治は、「わたしは駒込の宮本家に電話し、それからそこへ出かけ、彼女の死をわが目で見とどけた。死はいかんともすることのできぬものであった。」(『死人に口なしか』)と書いた。北川氏逝去の報を聞き、私は、「死はいかんともすることのできぬもの」と今更に痛感した。

ここに私は、前述『春秋の花』十五回目の小文を再録しつつ、つつしんで北川晃二氏を追想し、併せて切に北川冨美子氏の健康を念ずる。

＊

〈春秋の花15〉

もう春が近くなっていた。いや来ていたのかもしれない。営庭の楊樹《ようじゅ》には小さい緑の萌《きざ》しが斑《まば》らにその枝を這っていた。

北川晃二

作品集『逃亡』（一九四八）所収中篇『逃亡』（一九四六）の冒頭。太平洋戦争は、その参戦者たち大岡昇平や小島信夫やによる幾つかの優秀な「戦場の小説」を生んだ。『逃亡』も、その数少ない一つ。この効果的な書き出しは、「楊柳楊柳／裊裊随風急」（吏陵女子）の佐藤春夫による名訳「やなぎや柳／なよなよと風になびきてしどけなし」（『車塵集《しやじん》』）を人に思わせもするが、むろん『逃亡』は、しかく浪漫的一色ではない。梅崎春生《うめざきはるお》の、これも勝れた「戦場の小説」『日の果て』（一九四七）が、この北川作中篇の影響下に制作せられた。

解嘲

この小文は、小作『迷宮』を読んでいない人には、ちとわかりにくくて、興味もとぼしいか、とも私は恐れる。大方の読者に、私は、まずそのことを断わる。

四年前、私は、〝職業言論公表者（評論家）は、せめて論評対象そのもの（の属性）くらいは正当に把握認識しなければならない。〟ということを書いた（『群像』一九九二年十月号『半可通の知ったかぶり』）。これは「言うもおろか」なことのようであるが、現実には、論評対象そのもの（の属性）をすら見当大ちがいにしか把握認識していない評論家がしばしば存在する。

頃日、私は、ある知人から、左のような『迷宮』読後のはがきを貰い、その知人が長らく著名の評論家として通ってきた文筆家であるだけに、なおさらますます驚嘆というか、あっけに取られた。

〔前略〕読書力低下した私に通読をさせたところを見ると、この小説の牽引力は相当なものと思います。以下二～三不審な点について伺います。

（1）皆木《みなき》旅人《たびひと》が自殺した夜、桐ケ岡《きりがおか》の山荘に行っていた妻の路江《みちえ》が人知れず自家へ帰るのは、夫の死を見とどけるため。そんなことの必要なのは、旅人が自分の自殺計画を忘れてグーグー寝たりしてやしないかを見とどけるためであった。とすれば、それほど痴呆症状が深まっていれば、細君がどれほど隠しても、近所の人や親戚知人に知られていただろうに。その様子が少しも読者に知られていないのはunfairではないか。

（2）高速道路の所要時間は20分でも、インターチェンジ付近でタクシーをつかまえるのに骨が折れるのではないか。

（3）老人性痴呆とアルツハイマー病とは別、と94年版『知恵蔵』にあり。

妄言《ぼうげん》多謝。匆々。

「（3）」はいちおうともあれ、「（1）」および「（2）」のあまりに没論理的・痴呆的な「妄言」――これでは、『迷宮』は、「牽引力は相当なもの」も何も、まったくナンセンスな作品ということになろう（それにしても、「夫の死を見とどけるため」とは！）――にあきれ返った私は、『迷宮』刊行担当の光文社員O君に、「こんな読み方をする読者が、ほかにもたまにはいるのだろうか。」とたずねた。O君は、「いや、いくらなんでも、そんな読者は、ほかには、いないでしょう。その人〔はがきの主〕は、ほんとうに通読したのですかねぇ。」とても信じがたいという調子で答えた。

「（1）」について。――こんな「不審」は、総じてケタはずれに没論理的・痴呆的であるが、なかんずく八九ページの《上原専禄没後四年間も遺族が上原長逝の事実を一般に伏せていた労苦は、故人が著名人だっただけに、並みたいていではなかっただろう。》云云や、一一二ページの《そういう言わば「現代社会においては奇蹟的な事態」は、皆木旅人さん、皆木路江さんの二人に強靭な意志力および実行力があったからこそ、実現可能だったのです。》や、《第四章（『幽霊』をめぐって）一～四全部》や、二四五ページの《それは、〃やはり皆木旅人さんの死は、「自殺」ではなくて、「他殺」なのだ。〃という結論だ。しかし、「他殺」は「他殺」でも、これのより正確・適切な言語表現は――現行法下において――「嘱託殺人」ないし「承諾殺人」でしょうか。それは、形相的には「他殺」だが、本質的にはまったく「他殺」ではないのです。》やが、てんから無駄な叙述ということになってしまう。

「（2）」について。――路江が姫宮の自宅と桐ケ岡山荘との間を自家用車で往復したことは、たとえば二二〇ページに《宗子《むねこ》が自家用車から白木綿《しらゆう》町の松枝妙子《まつえだたえこ》の住居の表で妙子を下ろし、路江の文成《ふみなり》を乗せて運転する車と同行して、姫宮の皆木宅へ着いたのは、八月十八日午前十一時ごろのことだった。》と明記せられている。「インターチェンジ付近でタクシーをつかまえる」などは、てんで無関係の事柄である。

「（3）」について。――作者私は、一六五ページにおける皆木旅人の《私は、「アルツハイマー病・老年性痴呆」と連語のような・一息の言い方をしますが、それは、アルツハイマー病と老年性痴呆とは別物ではない（または、部分的に競合する）、という学説が近年有力に出ているそうですから、私は、そんな連語のような・一息の言い方をするのです。「アルツハイマー型痴呆」という呼称も、行なわれているようです。要するに、それは、高年齢性の「痴呆」一般を意味します。》という言葉を、たとえば、長谷川和夫編『アルツハイマー病』（日本評論社一九九二年刊）、アルフレッド・フールマン著（那須弘之訳）『アルツハイマー病の妻とともに』（医学書院一九九三年刊）、平井俊策編『アルツハイマー型痴呆と脳血管性痴呆』（医薬ジャーナル社一九九四年刊）、水谷俊雄著『脳の老化とアルツハイマー病』（岩波書店一九九四年刊）を参考して書いた。そして、その叙述には、文学的にも医学的にも非の打ち所はないはずである。

（一九九五年七月七日）

なかじきり

「十五年前〔一九八〇年〕、『神聖喜劇』全八部の完結時、「私の初期の仕事は、これで終わった。」と宣言した私は、この五月二十日付けで長篇小説『迷宮』を出版し、ようやく「中期前半の仕事」を終えた。」〔筑摩書房刊『大岡昇平全集』第十巻「月報」〕と私は、昨一九九五年初夏に書いた。みすず書房が『大西巨人文選』全四巻（それまでに私が執筆・発表した批評文大多数の編年集）発兌《はつだ》の目論見《もくろみ》を私にもたらしたのは、昨年三月下旬のことであって、その前年〔一九九四年〕初冬に脱稿の『迷宮』は、あたかも出版作業進行中であった。すなわち、私の「中期後半」および「晩期」の仕事は、昨今開始せられたばかりであり、前途は、私にとってなお遼遠である。私は、森鷗外に標題（だけ）を学んで、ここに小文を書き、本『文選』刊行を私の仕事の「中仕切り」とし、今後ますますの精励を志す。

（一九九六年中夏）

「無縁」の人として

旧臘一日付け『朝日新聞』の「折々のうた」には、張九齢《ちょうきゅうれい》作五言絶句『鏡ニ照ラシテ白髪《ハクハツ》ヲ見ル』（「宿昔《シュクセキ》、青雲ノ志／蹉跎《サタ》タリ白髪ノ年／誰カ知ラン、明鏡ノ裏《ウチ》／形影《ケイエイ》、自《ミズカ》ラ相憐《アイアハ》レマントハ」）が掲出せられていた。総じて詩意は平明であり、別に解説の要もなかろう（「蹉跎」は、〝つまずく〟とか〝失敗する〟とかの意）。

四十年前、私は、本多秋五著『転向文学論』（未来社一九五七年刊）の短評（みすず書房一九九六年刊『大西巨人文選』2『途上』所収『精神の老い』）を書き、その締めくくりに張九齢作同五絶の転結二句を左のごとく引用した。

> かくして『転向文学論』一巻は、それ自身が（戦争時代に青年期を過ごさればならなかった日本知識分子の挫折、その戦後における未回復の一つの代表的なタイプを示す）「転向の書」である。著者が最近到達した確信は、「自我のある人は、たとえ悪人でもなさざるところがある。自我のない人は、なにを仕出かすかわからない。」というように語られている。私は、単純な否定的意味において、これを「転向の書」と呼ぶのではない。「誰カ知ラン、明鏡ノ裏／形影、自ラ相憐レマントハ」。

私の短文は、そのころ、中野重治氏と花田清輝氏とから、いずれも口頭で、おのおの別別の場面で、しかし場所はおなじ新日本文学会本部事務所で、批評せられた。

中野さんは、「君のあの書評は、一般読者には、わかりにくいだろうね。」と言った。その言葉は、実は〝今度の君の評言も、例のごとく誰にもよくはわからないよ〟ということであるにちがいない、とさすがに私は思った。だが、中野さんの口調も顔色も、軽快であった。それで、私も、猪口才《ちょこざい》にも軽口《かるくち》ふうに、「はぁ。私の文章は高級なので、ちょっとむずかしいのでしょう。」と答えた。中野さんはかすかに苦笑したらしかったものの、私の短文については、それ以上は何も言わなかった。

花田さんは、「ほかの筆者なら、三十枚〔四百字詰め原稿用紙。以下同断〕か五十枚かに書くだろうような内容を、君は、三枚に書いてる。あんなやり方じゃとても〔原稿料かせぎの〕商売にはならないよ。」と言った。私は、大いにわが意を得て（つまり「たいそう褒められた」ような気になって）「そうですね。ほかの連中なら、たいていの者が、それくらいの枚数を費やさなけりゃ、あれだけの内容を書くことはできますまい。」と、ここでも軽口ふうに返事した。花田さんも、私の短文については、別にそれ以上は何も言わなかった。

そののち中野氏または花田氏と私との間で、私の本多著評短文が話題になったことは、一度もなかった。しかし、だいぶん後日、私は、中野・花田両先達のあれらの言葉は〝どうも君の作物には「ひとり合点の舌足らず」が少なくない。あれでは、読者の大多数には通じないにきまってる。そこを省みる必要がある〟と私をたしなめたのであったろう、と思い当たった。

「形影、自ラ相憐レマントハ」の「形影」が当人と鏡の中の当人の映像とであることは、明らかである。太平洋戦争中、一九四三年夏かに、一兵私は、陸軍部隊屯営内の古雑誌で、「手に取りてつくづく見入る手鏡に痩《や》せ衰えしわがいのちあり」という一首を読んだ。雑誌名をも一首の作者名をも、私は、ふつつかなから失念した。たしか作者は某陸軍病院の入院患者（非専門歌人）であった、と私は、うろ覚えに記憶する。それは、まさしく作者当人が紛れもない「明鏡」にむかって「形影、自ラ相憐レ」んでいるのである。

それに反し、私の本多著評短文の結末における「明鏡」は、実に本多著『転向文学論』そのものであって、それが（抽象的な意味の）〝鏡〟として読者私を映していた。本多さんは、私よりも約十歳年長であるけれども、「戦争時代に青年期を過ごさねばならなかった」ことにおいては、本多さんと私とは、おなじである。「戦争時代に青年期を過ごさねばならなかった日本知識分子の挫折、その戦後における未回復」を、私は、他人事とは少しも考えなかった。『転向文学論』中の「娑婆《しゃば》苦の世界にあって、現実と自己とを否定せぬために、「強すぎる正義感」の向うで耐えるということ――これぞ戦争中にわれわれが高価に購わされた言語道断の獲得であった。」という言葉の痛切なひびきも、むろん決して私にとって他人事ではなかった。

つまり、本多著『転向文学論』は、読者私にとって「明鏡」であり、私は、同著書の「裏《ウチ》」に私自身（の映像）を見つめていた。それが、張九齢作五絶の転結二句を引いて私が小文を結んだ所以であった。しかし、私のそんな心持ちは、私の「ひとり合点の舌足らず」ゆえに、読者の大多数には（たぶん当の著者にも）伝わらなかったのであったに相違ない。

「蹉跎」という語は、前記のとおり〝つまずく〟とか〝失敗する〟とかの意であり、時間・歳月の経過（の速やかさ）の意は、その語には含まれていない。「宿昔、青雲ノ志／蹉跎タリ白髪ノ年」の標準的な解釈は、〝自分は、むかしは青雲の志を抱いていたが、幾星霜の間ついにその志を遂げることなく失意の白頭になってしまった〟というようなものであろう。

それにもかかわらず、数十年このかた、私は、この詩を読む（想起する）たびに、「蹉跎タリ白髪ノ年」を〝「たちまち」（あるいは、「あっと言う間に」）白髪の年が来てしまった〟というふうにひたすら読解（感受）してきた。そして、いつごろからか、これももうずいぶん長らく、この「蹉跎タリ白髪ノ年」という詩句と「時光《ジクワウ》ノ太《ハナハ》ダ速ヤカナルコトヲ恐怖《クフ》ス。」という断章とが、私において、切っても切れぬ観念連合を形成している。

昨一九九六年晩春、私は、『春秋の花』（光文社刊）という書物を出した。それは、一種の詞華集《アンソロジー》であり、わが国の古人および今人の詩文おのおの全部ないし一部が掲出せられ、それに私の解説というか感想（二百八十字内外）が付せられてある。その一つに、私は、道元の「この心あながちに切《せつ》なるもの、とげずと云ふことなき也《なり》」という語を掲出し、私の左のごとき「解説というか感想」を付した。

> 『正法眼蔵随聞記』（一二三〇年代後半成立）所収。言うまでもなく掲出語は、仏道（欣求《ごんぐ》の志）にかかわる。私は、「無縁」の人間であるが、そういう人間として、この語をたいそう尊重してきた。長篇『神聖喜劇』全八部を私が書き上げるまでには、だいぶん長い年月の起伏があって、私といえども心衰えるおりおりがなくはなかった。そのようなおり、私は、掲出語ないし'Where there's a will, there's a way.'という語を心に念じて、私自身を激励した。いまも私は、制作について、また人生社会の万般について、掲出語を大いに尊重している。

「時光ノ太ダ速ヤカナルコトヲ恐怖《クフ》ス。」も、道元の『学道用心集』に出ている語であるから、むろん仏道にかかわる。「無縁」の私が、ここでも、その語を大いに尊重し、昨今ますます傾倒の度を深めている。一つには、それは、私自身が「時光ノ太ダ速ヤカナルコト」の「恐怖《クフ》」をいよいよ痛感するからである。卑近な事例を、私は挙げる。「手に取りてつくづく見入る」一首を私が読んだのは、五十余年前の経験であるのに、それがせいぜい四、五年前の出来事と私に感ぜられる。中野・花田両先達が私の本多著評について寸評を語ったのは、四十年前のことであるのに、それをまるで一、二年前の会話のように、私は感ずる。中野さんも花田さんも、すでに物故してしまった。両氏の逝去は、どちらも、このごろの凶事と私に思われるが、今年は、中野氏の没後十九年目・花田氏の没後二十四年目に当たる。

しかし、それらは、過去既往に属する。私の「恐怖《クフ》」は、より多く将来未来にかかわる。もっとも、それは、「死」そのものにたいする「恐怖《クフ》」ではない。また、私は「無縁」の人間であるから、「来世」の類は私に論外である。私は、私自身が「無」に帰するまでと私のせめてこれまでには為し遂げるべき(為し遂げたい)仕事とを思い合わせて、「時光ノ太ダ速ヤカナルコトヲ恐怖《クフ》ス」るのである。

（一九九七年正月九日）

風骨

数十年来、私の頭に、「人《ひと》と為《な》り狷介《けんかい》にして風骨《ふうこつ》あり、濫《みだ》りに人に許さず。」という珍しい言句が、宿っている。いま私は、その出典を詳らかにしない。辞書によれば、「風骨」は、あるいは「風采骨格」を意味し、あるいは「高尚な品格」を意味する。私の頭に宿る言句において、「風骨」は、後者的な意であり、語感として「気骨」にたいそう近似的である。

約十年前、私は、ふとした機縁で関根隆氏と知り合いになり、それから数回お会いし、種々雑談を親密に交換した(しかし、氏の私生活については、ほとほと知らない)。また私は、氏の文業(詩作ないしエッセイ)にも、爾来だんだん多く深く接した。面晤《めんご》と文業との双方について、私は、初対面・初接触このかた、次第に強く、氏の上に、如上の珍しい言句の適合を感受している。

ここでは、私は、氏の談話ならびに詩作のことを扨置《さてお》く。この一巻のエッセイ集成を心して読む人は、「人と為り狷介にして風骨あり、濫りに人に許さず。」という有りがたい言句の適合を氏の上に私が感受する所以《ゆえん》に思い至るにちがいなかろう。そこに氏の(有志の人々の「敬重」を喚起するべき・だがまた必ずしも少なからぬ人々の「敬遠」を招き寄せがちな)特色が実存する、と私は独断する。

(一九九八年十月中澣)

『迷宮』解説

『迷宮』という作品には、一つの目立つ特徴があります。それは、この作品が推理（探偵）小説的な枠組みで書かれていることです。ただし、作者自身は、僕のこんな言い分を、そのままに甘んじては認めないでしょう。〈全体的に文芸作品は、物事の究明を目的とするゆえ、必然的に広義推理小説になる。〉というのが、作者の持説（一例・『プレイボーイ』一九九二年七月二十一日号「著者インタヴュー」）ですから。

そういえば、『神聖喜劇』も『天路の奈落』も『娃重島《あえしま》情死行』も、広義推理小説的に書かれていまして、それどころか、『三位一体の神話』は、ほとんど推理小説そのものの形態でした。そんなわけで、作者と推理小説的作法とは、もとから縁が深い。『迷宮』について今更《いまさら》らしく「推理小説的な枠組み」とか「目立つ特徴」とか言われるのは、作者自身としては妙な・こそばゆいような気持ちかもしれません。

でも、その上で、僕は、やっぱり敢《あ》えて〈推理小説的な枠組みで書かれていることが、『迷宮』の一つの目立つ特徴だ。〉と言います。推理小説的な枠組みでの主題追求が、ここに最も適切に、のみならず、たいそう興趣《きょうしゅ》的に、生と存在との真相を開示しているのです。そして、それは、作者の〈全体的に文芸作品は、物事の究明を目的とするゆえ、必然的に広義推理小説になる。〉という持説にぴったり照応しています。

自作『迷宮』（の単行本）について作者が語った下《しも》のような二つの文章も、目立って特徴的です。

『迷宮』(の主要な作意の一つ)は、有吉佐和子作『恍惚の人』ないし佐江衆一作『黄落』のような老人ボケの惨状とか介護家族の労苦とかの俗耳《ぞくじ》に入りやすい描出ではなく、人生と死との社会的にして存在論的な・今日的にして永遠的な主題の孤軍独行冒険的な追求である。

〔『文学上の基本的要請』、『群像』一九九六年五月号〕

『迷宮』上梓後五カ月弱の今日にして、左のような事実が明らかとなり、かつまた左のような疑いが私の中に生まれ、次第に増大し、ようやく定着しつつある。

(一)事実。……少なくとも当面の現実において、『迷宮』は、ワーストセラーでしかあり得なかった。

(二)疑い。……①『迷宮』少数読者中の相当部分は、〔中略〕『迷宮』にたいして、「まったくナンセンスな作品」という不当な——作品の実相とは正反対の——判断を抱き、それを口コミその他で未読の人々にふりまいたのではあるまいか。②こういう有様は、日本文化・文芸の今明日に関する甚だ消極的・否定的な見通しを象徴的に開示しているのではなかろうか。

さしあたり、これ以上は、「言わぬが花」でなければなるまい。

〔『「春秋の花」連載終結の辯・その他』、『週刊金曜日』一九九五年十一月二十四日号〕

右二つの引用文を僕が「目立って特徴的」と言うのは、別にそこに「主要な作意の一つ」が端的に披瀝《ひれき》されているからではありません。その二つもまた推理小説的に書かれているのが「目立って特徴的」な所だ、というのが、僕の考えです。では、僕は、どんなふうに作者の真意を推理するのでしょうか。

――特に今時では、当座的なベストセラー小説のほとんどすべて（九九・九九九パーセント）は、低級下等の作品でしかなく、わずか九牛《きゅうぎゅう》の一毛《いちもう》（〇・〇〇〇八パーセント）は、中級中等の作品、残りのほんの一抹（〇・〇〇〇二パーセント）が、高級上等の作品。こういう実情の中で、『迷宮』が当面ワーストセラーなのは、もっともなことではないか。こんなふうでは、現代および将来の日本文化・文芸の運命が、実に憂慮される。……

ほぼこのように、僕は、推理します。ところで、僕のこんな推理内容は、これまたおおかた作者の持説〔たとえば『新日本文学』一九五九年七月号『批評の弾着距離』、『朝日ジャーナル』一九八六年二月二十八日号『芸術祭不参加作品』、同誌同年三月二十八日号『巨匠』〕にほかなりません。しかしながら、作者の最近エッセイ『一犬《いっけん》、実《じつ》に吠《ほ》える』〔『一冊の本』一九九六年八月号〕などを参照して僕がさらに推理を推し進めるに、作者のそんな持説に隠微《いんび》な変化が生じているようです。

――作者が「少なくとも当面の現実において、『迷宮』は、ワーストセラー」と書き、僕が「『迷宮』が当面ワーストセラー」と簡約した、その「当面」を、作者は、従前とはいささか異なり、いまやあまり信じていないのではなかろうか。作者は、「当面の現実において」という限定句抜きで、「『迷宮』は、ワーストセラー」とそのときあたりから思い始めたのではあるまいか。しかし、それは、自作にたいする作者の自信減退を意味するのではなくて、現代および将来の日本文化・文芸の状況にたいする作者の希望喪失を意味するのではなかろうか。「文明の物質的諸分野における「高度の進化」とその精神的諸側面における「原基への退化」

とが、いかにもいよいよ「現代」を特徴づける。」(『《羊をめぐる冒険》読後』、『文芸』一九八二年十月号)というのが、作者の別の持説だ。それやこれやで、作者は、現代および将来の日本文化・文芸の運命をひとしお暗澹《あんたん》と予想せずにはいられなくなったのではあるまいか。……

僕のさらに推し進めた推理は、おおよそこんな内容です。遺憾《いかん》ながら、僕の推理力・探偵眼の透徹鋭利を証明するための物的証拠をここに提出することはできません。かえって、『迷宮』が「光文社文庫」の一冊として刊行されることは、僕の推理力・探偵眼のなまくらさ脆《もろ》さを証明するための物的証拠成立のいとぐちになり得るのかもしれません。もちろん僕は、たとえ僕個人にとって上述のような好ましからぬ結果が出ようとも、文庫版『迷宮』が大いに売れることを——作者のために、光文社のために、日本文化・文芸のために——切望します。

初めのほうに、僕は、「推理小説的な枠組みでの主題追求が、ここに最も適切に、のみならず、たいそう興趣的に、生と存在との真相を開示しているのです。」と書きました。「推理小説的な枠組み」が設定されているのですから、当然そこに犯罪、犯人、被害者、探偵(探偵役の人物)、犯人の糾明《きゆうめい》、事件の解決が、存在するはずです。そして、たしかに、それらは、いちおう存在します。しかしまた、同時に、〈犯罪も犯人も、存在せず、したがって犯人の糾明・逮捕なども、存在しない。〉という見方も、決して誤りではありません。これが『迷宮』に関しての第三の「目立つ特徴」だ、と僕は考えます。

『迷宮』の作意は、作者自身によって、「人生と死との社会的にして存在論的な・今日的にして永遠的な主題の孤軍独行冒険的な追求である。」と明快に説明されました。この達成することが至難な——いや、取り組むことそれ自体がすでに至難な――主題の追求を最も適切に、のみならず、たいそう興趣的に完遂するため、推理小説的な枠組みが、第三の「目立つ特徴」として、自然的かつ必然的に出現したのでしょう。

一方の見方では「被害者」であり他方の見方では「自殺者」である作中人物の皆木旅人《みなきたびひと》は、死の三年前のある日、イプセンの戯曲『幽霊』をめぐって講話〔「第四章『幽霊』をめぐって」〕します。その講話内容は、『迷宮』の「人生と死との社会的にして存在論的な・今日的にして永遠的な主題」の核心です。約百二十年前発表の『幽霊』は、当時も爾来長年間《ながねんかん》も、文化・文芸上に一大反響をたしかめ得ました。『迷宮』単行本は、ワーストセラーだったそうです。この文庫版の成り行きが作者の「文明の物質的諸分野における「高度の進化」とその精神的諸側面における「原基への退化」とが、いかにもいよいよ「現代」を特徴づける。」という持説をさらにいっそう裏付けるようなことのないのを、僕は、せめてなにしろ心底《しんそこ》から願望します。

付記――

▼初出新聞雑誌名記載引用文の大部分は、編年体エッセイ選集『大西巨人文選』全四巻〔みすず書房刊〕に収録されています。

『神聖喜劇』で問うたもの

万事に関して奥手の私だが、こと文学を読むに関しては随分早かったと記憶している。児童芸術雑誌『赤い鳥』に掲載された北原白秋の詩を読んだのが始まりで、中には振り仮名のない本も多く、私はいくつもの読み得ぬ字句に出合った。

私の入った中学は幹部候補生の受験資格がある学校で、日露戦争で将校を務めた大人たちが教鞭《きょうべん》をとっていた。ある時、教官は学校の生徒全員に、日に焼けてくることを夏休みの宿題にした。それからというもの、私は毎日のように海に行っては体を焦《こ》がした。

当時私は汽車通学をしていたが、いつも隣駅から乗車してくる女学生がいて、私はその女性に対し愛情を感じていた。ところがその夏、彼女が胸を患《わずら》ってしまったとかの理由で、海岸沿いのサナトリウムに入ったという噂《うわさ》を耳にした。「君が窓の灯火《ともしび》消えて海遠き夜の雲弾《はじ》く稲妻の青さ」

これはサナトリウムにいる彼女を思い描きながら詠んだ歌だが、この歌のとおり、夏も終わり頃になると晴天が少なくなり、せっかく日焼けした私の体も元来色白だったせいか、また元通りになってしまった。

夏休みが終わって学校へ出てみると、私をはじめ、日に焼けていない者数名が講堂の前に立たせられた。私はその宿題を怠《なま》けたわけではなく、むしろ人一倍努力したつもりだった。しかし教官は我々を指差して「こんな白い奴らはろくな者にはならん」と言う。

ちょうどその頃、私が影響を受けた作家に有島武郎《ありしまたけお》がおり、『現代日本文学全集』所収の『或る女』や『惜みなく愛は奪ふ』などの小説を好んで読んだ。

そしてその全集に掲出されていた織田正信の「「永遠の叛逆者」の前奏曲は奏《かな》ではじめられた。その途《みち》を阻むものは、焼きつくされるであらう。

生命まで燃焼しつくして――何処《いづこ》へ行く。独《ひと》り行く者の跡を追ふものは誰《たれ》か」の一文が私の心を激しく刺した。

当時の私は「独り行く者の跡を追ふものは、この俺だ」と心中ひそかに思った。そのようなことが相まって、胸の中には徐々に反軍国的な気持ちが募っていったのである。

しかし、だからと言って私は軍隊に行くことを拒否したわけでは決してない。徴兵検査を受けるに当たり、多量の醤油《しょうゆ》を飲んで熱を出すだの、有力者が軍医に工作し、甲種を乙種にしてもらった云々《うんぬん》という話もよく耳にしたが、私はそういう考えに甚《はなは》だ否定的で、恥ずべきことであると感じていた。

そんなやり口で徴兵そのものを忌避《きひ》する姿勢は、消極的反戦ではなく保身というものである。もし反戦的な態度を示すのであれば、軍隊へ行くという運命をまずは受け入れて、その中で反戦的な思想を遂行すべきではないかという考えだった。

結局、私はこの三年九か月に及ぶ軍隊生活をもとに、昭和三十年から『神聖喜劇』の執筆に取り組むことになった。私が三十六歳の頃である。当初はそこまでの長篇になるとは思ってもみなかったが、四百字詰め原稿用紙にして四千七百枚。完成までに費やした歳月は実に二十五年にも及び、評論家からは日本の戦後文学を代表する作品の一つ、との評価も数多くいただいた。

『神聖喜劇』では、あの軍隊生活で味わった理不尽さとともに、それらのものに、意志と能力の限りを尽くして戦っていこうとする人間の姿を描き出そうと試みた。だがこの間、生活費を工面するには相当難儀し、妻子には随分と迷惑を掛けてしまった。

配属年数にかかわらず、軍隊生活は二度と思い出したくないという戦友も少なからずいる。しかし、自分にとってあの経験は、非常に有益なものであったと感じている。人生にはどのような否定的、絶望的な状況の中からも、そこに何かしらプラスになるものを汲《く》み取ってくるという姿勢が大切なのではなかろうか。

世の中の見方はどうあろうとも、そんなことに捉われず自分の信じた道を行く。懸命に前進するという構えを私は崩したことがなかった。

葛飾北斎《かつしかほくさい》は「七十五歳までの自分の仕事は習作である」と述べ、私自身も人間はそのようにあらねばならないと自らに言い聞かせてきた。

私は普段、色紙や揮毫《きごう》を頼まれても滅多に書くことはないが、十五年ほど前の正月に、ふと次の言葉を認《したた》めたことがある。

「この心あながちに切なるもの、とげずと云《い》ふことなき也《なり》。」

『正法眼蔵随聞《しょうぼうげんぞうずいもん》記《き》』にある道元《どうげん》禅師の言である。これをやるのだと強く思いこんでいさえすれば、いつか必ずその思いは遂げられるということである。

私はいま齢《よわい》九十二を迎えたが、長男の赤人《あかひと》が運営するホームページで、新作の発表なども行っている。いくつになろうとも、「老いてはますます盛んなるべし」の気概でこれからも前進をしていきたい。

中上健次世にありせば

仮りに中上健次が、その後も筆を揮いつづけていたとするならば、一葉が『たけくらべ』において「廻れば大門のみかえり柳いと長けれど、お歯ぐろ溝に燈火うつる三階の騒ぎも手に取る如く、」と書いた世界を健次独自の書きぶりに、別様の——あるいは一層切実であったかもしれぬ——結実としてもたらすことが出来たであろうか、と私は詮なくも想い描く。

アンケート

アンケート「推理小説に関する三五五人の意見」

アンケート質問内容――①あなたは推理小説に興味をお持ちですか？ ②その理由は？ ③興味をお持ちの方は、お好きな作品を国内、国外それぞれ三つずつ挙げて下さい（どちらか片方でも結構です）。

①持っている。

②（「理由」に該当するか否か、――幼い時分から好き）。

③国内　木々高太郎『人生の阿呆』、松本清張『表象詩人』、大下宇陀児『石の下の記録』。国外　ヴァン・ダイン『僧正殺人事件』、ロス・マクドナルド『さむけ』、チャンドラー『長いお別れ』。

＊お答えは到着順に掲載させていただきました。原則として仮名遣い、表記はお答えに忠実に整理させていただきましたが、③の項目につきましては、作者、作品名というように配列し、外国作者の氏名表記も一度統一させていただきました。

編集部

アンケート「子どもの頃　出会った本」

設問

一、今も印象に残る、子どもの頃お読みになった書物にはどんなものがございますか。書物の分野・国の内外を問いませんが、題名、著者名など具体的におきかせ下さい。

一、その書物と出会ったきっかけを御記憶でしょうか。また、それは何歳頃のことでしょうか。

「図書」編集部

私は、文字(かなおよび漢字)を割合に早く(学齢前二、三年に)覚え出しましたので、幼少時の読書として、中国のむかしの人たちや村井弦斎、笹川臨風、村上浪六、相馬御風、樋口一葉などの著作名が頭に浮かびますが、尋常小学校入学前後の私が読んだ「少年文学」の書物では、

(一)『フランダースの犬』(ウィーダ著)

(二)『黒馬物語』(シュウェル著)

(三)『家なき子』(マロー著)

の三冊が、殊に印象に残っています。(一)および(二)は、訳者名なども記憶になく、全訳ではなかったかもしれません。(三)は、改造社版『世界名作全集』(?)の一冊、たしか訳者は菊池幽芳、作中人物名その他も日本ふうに翻案せられていて、主人公少年の名は「民也」となっていたのではなかったか。「出会ったきっかけ」は、いずれも偶然(当時からの「濫読」のせい)。……それで、長男赤人に私が最初に買って与えた「書籍」は、「岩波少年文庫」の『フランダースの犬』でした(彼が四歳のころ)。

アンケート「推理小説に関する三八一人の意見」

アンケート質問内容

①過去十年間の推理作品の中で面白かったものを国内、国外それぞれ三つあげて下さい(どちらか片方でも結構

です）。

②あなたは推理小説を書いてみたいと思ったことがありますか。

③（「ある」とお答えになった方に）それはどんな内容ですか、舞台はどこですか。

④あなたが推理小説を書かせてみたい人を挙げて下さい。

①国内　松本清張『渡された場面』、大岡昇平『事件』。国外　ロス・マクドナルド『眠れる美女』、シューヴァル＆ヴァール『消えた消防車』、マーガレット・ミラー『これよりさき怪物領域』。

②ある。

③未定。

＊お答えは到着順に掲載させていただきました。原則として仮名遣い、表記はお答えに忠実に整理させていただきましたが、①の項目については、作者、作品名というように配列し、外国人名の表記は一部統一させていただきました。

編集部

アンケート「私がすすめたい5冊の本」

あなたがいま教師にすすめたい本を5冊とそのわけを560字以内にお書きください。

『神聖喜劇　全五巻』（大西巨人・光文社・文藝春秋）

『吉本隆明歳時記』（吉本隆明・日本エディタースクール出版部）

『藝術家をはぐくむもの』新版中野重治全集第二十一巻所収（中野重治・筑摩書房）

『権利のための闘争』（イェーリング・岩波書店）
『ユダヤ人問題によせて』（カール・マルクス・岩波書店）
「五冊の本」というのを、私は、「五種の本」と解して、右五冊をすすめる。そうでなければ、『神聖喜劇』だけですでに五冊であり、しかもその各冊が、かなり長い。すなわち、『神聖喜劇』に関しては、その長大なことが、「玉に瑕《きず》」であろうか。しかし、また、読後、人は、その長大なことを「錦上の花」と必ずや認めずにはいまい。
『吉本隆明歳時記』および『藝術家をはぐくむもの』は、実に楽しくして有益なる書物である。
右五冊（五種）を読むことは人間精神をひとしお豊かに、ひときわ進取的にするにちがいない、と私は信ずる。

岩波文庫・私の三冊

（1）『権利のための闘争』（イェーリング／村上淳一訳）
私は、旧版（日沖憲郎訳）を愛読したのでしたが、新版（村上淳一訳）をも先年一読しました。いずれにせよ、これは、人に勇気と決意とを与える立派な書物です。
（2）『社会契約論』（ルソー／桑原武夫・前川貞次郎訳）
これも、私は、旧版（平林初之輔訳『民約論』）を愛読したのでした。掲出新版を、私は、所有してはいるものの、飛び読みをしかしていません。むろん実に有益な必読書。

（3）『暴力論』（ソレル／木下半治訳／全二冊）

創刊六十年の「岩波文庫解説目録」に、この書物や、たとえば伊良子清白著『孔雀船』やがないことは、私に甚だ飽かず思われます。前田晁訳『キイランド短篇集』などのことは、いまさて置くとして。

アンケート特集「'88印象に残った本」

①見ることと語ること　近藤耕人著（青土社）

②都市という廃墟　松山　巌著（新潮社）

③「写真集」曼陀羅図鑑　原　芳市著（晩聲社）

三冊のおのおのから、私は、ずいぶん利益と感興とを与えられました。ついでに申せば、たとえば吉本ばななの作物にたいする「七光り」などの評言は至極げすであり、一般に対象に関する真摯にして有情滑稽なる具体的批評の出現が切望せられる。

（十一月十一日）

夏休みに読みたいホントの100冊

ガルシア＝マルケス『予告された殺人の記録』（新潮社）

ドストエフスキー『罪と罰』（岩波文庫）

モーリヤック『テレーズ・デスケルウ』（新潮文庫）

スタンダール『赤と黒』（新潮文庫）

フォークナー『八月の光』（新潮文庫）
マクドナルド『さむけ』（早川文庫）
三島由紀夫『金閣寺』（新潮文庫）
夏目漱石『それから』（新潮文庫）
谷崎潤一郎『蓼食ふ蟲』（新潮文庫）
松本清張『表象詩人』（光文社）

中心に「犯罪」の置かれた小説十篇を、私は、取り出した。十篇は、おのおのそれとして勝《すぐ》れた作品であり、必ずや読者に感興と発明とをもたらすであろう。むろん私は「十大小説《ベスト・テン》」の選定などを目論《もくろ》んだのでは、まったくなく、暑中の読書におけるヴァラエティーに、なかんずく着意したのである。

アンケート・エッセイ特集「私の全集」

現在私の手元にある全集のうち、四、五種について、私は記す。

（一）『縮刷緑雨全集』全一巻（博文館一九二二年〔大正十一年〕刊）

上田萬年の「故斎藤緑雨／むかし為した追悼演説の筆記を以て序とする今も感じは此通りである」という序が付されている。私は、この一巻を、数十年前に古本屋で購入し、長らく愛読してきた。たしか一昨年か昨年かに、筑摩書房から、全八巻かの綿密な『斎藤緑雨全集』が、刊行せられたはずである。私は、まだ見ていない（そのうち入手のつもり）。

（二）復刻本『上田秋成全集』全二巻（国書刊行会一九六九年〔昭和四十四年〕）

これは、同出版社が一九一八年〔大正七年〕に刊行した書物の復刻である。私は、復刻本刊行の当年に買い入れ、爾来よりより活用している。私は、それまでは『雨月物語』、『春雨物語』、『胆大小心録』、『癇癖談』、『藤簍冊子』などを文庫本・単刊本で読んでいたが、この復刻二巻をわが物にして、大いに重宝した。

（三）『帆足萬里全集』全二巻（帆足記念図書館一九二六年〔大正十五年〕刊）

（四）『田能村竹田全集』全一巻（国書刊行会一九一六年〔大正五年〕刊）

右の「（三）」と「（四）」とは、共に先考の遺物であり、私は、愛蔵している。それらの書物の中の漢文漢詩に書き下し付きの新全集が刊行せられることを、私は、願望する。

（五）『古木鉄太郎全集』全三巻（『古木鉄太郎全集』刊行会一九八八年〔昭和六十三年〕刊）

菊版・限定五百部。簡潔清雅な造本。題簽は、中川一政の手。第一巻の巻首に、井伏鱒二が、『「路上」のことなど』を、中谷孝雄が、『全集の出版を祝して』を寄せる。第三巻の巻尾に、故古木鉄太郎の子息春哉が、「編者あとがき」を書く。古木春哉は、エッセイ集『わびしい来歴』（白川書院一九七六年〔昭和五十一年〕刊）の著者である。

（一九九二年十月二十日）

34 人が語る　どこで本を読むのか？

「明窓浄机《めいそうじようき》」という具合いに、ではないが、やはりまず机に凭《よ》って。次ぎは、寝床の中で。こちらのほうが、時間的には、むしろ長い。前者の場合と後者の場合とに、読書対象の異同は、別にない。強いて言えば、寝床の中では、エンターテインメントを読むことが、多い。

ただ、なさけないことに、私は、昨今いちじるしく読書力・読書スピードが低下し、いずれの場合にも、すぐに眠気をもよおし、仕事上必要な書物読了にも、なかなか時日を要する。

さもあらばあれ、人は、二十五歳までに、古今東西の名品《めいひん》の「濫読《らんどく》」を強行して読書の習慣を身に付けるべきである。

短篇小説　奇妙な入試情景

はし書き

本作は、むろん独立の短篇仮構作品《ワーク・オブ・フィクション》であり、同時に往年の小作短篇小説『ある生年奇聞《せいねんきぶん》』〔光文社二〇〇〇年刊短篇小説集『二十一世紀前夜祭』所収〕の、いわゆる「姉妹篇」である。作者は、このことを冒頭に明記する。

《ある小説家の二夜連続放送講演「続・年齢雑話」〔録音より採取〕。活字化の際、作者加筆若干》

先ごろ、私は、「年齢雑話」の中で、「私と同年配のある男は、いわゆる『早生まれ』であって、尋常小学〔六年制〕五年修了から六年を飛び越して……以下も、すべて旧制の学校です、……中学〔五年制〕に進み、さらに中学四年修了で五年に行かずに高等学校〔三年制〕へ上がったので、数え年十九で官立大学学部に入りました。戦前には、そういうことが、学制上可能でした。それだから、成績優秀の者は、尋常小学ないし中学の最終学年を経由することなく進学することができました。」と言いました。

その際のディレクターN君が、このほど小宅に来訪しました。複数の聴取者から、「年齢雑話」における「飛び級」談について、「中学四修で高等学校へ進学した実例実物は、かなり知っているけれども、尋常小学五年修了から中学生になった実例実物は、一つも知らない〔話に聞いたことが、あるだけ〕。そのような実例実物のことを、あの先生に話していただいて貰いたい。」という旨の通信が、来ました。そこで、お願いですが、たとえば「続・年齢雑話」の題目で、聴取者たちの願望に応えるような話をしてくださいませんか、――これが、N君の用件でした。

あらまし以上が、この「続・年齢雑話」の「来歴」(?)です。私の親しく知っている実例実物は、一つ(東山太郎のこと)だけでして、それが、果たして「聴取者たちの願望に応えるような話」であり得るかどうか、……とにかく、やってみましょう。

ここで、私は、あらかじめ次ぎのことを、お断わりしておきます(冒頭の「はし書き」に、「本作は、『ある生年奇聞』の「姉妹篇」と明記したことが、なおさら「あらかじめの、お断わり」の必要を増大しました)。――『ある生年奇聞』は、「戸籍上生年月日が実際上生年月日にずいぶん先立っている希有《けう》の事例」の話です。主人公大岩則雄《おおいわのりお》について、〈「小学校時代にも中学生時代にも同学年生中最低体格生の一人であったのに、後年(二十歳前後)には中肉中背の男子になったこと」ならびに「精神的(頭脳的)にたいそう早熟な人間だったこと」が、「この『希有の事例』を順調に成り立たせたのでしょう。」〉というような叙述が為《な》されていて、それらは、本作の主人公東山太郎にまるでぴったりです。

それで、私は、大岩則雄と東山太郎とは、同一人物ではなくて、別人物であることを、前もって判然と皆さんに明らかにしておくべきである、と考えました。万一もしも大岩則雄と東山太郎とが、同一人物だったら、たとえば下《しも》のような超《ウルトラ》異常事――ある人が、満五歳そこそこで尋常小学一年生になり、満十歳そこそこで中学一年生になり、満十三歳そこそこで高等学校(現在の大学学部にほぼ相当)一年生になり、満十六歳そこそこで官立大学(現在の大学大学院にほぼ相当)生、というような破天荒《はてんこう》――が、そこに具現したことになります。どういう意味においても、断じて、それは、作者の意図ではありません。

この東山太郎(のプロトタイプ)は、私の遠縁でして、彼に尋常小学五年修了からの中学受験を熱心に勧めたのも、彼の両親にそのことを根気強く説得したのも、尋常小学三年から同五年までの組担当(持ち上がり)教師・豊国《ほうこく》男子師範学校出のQ訓導〔現在の小学校教諭〕でした。私は、ほぼ同年の東山太郎と、かなり親しい仲だった。太平洋戦争中の一九四三年、東山太郎は、華北《かほく》で戦死しました。

*

東山太郎も私も、各自の尋常小学時代ならびに中学時代、西海《さいかい》地方鏡山《かがみやま》県企救《きく》郡S町——現在の北西海市豊国《とよくに》北区——に住んでいた。東山太郎の尋常小学は、中《なか》S尋常高等小学校(尋常科六年・高等科二年の編制)。私のそれは、下S尋常小学校(尋常科六年のみの編制。高等科へ進む者は、尋常高等小学校への転入が必要)。二人は、どちらも小学校高等科とは無関係でしたから、結局おなじ小学校に在籍したことは、ありませんでした。

「小学生時代にも中学生時代にも同学年生中最低体格生の一人であったのに、後年(二十歳前後)には中肉中背の男子になった」は、「一見してわかること」です。けれども、「精神的(頭脳的)にたいそう早熟な人間だった」は、「一見してわかること」ではありません。私がそれの諸様相を知ったのは、東山太郎本人からか、他の誰彼からか、聞いてのことだったはずです。

Nディレクターの言った「聴取者たちの願望に応えるような話」が、どんな話を意味するのかを、私は、実は十分にはわかっていませんでした。Nディレクターも、私と同様に、そのことを、実は十分にはわかっていなかったのでしょう。尋常小学五年修了から中学受験を敢行したのですから、その当人(東山太郎)が「精神的(頭脳的)にたいそう早熟な人間だった」のは、明々白々なことです。したがって、その種の話は、「言うもおろか」ではありますまいか。

もっとも、「聴取者たちの願望」は、「その当人が『精神的(頭脳的)にたいそう早熟な人間だったこと(そういう抽象的な話)』をではなく、「当人が『精神的(頭脳的)にたいそう早熟な人間だったこと』」の具体的な様相をひたすら指示したのかもしれません。それならば、次ぎのような事例談は、まさしく「聴取者たちの願望に応えるような話」でありましょう。

＊

——前出のQ訓導が中《なか》S尋常高等小学校〔三年一組〔東山太郎のクラス〕担当〕に着任したのは、Q訓導の豊国男子師範学校卒業後最初の就任でした。「文学青年」だったQ訓導は、ときおり自作詩文の謄写版印刷を生徒たちに分配し、副読本的に用いました。あるとき、Q訓導は、日露戦争における旅順攻略戦・第三軍司令官乃木希典《のぎまれすけ》大将・二百三高地南山における乃木将軍次男保典中尉の戦死などに相渉《あいわた》る自作長詩一篇のガリ版刷りを生徒たちに配付し、例のごとく副読本的授業を行ないました。

その授業時間終了後の休み時間のこと、級長〔現在の学級委員〕の東山太郎が、Q訓導に、「先生。いまの読み方〔現在の国語〕の時間に教えてくださった先生の『乃木希典大将』という詩。先生のあの詩に恐ろしゅう似とるとが、森鷗外の『うた日記』の中にありますね？　題名も、『乃木将軍』で、よう似とります。」と言ったのです。東山太郎の口振りは、さらさらしていて、そこからは、「才走った」おもむきも、「先生から一本取ろう」という如何《いかが》わしい気負いも、感じ取られなかった。

Q訓導は、衝撃を受けました。Q訓導は、中S尋常高等小学校の先任教師たちから東山太郎の「早熟の俊才」であることを聞いていて、のみならず過去一年数ヶ月間にQ訓導自身そのことを体験してもいた。それにしろ、森鷗外著『うた日記』について事も無げに語る尋常小学四年生の存在は、やはり衝撃でした。その上、Q訓導の『乃木希典大将』は、鷗外作『乃木将軍』の（むしろ模倣と称するべき）圧倒的影響下に制作されていたのです。

Q訓導は、「ふぅむ、……君は、『うた日記』を読んだのか。……僕の『乃木希典大将』は、鷗外先生作『乃木将軍』の決定的な影響の下に生まれ落ちたのだよ。……『うた日記』の中で、君の特に重んずるのは、どれとどれかね？」と述べて問うた。東山太郎の答えは、「『唇の血』、『扣鈕《ぼたん》』、『ほりのうち』、『乃木将軍』など。たとえば『ほりのうち』の

第一線の　　壕内《ほりぬち》の
まことのさまを　語らずや
いかにといへば　兵卒は

頭《かうべ》　たゆげに　うちふりて
辞《いな》まばなめしと　おぼさめど
思へば胸ぞ　痛むなる
かしこのさまは　帰らん日
妻に子どもに　母父《おもちち》に
われは語らじ　今ゆのち
心ひとつに　秘めおきて

なんかには、飛び抜けて感動します。でも、好きか嫌いかを主《おも》にして考えたら、内《うち》〔僕〕は、『扣鈕』が一番好きです。」でした。

Q訓導は、「ははぁ、『扣鈕』が、……だったら、君は、それを暗記してるね?」と尋ね、東山太郎の「はい。暗記しとります。」という答えを聞いて、その暗唱を求めた。東山太郎は、暗唱した。

南山の　たたかひの日に
袖口《そでぐち》の　こがねのぼたん
ひとつおとしつ
その扣鈕惜《を》し

べるりんの　都大路の
ぱっさぁじゅ　電灯あをき
店にて買ひぬ
はたとせまへに

えぼれっと　かがやきし友
こがね髪　ゆらぎし少女《をとめ》
はや老いにけん
死にもやしけん

はたとせの　身のうきしづみ
よろこびも　かなしびも知る
袖のぼたんよ
かたはとなりぬ

ますらをの　玉と砕けし

ももちたり　　　それも惜しけど
こも惜し扣鈕
身に添う扣鈕

別のあるとき、これも(算術の)授業時間中にではなく(そのあとの)休み時間中の雑談に、東山太郎は、算術の複雑・難解な例題に関連して、「こげなむつかしゅうして面倒臭い問題も、代数を使うたら、簡単に解けますね? 今日のこの問題でも、連立二次方程式が、すぐでける。それを解くのは、やさしいことです。」と言って、Q訓導に衝撃を与えた。むろん、代数は、尋常小学の教科に存在せず、中学に初めて取り入れられる教科でありました。

また別のあるとき(初秋~仲秋のころ)、これは(読み方の)授業時間中に、Q訓導が作者および出典を挙げずに言及・引用した一首「聞きわびぬはつきながつき長き夜の月のよさむにころもうつこゑ」について、東山太郎は、その『新葉《しんよう》和歌集』所収の後醍醐天皇詠が年ごろ彼の愛誦歌である旨をぼそりと言ったのです。このときも、Q訓導は、衝撃を受けました。

東山太郎の父親は、一風《いっぷう》ある人物でして、中学校の国漢教師ないし小学校の教師を職業として、西海地方のあちこちを転々として暮らした。その父親は、この時期には、これも中S尋常高等小学校に勤めていました。しかし、この父親のことを話すと、話が、不必要に長くなりますので、私は、それを省略します。ただ、東山一家は、かなり書籍を所有していて、『うた日記』とか『新葉和歌集』とかも、その中にあったということを、私は、申しておきます。

さて、如上のような諸状況は、「当人が『精神的（頭脳的）にたいそう早熟な人間だったこと』」の具体的な様相を告げていて、たしか「聴取者たちの願望に応えるような話」でありましょう。しかし、人が、ちょっと観点を移動して考えると、「如上のような諸状況」は、むしろ型どおりの話であって、「尋常小学五年修了から中学生になった実例実物」のユニークな特色を表出してはいません。

東山太郎（のプロトタイプ）から直接に私の聞いた「尋常小学五年修了からの中学受験」当日情景が、「そのユニークな特色」を最も感動的に表象している、と私は、信じます。それゆえ、そのことを、私は、以下に約言します。

＊

当事者すなわち東山太郎の体験談に接するまで、私は、尋常小学の認可した五年修了からの中学受験者は、一般の尋常小学卒業者たちといっしょに（一度だけ）受験するものと思っていました。実際は、そうではなく、尋小五修からの中学受験者は、当該中学の行なう尋小卒業学力認定試験に合格して初めて、一般の尋小卒業者たちといっしょに（彼らと同資格で）受験することができる。つまり、尋小五修からの中学受験者は、（合格するためには）二度の受験を経由しなくてはならなかったのです。

Q訓導の熱心な勧め・根気強い説得の結果、東山太郎の尋小五修からの中学受験が、決定したとき、受験先として鏡山県鏡山市(県庁所在地)――企救郡S町より普通列車で約一時間五十分の距離――の県立鏡山中学が選ばれたのは、次ぎのような二つの理由からであった。①かねて東山太郎の父親が旧知の県視《し》学《がく》に頼んでいた就職の件が叶《かな》い、父親は、当年の四月新学期から、鏡山市の私立西海高等女学校に勤めることになっていて、したがって東山一家は、その早春~仲春に鏡山市へ転住の予定であった。②鏡山中学は、豊国市の県立豊国中学および鏡山市の県立甘棠館《かんとうかん》中学〔旧藩黌〕と共に、鏡山県における三つの俗に言う「一流校」に数えられていた。

東山太郎の母の弟(太郎の母方の叔父)一家が、鏡山市に年ごろ居住していまして、太郎は、尋小卒業学力認定試験日(春休み前半)の前日から、その叔父宅に行き、宿泊しました(両親は、転居準備中)。尋小卒業学力認定試験当日の朝、東山太郎は、昼食弁当を持ち、一人で、鏡山中学へ行きました。鏡山中学の旧校舎は、その前年の夏、火災により消失し、当時は新校舎建設中。運動場の東隅にバラック二階建て三棟の仮り校舎が、設けられていた。その一棟の階下一教室が、試験場でした。

試験官――彼が副校長の数学教師であることを、東山太郎は、後日に知った、――は、太郎が父なり母なり近親なりの付き添いなしの「一人で来たこと」に、いささか不審の口《くち》ぶりであったが、なにしろ試験場へ太郎を導いた。

東山太郎は、尋小五修からの中学受験者が大ぜいいるとは考えなかったものの、二人か三人かはいるだろうとは何となく考えていた。ところが、試験場の実地に来てみて、受験者が自分一人であること・がらんとした「定員五十名の教室」に試験官と自分と二人だけが向かい合っていることに、太郎は、ある面妖な感触を持ちました。

試験は、左のような次第《しだい》で行なわれた。

午前九時十分〜午前十時　読み方
午前十時十分〜午前十一時　綴り方
午前十一時十分〜正午　修身
午後一時〜午後一時五十分　算術
午後二時〜午後二時五十分　地理および歴史
午後三時より　体格検査（校医による健康診断）

試験問題（答案用紙）が謄写版印刷ではなく鉛筆の走り書きであるのも、東山太郎には、受験者が自分一人であるせいと思われ、ここでも太郎は、「ある面妖な感触」を持ったのです。しかし、「走り書き」とか「ある面妖な感触」とかは、太郎の主観的な受け方に過ぎぬかもしれず、どのみち滅多にいない「尋小五修から の中学受験者」用の試験問題（答案用紙）は、通例ガリ版印刷ではなくて、鉛筆かペンかの手書きだったのかもしれません（ちなみに、東山太郎の鏡山中学在校四年間、「尋小五修からの同校受験者」は、及落にかかわらず、一人もいなかったのです）。

東山太郎は、各答案用紙を二十五分間ばかりで提出しました。体格検査終了後、試験官（副校長）は、明後日午前に結果を聞きに来るべきこと・その際には父兄《ふけい》ないし准父兄が同行するべきことを、東山太郎に言った。

東山太郎と太郎の母方の叔父とが試験結果を聞きに行った日、副校長(試験官)は、下《しも》のような諸点を口頭で告げた。


〈一〉学力は、問題なく合格である。

〈二〉体格に、問題は、あり、身長および体重が、尋小四年生並みでしかない。

〈三〉ただし、身体に、医学的異常は、認められない。

〈四〉鏡山中学としては、東山太郎が普通の本校入試に参加することを認める。

〈五〉東山太郎の父兄は、太郎の身体条件を改めて十分に思案し、その上でなお太郎の尋小五修からの中学進学を希望するか否かを決定せられよ。


このような経緯《いきさつ》で、東山太郎は、尋小五修から鏡山中学に入学したのでした。学力認定試験当日の情景が、最も如実《にょじつ》に「尋小五修からの中学受験」の「ユニークな特色」を表象していて、「聴取者たちの願望に応えるような話」であり得る、と私は固く信じます。それゆえ、私は、そのことを話しました。

解題

かつて鷲田小彌太は、「目にはいり次第、その作品をすぐにでも読んでしまう作家がいる。理も非もなく読んでしまっている作家、と言ったほうが正確だろう。大西巨人であり、谷沢永一、西部邁である。」(「〈解説〉大西作品が好ましい理由」『神聖喜劇　第四巻』〔ちくま文庫、一九九二年二月二十四日〕)と大西巨人に対する愛着を語った。鷲田の感想は、大方の読者の気持ちを代弁するものであろう。対象が何であれ等しい態度で向き合い、論理的に飛躍のない議論を展開していく文章は、様式化された魅力を持っている。マルクス主義の公正原則に根ざした認識は、不合理な現象を指弾し、無意識に潜む頽廃を抉り出す。また同時に、それは妥協のないことによって既成の価値観を揺さぶり、ユーモアをも生み出す。思考を鍛えると同時に読みの快楽をもたらす巨人の言説は、読み手をさらなる読書へと誘ってやまない。

何を読んでも等しい感興を得ることができる——。巨人の文章の好ましさは、作者の不断の努力に由来するものであろう。稿者が夫人の大西美智子氏からうかがった話では、巨人はどのような原稿でも全力を傾けることを心がけていたという。分量の長短や報酬の多寡に気持ちが左右されてはならない、と巨人は説く。そのような書き手の、精進の成果を洩らさず目にしたいというのは、読者の自然な欲求であろう。

本書は、副題が示すように、既刊の批評集に収められていない大西巨人の批評文を集成したものである。巨人には、第一批評集『戦争と性と革命』(三省堂、一九六九年十月十五日)や大西赤人との共著『時と無限』(創樹社、一九七三年七月二十日)を始めとして六冊の批評集があり、また、主要なものを精選した『大西巨人文藝論叢』全二巻(立風書房、上巻一九八二年九月十六日、下巻一九八五年五月二十一日。以下『論叢』と略記)、『大西巨人文選』全四巻(みすず書房、一九九六年八月八日〜十二月十六日。以下『文選』と略記)もある。既刊の書によって、大方の文章は読むことができるが、紙誌に発表されたまま埋もれているものも少なくなかった。それらの批評は、単行本に収録されたものと比べて何ら遜色のあるものではない。書籍化の機会に恵まれなかったのは、一巻に収める分量に限界があることや掲載紙誌が巨人の手元になかったことなど、もっぱら外的な事情に拠るものと推察される。本書は、目立たぬ状態にとどめ置かれた批評文を網羅することで巨人文芸の全体を見渡す一助となることを企図して編まれた。対象は、既刊の批評集に採られていないものとし、アンケート類も初めて収載することとした。ただし、『大西巨人抒情と革命』（河出書房新社、二〇一四年六月三十日）に含まれている「ヒューマニズムの陥穽――「ネオ・ユマニスム」の旗手としての荒正人について」ほか五編は、書籍刊行が最近であったため省いてある。また、発表された最後の短篇である『奇妙な入試情景』を巻末に配した。

編集にあたっては、大西美智子氏・大西赤人氏のご協力をいただき、原稿、ゲラ、初出紙誌の切り抜き、発表覚え書き（以下「覚書」と略記）など、大西巨人が保存していた資料類を参観することができた。それらによって初めて存在を知ることのできた文章も少なくない。美智子氏・赤人氏には深くお礼申し上げる。発表媒体がおびただしい数に上る現代において、もとより完璧ということは期しがたいが、現時点で存在を知りえた文章については、ほぼ収録することができた。

本書成立のきっかけは、巨人の文章のすべてに触れたいという思いを編者たちが抱いたことに始まる。企画の出発点は、あくまで一読者としての願望であって、二〇一四年にこの世を去った巨人の意向を汲むというような意識はなかった。しかし、先に記した資料を見ると、作家自身も未刊行の批評類をまとめたい気持ちを持っていたことがわかる。今回参照した資料は、大型の封筒に入れられたものとホフマンスタール『囚われの料理人の歌』の手稿の復刻版（Hugo von Hofmannsthal, *Der Schiffskoch, ein Gefangener, singt*, Freies Deutches Hochstift Frankfurter Goethe-Museum, 1978）の間に挿まれていたものとの二種類である。いずれにも、単行本未収録のエッセイの原稿、掲載紙誌の切り抜き、ゲラなどが集められていた。また、折々に作られたであろう「覚書」も複数含まれていた。そのうちの一つは、『文選』を編む際に記されたと思われるもので、その時点における単行本未収録の批評がリストアップされている（次頁の図版参照）。結果的には挙げられた多くの文章は収録されることなく残され、「覚書」は切り抜きなどと共に保存され続けた。資料には『文選』以後に発表されたものの切り抜きなどが追加されていることから、巨人が常に未刊行批評のことを意識していたことがうかがえる。本書は、おそらく作家の思いにも適うものであろう。

配列は発表順とし、Ⅰ九州在住時代、Ⅱ関東移住以降、Ⅲ『神聖喜劇』完成以降の三部構成とした。便宜的なものにすぎないが、区分することによって時期ごとの傾向が見えてくるところはあろう。詳しくは、各部冒頭の解説を参照していただきたい。

書名は、「歴史の縮図――総合者として」から取った。同文章の中で巨人は、第一次世界大戦のさなかに生まれ、ロシア革命を視野に入れつつ、侵略戦争の中で青春を空費せねばならなかった自分たちの世代は、心身に「大きい歴史の縮図」を刻印されていると説く。さらに巨人は、時代から摂取したものを批判的に生かし、「真実の総合者として、また真実の革命的インテリゲンツィアとして」行動する能力と義務とを自

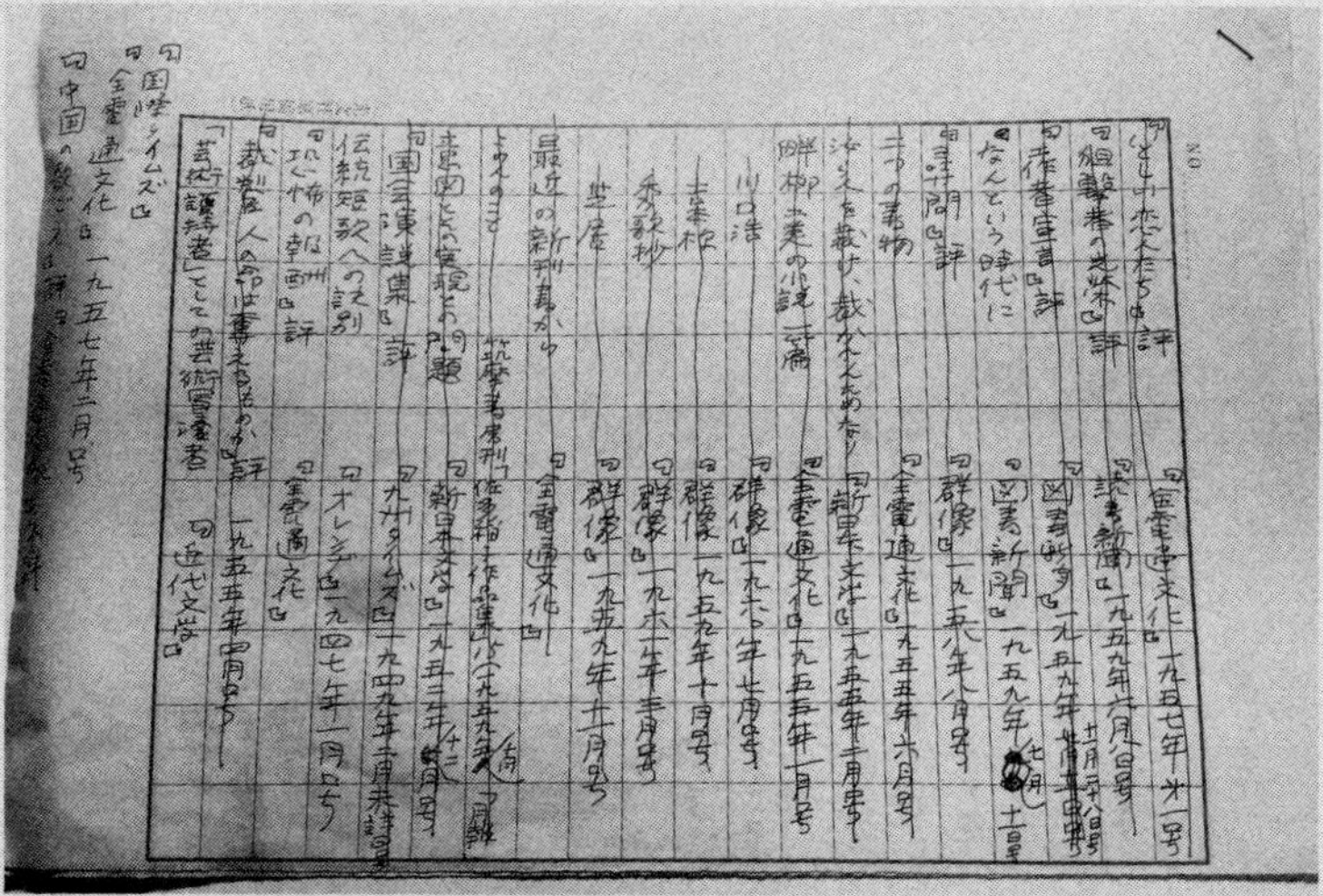

大西巨人が作っていた発表覚え書きの一つ。本書収録の文章名が数多く確認できる。

分たちが併せ持っていることを主張している。作家としての出発期に表明されたこの覚悟は、巨人の文学者としての歩みをよく集約的に表すものであり、本書に冠するにふさわしいと考えた。

本文校訂については、「凡例」に記した通りである。以下、各編の書誌情報などについて記す。

I

「貧困の創作欄」は、『文化展望』第一号、一九四六年一月一日の「小説展望」欄に発表された。『閉幕の思想あるいは娃重島情死行』『死のこと・死の周辺のこと／5　参道にて（続）」に部分引用されているが、全文収録は、本書が初めてである。

「中等入試の不正を暴く」は、『九州タイムズ』一九四六年四月十六日夕刊の読者投稿欄「こえ」に発表された。「貧困の創作欄」と同じ月のもので、敗戦後最初期の文章の一つになる。

「過去への反逆」のこと・その他」は、『文化展望』第一巻第二号、一九四六年五月一日に発表された。佐藤春夫『疎開先生大いに笑ふこと』に言及した部分は、「過去への反逆」のこと」と題して『文選1』に収録されている。全文収録は、本書が初めてである。初出は無題であるが、「覚書」に題名が記されていたため、それに従った。

「芸術護持者」としての芸術冒瀆者」は、『近代文学』第二巻第七号、一九四七年十月一日に「文芸時評」と銘打たれて発表された。同年四月の第一次同人拡大の呼びかけに応じて加入した巨人が、同誌に寄稿した最初の文章になる。

「歴史の縮図――総合者として」は、『近代文学』第二巻第八号、一九四七年十一月十五日の「わが文学的抱負」欄に発表された。同欄には、ほかにキクチ・ショーイチ、佐藤静夫が寄稿している。

「伝統短歌への訣別」は、『オレンヂ』第五号、一九四八年一月一日に発表された。『オレンヂ』は前川佐美雄が編集人を務めた短歌同人誌。「後記」(前川佐美雄)に「今月は紙数の都合上会員の作品を若干割愛して次号に廻すことにした。三十二頁ではこれもまことにやむをえないことである。そのかはり大西巨人、杉原一司氏の論文を掲げることにした。一つは伝統短歌に対する反省として、一つは二十歳代からの抗議として、いづれも傾聴にあたひするものである。」と記されている。

「声明一つ」は、『近代文学』第四巻第一号、一九四九年一月一日、コラム欄「壺」に発表された。初出は無題であるが、「覚書」の記述に従い、「声明一つ」と題した。

「反ばく」は、『九州タイムズ』一九四九年五月十八日夕刊に掲載された。同紙五月十一日夕刊の匿名ゴシップ欄「地獄耳」の「九州の新日本文学会」に抗議したもので、『民族文学』と題した雑誌の発行が企画されていたことなど、福岡における巨人の文学運動への関わりがかいま見える。「九州の新日本文学会」の全文は、以下の通り。「北川晃二・大西巨人らも加わって新日本文学会九州協議会機関誌というかたちで新しい雑誌創刊の話がすゝんでいたが、挫折していてまだ誌名もきまっていない、北川は家庭もろとも出京した、あまりに有名になった処女作「逃亡」のあとだいぶ苦しんでいるがそれ以上のものが書けないこの新人も、東京の舞台でどう伸びていくことか、大西は共産党に入党したらしい、この機関誌創刊には同文学会員の谷川雁あたりが熱心であったが、準備会に加わってきた牛島春子はじめ「政治と文学とどちらが優位か」といった問題でまだ堂々めぐりしているというから、はたで見ていてじれったいようなもの」。

「書かざるの記」は、『近代文学』第四巻第九号、一九四九年十月一日に発表された。同号は、「新秋特輯　全同人三十二人集」と銘打たれており、全同人が文章を寄せている。末尾に「筆者　大正五年福岡に生れ、昭和十四年九大・政治科中退。一九四六年『文化展望』創刊に参加同時に文芸時評を書き、それを機として『近代文学』同人となりまた新日本文学会員となる。主な作品『精神の氷点』『白日の序曲』　抱負　自分でなければ書けないやうな作品(小説と評論)を書かう。／現住所福岡市友泉亭」という、自記と思われる紹介文が添えられている。

「永久平和革命論と『風にそよぐ葦』」は、『新日本文学』第五巻第八号、一九五〇年十一月一日に発表された。初出時の題は、「渡辺慧と石川達三――永久平和革命と『風にそよぐ葦』」。「覚書」の記述に従い、題名を改めた。初出の冒頭には、「編集部記――大西氏のこの篇は、今年三月に書かれたものである。それがかくおくれて発表されることは編集部としても残念である。大西氏自身「今日にして不十分な点をも感じるけれども。」といつているが、氏の承諾を得てここに印刷するわけである。」という断り書きがある。インタビュー「大西巨人氏に聞く――「闘争」としての「記録」」(『二松學舎大学人文論叢』第八六輯、二〇一一年三月二十五日。聞き手/飯島聡・鎌田哲哉・山口直孝)では、当初『近代文学』に送稿したが、掲載されないまま放置されたため、『新日本文学』での発表に切り替えた旨の証言がなされている。

「寓話風=牧歌的な様式の秘密」は、一九五〇年に執筆されたが、長く未発表であったもの。「この小説(『地獄篇三部作』)の、やや長い「前書き」(文中敬称略)」(大西巨人『地獄篇三部作』(光文社、二〇〇七年八月二十五日)所収)で初めて存在が公にされ、『季刊メタポゾン』第六号、二〇一二年六月三十日および第七号、十月十一日に二回に分けて掲載された。本書では、自筆原稿に基づいて本文を作成し、原稿末尾の「(一九五〇・一一・上旬、福岡市友泉亭にて)」の日付に従って配列した。C・V・ゲオルギウ、河盛好蔵訳『二十五時』(筑摩書房、一九五〇年七月十日)をめぐる批判である。インタビュー「六〇年を経て甦る〝未発表小説〟の衝撃」(『思想運動』第七九二号、二〇〇七年十一月一日号。聞き手/山口直孝)での証言に拠れば、自発的に書かれたもので、中野重治が『人間』への掲載を打診したが、四百字詰め原稿用紙約一五〇枚という長さゆえに見合わされたらしい。

「埋める代りなき損失――「宮本百合子」の死」は、『九州大学新聞』第二〇九号、一九五一年二月十六日に発表された。

II

「大会の感想」は、『新日本文学』第七巻第六号、一九五二年六月一日に発表された。「大会」とは、一九五一年三月二十八日から三十日にかけて開かれた新日本文学会第六回大会のこと。同誌には、「新日本大会第六回大会を終えて」と題して、「大会声明」、「大会の経過報告」、「大会の感想」が掲載されている。「大会の感想」の書き手は二人で、もう一人は秋山清である。

「佐々木基一『リアリズムの探求』」は、『近代文学』第八巻第九号、一九五三年九月一日の「書評」欄に発表された。「四十年後の今日」(『群像』第四六巻第四号、一九九一年四月一日)と共に『佐々木基一全集X』(河出書房新社、二〇一三年九月三十日)に収録されているが、巨人の著書に入るのは初めてである。

「中島健蔵編『新しい文学教室』」は、『新日本文学』第八巻第一二号、一九五三年十二月一日の「Book Review」欄に発表された。

「最近の新刊書から」は、『全電通文化』第一巻第一号、一九五四年十月十日の「書評」欄に発表された。名義は大西。第II部の解説でも言及されているように、『全電通文化』は、全国電気通信労働組合本部が刊行していた機関誌。編集を担当していた荒巻重義が同じ福岡出身で交流があったことから、巨人は同誌に寄稿し、書評欄・読書案内欄を担当した。なお、巨人は、同号に「「過渡する時の子」の五十代」(初出題「中野重治小論――近作の長篇『むらぎも』について」)も発表している。

「虚偽の主要点」は、『新日本文学』第九巻第一二号、一九五四年十二月一日に発表された。「『全貌』の悪質デマ記事に抗議する!」の一編で、ほかに宮本顕治・金達寿・間宮茂輔が文章を寄せ、新日本文学会常任委員会名の声明「雑誌全貌の一記事について」も掲載されている。抗議の対象となっているのは、「実話」「日共文化オルグの手記」と謳った武内辰夫『人民作家の生態』(『全貌』第三巻第四号、一九五四年四月十五日～第七号、七月十五日。全三回)、『続・人民作家の生態』(『全貌』第三巻第一〇号、十月十五日)である。『全貌』は、全貌社刊行の、水島毅が編集発行人を務めた月刊誌。『人民作家の生態』は、巨人の指摘で明らかなように、「全くの虚構」である。なお、『論叢下』所収「青血は化して原上の草となるか」に付せられた註(「一九六一年八月追記」の記載あり)で巨人は、「低級雑誌『全貌』に掲載せられた会・運動関係デマ記事の尾籠劣悪な執筆者ないし材料提供者も、このほど不動の証跡によって私に明らかにせられた。」と述べている。

「ユニークな秀作――ジョルジュ・アルノオ作『恐怖の報酬』」は、『全電通文化』第二巻第一号、一九五四年十二月十五日の「読書案内」欄に発表された。名義はK・O生。同号には、「畔柳二美さんの小説一篇」も掲載されている(こちらは、「大西巨人」名義)。

「たたかいと愛の美しい物語――『人間のしるし』」は、『全電通文化』第二巻第二号、一九五五年二月二十日の「読書案内」欄に発表された。名義はK・O。「K・O」名義のものは、ほとんどが「覚書」にリストアップされており、巨人の筆であることが確認できる。本編のみはリストに記載がないが、内容・文体から見ても、また、前後の号の掲載状況を見ても、巨人の文章であることは間違いないと思われる。

「裁判のカラクリをしめす――『裁判官 人の命は権力で奪えるものか』」は、『全電通文化』第二巻第三号、一九五五年四月二十日の「読書案内」欄に発表された。名義はK・O。

「ハンセン氏病に関する二つの文章について」は、『多磨』第三六巻第一〇号、一九五五年十月一日に発表された。『多磨』は、国立療養所多摩全生園関係者による文芸誌で、多磨出版部の刊行。ハンセン病問題に関する巨人の最初の発言になる。

「会創立十周年記念のつどい」は、『新日本文学』第一〇巻第一二号、一九五五年十二月一日に発表された。同年十月三十日に日本青年館ホールで開かれた「新日本文学会創立十周年記念講演と映画の夕」の報告である。

「藤本松夫公判傍聴記」は、『多磨』第三七巻第六号、一九五六年六月一日に発表された。「藤本公判傍聴記」の二編のうちの一つである(もう一つは、大江満雄「傍聴して思うこと」)。藤本松夫は、いわゆる藤本事件(熊本県菊池郡水源村で一九五一年八月一日に起こったダイナマイトによる傷害事件、ならびに翌年七月七日に起こった刺殺事件。菊池事件ともいう)の容疑者。一九五七年八月二十三日に最高裁が上告を棄却し、死刑判決が確定、一九六二年九月十四日に福岡市拘置所で死刑が執行された。藤本がハンセン病患者であることを理由に、国立療養所や医療刑務所内で開かれた「特別法廷」で審理が行われるなど裁判の手続きには問題が多く、また、事実認定においても疑問が提出されている。同事件については、再審請求など、藤本松夫の名誉を回復する取り組みが現在も続いている。巨人が傍聴したのは、一九五六年四月十三日に開かれた最高裁の第一回口頭弁論である。

『高遠なる徳義先生』は、『教育評論』第一一二号、一九五六年七月十日に発表された。『教育評論』は、教育友の会の発行する月刊誌。

「ある暗影」その他」は、『新日本文学』第一二巻第一号、一九五七年一月一日のコラム欄「南の風、北の風」に発表された。

文中「?」を付して言及されている中野重治の文章は、「作家における常識の問題」(『中央公論文芸特集』第八号、一九五一年六月二十五日。のち、「常識の線」と改題)ならびに「除名・平林たい子」(『文学界』第四巻第一二号、一九五〇年十二月一日)である。

「佐多稲子作『いとしい恋人たち』」は、『全電通文化』第四巻第一号、一九五七年一月二十五日の「読書案内」欄に発表された。名義はK・O。

「アグネス・スメドレー著、高杉一郎訳『中国の歌ごえ』」は、『全電通文化』第四巻第四号、一九五七年七月二十五日の「図書案内」欄に発表された。

「斎藤彰吾『榛の木と夜明け』推薦文」は、詩集『榛の木と夜明け』の宣伝ちらしに掲載された。ちらしにはほかに、村野四郎・佐伯郁郎・高橋昭八郎が推薦の辞を寄せている。原文は無題。斎藤彰吾『榛の木と夜明け』は、Láの会より一九五七年十月十日に刊行された。

「『新日本文学』七月号「偏見と文学」について」は、『部落』第一〇巻第一号、一九五八年一月一日に発表された。『新日本文学』第一二巻第七号、一九五七年七月一日・第八号、八月一日に発表された「ハンゼン氏病問題——その歴史と現実、その文学との関係」(のち、「ハンセン病問題」と改題)の「5」における「三、四年前、私は、ある問題に関して未解放部落民側が官憲に対し、「われわれ部落民を癩患者と同一視した」云々と憤慨し、その差別待遇に抗議した一文に接したことがある」という記述に対する問い合わせに答えたもの。『部落』は、部落問題研究所発行の月刊誌。第Ⅱ部の解説でも触れているように、本文章のタイトルは不正確であるが、そのままとした。

「『全患協ニュース』第百号に寄せて」は、『全患協ニュース』第一〇一号、一九五八年一月一日に発表された。『全患協ニュース』は、全国国立療養所ハンゼン氏病患者協議会が発行する月二回刊の新聞。原文は無題。

「アンリ・アレッグ著、長谷川四郎訳『尋問』」は、『群像』第一三巻第八号、一九五八年八月一日の「書評」欄に発表された。

「小林勝著『狙撃者の光栄』」は、『日本読書新聞』第一〇〇五号、一九五九年六月八日に発表された。

「なんという時代に——ソ連作家大会の報告を読んで」は、『図書新聞』第五〇九号、一九五九年七月十一日に発表された。

「『火山地帯』についての感想」は、『火山地帯』第五号、一九五九年九月一日に発表された。編集部に送られた便りを集めた「アンテナ」欄七編の中の一つで、原文は無題。『火山地帯』は、島比呂志が主催した文芸同人誌である。

「文学の不振を探る——「私小説」の衰弱と人間不在の小説の隆盛とに基因する」は、『早稲田大学新聞』第七八九号、一九五九年十月十三日に発表された。

「戯文・吉本隆明様おんもとへ」は、『群像』第一四巻第一〇号、一九五九年十月一日の匿名コラム「侃侃諤諤」欄に発表された。「覚書」に「侃侃諤諤」の四編の文章がリストアップされていたため、本書に収録した。題名も「覚書」に記されているものに従った。

「戯文・白洲風景」は、『群像』第一四巻第一一号、一九五九年十一月一日の匿名コラム「侃侃諤諤」欄に発表された。

「谷川雁著『工作者宣言』」は、『図書新聞』第五二九号、一九五九年十一月二十八日に発表された。

「戯文・二人の川口浩のことなど」は、『群像』第一五巻第七号、一九六〇年七月一日の匿名コラム「侃侃諤諤」欄に発表された。

「戯文・現代秀歌新釈」は、『群像』第一六巻第三号、一九六一年三月一日の匿名コラム「侃侃諤諤」欄に発表された。

「『炭労新聞』コント選評」は、『炭労新聞』第五八二号、一九六二年一月一日に発表された。読者から募ったコント作品の選評である。『炭労新聞』は、日本炭鉱労働組合発行の週刊タブロイド新聞。

「私の近況　その一」は、『図書新聞』第六六五号、一九六二年七月二十八日の「著作家の手紙」欄に発表された。ほかに青江舜二郎・大岡信・佐古純一郎が近況を記している。原文は無題。「覚書」で与えられている題名に従った。以下の近況類についても同じである。

「『戦争と性と革命』」は、『出版ニュース』第八一六号、一九六九年十一月二十一日の「わが著書を語る」欄に発表された。

同欄には、巨人のほかに秋山英夫・安田武など九人が寄稿している。

「私の近況　その二」は、『朝日新聞』一九七二年十月九日の「近況」欄に発表された。原文には、「来年早々に脱稿」という見出しが付けられている。同欄には、巨人のほかに花登筐・山岸徳平が寄稿している。

「私の近況　その三」は、『朝日新聞』一九七五年十月六日の「近況」欄に発表された。原文には、「三年前と同じ〝近況〟」という見出しが付けられている。

「私の近況　その四」は、未発表のもの。「「遅きが手ぎはにはあらず」――「神聖喜劇」を完結して」（『毎日新聞』一九八〇年五月十日。『巨人雑筆』（講談社、一九八〇年十二月十九日）収録時に「『神聖喜劇』を書き終えて／Ⅰ　「遅きが手ぎはにはあらず」」と改題）に「旧臘下旬、私は、「近況」の報告を某紙から求められ――ただし、その原稿は、先方と私との完全な合意の上でのもっともな理由で未発表に終わった」と記されているものに該当する。巨人の所蔵資料の中にゲラのコピーがあり、「覚書」にも加えられていたため、収録した。「某紙」とは、『朝日新聞』のことである。一九七九年の十二月に執筆され、掲載の手前まで行きながら見合わされた理由は、同紙十二月二十二日夕刊の談話記事「推敲重ね24年、やっと脱稿／大西巨人さんの神聖喜劇」との重なりを避けるためであったかもしれない。

＊

アンケート「愚作・悪作・失敗作」は、『近代文学』第一二巻第二号、一九五七年二月一日に掲載された。巨人を含めて一一名が回答している。

アンケート「戦後の小説ベスト5」は、『群像』第一五巻第八号、一九六〇年八月一日に掲載された。巨人を含めて七五名が回答している。

アンケート「文芸復興三〇集によせる――文芸復興または同人雑誌一般について」は、『文芸復興』第三〇集、一九六五年五月十日に掲載された。巨人を含めて三〇名が回答している。『文芸復興』は、落合茂が編集を務めた文芸同人誌。

アンケート特集「TVにおける不愉快の研究」は、『週刊文春』第一四巻第四〇号に掲載された。巨人を含めて一七人が回答している。

III

「私の近況　その五」は、『新刊ニュース』第三一巻第七号、一九八〇年七月一日に発表された。第二・第三段落を削り、加筆したものが「井蛙雑筆　第二回」（『社会評論』第二七号、一九八〇年七月一日）の「十一　一人称小説」として再発表され、『巨人雑筆』に収録されている。

「原則をかかげ、より大衆的に」は、『思想運動』第二〇〇号、一九八〇年八月十五日に発表された。同紙の二〇〇号を記念した特集「各戦線からの声――二〇〇号」の寄せられた二八個人・団体の声の一つ。『思想運動』は、活動家集団思想運動の隔週刊機関紙。

「期待作完成――土屋隆夫『盲目の鴉』」は、土屋隆夫『盲目の鴉』（光文社カッパ・ノベルス、一九八〇年九月五日）の扉文として発表された。土屋隆夫との対談「推理小説の楽しさ」（『文庫のぶんこ』第五三号、一九九五年八月二十日）で巨人は、土屋の「そうそう、『盲目の鴉』（カッパ・ノベルス一九八〇年刊）のときは、（カバーに推薦の原稿を）ありがとうございました。」という謝辞に対して、「推薦文といったものは、後にも先にも私はあれしか書いたことがないのです。」と発言している。

「私の近況　その六」は、『週刊読書人』第一三六二号、一九八〇年十二月二十二日に発表された。「私の一九八〇年」の一編で、ほかに平山郁夫・向田邦子・安野光雅が寄稿している。原文には、「画期的事態の一年／『神聖喜劇』の完結などで」という見出しが付けられている。

「私の近況　その七」は、『聖教新聞』一九八一年六月二十四日の「きのうきょう」欄に発表された。初出題は、「『神聖喜劇』後の二つの仕事」。

「湯加減は？――私の好きなジョーク」は、『週刊文春』第二五巻第六号、一九八三年二月十日の同欄に発表された。週刊文春編集部編『とっておきのいい話』（NESCO、一九八六年六月三十日。文春文庫、一九八九年九月十日）に収録されているが、巨人の著書に入るのは初めてである。タイトルは、文春文庫版に従った。

「わが意を得た『思想運動』」は、『思想運動』第二六八号、一九八三年十月一日に発表された。特集「大韓航空機事件――私はこう見る」に寄せられた一三編の中の一つ。大韓航空機事件とは、一九八三年九月一日にソ連（当時）の領空を侵犯した大韓航空のボーイング七四七がソ連の戦闘機により撃墜され、乗客・乗員二百六十九人が死亡した事件を指す。

「敬意と期待と」は、『罌粟通信』第一号、一九八七年四月二十日に発表された。『罌粟通信』は、罌粟書房が自社の刊行書籍に挿み込んでいたリーフレット。

「マクニースのタクシー詩――私とタクシー」は、『交通界速報新春特別号別冊　'88日本のハイヤー・タクシー』第二五二四号、一九八八年一月四日に発表された。『交通界速報』は、交通界より週二回刊行されていた雑誌。同号に掲載されたエッセイ「私とタクシー」一〇編の中の一つ。

「清算および出直し」は、『新日本文学』第四三巻第四号、一九八八年四月一日に発表された。

「批評の悪無限を排す――「周到篤実な吟味の上での取り入れ」」は、『文学時標』第二一号、一九八八年七月十五日に発表された。『文学時標』は、文学時標社刊行の月刊文学批評新聞。

「士族の株」は、『思想運動』第三八四号、一九八九年二月一日に発表された。末尾の記述にあるように、『三位一体の神話』「第一篇　遠因近因／一　士族の株」で全文が引用されているが、批評集に収録されるのは、本書が初めてである。

「日野啓三著『断崖の年』」は、『産経新聞』一九九二年三月二日に発表された。

「広告」は、『思想運動』第四五三号、一九九二年四月一日に発表された。

「『三位一体の神話』――「卓抜な文学作品としての推理小説」」は、『文庫のぶんこ』第一三号、一九九二年四月二十日に発表された。『文庫のぶんこ』は、光文社が自社の文庫新刊に挿み込んでいた月刊リーフレット。

「自家広告」は、『部落解放』第三四五号、一九九二年八月十日の巻頭エッセイ欄「水平線」に発表された。『部落解放』は、解放出版社刊行の月刊誌。

「桑原氏の新著――桑原廉靖著『大隈言道の桜』」は、『短歌現代』第一六巻第九号、一九九二年九月一日の「書評」欄に発表された。『大隈言道の桜』は、海鳥社より一九九二年五月二十二日に刊行された。

「巨根伝説のことなど」は、『思想運動』第四七〇号、一九九三年一月一日に発表された。

「寛仁大度の人」は、『季刊午前』第八号、一九九四年十月三十日に発表された。『季刊午前』は、季刊午前同人会発行の文芸同人誌。同号は、北川晃二追悼特集号である。

「解嘲」は、『思想運動』第五二四号、一九九五年七月十五日に発表された。「「春秋の花」連載終結の弁ならびに垣間みえる文芸的危機」（『週刊金曜日』第三巻第一五号、一九九五年十二月一日。『文選4』収録時に「「春秋の花」連載終結の辯・その他」と改題）に全文が引用されているが、独立して収録されるのは、本書が初めてである。

「なかじきり」は、『文選』の宣伝リーフレットに掲載された。リーフレットは、一九九六年初夏ごろに発行された。

「「無縁」の人として」は、巨人の所蔵資料に掲載誌の切り抜きが残されていた。切り抜きには書誌的事項が記されておらず、初出は未詳である。

「風骨」は、『関根隆の詩とエッセイ』（潮流社、一九九七年七月二十一日。二冊本）の帯文として発表された。

「『迷宮』解説」は、『迷宮』（光文社文庫、二〇〇〇年二月二十日）所収。筆名「川上明夫」が用いられている。本文章が巨人の筆であることについては、大西赤人氏の確認を得た。

「『神聖喜劇』で問うたもの」は、『致知』第四五三号、二〇一一年九月一日の「致知随想」欄に発表された。『致知』は、致知出版発行の月刊誌。本編と次の「中上健次世にありせば」は、口述筆記に拠る。

「中上健次世にありせば」は、『牛王《ごおう》』第一〇号、二〇一六年八月二日に発表された。「特集I　中上健次没後20年を越えて」の四編の中の一つ。『牛王』は、熊野JKプロジェクト発行の熊野大学文集。

＊

アンケート「推理小説に関する三五五人の意見」は、『中央公論』第九五年第一一号、一九八〇年八月十日に掲載された。

アンケート「子どもの頃　出会った本」は、『図書』第三七四号、一九八〇年十月一日に掲載された。巨人を含めて二八名が回答している。

アンケート「推理小説に関する三八一人の意見」は、『別冊中央公論』第一巻第一号、一九八一年七月二十日に掲載された。

アンケート「私がすすめたい5冊の本」は、『総合教育技術』第四一巻第八号、一九八六年八月一日に掲載された。巨人を含めて八六名が回答している。

「岩波文庫・私の三冊」は、『図書』第四五四号、一九八七年五月十日に掲載された。巨人を含めて三一一名が回答している。

アンケート特集「'88印象に残った本」は、『新刊ニュース』第四六二号、一九八九年一月一日に掲載された。巨人を含めて七二名が回答している。

「夏休みに読みたいホントの100冊」は、『文庫のぶんこ』第一六号、一九九二年七月二十日に掲載された。赤川次郎・秋山狂介・大久保房男・大西巨人・落合恵子・賀曽利隆・熊井啓・小室直樹・高見恭子・田辺英蔵一〇人が各一〇冊を推薦するもの。

アンケート・エッセイ特集「私の全集」は、『図書新聞』第二一二四号、一九九二年十一月七日に掲載された。巨人を含めて二七名が回答している。

＊

「34人が語る　どこで本を読むのか?」は、『季刊・本とコンピュータ』第一二号、二〇〇〇年四月十日に掲載された。

『奇妙な入試情景』は、『早稲田文学』第三〇巻第三号に一部が発表され、その後早稲田文学会発行のフリーペーパー『WB』に改めて掲載され、一号、二〇〇五年十一月十五日から三号、三月十五日までの三回連載で完結した作品である。

［山口直孝］

［編者略歴］

山口直孝［やまぐち・ただよし］

一九六二年兵庫県生まれ。関西学院大学大学院文学研究科博士課程後期課程単位取得済退学。博士（文学）。現在、二松學舍大学文学部教授。専門は日本近代小説。著書に、『「私」を語る小説の誕生――近松秋江・志賀直哉の出発期』（翰林書房）、編著書に『横溝正史研究』（戎光祥出版、既刊六冊）、論文に「内破のコミュニズム――大西巨人『神聖喜劇』の基底思考」（『社会評論』一七九）、編集協力に『日本人論争　大西巨人回想』（左右社）など。

橋本あゆみ［はしもと・あゆみ］

一九八六年三重県生まれ。早稲田大学大学院文学研究科博士課程満期退学。現在、同科研究生。専門は大西巨人を中心にした日本の戦後文学。論文に「『神聖喜劇』における大前田軍曹像――大西巨人旧蔵書調査の成果を踏まえて」（『国文学研究』一七八集）など。『大西巨人　抒情と革命』（河出書房新社）では論考「「別の長い物語り」のための覚書――『精神の氷点』から『神聖喜劇』へ」と『神聖喜劇』作品ガイドを執筆。

石橋正孝［いしばし・まさたか］

一九七四年横浜市生まれ。東京大学大学院総合文化研究科博士課程退学、パリ第八大学で博士号（文学）取得。現在、立教大学観光学部交流文化学科助教。専門はフランス文学（ジュール・ヴェルヌ）。評論「なぜシャーロック・ホームズは「永遠」なのか――コンテンツツーリズム論序説」で、第61回群像新人評論賞を受賞。著書に『大西巨人　闘争する秘密』（左右社）、『〈驚異の旅〉または出版をめぐる冒険――ジュール・ヴェルヌとピエール＝ジュール・エッツェル』（左右社）、『あらゆる文士は娼婦である――19世紀フランスの出版人と作家たち』（共著、白水社）、訳書に『ジュール・ヴェルヌ〈驚異の旅〉コレクションII　地球から月へ　月を回って　上も下もなく』（インスクリプト）など多数。編集協力に『日本人論争　大西巨人回想』（左右社）など。

［著者略歴］

大西巨人［おおにし・きょじん］

作家（一九一六年八月二十日～二〇一四年三月十二日）。福岡県生まれ。九州帝国法文学部政治学科中退。新聞社勤務の後、一九四一年十二月召集され、以後敗戦まで対馬で兵営生活を送る。敗戦後、福岡で発刊された『文化展望』の編集に携わる傍ら、文筆活動を開始する。四六年新日本文学会に入会、以後『近代文学』や記録芸術の会など、さまざまな文学芸術運動に関わる。四八年日本共産党に入党、六一年以降は関わりがなくなるが、コミュニストとしての立場は生涯変わらなかった。公正・平等な社会の実現を希求し、論理性と律動性とを兼ね備えた文章によって個人の当為を形象化する試みを続けた。一九五五年から二五年の歳月を費やして完成した『神聖喜劇』は、軍隊を日本社会の縮図ととらえ、主人公の青年東堂太郎の精神遍歴の検証を通じて絶望的な状況の中での現実変革の可能性を探った大作で、高い評価を受けている。ほかの小説に『精神の氷点』（一九四八年）、『天路の奈落』（一九八四年）、『三位一体の神話』（一九九二年）、『深淵』（二〇〇四年）、批評集に『大西巨人文藝論叢』（立風書房、全二巻）、『大西巨人文選』（みすず書房、全四巻）など。

歴史《れきし》の総合者《そうごうしゃ》として
――大西《おおにし》巨人《きょじん》未刊行《みかんこう》批評集成《ひひょうしゅうせい》

二〇一七年十一月二十五日　第一刷発行

著　者　大西巨人
編　者　山口直孝＋橋本あゆみ＋石橋正孝
発行者　田尻　勉
発行所　幻戯書房
郵便番号一〇一―〇〇五二
東京都千代田区神田小川町三―十二　岩崎ビル二階
電　話　〇三（五二八三）三九三四
FAX　〇三（五二八三）三九三五
URL　http://www.genki-shobou.co.jp/
印刷・製本　中央精版印刷

ISBN 978-4-86488-133-3 C0095